mtb

Zum Buch:

Kann die Entscheidung einer einzigen Nacht das Schicksal einer Familie über Generationen hinweg bestimmen? Johanna Petersen ist mehr als überrascht, als sie in dem Brief, den sie eher zufällig aus dem Astloch der uralten Bräutigamseiche zieht, Hinweise auf ihre Familie entdeckt. Ist es wirklich Zufall, dass gerade ihr diese auf altem Büttenpapier geschriebenen Zeilen in die Hände fallen? Obwohl sie sich eigentlich um den Verkauf des Familienanwesens kümmern müsste, geht ihr der Liebesbrief, in dem von einer unverzeihlichen Schuld die Rede ist, nicht aus dem Kopf. Johanna beschließt, dem Geheimnis auf die Spur zu kommen. Doch was sie entdeckt, wirft nicht nur ein völlig neues Licht auf die Vergangenheit, sondern hat auch ungeahnte Auswirkungen auf die Gegenwart …

Zur Autorin:

Petra Pfänder studierte Germanistik, Politologie sowie Film-, Fernseh- und Theaterwissenschaften. Sie arbeitete als Journalistin und Online-Redakteurin, bevor sie 2003 als Autorin durchstartete. Heute lebt sie als freiberufliche Schriftstellerin und Übersetzerin im Münsterland.

Lieferbare Titel:

Unter dem Vanillemond

Alle handelnden Personen in dieser Ausgabe sind frei erfunden.
Ähnlichkeiten mit lebenden oder verstorbenen Personen wären rein zufällig.

Der Preis dieses Bandes versteht sich einschließlich
der gesetzlichen Mehrwertsteuer.

Umwelthinweis:
Dieses Buch wurde auf chlor- und säurefreiem Papier gedruckt.

Petra Pfänder

Im Schatten der Bräutigamseiche

Roman

mtb

MIRA® TASCHENBUCH
Band 25936
1. Auflage: August 2016

MIRA® TASCHENBÜCHER
erscheinen in der HarperCollins Germany GmbH,
Valentinskamp 24, 20354 Hamburg
Geschäftsführer: Thomas Beckmann

Originalausgabe

Konzeption/Reihengestaltung: fredebold&partner GmbH, Köln
Umschlaggestaltung: büropecher, Köln
Redaktion: Sarah Hielscher
Titelabbildung: Arcangel; Thinkstock, Getty Images, München/
Igor Sokolov/docksnflipflops
Satz: GGP Media GmbH, Pößneck
Druck und Bindearbeiten: GGP Media GmbH, Pößneck
Printed in Germany
Dieses Buch wurde auf FSC®-zertifiziertem Papier gedruckt.
ISBN 978-3-95649-574-8

www.mira-taschenbuch.de

Werden Sie Fan von MIRA Taschenbuch auf Facebook!

PROLOG

1937, Eutin

Die junge Frau presste ihr Kind an die Brust und lief schneller. Ein dumpfes Grollen kündigte das Herannahen eines Unwetters an, und heftige Windböen zerrten an ihrem Mantel. Keine Menschenseele war unterwegs, nichts als das Geschrei der Vögel und das Toben des Windes waren zu hören. Mit eiskalten Fingern zog die junge Frau, fast noch ein Mädchen, die Decke um das Kind an ihrer Brust enger.

Der halbe Mond ließ Himmel und Erde nicht unterscheiden, und sie konnte den Pfad nicht mehr sicher erkennen. Aber sie brauchte kein Licht, sie kannte den Weg. Unzählige Male war sie ihn gelaufen, bei Tag und bei Nacht.

Blitze zuckten grell in kurzen Abständen über das flache Land, begleitet von dröhnenden Donnerschlägen. Jeden Augenblick würde der Himmel seine Schleusen öffnen. Aber nun war es nicht mehr weit.

Vor ihr tauchten im Dunkel bereits die erleuchteten Fenster auf. Bald war sie am Ziel. Eine Sekunde lang wurden ihre Schritte langsamer. *Kehr um*, schien der heulende Wind zu rufen. *Es ist unrecht, kehr um!*

Doch sie lief weiter.

1. KAPITEL

Mai 2015, Eutin

„Asche zu Asche, Staub zu Staub."

Johannas Augen füllten sich mit Tränen, als sie die Worte des Priesters hörte. Hinter ihrer Sonnenbrille verborgen, starrte sie auf die Unmengen weißer Rosen und Lilien hinter dem ausgehobenen Grab.

Sie wollte sich auf den Pfarrer stürzen, ihn packen und schütteln, damit er endlich schwieg. Kein weiteres Wort konnte sie mehr ertragen. Ein ganz ungewohntes Gefühl für sie. Seit Jahren hatte sie nichts erschüttert.

Aber er sprach von ihrer Großmutter!

Nonna. Ihre geliebte Nonna. Johanna wollte nicht glauben, dass ihr Körper nur wenige Meter entfernt im Sarg lag. Mit achtundsiebzig war sie zwar nicht mehr jung gewesen, aber Johanna hatte ihren Tod noch lange nicht erwartet. Hatte ihn niemals erwartet. Sie darf nicht tot sein, flehte Johanna still.

Abgesehen von Henning, war Nonna der einzige Mensch auf der Welt, der zu ihr gehörte. Ihre Familie, ihre Vertraute, der Mensch, der mehr an sie glaubte als sie selbst. Sie durfte keine Asche sein, kein Staub. Sie bedeutete Johanna alles. Bei diesem Gedanken konnte sie ihre Tränen nicht länger zurückhalten.

Mehr als zwölf Jahre war es her, dass sie das letzte Mal geweint hatte. Seitdem hatte sie nie wieder zugelassen, so verzweifelt zu sein. Sie spürte, wie die Tränen hinter den großen dunklen Gläsern über ihre Wangen liefen und von ihrem hoch erhobenen Kinn in den Ausschnitt ihrer Bluse tropften, doch sie wischte sie nicht ab.

Sie würde niemanden sehen lassen, dass sie weinte. Selbst jetzt spürte sie die Blicke der Umstehenden. Offenbar hatte sich halb Eutin hier im typischen norddeutschen Nieselregen versammelt. Kein Wunder. Früher einmal waren die Petersens eine der bedeutendsten Familien im Landkreis gewesen. Allerdings waren diese Zeiten schon vor Johannas Geburt vorbei gewesen.

Manche musterten sie neugierig und abschätzend, wie ihre früheren Mitschülerinnen. Sie sahen sie nicht offen an, ließen sie dabei aber nicht aus den Augen. Wahrscheinlich verglichen sie Johannas teuren Kurzhaarschnitt mit den wilden dunklen Locken, die ihr früher bis zur Taille gefallen waren, ihr maßgeschneidertes schwarzes Kostüm mit den zerrissenen Jeans und den alten T-Shirts. Andere blickten vorwurfsvoll oder feindselig, bestimmt, weil sie ihre Großmutter in den Jahren seit ihrer Abreise nie besucht hatte. Vielleicht bildete sie sich das aber auch nur ein, weil sie sich selbst Vorwürfe machte.

Wie konnte Nonna sterben, ohne dass ich auch nur das Geringste geahnt habe? dachte sie zum tausendsten Mal.

Johanna schaffte es, aufrecht zum Grab zu gehen und eine weiße Rose auf den Sarg zu werfen, dann war es endlich vorbei. Am liebsten hätte sie sich umgedreht und wäre weggelaufen. Stattdessen stand sie neben dem Pfarrer und schüttelte Hände von Leuten, die schon früher kein freundliches Wort für sie übrig gehabt hatten.

Die Trauergäste strömten an ihr vorbei. Ernst und unbeholfen drückte einer nach dem anderen ihre Hand und murmelte seine Beileidsbekundung. Frau Bertram, die alte Geschichtslehrerin, Herr Schulte, der Englischlehrer. Sie betrachteten Johanna so missbilligend wie früher, wenn sie wieder einmal keine Hausaufgaben vorzeigen konnte. Die Hinrichsens, denen der benachbarte Hof gehörte, waren zusammen mit einem jungen Mädchen gekommen, vermutlich ihre Tochter. Damals war sie noch ein Baby gewesen. Herr Benzlau, der Anwalt.

Aber die meisten Leute konnte Johanna nicht einordnen. Viele weißlockige Frauen in altmodischen Mänteln und flachen Schuhen. Nonnas Freundinnen? fragte sich Johanna. Sie stellte erschüttert fest, wie wenig sie vom Leben ihrer Großmutter wusste. Dabei hatten sie mindestens einmal in der Woche telefoniert, und alle paar Monate war Nonna für einige Tage zu Besuch nach Hamburg gekommen. Aber wenn Johanna jetzt darüber nachdachte, hatte sie vor allem von sich selbst erzählt.

„Mein herzliches Beileid, Johanna." Ein breitkrempiger Hut verdeckte das halbe Gesicht, aber die dunkle Stimme hätte Johanna überall wiedererkannt. Lisa von Starck.

Johanna war überrascht über die Heftigkeit der Wut, die in ihr aufflammte. Damals waren sie gerade achtzehn gewesen, sie hätte erwartet, dass die alten Feindseligkeiten längst vergangen waren. Am liebsten hätte sie die kühle, schmale Hand weggestoßen.

„Danke", murmelte sie stattdessen.

„Es tut mir ja so leid, Johanna." Lisa hatte offenbar nicht vor, so schnell weiterzugehen.

Wie schon früher, wirkte sie auf den ersten Blick atemberaubend, aber das hatte sie vor allem Kleidung und Make-up zu verdanken. Auch heute war sie perfekt zurechtgemacht, bis zu den Spitzen ihrer perfekt manikürten und lackierten Fingernägel.

Ihr Mund war blutrot geschminkt, der schlichte schwarze Mantel und die hochhackigen Schuhe wirkten nicht wie Trauerkleidung, sondern als wäre sie auf dem Weg ins Theater. Ein großer Diamant glänzte über einem goldenen Ring an ihrem Finger. Unwillkürlich glitt Johannas Blick zu dem Mann an ihrer Seite. Ein Fremder. Nicht Jan. Eine Sekunde lang war sie erleichtert, und sie verfluchte sich dafür.

„Wir haben für deine Großmutter getan, was wir konnten", sagte Lisa und umfasste mit beiden Händen Johannas Hand. Johanna straffte sich. Lisa ließ ihre Hand wieder los. „Aber wir konnten ihr natürlich nur begrenzt helfen, sie war immer so stolz, aber das muss ich dir ja nicht sagen. Du kennst sie schließlich am besten, nicht wahr? Ich bin sicher, du hast selbst alles versucht. Von Hamburg aus."

Helfen? Wovon zum Teufel redete sie? Aber Johanna hätte sich lieber die Zunge abgebissen, als sie zu fragen.

Der dunkelhaarige Mann neben Lisa reichte Johanna die Hand. „Mein herzliches Beileid", sagte er, dann legte er Lisa den Arm um die Schulter und schob sie weiter.

Johanna warf dem Pfarrer einen fragenden Blick zu. „War meine Großmutter denn schon länger krank? Sie hat mir nie etwas erzählt, und der Arzt sagte mir, das Aneurysma wäre ganz überraschend gekommen."

Pastor Neuberger räusperte sich. „Nein, sie war nicht krank."

„Sind Sie sicher?" Sie schüttelte abwesend eine Hand nach der anderen und nickte zu den Beileidsworten.

„Ja, ich habe sie oft besucht."

„Aber warum ... was hat Lisa damit gemeint, dass sie Hilfe gebraucht hätte?"

„Nun ja ... Ihre Großmutter war eine stolze Frau, niemand, der sich gern helfen ließ."

„Wieso denn Hilfe ...?" Johanna brach ab, als sie über die Köpfe der Trauergäste hinweg einen blonden Kopf sah.

Sie musste ein Geräusch ausgestoßen haben, denn der Pfarrer wandte sich ihr zu. Er betrachtete sie besorgt, dann umfasste er stützend ihren Ellbogen.

„Es geht schon, danke", murmelte Johanna und machte sich los. Als sie wieder aufschaute, war der blonde Mann nicht mehr zu sehen. Aber sie war sicher, dass sie sich nicht geirrt hatte.

Jan. In der Kirche und während der Beisetzung hatte sie ihn nicht entdeckt. Erst jetzt wurde ihr klar, dass sie nach ihm Ausschau gehalten hatte.

Er war zur Beerdigung gekommen. Er hatte ihr kein Beileid bekundet.

Sie bemerkte, dass Pastor Neuberger sie wieder besorgt anschaute, und nickte ihm beruhigend zu. Endlich hatte sie auch dem letzten Trauergast die Hand gedrückt, und der Pfarrer reichte ihr zum Abschied die Hand. Die andere legte er auf Johannas Schulter. „Charlotte wird uns sehr fehlen."

Das würde sie. Vor allem Johanna. Sie schluckte. „Ich danke Ihnen, Pastor Neuberger." Der Pfarrer und ihre Großmutter waren Freunde gewesen. Auch er würde sie vermissen.

„Wenn Sie mit jemandem reden möchten, über Ihre Großmutter ... oder wenn Sie einfach nur Trost brauchen ... rufen Sie mich an. Oder kommen Sie einfach vorbei. Und ich würde mich freuen, Sie in der Messe zu sehen."

„Vielen Dank, aber ich werde nicht lange in Eutin bleiben, höchstens ein oder zwei Tage." Johanna lächelte noch einmal, dann zog sie ihre Hand zurück und wandte sich ab. Als sie den Parkplatz erreichte, waren die Trauergäste zu ihrer Erleichterung bereits gefahren. Erst jetzt kam ihr der Gedanke, ob die Großmutter sich vielleicht eine anschließende Trauerfeier gewünscht hätte. Aber Johanna hätte nicht einmal gewusst, wen sie einladen sollte.

Immer noch nieselte es, und der mit dunklen Wolken bedeckte Himmel erweckte den Eindruck, dass es schon spät am Abend wäre, dabei war es kaum zwei Uhr mittags. Als Johanna ihren BMW startete, schlug sie ohne nachzudenken den Weg vom evangelischen Friedhof zur Plöner Straße ein.

Viel zu vertraut, dachte sie und versuchte das unbehagliche Gefühl in ihrem Magen zu unterdrücken. Wahrscheinlich hatte sie einfach nur Hunger. Vor ihrer Abfahrt aus Hamburg heute Morgen hatte sie nur eine Tasse Kaffee herunterbekommen.

Leichter Nebel lag über den Wiesen und Feldern, als sie Eutin verließ. Johanna fuhr auf die B76 und wollte gerade das Gaspedal durchtreten, als vor ihr ein Trecker aus einem Feldweg auf die Straße bog und mit zwanzig Stundenkilometern vor ihr blieb.

Sie seufzte. Sie war nicht in der Stimmung, gemütlich über die Straße zu schleichen und die Gegend zu bewundern. Während sie die Landschaft betrachtete, stiegen seit Jahren vergessen geglaubte Gefühle in ihr auf. Aber sie wollte sich nicht erinnern, sie wollte das Ganze einfach nur hinter sich bringen und wieder nach Hamburg fahren, zurück zu ihrem schönen, geordneten Leben.

Sie sehnte sich nach Henning. Zu schade, dass er sie nicht hatte begleiten können. Seine Nähe hätte ihr Kraft gegeben.

Unsinn, ich brauche keinen, ich schaffe es auch allein, dachte sie, trat das Gaspedal durch und überholte den ausladenden Trecker. Zwölf Jahre lang hatte sie ihr Leben wunderbar allein gemeistert.

Nach ihrem Weggang aus Eutin hatte sie in Hamburg Jura studiert, aber schon nach zwei Semestern war ihr klar geworden, dass es bei ihrer späteren Arbeit nicht um Gerechtigkeit gehen würde, sondern vor allem um die trockene Auslegung von Gesetzestexten. Als sich nach dem Abschluss ihres Studiums zufällig die Gelegenheit zu einer Urlaubsvertretung bei einem Immobilienmakler ergab, hatte sie ohne zu zögern zugesagt. Dabei stellte sie fest, dass sie ein Talent für Immobilien besaß.

Sie liebte es, alte Häuser aufzuspüren und zu renovieren. Dabei ging es ihr vor allem darum, den Charakter eines Hauses zu erhalten, auch wenn sie wochenlang nach der perfekten Armatur oder den passenden Bodenfliesen suchen musste. Ihr sicheres Stilgefühl und die Qualität ihrer Arbeit sprachen sich schnell herum. Schon bald eröffnete sie ein eigenes Immobilienbüro in Hamburg, und mittlerweile besaß sie eine ansehnliche Kundenkartei.

Vor zwei Jahren hatte der aufstrebende Lokalpolitiker Henning Seeger Johanna engagiert, um ein Haus in Hamburg für ihn zu suchen. Sie fand nicht nur das passende Haus für ihn, sondern auch die Liebe. Als er sie vor sechs Monaten gefragt hatte, ob sie seine Frau werden wollte, sagte sie aus ganzem Herzen Ja. Und sie hatte es noch keinen Tag bereut. Vor einigen Wochen war Johanna zu Henning in seine Villa gezogen, und sie kamen wunderbar miteinander zurecht.

Wie als Antwort auf ihre Gedanken klingelte jetzt ihr Handy mit der Melodie, die sie für Henning reserviert hatte. Johanna schaltete die Freisprechanlage ein. „Ich habe gerade an dich gedacht."

„Wie war die Beerdigung, Liebling?"

Johanna holte Luft. „Es kommt mir immer noch ganz unwirklich vor. Ich kann mir einfach nicht vorstellen, dass Nonna mir nicht gleich die Tür öffnet und mich …" Sie brach ab und biss sich auf die Lippen.

„Ich hätte mit dir kommen sollen." Sie spürte sein schlechtes Gewissen.

„Es geht mir gut, Henning." Johanna räusperte sich. „Und du kannst deine Termine nicht verschieben."

„Aber du solltest jetzt nicht allein sein. Warst du schon auf dem Hof?"

„Nein, heute Morgen war es dafür zu spät. Vor der Beerdigung war ich noch beim Anwalt und habe die Formalitäten wegen der Erbschaft geregelt. Aber ich bin jetzt auf dem Weg dorthin."

„Was hältst du davon, wenn du stattdessen zurück nach Hamburg kommst? Wir können dann am Wochenende gemeinsam nach Eutin fahren und alles regeln. Ich würde das Haus sehen, in dem du aufgewachsen bist, und du könntest mir die Lieblingsplätze deiner Kindheit zeigen."

Bei dem Gedanken schnürte sich Johannas Kehle zu. Henning war ihre Zukunft. Ihre Gegenwart. Er gehörte nicht hierher. „Das ist lieb von dir, Henning, aber ich möchte es einfach nur hinter mich bringen. Ich werde mir das Haus anschauen und ein paar Fotos machen. Ein Objekt wie dieses kommt nicht oft auf den Markt, und ich habe einige Kunden in meiner

Kartei, die schon lange nach etwas Ähnlichem suchen. Wenn mir die Decke auf den Kopf fällt, werde ich heute Abend arbeiten."

„Es tut mir so leid, dass ich nicht bei dir bin."

„Es geht mir gut, wirklich", versicherte sie ihm noch einmal.

„Lügnerin. Versprich mir, dass du mich anrufst, wenn dir die Decke auf den Kopf fällt. Dann bin ich in einer Stunde bei dir."

„Freitagabend findet die Preisverleihung eurer Stiftung statt, und bald steht die Senatswahl an. Du kannst nirgendwohin fahren." Johanna lächelte. „Aber du bist ein Schatz. Ich liebe dich, Henning."

„Ich liebe dich auch, pass auf dich auf."

Nachdem sie die Verbindung beendet hatte, verweilte das Lächeln noch einen Moment auf ihren Lippen, doch schon bald wurde sie wieder ernst. Mit jedem Meter, den sie durch das Flickwerk grüner Wiesen und Felder fuhr, wurden mehr Erinnerungen wach.

Sie öffnete das Fenster, und ein kräftiger Wind blies ins Auto. Die Luft roch herrlich salzig. Johanna atmete tief ein, während Bilder von früher vor ihr aufstiegen. Hastig schloss sie das Fenster wieder, doch so leicht ließen sich die Erinnerungen nicht aussperren.

Sie glaubte Jans Lachen zu hören, als sie zum ersten Mal auf seinem neuen Motorroller mitgefahren war. Sie hatte sich an seinen Rücken geklammert, fest an seine weiche Lederjacke geschmiegt, während er Gas gab und alles aus der knatternden Vespa herausholte. Sie konnte wieder den Duft des Leders riechen, Jans Wärme unter ihren Händen spüren.

Jan. *Ich liebe dich, für immer.*

Stattdessen hatte er ihr Herz gebrochen.

Plötzliches Hupen machte Johanna unsanft darauf aufmerksam, dass sie zu weit auf die andere Straßenseite geraten war. Im letzten Moment wich der Fahrer des entgegenkommenden Wagens auf den Randstreifen aus. Noch einmal hupte er ausgiebig und zeigte Johanna wild gestikulierend einen Vogel. Ihr Herz raste, als sie entsetzt in den Rückspiegel starrte und ihm nachschaute, wie er sich entfernte. Sie drehte das Radio laut auf und fuhr langsam weiter.

Das musste aufhören! Sie holte tief Luft und nahm sich vor, jeden Gedanken an Jan zu verbannen. Es war wirklich zu albern. Mittlerweile waren mehr als zwölf Jahre vergangen. Damals war sie ein Teenager gewesen und Jan nicht mehr als eine Jugendliebe. Eine Erinnerung. Das Leben, ihr Leben, war weitergegangen. Sie hatte mit ihrer Vergangenheit abgeschlossen. Oder etwa nicht?

Es musste daran liegen, dass alles zusammenkam. Der unerwartete Tod ihrer Großmutter, die Beerdigung, die Begegnung mit alten Bekannten, der erste Besuch seit langer Zeit in der alten Heimat. Und jetzt war sie auf dem Weg zum Gut, *nach Hause*.

Zum ersten Mal, seit sie denken konnte, würde Nonna dort nicht auf sie warten. Nie wieder. Bei der Vorstellung, allein durch das stille Haus zu laufen, krampfte sich Johannas Magen zusammen. Sie ließ das Fenster noch einmal hinunter. Die feuchte Luft blies ihr kalt ins Gesicht, und sie konnte wieder atmen.

Jetzt hatte sie den Dodauer Forst erreicht. Rechter Hand schimmerte die trügerisch ruhige schwarze Oberfläche des Dodauer Sees. Die Bräutigamseiche, ging es Johanna durch den Kopf. *Schluss damit!* Sie schüttelte den Kopf, um die Erinnerung zu vertreiben.

Sie kannte jeden einzelnen Pfad, der sich durch das Wäldchen zog, kannte alle weit verstreuten Bauernhöfe in der Gegend, alle Weiden und Felder. Die versteckte kleine Bucht am Dodauer See, in die sich selbst im Hochsommer kaum jemand verirrte. Das eisige Wasser auf der heißen Haut.

Gedämpft durch den Nebel wehten Fetzen von Glockengeläut über die Felder und holten Johanna aus ihren Erinnerungen. Endlich hatte sie den Weg erreicht, der zum Gut führte. Sie bog auf die schmale Straße ab und wich einem Schlagloch aus.

Jetzt konnte sie rechts schon den Hof der Hinrichsens sehen, Nonnas nächsten Nachbarn. Johannas Herz schlug schneller. Sie freute sich schon auf den Augenblick, wenn das Gutshaus in wenigen Minuten zwischen den Linden auftauchen würde. Malerisch wie eine Postkarte lag es auf einer sanften Anhöhe am Ufer eines kleinen Sees. Niemand wusste, woher der stolze Name Schwanensee stammte. Keiner hatte hier je einen Schwan gesehen, aber dafür nistete in jedem Jahr ein Seeadlerpärchen in den alten Linden am Ufer.

Johanna musste sich energisch ins Gedächtnis zurückrufen, dass die Großmutter nicht da sein würde, wenn sie auf den Hof fuhr. Sie würde nicht die Tür öffnen, groß und anmutig, mit ihren aufgesteckten weißen Locken, bei denen sich immer ein paar vorwitzige Strähnen aus dem Knoten lösten. Sie würde nicht eins ihrer langen Blumenkleider tragen und ihr fröhlich zuwinken.

Bei dem Gedanken wurde sie traurig, doch ein Rest ihrer Freude blieb – das Gefühl, nach Hause zu kommen. Sie hatte nicht gewusst, wie sehr ihr Herz an dem Land hing. Vielleicht genetisch bedingt, dachte sie ironisch.

Seit dem fünfzehnten Jahrhundert war das gesamte Land im Umkreis im Besitz der Petersens gewesen, mit dem Wald und weiten landwirtschaftlichen Flächen und Höfen, die den Gutshof umgaben. Johannas Urgroßvater hatte den landwirtschaftlichen Betrieb modernisiert und auf die neueste Technik umgestellt. Dosenmilch aus der gutseigenen Meierei wurde damals sogar bis nach Afrika exportiert.

Erst Johannas Vater hatte durch unkluge Spekulationen das gesamte Familienvermögen verloren. Jedenfalls das, was er nicht schon vorher am Spieltisch durchgebracht hatte. Mit dem Verkauf der Ländereien konnten gerade seine Schulden gedeckt werden. Nur das Gutshaus war ihnen noch geblieben. Johanna war damals zu klein gewesen, um etwas von dem Skandal mitzubekommen.

Aber sie konnte sich genau an den Tag erinnern, als die Polizei auf ihren Hof gefahren war. Sie sah noch das blasse Gesicht ihrer Großmutter vor sich.

Erst Jahre später hatte Johanna von ihr die ganze Wahrheit erfahren. Auf dem Rückweg von Hamburg hatte ihr Vater die Kontrolle über seinen Sportwagen verloren. Er war auf die Gegenfahrbahn geraten und frontal gegen einen entgegenkommenden Lastwagen geprallt. Der Lkw-Fahrer war mit dem Schrecken davongekommen, doch Johannas Eltern starben noch am Unfallort.

Doch damals hatte Nonna sie nur auf dem Schoß gewiegt und ihr erzählt, dass die Eltern nicht wiederkommen würden. Sie hatte Johanna gehalten, bis ihre Tränen versiegt waren. „Ich bleibe bei dir, mein Liebling, ich lasse dich nicht allein."

Und sie hatte ihr Wort gehalten. Bis heute. Jetzt war sie für immer gegangen, und Johanna fühlte sich so allein wie noch nie in ihrem Leben.

Sie zuckte zusammen, als der BMW in einem Schlagloch landete und unsanft aufsetzte. War die Straße schon früher in so einem schlechten Zustand gewesen?

Vorsichtig fuhr sie weiter. Bald ging die schmale Landstraße in eine Allee aus Linden über. Johanna sah sich verwundert um. Abgerissene Zweige und Blätter bedeckten den Boden. Eine Linde war umgestürzt, vielleicht von einem Blitz getroffen. Der Stamm versperrte die halbe Fahrbahn. Langsam steuerte sie um den Baum herum und fuhr weiter, bis sie das schmiedeeiserne Tor erreichte. Es stand zur Hälfte offen, einer der Flügel hing schief in den Angeln.

Johannas Herz setzte einen Schlag aus, als sie das Gutshaus zwischen den Stämmen der Linden entdeckte. Eingerahmt von den Bäumen, sah es aus wie ein sepiafarbenes Bild aus den Anfängen der Fotografie.

Aus rotem Backstein erbaut und mit dem hohen giebelgekrönten Mittelteil und den beiden einstöckigen Seitenflügeln wies es die typische symmetrische Holsteiner Bauweise auf. Eine weit ausladende Steintreppe führte hinauf zu einem Eingang mit einer schweren Doppelflügeltür aus Eichenholz. Zur Linken des Gutshauses lag ein reetgedecktes Wirtschaftsgebäude, das zu Johannas Zeiten als Garage und Pferdestall genutzt worden war.

Sie starrte das Reetdach des Stalls an. Unter dem dicken grünen Moos war kaum noch Stroh zu erkennen. Johanna parkte den BMW vor der Treppe neben einigen verwilderten Rosenbüschen und stieg aus. Unter ihren Füßen knirschte der mit Unkraut durchsetzte Kies. Der Geruch von Feuchtigkeit und moderndem Laub stieg ihr in die Nase.

Fassungslos blickte sie sich um. Alle Beete vor dem Haus waren zugewuchert. Die früher so sorgsam beschnittenen Rosenbüsche hatten sich zu einem undurchdringlichen Dickicht verschlungen und sahen aus, als hätten sie schon seit Jahren keine Blüten mehr getragen.

Von den Fensterrahmen blätterte der Lack, die hohen Sprossenfenster waren blind vor Schmutz. Im ersten Stock fehlte eine kleine Scheibe, und es sah aus, als wäre von innen ein Stück Holz davorgenagelt worden.

Über die Fassade wucherte Efeu, die Fenster im obersten Stockwerk waren nur Vertiefungen in dem dichten Grün. Die alte Linde neben dem Haus reichte bis an das Dach – auf dem mehrere Ziegel fehlten. Johanna erschauerte. Sie konnte nicht sagen, ob der Regen oder die Trostlosigkeit des Hauses sie zittern ließ.

Was war hier passiert? Das ganze Anwesen wirkte, als wäre es seit Jahren unbewohnt. Johanna zog den Schlüssel aus der Tasche und spürte, wie eiskalt und klamm ihre Hände waren.

Als sie Halt suchend das eiserne Treppengeländer packte, knirschte Rost unter ihren Fingern.

Sie schloss die Augen und holte tief Luft, dann schob sie die Tür auf. Beim Eintreten schlug ihr Kälte entgegen. Das Licht bahnte sich nur mühsam seinen Weg durch die blinden Fenster, und die Kälte des regnerischen Tages schien sich hier noch hartnäckiger zu halten als draußen. Es roch nach feuchtem Putz und kalten Steinfliesen, doch darunter lag Nonnas vertrauter Lavendelduft. Tränen liefen über Johannas Gesicht, aber sie machte sich nicht die Mühe, sie abzuwischen.

Wieso hatte ihre Großmutter nie ein Wort darüber verloren?

Warum habe ich nie gefragt?

Ihr hätte klar sein müssen, dass die Großmutter das Anwesen nicht allein instand halten konnte. Als Johanna noch hier gelebt hatte, hatte Nonna sich selbst um den Garten gekümmert. Johanna hatte die beiden Pferde versorgt, und ein junger Mann hielt die Grünanlagen in Ordnung. Dreimal in der Woche kam eine Frau aus dem Ort und half Nonna im Haus. Johanna war ganz selbstverständlich davon ausgegangen, dass es dabei geblieben war. Doch um dieses Haus hatte sich schon seit langer Zeit niemand mehr gekümmert.

Der Teppich in der Diele war so fadenscheinig und abgewetzt, dass die ursprünglichen Muster und Farben nicht mehr zu erkennen waren. Johanna drehte den Lichtschalter, was nur einen kümmerlichen runden Lichtkegel auf dem Boden zur Folge hatte. Sie blickte nach oben – eine Glühbirne baumelte in der nackten Fassung von der Decke. Wo war der riesige Kristallleuchter geblieben?

Einmal im Jahr war er früher poliert worden, immer pünktlich zur Weihnachtszeit. Mit Eimer und Tüchern bewaffnet, war Nonna dann auf eine Leiter gestiegen, und den halben Tag lang hatte das helle Klirren der Kristalltropfen in der Luft gelegen.

Jetzt war es unglaublich still. Selbst wenn Johanna früher allein im Haus gewesen war, war es nie so still gewesen. Der ausgebrannte Kamin verströmte Kälte. Wo einmal das Porträt ihrer Urgroßmutter gehangen hatte, war nur ein helles Rechteck auf der Wand geblieben. Plötzlich wusste sie, was aus dem Kronleuchter geworden war.

Nonna musste die wertvollsten Stücke verkauft haben.

Wir haben für deine Großmutter getan, was wir konnten.

Jetzt begriff Johanna, wovon Lisa geredet hatte. Und nein, Johanna hatte nicht alles getan, was sie konnte, um zu helfen. Sie hatte behaglich in Hamburg gelebt und nicht einmal geahnt, mit welchen Problemen ihre Großmutter kämpfte. Sie hatten nie über Geld geredet. Nonna schien nie etwas zu brauchen.

Wie einfach hatte sie es sich gemacht. Johanna stöhnte auf. Wäre sie doch nur ein einziges Mal zurück nach Eutin gekommen!

Ihr Blick fiel auf einen Strauß weißer Margeriten und pinkfarbener Gerbera in einer Vase neben der Tür. Sie ließen die Köpfe hängen, einige Blütenblätter lagen auf dem Boden. Seltsamerweise berührten die Blumen sie tiefer als die abblätternden Tapeten und die Spinnweben in den Ecken. Nonna hatte nicht aufgegeben. Sie hatte sich bemüht, dem Haus noch einen Hauch Gemütlichkeit zu verleihen.

Johanna fürchtete sich davor, was sie in den anderen Zimmern erwartete. Statt weiter unten durch das Haus zu gehen, stieg sie direkt die Treppe hinauf zum Obergeschoss. Die Stufen unter ihren Füßen knarrten noch lauter als früher. Vielleicht war es auch nur stiller im Haus.

Generationen von Petersens waren diese Treppe hinaufgestiegen, und ihre Hände hatten das Geländer poliert. Doch jetzt lag Staub auf dem glatten Holz. Fünf Türen gingen vom obersten Flur ab. Eine davon war leuchtend blau gestrichen. Johanna legte die Hand auf die Klinke und öffnete nach kurzem Zögern die Tür.

Abgestandene Luft schlug ihr entgegen. Die Regenwolken hatten sich inzwischen verzogen und einen weiten blauen Himmel zurückgelassen. Doch die Sonne kämpfte sich nur mühsam durch den wilden Wein ins Zimmer und tauchte es in sanftes grünes Licht.

Ein dicker, abgenutzter Orientteppich dämpfte Johannas Schritte, als sie eintrat. Im Vergleich zum restlichen Haus wirkte der Raum behaglich. Bis auf einen hohen, verglasten Bücherschrank und ein ausladendes dunkelblaues Samtsofa mit bunten Kissen war er leer.

Johanna wusste, dass ihre Großmutter meist hier auf dem Sofa gesessen hatte, wenn sie miteinander telefonierten. Hierher zog sie sich zurück, um in ihren Kochbüchern zu stöbern oder ihre Rezepte aufzuschreiben. Nonna hatte diesen Raum geliebt.

Hier hatte Johanna den Anruf bekommen, der ihre Träume zerschlagen hatte, gerade als sie am glücklichsten gewesen war. Auf diesem Sofa hatte sie der Großmutter erzählt, dass sie gehen musste, weg von Eutin. Weg von Jan. Vor Schluchzen konnte sie kaum einen zusammenhängenden Satz herausbekommen. Nonna hatte ihr geholfen, die Tasche zu packen. Am nächsten Tag fuhr sie ihre Enkelin mit ihrem uralten Geländewagen nach Hamburg und half ihr, ein Zimmer zu finden.

Johanna atmete tief ein und aus. Die Luft duftete noch immer schwach nach Nonnas Lavendelparfum. Doch sie war für immer gegangen. Und bei diesem Gedanken kamen erneut die Tränen. Diesmal nicht nur ein paar, sondern ein ganzes Tränenmeer. Wenigstens war es nicht am Grab passiert, vor allen Leuten, sondern hier, an dem sichersten Platz, den sie je besessen hatte.

Zum ersten Mal seit zwölf Jahren verließ Johanna ihre eiserne Selbstbeherrschung. Die aufgestaute Trauer entlud sich in bitteren Tränen, und sie hatte nicht die Kraft sie aufzuhalten. Aber das unkontrollierbare Schluchzen brachte keine Erleichterung. Johanna war, als würde es ihren Körper zerreißen. Sie zog eins der dicken weichen Kissen vor die Brust und umklammerte es mit beiden Armen, doch sie fand keinen Halt.

Irgendwann verebbte das Schluchzen. Mit dem Gesicht noch nass von Tränen rollte sie sich auf dem Sofa zusammen und fiel in einen traumlosen Schlaf.

2. KAPITEL

2. April 1935, Brodersby, Schleswig-Holstein

„Papa, müssen wir Adrienne denn wirklich verkaufen?“ Emilie Warnecke streckte die Hand aus und streichelte die Nüstern einer braunen Holsteiner Stute. „Jetzt kommt der Frühling, dann bist du bestimmt ganz schnell wieder gesund.“

Papa musste einfach wieder gesund werden. Alles andere war zu schrecklich, um auch nur daran zu denken. Natürlich war er noch schwach, schließlich hatte er eine Lungenentzündung hinter sich. Aber er würde sich bald davon erholen, auch der hartnäckige Husten würde verschwinden. Ganz bestimmt!

Vielleicht hätte sie ihn doch nicht überreden sollen, sie zur Weide zu begleiten. Sie hatte gehofft, die erste milde Frühlingsluft und etwas Bewegung würden ihm guttun. Vom Haus aus waren es kaum hundert Meter bis zur Koppel, aber Papas Atem ging schnell und rasselnd, und auf seiner Stirn perlte Schweiß.

„Es tut mir so leid, Liebes. Ich weiß, wie gern du Adrienne hast.“ Konrad Warnecke stützte sich mit einer Hand auf das Gatter der Pferdeweide, den freien Arm legte er seiner Tochter um die Schultern. „Aber jetzt, wo ich nicht mehr arbeiten kann, brauchen wir das Geld. Außerdem kannst du sie allein nicht halten. Ich habe mit Herrn Jonas gesprochen, aber er ist nicht bereit, dich im Haus wohnen zu lassen, wenn ich erst einmal nicht mehr da bin. Ich habe meiner Schwester geschrieben. Vielleicht wird Maria dich …“

„Nicht!“, fiel Emilie ihm ins Wort. „Sag nicht so etwas, Papa!“

Konrad Warnecke seufzte. „Mein Liebling, ich will dich doch nicht quälen. Aber es hat keinen Sinn, sich etwas vorzumachen. Ich habe erst gestern mit Doktor Maibach gesprochen, und er …“

„Nein, nein, nein! Ich will nichts weiter hören! Du darfst die Hoffnung nicht aufgeben, Papa! Ich brauche dich doch.“ Emilies Stimme zitterte, und Tränen glänzten in ihren dunklen Augen.

Auch die Stute schien zu merken, wie aufgewühlt ihre Besitzerin war. Sie stupste mit ihrem weichen Maul gegen Emilies Schulter und schnaubte leise. Emilie schlang ihre Arme um den Hals des Pferdes und legte ihr Gesicht gegen den großen Kopf, um ihre Tränen zu verbergen.

So lange sie denken konnte, lebten sie in diesem kleinen Haus. Es gehörte zu Gut Wildenau, und bis vor einigen Monaten war Papa dort Verwalter gewesen. Dann war er erkrankt, und nachdem er einige Monate gewartet hatte, hatte Herr Jonas einen neuen Verwalter engagiert, einen großen, dürren Mann aus der Stadt. Obwohl er gerade erst dreißig geworden war, wurde sein Haar bereits schütter.

Emilie konnte ihn nicht ausstehen, obwohl sie genau wusste, wie ungerecht sie war. Es war schließlich nicht seine Schuld, dass Papa nicht mehr arbeiten konnte – aber musste er ständig bei ihnen vorbeikommen und jedes Mal langsam durch die Räume gehen, als wollte er schon Maß für seine Möbel nehmen?

Es hatte immer nur Papa und sie gegeben. Ihre Mutter hatte Emilie nie kennengelernt, sie war bei ihrer Geburt gestorben. Aber sie hatte nie etwas vermisst. Ihr Vater unterrichtete sie selbst. Sobald sie alt genug war, hatte er ihr Lesen und Rechnen beigebracht, und Emilie verbrachte die Tage mit ihm in seinem Büro, ihre Nase in einem seiner vielen Bücher vergraben. In der freien Zeit ritten sie gemeinsam aus und galoppierten stundenlang über den Ostseestrand. Bei der Haushälterin von Gut Wildenau lernte Emilie kochen, und mit fünfzehn war sie stolz, ganz allein den Haushalt zu führen.

Emilie war glücklich in ihrer kleinen Welt. Ein Leben ohne ihren Vater war unvorstellbar. Sie ließ Adrienne los und fiel ihrem Vater um den Hals. „Du darfst nicht sterben, Papa! Bitte versprich mir, dass du wieder gesund wirst!"

Konrad Warnecke klopfte sanft ihren Rücken. „Ich verspreche dir, dass ich nicht aufgebe. Aber nicht alles im Leben liegt in unserer Hand, mein Liebling", murmelte er in ihr dunkles Haar.

Das Geräusch von Pferdehufen ließ sie aufblicken. Adrienne wieherte, als sich ein Reiter auf einem weißen Hengst näherte. Emilie hatte ihn noch nie gesehen. Das schwarze Haar und die hochgewachsene, schlanke Gestalt hätte sie nicht vergessen. Sie trocknete ihr Gesicht mit den Handflächen.

Als der Reiter sie erreicht hatte, sprang er vom Pferd. „Herr Warnecke? Mein Name ist Petersen. Ronald Petersen. Ich komme wegen Ihrer Stute."

Emilies Herz klopfte schneller, als er sich zur Begrüßung über ihre Hand beugte.

„Ein prächtiges Tier", lobte Ronald, nachdem er einige Minuten lang die Stute beobachtet hatte.

Adrienne war groß und kräftig, dabei besaß sie eine stolze Haltung, eine tiefe, breite Brust, einen schmalen Kopf mit großen, sanften Augen und weite, ausgreifende Gänge.

Mit seiner selbstbewussten Haltung und der eleganten schwarzen Kleidung war der Fremde ganz anders als die Männer hier im Dorf. Emilie war, als würde er einen Hauch große weite Welt mit sich bringen. Wie alt er wohl sein mochte? Auf jeden Fall jünger als der Vater, aber viel älter als sie. Etwa vierzig, schätzte sie. Vielleicht wirkte er aber auch durch seine ernste, selbstbewusste Art älter.

Fasziniert lauschte sie seiner dunklen klangvollen Stimme, als er sich mit ihrem Vater unterhielt, ohne auf die Worte zu hören, die die beiden Männer wechselten. Sie erwachte erst aus ihrer Versunkenheit, als er Anstalten machte, über den Zaun auf die Koppel zu springen.

„Passen Sie auf!“, entfuhr es ihr. „Adrienne ist keine fremden Menschen gewohnt.“

Ronald Petersen lachte nur. „Keine Sorge.“

Geschmeidig schwang er sich über das Gatter und ging langsam zu der Stute, die ihm neugierig entgegensah. Emilie konnte nicht erkennen, ob er zu ihr sprach, aber Adrienne schien ihm zuzuhören. Das Pferd schnupperte vorsichtig an seinem Hals, dann stupste es ihn freundlich an.

Emilie vergaß den Fremden, als ihr Vater zu husten begann. Nur mühsam kam er wieder zu Atem. „Ich gehe besser zum Haus zurück“, keuchte er schließlich.

„Ich komme mit dir, Papa.“ Emilie fasste stützend nach seinem Arm.

„Nein, bleib hier bei Herrn Petersen, falls er Fragen hat. Ich schaffe es allein.“

„Kommt nicht infrage.“ Emilie führte ihren Vater zurück zum Haus und half ihm in sein Zimmer. Schwer atmend ließ er sich auf das Bett sinken. Wieder hustete er in kurzen, trockenen Stößen, die seinen ganzen Körper schüttelten. Er presste ein Taschentuch vor den Mund, und als er es sinken ließ, war das weiße Tuch blutbefleckt.

Jeder rasselnde Atemzug schnitt Emilie ins Herz. Erst als er schließlich die Augen schloss und ruhiger atmete, verließ sie auf Zehenspitzen das Zimmer und ging hinunter.

Draußen auf der Terrasse saß Ronald Petersen. Das Licht der untergehenden Sonne warf goldene Lichter auf sein schwarzes Haar. Mit einer Flasche selbst gemachter Limonade und zwei Gläsern trat Emilie zu ihm hinaus. „Darf ich Ihnen eine Erfrischung anbieten?“

„Sehr gern, vielen Dank.“ Ronald Petersen lächelte sie an. „Adrienne ist ein wunderbares Tier. Darf ich fragen, warum Sie sie verkaufen wollen?“

Emilie seufzte. Einen Moment lang suchte sie nach einer höflichen, unverbindlichen Antwort. Doch in den Augen des Fremden sah sie nur ehrliches Mitgefühl. Noch nie hatte sie mit jemandem über ihre Sorge um den Vater gesprochen. Plötzlich brach alles aus ihr heraus. Als sie schließlich endete, war es einen Augenblick lang ganz still.

Emilie schoss das Blut in die Wangen. „Oh mein Gott! Bitte entschuldigen Sie. Ich wollte Sie nicht belästigen …“

Ronald Petersen räusperte sich. „Das haben Sie nicht. Ich … es tut mir so leid. Ich hatte ja keine Ahnung. Jetzt kommt es mir vor, als würde ich Ihnen Ihr Pferd wegnehmen. Als wäre es nicht schon schwer genug für Sie.“

Sie schüttelte den Kopf. „Ich weiß, dass ich Adrienne nicht behalten kann, und wenn ich sie schon abgeben muss, bin ich froh, wenn sie zu jemandem kommt, der sie gernhat.“

„Bei mir wird es ihr gut gehen, das verspreche ich Ihnen“, sagte Ronald Petersen ernst. Er stand auf. „Heute ist es zu spät für den Rückweg nach Eutin. Ich werde im Gasthaus im Dorf übernachten. Darf ich morgen früh wieder vorbeikommen? Vielleicht … vielleicht könnten wir zusammen ausreiten.“

„Ich würde mich freuen.“

Mai 2015, Eutin

Johanna wusste nicht, wie lange sie geschlafen hatte. Zwei Stunden? Zwei Minuten? Sie fror, und ihr Arm war eingeschlafen. Als der Wind durch die Ranken vor dem Fenster strich, wiegten sich die Schatten auf den Dielen wie Seegras in der Meeresströmung.

Johanna strich sich die Haare aus dem Gesicht und stand auf. Sofort drehte sich der Raum um sie. Ihr fiel ein, dass sie heute noch nichts gegessen hatte, aber bei dem Gedanken, in Nonnas Küche nach etwas Essbarem zu suchen, verspürte sie Übelkeit.

Sie stieg die Treppe hinunter und dachte an die Sonntage in der Küche ihrer Großmutter. Während ein Kuchen im Ofen buk, tanzten sie zur Musik der Beatles durch die Küche, und wenn sie den Kuchen schließlich anschnitten, fühlte Johanna sich wie im Himmel.

In ihrer Küche hatte Nonna die meiste Zeit verbracht. Sie war eine großartige Köchin gewesen. Bei der Erinnerung an ihre köstlichen Gerichte lief Johanna das Wasser im Mund zusammen. Blätterteig, außen knusprig, innen weich und buttrig, mit Johannisbeeren oder Zwetschgen. Und Königskuchen, mit Hefe und Zitronat und Rosinen. Johanna versuchte erfolglos, sich an die anderen Zutaten zu erinnern.

Ihre Großmutter liebte es, zu experimentieren, und Johanna liebte es, die Ergebnisse zu kosten. In der Küche schienen Nonnas lange, schlanke Finger einer Zauberkünstlerin zu gehören, wenn sie geschickt Gemüse hackte oder Pasteten formte.

Die Rezepte hatte sie in ledergebundene Notizhefte geschrieben. Johanna erinnerte sich daran, wie die Großmutter die Einträge immer mit fröhlichen Zeichnungen der Zutaten versehen hatte, pralle orangefarbene Kürbisse, Eier mit einem kleinen Küken, das oben herausschaute, eine Kuh mit einem Milcheimer darunter oder Tüten, aus denen das Mehl quoll. Manche Rezepte kamen sogar ganz ohne Text aus. Als Kind hatte Johanna in den Büchern geblättert wie in einem Bilderbuch.

Sie nahm sich vor, nach den Heften zu suchen, bevor sie zurückfuhr, und sie mit nach Hamburg zu nehmen. Vielleicht würde sie sogar selbst wieder backen. Sie stellte sich Hennings Gesicht vor, wenn er sie in der Küche überraschte. Mehr als ein paar Eier hatte sie für ihn noch nicht gekocht. Meist gingen sie essen, und wenn sie abends einmal zu Hause blieben, bestellten sie etwas beim Japaner.

Johannas Magen knurrte. Unschlüssig stand sie im kalten Flur und sah sich um. Das Haus hatte sich verändert, nicht nur äußerlich. Es fühlte sich fremd an. Leer. Ganz anders als früher. Selbst als Johanna und ihre Großmutter hier nur zu zweit gewohnt hatten, war das Haus immer voller Leben gewesen. Doch jetzt fühlte es sich ganz still an. Einsam. Aber vielleicht fühlte sich auch nur Johanna einsam.

Ich hätte Hennings Vorschlag annehmen und heute Abend zurück nach Hamburg fahren sollen, dachte sie. Bei dem Gedanken, Fotos von dem Haus aufzunehmen und ihren Kunden zu zeigen, musste sie fast lachen. Die Leute suchten schlüsselfertige Objekte, am besten frisch renoviert und fix und fertig eingerichtet. Kein Projekt, keine Baustelle.

In den vergangenen Jahren hatte Johanna genug heruntergekommene Häuser aufgekauft und renoviert. Sie wusste genau, wie viel Arbeit und Kapital nötig waren, um ein Anwesen wie Gut Petersen wieder zum Leben zu erwecken. In diesem Zustand war das Haus unverkäuflich. Investoren würden sich darum reißen, aber von denen konnte sie nur ein Taschengeld für das Haus erwarten.

Johanna griff nach ihrer Tasche und öffnete die Haustür. Die Sonne stand noch hoch an diesem Nachmittag. Der Himmel war weit und hell. Jetzt kam der Sommer, die Zeit der kurzen hellen Nächte, die Johanna schon immer geliebt hatte. Die Wintertage waren hier im Norden dunkel und kurz, doch im Sommer schienen die Tage in der Holsteinischen Schweiz kein Ende zu nehmen.

Johanna sah auf die Uhr. Zehn nach fünf, noch nicht zu spät, um nach Hamburg zu fahren. Je nach Verkehrslage konnte sie in einer guten Stunde zurück sein.

Sie sah sich noch einmal um, dann trat sie hinaus und zog die Tür hinter sich zu. Das Geräusch klang endgültig.

Wenn sie jetzt ging, war es für immer. Plötzlich konnte Johanna den Gedanken nicht ertragen. Seit Jahrhunderten hatte in diesem Haus ihre Familie gelebt. Sie wusste nicht einmal, wie viele Generationen. Sie hatten Hochzeiten gefeiert, Kinder gezeugt, geboren, verloren. Junge Frauen waren in ihren Hochzeitskleidern in das Haus gekommen und hatten es im Sarg wieder verlassen, Kinder waren lachend durch die Diele getobt. Eigentlich war ich nur hier wirklich glücklich, zuckte es ihr durch den Kopf.

Auf Gut Petersen hatte sie alles gehabt, was sie brauchte, das war an erster Stelle ihre Großmutter. Dann die Pferde. Und Jan. Nichts davon war geblieben, selbst das Haus verwitterte langsam zu einer Ruine.

Johanna holte den Autoschlüssel aus der Tasche, dann drehte sie sich noch einmal zum Haus um.

Während sie unschlüssig auf ihrer Lippe kaute, fuhr ein verbeulter weißer Geländewagen auf den Hof und hupte einmal kurz zur Begrüßung. Das Auto kam ihr vage bekannt vor. Sie versuchte, durch die Windschutzscheibe zu spähen, konnte den Fahrer aber nicht erkennen.

Die großen Reifen knirschten, als der Wagen neben ihr zum Stehen kam. Bauer Hinrichsen vom Nachbarhof stieg aus. Den Beerdigungsanzug hatte er gegen braune Cordhosen, ein kariertes Flanellhemd und Gummistiefel getauscht.

Sie hätte ihn kaum wiedererkannt. Damals war er ein Bild von einem Mann gewesen, knapp zwei Meter groß und stark genug, um einen Baumstamm auf den breiten Schultern zu tragen. Jetzt war sein blondes Haar von grauen Strähnen durchzogen und schütter geworden. Noch immer wirkte er gesund und kräftig, aber er kam Johanna kleiner als früher vor.

„Moin, moin, Johanna." Er sah auf die Schlüssel in ihrer Hand. „Bist du grad erst angekommen?"

„Ich, äh … nein, ich war schon im Haus." Sie schämte sich, ihm zu sagen, dass sie abfahren wollte. Plötzlich kam es ihr vor wie eine feige Flucht. „Ich wollte nur etwas aus dem Auto holen. Der Hof hat sich sehr … verändert seit damals."

Hauke Hinrichsen nickte ernst. „Da hast du wohl recht, Mädchen." Er drehte sich um, holte einen großen, prall gefüllten Weidenkorb aus dem Wagen und hob ihn hoch. „Meine Frau hat dir ein paar Sachen eingepackt. Frisch gebackenes Brot, Eier, ein bisschen von unserem Schinken, Butter, selbst gemachte Stachelbeermarmelade. Und einen Apfelkuchen, heute ganz frisch gebacken."

Johanna kam sich vor, als wäre sie wieder sechzehn. Neben seinem alten Geländewagen glänzte ihr nagelneuer silberner BMW-Zweisitzer plötzlich unangenehm protzig. „Vielen Dank. Das kommt gerade recht, ich habe den ganzen Tag noch nichts gegessen." Sie wollte ihm den Korb abnehmen, aber er schüttelte den Kopf. „Ich trag ihn dir ins Haus, Mädchen."

Sie unterdrückte ein Seufzen. Gefolgt von Hauke Hinrichsen ging sie wieder hinein. Als fühlte er sich hier ganz wie zu Hause, durchquerte er die Diele und steuerte direkt auf die Küche zu. Mit einem mulmigen Gefühl im Bauch folgte Johanna ihm.

Zum ersten Mal seit sie denken konnte, war der Raum kalt. Früher brannte immer ein Feuer in dem großen dunkelgrünen Kachelofen. Meist stand ein Topf auf dem Herd oder ein Kuchen buk im Ofen und verströmte seinen Duft.

Zu ihrer Überraschung war die Küche makellos geputzt. Die Kupfertöpfe über dem großen Holztisch glänzten, kein Krümel lag auf dem Terrazzoboden. Die große Porzellanspüle mit dem Doppelbecken blitzte schneeweiß. *Zucker*, *Mehl* und *Kaffee* stand auf den alten, angeschlagenen Keramikdosen, doch die hochmoderne Kaffeemaschine war das Beste, was es zurzeit auf dem Markt gab. Das letzte Weihnachtsgeschenk von Johanna. Nonna hatte einen guten Kaffee immer zu schätzen gewusst.

In der Küche war es viel heller als im restlichen Haus, das lag wohl daran, dass die Fenster vom Efeu befreit waren und sie das Sonnenlicht ungehindert hereinließen.

„Charlotte hat nur noch wenige Räume bewohnt", sagte Bauer Hinrichsen, als hätte er ihre Gedanken gelesen. „Das

Haus war viel zu groß für sie, erst recht, je älter sie wurde." Zielstrebig ging er zum Kühlschrank und stellte einige in Papier gewickelte Päckchen und drei Flaschen Bier hinein.

„Aber warum hat sie für die Arbeiten denn keine Leute mehr beschäftigt? Ich weiß, dass früher ein Gärtner gekommen ist … und eine Frau aus Eutin, die Großmutter im Haus geholfen hat." Schon bevor sie sie ausgesprochen hatte, wurde ihr klar, wie dumm die Frage war.

„Charlotte hatte kein Geld für Personal", antwortete der Nachbar schlicht. „Von dem Verkauf der Ländereien war damals wohl noch was übrig geblieben, aber das war eines Tages dann auch aufgebraucht. Um einen großen alten Besitz wie Gut Petersen in Schuss zu halten, muss man eine Menge Energie und Geld hineinstecken."

Johanna schämte sich plötzlich für ihre elegante, teure Kleidung. Sie deutete mit einer Geste um sich, die das ganze Anwesen umfasste. „Ich wusste nichts davon. Großmutter hat nie ein Wort davon gesagt." Sie kam sich vor, als würde sie billige Ausflüchte von sich geben, und zum Teil war es ja auch so. In all den Jahren hatte sie sich nicht einmal gefragt, wovon ihre Großmutter lebte.

In Hauke Hinrichsens ruhigen blauen Augen lag kein Vorwurf. „Das weiß ich. Charlotte hat immer von dir erzählt, wie oft ihr telefoniert habt und dass du sie immer nach Hamburg eingeladen hast. Sie war sehr stolz auf dich."

Geld war nie ein Thema gewesen. Sie waren nie reich gewesen, aber es hatte für alles gereicht, was sie brauchten, und Johanna war stillschweigend davon ausgegangen, dass genug vorhanden war. Die Jahre der Vernachlässigung gingen ganz allein auf ihr Konto. Sie hätte früher herkommen müssen.

„Ich hätte ihr doch geholfen … Warum hat sie das Haus nicht verkauft?"

Bauer Hinrichsen schwieg einen Moment. „Sie wollte es für dich erhalten", sagte er schließlich. Er nahm einen emaillierten

Topf aus dem Schrank und legte den Brotlaib hinein. Johanna bemerkte die ruhige Sicherheit, mit der er sich in der Küche bewegte.

Sie trat ein paar Schritte näher. „Du hast dich um meine Großmutter gekümmert, nicht wahr?“, sagte sie leise.

Er stellte den Brottopf zurück und wandte sich zu ihr um. „So gut ich konnte ... hab ein bisschen Unkraut entfernt, das Gröbste gemacht.“ Er zuckte mit den Schultern. „Aber wir haben selbst so viel zu tun auf dem Hof ... mehr hab ich nicht geschafft.“

„Dann hatte Nonna wenigstens ein bisschen Hilfe. Möchtest du vielleicht einen Kaffee?“, fragte Johanna, weil sie nicht wusste, was sie sonst sagen sollte.

„Nein danke, ich muss wieder los.“ Er reichte ihr seine schwielige Hand. „Es tut mir sehr leid, Johanna, Charlotte war ein wunderbarer Mensch.“

„Hätte sie doch bloß mit mir geredet ...“

An der Tür blieb der Bauer noch einmal stehen. „Hast du dir schon überlegt, was du mit dem Haus machen willst?“

Johanna zuckte mit den Schultern. „Ich denke, ich werde es verkaufen. Allerdings ist es in dem Zustand nicht viel wert.“ Aber wäre es renoviert, könnte man ein Vermögen dafür bekommen.

Hauke Hinrichsen nickte gedankenvoll, dann hob er noch einmal die Hand und ließ sie allein.

Johanna ging zum Kühlschrank und betrachtete unschlüssig den Holsteiner Schinken und die Marmelade. Beim Gedanken an Essen schnürte sich ihr die Kehle zu, aber sie musste versuchen, wenigstens ein bisschen hinunterzubekommen.

Sie schnitt sich eine dicke Scheibe Bauernbrot ab, bestrich sie mit Butter und legte einige Scheiben Schinken darauf. Im Kopf rechnete sie den Fettgehalt der Mahlzeit aus und fragte sich, wie lange sie wohl joggen musste, um alles wieder zu verbrennen.

Henning und sie verzichteten auf rotes Fleisch und fettes Essen, nichts Gebratenes, keine Weißmehl-Produkte. Aber der Schinken sah köstlich aus, genau wie das knusprige Bauernbrot. Wenn Henning hier wäre, würde er nach Eutin fahren und gegrillte Putenbrust oder Garnelen auftreiben, grünen Salat und dazu eine Flasche trockenen Weißwein.

Nun, Henning war nicht hier, und Johanna fühlte sich plötzlich ausgehungert nach einem deftigen Schinkenbrot. Mit wenigen Bissen hatte sie die Schnitte verschlungen und aß direkt noch eine hinterher. Dann ging sie noch einmal zum Kühlschrank, nahm eine Flasche Bier heraus, öffnete sie und trank sie mit zwei großen Schlucken halb leer.

Mit der Flasche in der Hand ging sie zur Gartentür. Sie führte hinaus in einen Küchengarten, der von einer Mauer aus rotem Backstein umgeben war. Je nach Jahreszeit hatte Nonna dort Tomaten, Salat, Kürbisse, Himbeeren, Erdbeeren und alle erdenklichen Kräuter geerntet, von denen Johanna nicht einmal den Namen kannte.

Die Großmutter hatte geflucht wie ein Seemann, wenn wieder mal Kaninchen oder Rehe die frischen Triebe abgefressen hatten. Bauer Hinrichsen hatte ihr angeboten, Fallen aufzustellen, aber das hatte sie nie übers Herz gebracht.

Johanna lächelte bei der Erinnerung. Sie nahm noch einen großen Schluck aus der Bierflasche, dann ging sie hinaus. Die alte Wildrose lehnte neben der Tür am Spalier. Ihre Zweige trugen schwer an den weißen Blüten.

Zwischen Stauden und Kräutern war kein Unkraut zu entdecken. Auch der Apfelbaum sah aus, als wäre er vor dem letzten Winter sorgsam beschnitten worden. Johanna lächelte, als sie den knorrigen alten Baum betrachtete. Noch immer war sie im ersten Augenblick jedes Mal enttäuscht, wenn sie in einen Apfel biss. Nie wieder war ihr ein Apfel so knackig und saftig vorgekommen wie von diesem Baum.

Mit einem Zug leerte sie das Bier und stellte die Flasche auf dem schmiedeeisernen Tisch auf der kleinen Terrasse ab, dann ging sie langsam über den schmalen Kiesweg durch den Garten. Mit den Fingerspitzen fuhr sie über die Blätter der Rosensträucher.

Hin und wieder bückte sie sich und riss ein paar vorwitzige Grashalme aus den Beeten oder knipste eine welke Rosenblüte ab, so wie Nonna es immer gemacht hatte. Sie sah die Großmutter vor sich, wie sie Unkraut zupfte, abgeknickte Zweige und verblühte Pflanzen abschnitt.

Der Gedanke, sie nie wieder in ihrem Garten zu sehen, machte Johanna so traurig, dass sie die Hände auf die Augen pressen musste, um die Tränen zurückzuhalten. Sie spürte, wie sie dennoch über ihre Wangen liefen. Als dunkle Flecke tropften sie auf die silbergraue Seidenbluse. Es war schön, sich Nonna so verbunden zu fühlen, doch gleichzeitig stiegen mit den Erinnerungen Trauer und Schuldgefühle umso heftiger in ihr auf.

Sie erinnerte sich daran, wie sie als Kind im Garten Seilchen gesprungen war, die Terrassensteine warm unter den nackten Füßen. Aus der Küche konnte sie Nonna mit Geschirr klappern hören. Wenn sie zu viel Sonne abbekommen hatte, rieb die Großmutter ihr abends das Gesicht mit einem selbst gemachten Kräutersud ein. Es kam Johanna vor, als wären dies die friedlichsten Stunden ihres Lebens gewesen.

„Du fehlst mir so sehr, Nonna", flüsterte Johanna. „Hätte ich nur noch eine Chance, alles wiedergutzumachen." Sie vergrub ihr Gesicht in den Händen und weinte.

Als ihr Schluchzen verebbte, stand die Sonne schon ein Stück tiefer am Himmel. Johanna trocknete mit den Handflächen ihr Gesicht und ging weiter.

Ein Rosenbogen führte aus dem Küchengarten hinaus, und sie trat in einen wild wuchernden Urwald. Man konnte gerade noch die Strukturen des ehemals liebevoll gepflegten Gartens erkennen, mehr nicht. Die Überreste von zwei schmalen Wegen schlängelten sich durch Gras und Unkraut zum See.

Doch im Gegensatz zum Haus wirkte der Garten nicht heruntergekommen und trostlos, sondern eher wie verzaubert. Neben ineinander verschlungenen Rosenbüschen glühten Rhododendren in allen Schattierungen von Blutrot über Pink bis Lavendelblau. Am Ufer des Sees stand eine verrostete Eisenbank. Über dem dunklen Wasser stiegen leichte violette Nebel auf und verloren sich in den Baumkronen.

Zwischen hohem Schilf und wuchernden Sträuchern war am anderen Seeufer der alte achteckige Pavillon zu sehen. Früher hatte dort einmal ein Jägerhäuschen gestanden, wusste Johanna aus den Erzählungen ihrer Großmutter, aber es war schon vor vielen Jahren abgebrannt. An genau derselben Stelle hatte Ronald Petersen einen Rosenpavillon erbaut.

Langsam ging sie weiter zum Seeufer und setzte sich auf den windschiefen Stamm einer Uferweide. Wie oft hatte sie früher auf diesem Baum gehockt, der sich wie eine halb verfallene Brücke weit über den See hinausneigte. Von hier oben konnte man ungehindert in das Wasser schauen wie in einen Spiegel, versteckt vor aller Welt.

Das Schilf am Ufer war im Laufe der Jahre dichter geworden, aber da der Schwanensee aus der Schwentine mit frischem Wasser gespeist wurde, hatte ihm die Zeit der Vernachlässigung vermutlich nicht geschadet.

Ein traumhafter Ort, dachte Johanna. Anwesen wie Gut Petersen gab es nicht mehr viele. Im renovierten Zustand wäre es ein schwindelerregendes Vermögen wert. Der Gedanke gefiel ihr. Es würde Monate dauern, alles hier wieder zum Leben zu erwecken. Sie überschlug die Zahlen, dann schüttelte sie den Kopf. Selbst wenn sie gute Handwerker finden könnte und persönlich die Bauleitung übernahm, würde ihr Erspartes kaum für die Renovierung reichen.

Das ist doch sowieso Unsinn! verwarf sie den Gedanken. Nicht nur wegen der Kosten. Ihr Leben spielte sich in Hamburg ab, und sie wusste aus Erfahrung, dass eine Renovierung, erst recht in dieser Größenordnung, nicht nur jede Menge Geld, sondern auch Zeit erfordern würde. Und doch … Sie seufzte, schüttelte wieder den Kopf und blickte über den See.

Langsam senkte sich die Sonne, das Wasser wurde dunkler, und eine nahe Eule schrie in den Bäumen. Als erste Regentropfen auf ihr Gesicht fielen, beschloss Johanna, später darüber nachzudenken. Am besten würde sie die Sache mit Henning durchsprechen. Sie sprang vom Baum und lief zurück zum Haus.

Ihr war, als würde mit jedem Schritt ihre alte Verbundenheit mit diesem Ort wieder in ihr aufsteigen. Kein Wunder, dass sie so melancholisch war. Immerhin hatte sie heute ihre geliebte Nonna zu Grabe getragen.

Ein Windstoß wehte feuchte Luft vom See heran. Johanna erschauerte und lief schneller – bis sie den Küchengarten erreichte. Abrupt blieb sie stehen. Vor der Tür zum Haus lag ein riesiges Tier. Ein Wolf! war Johannas erster Gedanke, als sie das kurze schwarzgraue Fell und die spitzen, aufgestellten Ohren sah. Die Schnauze hatte das Tier zwischen den Pfoten vergraben.

Vorsichtig wich sie einen Schritt zurück, dann noch einen. Unter ihrem Fuß knackte ein Zweig. Das Ungeheuer hob den Kopf und sah sie direkt an. Wenigstens blieb es liegen. Dann winselte es, und sie begriff, dass es nur ein Hund war.

Johanna hatte nicht viel für Hunde übrig. Kleine fand sie manchmal noch ganz niedlich, aber meist ging ihr das Gekläffe auf die Nerven. Große Hunde dagegen waren ihr unheimlich. Sie wusste nie, was in diesen pelzigen Köpfen vor sich ging.

Pferde, die verstand sie. Als sie klein war, konnte sie stundenlang auf dem Gatter der Weide sitzen und Großmutters Holsteinern zusehen. Ohne dass es ihr jemand erklären musste, wusste sie, was ein Zucken des Schweifs oder gespitzte

Ohren zu bedeuten hatten. Donnernde Pferdehufe jagten ihr keine Angst ein. Große Hunde schon.

Dieser Hund war groß. Und ihr Handy lag im Haus. In der Handtasche, zusammen mit dem Schlüssel für den Vordereingang und dem Autoschlüssel. Bauer Hinrichsen besaß sicher einen Zweitschlüssel, aber bis zu seinem Hof brauchte sie zu Fuß mindestens zwanzig Minuten. Ausgerechnet jetzt wurde der Regen stärker, und sie hatte keine Jacke dabei.

In diesem Moment legte das Tier den Kopf in den Nacken und stieß ein schauerliches Geheul aus. Ein Angriffsschrei? Johanna sah sich nach etwas um, das sie als Waffe benutzen konnte. Warum lag der Hund überhaupt hier vor der Tür? Nonna hatte keinen Hund besessen, das hätte sie bestimmt erwähnt.

Jetzt winselte der Hund. Bei dem Laut überlief Johanna eine Gänsehaut. Noch nie hatte sie ein so klägliches Geräusch gehört. Vielleicht war er verletzt. Zögernd trat sie einen Schritt näher. Der Hund rührte sich nicht, winselte nur noch einmal leise, dann steckte er die lange, schmale Schnauze wieder zwischen die Pfoten.

Schritt für Schritt ging Johanna weiter. Ihr Herz raste, als sie im Zeitlupentempo die Hand nach der Klinke ausstreckte. Der Hund hob den Kopf. Sie konnte seinen Atem an ihrer Wade spüren, dann hatte sie die Tür aufgestoßen. Schneller, als sie gucken konnte, sprang der Hund auf und drückte sich an ihr vorbei. Er verschwand im Haus und lief zielstrebig durch die Küche in die Diele. Johanna rannte ihm nach und sah gerade noch, wie er im ersten Stock um die Ecke bog.

Sollte sie den Tierschutzverein anrufen? Oder vielleicht Bauer Hinrichsen? Irgendwie musste sie das Vieh wieder aus dem Haus bekommen. Vielleicht hatte es die Tollwut.

Langsam folgte sie dem Hund die Treppe hinauf. Im ersten Stock war nichts von ihm zu sehen und zu hören, aber am Ende des Flurs stand eine Tür halb auf. Nonnas Schlafzimmer. Johanna griff nach einem bronzenen Kerzenleuchter und hielt ihn schützend vor sich, als sie vorsichtig den Kopf durch den Türspalt steckte.

Der Hund lag zusammengerollt vor Nonnas Bett, das Kopfkissen hatte er auf den Boden gezogen und seinen Kopf daraufgelegt. Ohne sich zu rühren, stieß er wieder sein leises, jämmerliches Winseln aus.

Johanna ließ den Kerzenleuchter sinken. Tränen brannten in ihren Augen. „Du vermisst sie auch, nicht wahr?"

„Was? Nonna hatte einen *Hund*? Wieso hat sie denn nie ein Wort davon erwähnt? Seit wann?" Johanna ließ sich auf einen Küchenstuhl fallen.

Der Hund lag noch immer oben vor dem Bett. Er hatte sich weder mit Worten noch Schinken aus dem Schlafzimmer locken lassen. Schließlich hatte Johanna ihm eine Schüssel mit Wasser und ein Schinkenbrot neben das Bett gestellt und Bauer Hinrichsen angerufen.

„Ach, noch nicht so lange. Sie hat ihn vor ein paar Monaten angeschossen im Wald gefunden und zum Tierarzt gebracht. Als sich kein Besitzer meldete, hat sie ihn gesund gepflegt, und er ist geblieben."

Hauke Hinrichsen zögerte einen Moment, bevor er fortfuhr. „Sie hat ihn Wolf genannt. Als Charlotte ... wir haben ihn zu uns genommen, aber als wir ihn heute Morgen rausgelassen haben, ist er nicht zurückgekommen. Er schwimmt für sein Leben gern im See. Wir dachten, er wird wohl dorthin gelaufen sein und kommt wieder, wenn er Hunger hat."

„Er liegt jetzt vor Großmutters Bett und rührt sich nicht."

„Er ist Charlotte nicht von der Seite gewichen. Seit ihrem Tod hat er kein Fressen angerührt. Vielleicht wäre es besser, Dr. Brenner würde kommen und ihm eine Spritze geben. Er quält sich doch bloß."

Dr. Brenner musste dann wohl der Tierarzt sein. „Auf keinen Fall.“ Wenn Trauer ein Grund wäre, einen einzuschläfern, wäre sie schon lange tot. „Ich kümmere mich um ihn.“

„Aber … du bleibst doch bloß einen Tag, hast du gesagt. Ein Tier wie ihn kannst du nicht mit in die Stadt nehmen. Dann besser Dr. Brenner.“

„Ich lass mir was einfallen.“

Was würde Henning zu einem depressiven Wolfshund sagen? Sie sah vor sich, wie der Hund in Hennings Garten wühlte und sein Bein an einem vom Landschaftsgärtner sorgfältig beschnittenen Busch hob.

Aber Einschläfern kam jedenfalls nicht infrage.

3. KAPITEL

12. April 1935, Brodersby, Schleswig-Holstein

Ronald Petersens Aufenthalt dehnte sich von einer Übernachtung auf eine Woche aus. Aus einem gemeinsamen Ausritt wurden zwei, dann drei. Jeden Tag besuchte er die Warneckes. Er ritt mit Emilie zum Strand und über die Felder, nahm die Mahlzeiten gemeinsam mit ihnen ein und verbrachte Stunden im Gespräch mit Konrad Warnecke. Bald kam es Emilie so vor, als würde er zur Familie gehören.

Abends, wenn ihr Vater früh zu Bett gegangen war, saßen Emilie und Ronald auf der Terrasse, und er erzählte ihr von seinem Gut, von seinen Pächtern, ihren Sorgen und Nöten und seinen Plänen für die Zukunft. Er hatte sein Gut auf Milchwirtschaft umgestellt und plante, bis nach Afrika zu exportieren. Emilie lauschte ihm staunend. „Waren Sie schon einmal in Afrika?“

Er lächelte. „Mit zwanzig bin ich einmal bis zum Kap der guten Hoffnung gereist. Aber das ist schon ein halbes Leben her. Jetzt werde ich auf dem Gut gebraucht.“

„Dann werden Sie bestimmt bald wieder nach Eutin zurückkehren.“ Emilies Herz wurde schwer. Sie wagte nicht, ihn zu fragen, warum er bis jetzt geblieben war.

„Ich kann nicht viel länger bleiben. Man erwartet mich zu Hause. Aber …“

„Aber?“, fragte Emilie leise.

„Ich möchte Sie nicht alleinlassen.“

Sie nahm all ihren Mut zusammen. „Wartet Ihre … Familie auf Sie?“

„Nein. Meine Eltern leben nicht mehr, und ich habe nie geheiratet.“

„Oh.“ Einen Moment lang war es still. „Warum nicht?“

Er sah ihr in die Augen. „Ich habe nie die Frau gefunden, mit der ich den Rest meines Lebens verbringen möchte."

Emilie entdeckte einen Ausdruck auf seinem Gesicht, den sie noch nie gesehen hatte. Plötzlich glühten ihre Wangen. Sie zwang sich, die Augen abzuwenden, und strich unsicher mit den Händen über ihre Haare. „Sie reden mit sehr viel Liebe über Ihr Gut. Sie vermissen es bestimmt schon, nicht wahr?"

„Ja. Aber wenn ich wieder zurückkehre, werde ich etwas anderes noch viel mehr vermissen."

Emilies Herz klopfte heftig, und ihre Hände zitterten in ihrem Schoß. „Was?"

„Sie, Emilie. Ich werde Sie vermissen."

„Ich … werde Sie auch vermissen", gestand sie ihm, ohne zu zögern.

Er lachte leise. „Sie sind eine sehr ungewöhnliche junge Frau." Er stand auf. „Ich sollte mich jetzt besser für heute verabschieden. Darf ich Sie morgen früh wieder zu einem Ausritt abholen?"

„Das wäre schön."

Zum Abschied beugte er sich über ihre Hand und ließ seine Lippen einen Moment auf ihren zitternden Fingern ruhen, bevor er ging. Emilie schaute ihm nach. Erst als sie ihn nicht länger sehen konnte, legte sie die Lippen auf ihre Hand, auf die Stelle, die gerade noch Ronalds Lippen berührt hatten.

„Ronald", flüsterte sie. Sie hob die Arme und drehte sich um sich selbst. Immer und immer wieder, bis ihr schwindelig war. Sie wusste selbst nicht, warum sie so glücklich war. „Ronald, Ronald, Ronald!"

Eutin, Mai 2015

Draußen war es längst dunkel geworden. Johanna dachte darüber nach, ob sie eine zweite Flasche Bier öffnen sollte, aber

Alkohol machte sie immer noch nur melancholischer. Sie nahm ihr Handy vom Küchentisch und wählte Hennings Nummer.

Schon beim ersten Klingeln ging er ans Telefon. „Johanna!"

Sie seufzte erleichtert. „Henning."

„Ich wollte dich auch gerade anrufen, Schatz. Ist alles in Ordnung?"

Johanna kniff die Augen so fest sie konnte zusammen, damit sie nicht zu weinen anfing. Sie wollte, dass er sie festhielt. Sie wollte seine Arme um sich spüren. „Alles gut", sagte sie, aber sie konnte das Zittern in ihrer Stimme nicht ganz unterdrücken. Sie setzte sich auf den Fenstersitz, zog die Knie an die Brust und umschlang sie mit den Armen. Das Handy klemmte sie zwischen Schulter und Ohr.

„Kommst du heute noch nach Hause?"

Johanna suchte nach Worten, um ihm ihr Gefühlschaos zu erklären, aber dann sagte sie nur: „Nein, ich kann nicht. Hier ist noch zu viel zu tun."

„Hast du schon die Fotos gemacht?"

Im ersten Moment wusste sie nicht, wovon er redete. „Für den Verkauf, meinst du? Nein. Hier hat sich einiges verändert. Das Haus ist in einem furchtbaren Zustand. Seit Jahren wurde hier nichts mehr gemacht. Ich hatte nicht die geringste Ahnung, dass Nonna Geldsorgen hatte. Sie hat mir nie was davon gesagt!"

„Wahrscheinlich wollte sie dich nicht mit ihren Problemen belasten. Mein armer Liebling, das muss ein Schock für dich gewesen sein. Wärst du mal lieber mit mir zusammen nach Eutin gefahren! Was hast du jetzt mit der Immobilie vor? Lohnt sich eine Renovierung überhaupt noch?"

Das ist keine *Immobilie*, dachte Johanna. Es ist mein Zuhause. „Davon gehe ich aus. Aber es stehen eine Menge Renovierungen an, das Ganze wird ein kleines Vermögen kosten."

Henning lachte leise. „Zum Glück gibt's genug Leute mit dem nötigen Kleingeld, die schon immer ein Gutshaus mit eigenem See besitzen wollten."

Der Gedanke, dass irgendein Fremder Gutsherr auf ihrem Hof spielen würde, gefiel Johanna nicht. „Du glaubst nicht, was ich heute entdeckt habe", wechselte sie das Thema.

„Erzähl's mir."

„Nonna hatte einen Hund. Einen riesigen Wolfshund."

„Was?"

„Ja, sie hat ihn vor ein paar Monaten gerettet und behalten. Und jetzt liegt er in ihrem Zimmer und rührt sich nicht."

„Ein Wolfshund? Er ist bei dir im Haus? Bist du denn sicher, dass er nicht gefährlich ist?"

„Ja, das heißt …"

„Schatz, warte mal eine Sekunde, ja? Ich hab gerade einen Anruf auf der anderen Leitung bekommen."

Johanna wartete und starrte dabei aus den hohen Sprossenfenstern. Draußen stieg über dem See der Vollmond auf. Sie schloss die Augen und lauschte den Geräuschen des Hauses, dem Knacken der alten Balken, dem seltsamen Geraune, mit dem der Wind um die Fenster strich, dem Rauschen und Blubbern der Heizungsrohre. Draußen schrie ein Käuzchen, ein anderes antwortete. Sie lächelte, und für einen Moment konnte sie fast glauben, dass sie nie fortgegangen war.

„Also, deine Großmutter hatte einen Hund … hast du schon mit einem Tierheim gesprochen?"

Johanna zuckte zusammen und öffnete die Augen. Fast hatte sie Henning vergessen. „Noch nicht, vielleicht nimmt ihn ja einer von den Nachbarn auf."

„Ich drück dir die Daumen. Und dem Hund. Also, wann reist du ab? Ehrlich gesagt hatte ich gehofft, du würdest dich doch noch heute auf den Weg machen."

„Als ich das Haus gesehen habe, wollte ich das sogar, aber dann kam ein Nachbar … und der Hund …" Johanna starrte auf den Terrazzoboden, die schwarz-weißen Steine verschwammen vor ihren Augen. „Ich wünschte, du wärst jetzt hier. Aber ich bleibe ja nicht mehr lange. Du fehlst mir, Henning."

„Du fehlst mir auch, Schatz. Versprich mir, dass du morgen nach Hause kommst. Und vor allem, dass du auf der Autobahn nicht so rast. Ich weiß doch, wie du fährst, wenn du nicht gut drauf bist."

„Ich kümmere mich hier nur noch um den Hund und verschaffe mir einen Überblick über den Zustand des Anwesens. Morgen werde ich bestimmt abreisen, und ich verspreche dir, ich werde vorsichtig fahren."

„Gut, Hauptsache, es kommt nicht noch einmal etwas dazwischen! Bei der Ehrung am Freitag möchte ich nämlich nur einen Menschen unbedingt an meiner Seite haben."

Sie schickte ihm einen Kuss durchs Telefon. „Keine Sorge, bis dahin bin ich längst wieder zurück. Den Abend will ich um keinen Preis verpassen." Sie schloss die Augen und stellte sich vor, wie er groß und blond am Rednerpult stand und die Ehrung in Empfang nahm. Die Stiftung *Kulturförderung Hamburg*, die Hennings Großvater ins Leben gerufen hatte und die Henning seit einigen Jahren leitete, würde den Hamburger Stiftungspreis erhalten. Johanna freute sich so für ihn.

Es ging dabei nicht nur um die Anerkennung seiner Arbeit und seines sozialen und kulturellen Engagements, die Ehrung würde sich auch positiv auf seine Wahl in den Hamburger Senat auswirken. Nicht, dass er dabei Hilfe nötig hätte.

„Johanna", sagte Henning weich, „ruf mich an, wenn es dir nicht gut geht, ja? Jederzeit, auch wenn's mitten in der Nacht ist. Ich liebe dich."

„Ich liebe dich auch, bis morgen, Henning." Johanna legte auf. Henning war ein Schatz, und das Telefonat hätte tröstlich sein sollen. Sie fragte sich, warum stattdessen nur ein Gefühl der Gereiztheit zurückgeblieben war.

Sie sah auf die Uhr. Halb elf. Auch wenn ihr fast die Augen zufielen, wollte sie noch nicht zu Bett gehen. Sie könnte sich das Haus natürlich auch jetzt noch anschauen, aber mehr Sinn machte es im Tageslicht. Außerdem war ihr Pensum an Erinnerungen für heute gedeckt. Sie beschloss, zuerst noch einmal nach dem Hund zu sehen.

Er lag noch immer vor dem Bett, das Schinkenbrot hatte er nicht angerührt. „Hallo, Wolf", sagte sie und kam sich dabei ein bisschen albern vor. Der Hund regte sich nicht. Ganz geheuer war er Johanna nicht. „Ich weiß genau, wie dir zumute ist. Aber trotzdem musst du etwas essen. Hast du denn keinen Hunger?" Immer noch nichts.

Sie zuckte mit den Schultern und ging zu ihrem Zimmer am Ende des Flurs. Vor der Tür blieb sie stehen. Das Herz schlug ihr bis zum Hals. Ohne das Licht einzuschalten, ging sie hinein. Das fahle Licht des Vollmonds zeigte ihr, dass Nonna nichts verändert hatte. Das schmale, hohe Himmelbett, der kleine Schreibtisch vor dem Fenster, der weiche, alte Ledersessel. Vielleicht hingen sogar noch ihre alten Kleider im Schrank.

Johanna blickte zum Bett hinüber. Sie zweifelte daran, dass sie hier schlafen konnte. Aber sie könnte sich wenigstens für einen Moment hinlegen. Sie streckte sich auf der blauen Tagesdecke aus und schob sich ein Kissen unter den Kopf. Sie hatte einen muffigen Geruch erwartet, aber das Bett duftete nach Seife, nach Wäsche an einer Leine im Garten.

Johanna erwachte früh. Das erste Sonnenlicht brach sich in den Weinranken vor den Fenstern und tüpfelte den Boden. Während sie sich in ihrem kleinen Bad nebenan die Zähne putzte, blickte sie aus dem Fenster.

Ihr Zimmer befand sich im nach hinten gelegenen Teil des Hauses, von hier aus sah man hinunter auf den Schwanensee. Aber heute Morgen breitete sich wie so oft in dieser seenreichen Gegend eine dichte Nebeldecke über das Land. Die weißen Schleier tanzten im Wind über dem Garten, und vom See war nur ein dunkler Schatten zu sehen. Gedämpft durch das Nebeldickicht drang das Wiehern eines Pferdes zu ihr.

Erst jetzt fiel Johanna der Hund wieder ein. Sie zog Jeans und einen Pullover an, dann ging sie in Nonnas Schlafzimmer. Wolf lag still in derselben Position wie gestern, das Schinkenbrot neben ihm auf dem Teller war unberührt. Einen Moment lang fragte Johanna sich, ob er überhaupt noch lebte. Vielleicht war er an gebrochenem Herzen gestorben. Ganz langsam ging sie einen Schritt näher zu ihm.

Sie hätte fast vor Schreck aufgeschrien, als er einen kummervollen Ton tief aus der Kehle ausstieß. Johanna vergaß ihre Angst. Sie ging zu ihm, kniete sich neben ihm auf die Holzdielen und legte ihm die Hand auf den Kopf. Als er still liegen blieb, wurde sie mutiger und kraulte ihn hinter den Ohren, dabei murmelte sie leise tröstliche Worte. Sie blieb eine Weile bei ihm, aber der Hund reagierte nicht auf sie.

Wenn sich nichts änderte, musste sie wohl wirklich den Tierarzt rufen. Johanna seufzte und ging in die Küche. Während sie ein Stück von Frau Hinrichsens Apfelkuchen aß, dachte sie darüber nach, was sie heute zuerst tun sollte. Erst mal spazieren gehen, entschied sie.

Den Weg zum Dodauer Forst konnte sie immer noch mit geschlossenen Augen finden. Zuerst hinunter zum See und durch das angrenzende Wäldchen, dann weiter durch die Felder. Wie fast auf allen Wegen hier, ging es sanfte Hügel hinauf und hinunter, über Weiden und durch kleine Baumgruppen. Zur Rechten sah sie den Hinrichsenhof mit der lang gestreckten Scheune und dem Getreidesilo. Bauer Hinrichsen tuckerte in seinem Traktor hinaus auf die Felder. Nach dem nächsten Hügel lagen die Buchen vom Dodauer Forst vor ihr.

Ein leichter Wind rauschte durch die Baumwipfel. Die Sonne war herausgekommen, und ihre Strahlen fielen fast waagerecht durch das frische Blattwerk. Johanna betrachtete die alten Bäume und dachte an Jan. An diesem frühen Mittwochmorgen war sie noch allein im Wald, aber ihre Erinnerungen begleiteten sie.

Unter dem grünen Blätterdach des Buchenwaldes ging sie weiter, bis sie zu einer Lichtung kam. In der Mitte erhob sich eine mächtige einzelne Eiche. Mit ihrer majestätisch ausladenden Baumkrone überragte sie sämtliche anderen Bäume.

Die Bräutigamseiche.

Einige Äste der mächtigen Eiche waren dicker als die schlanken Stämme der umstehenden Buchen. Seit mehr als fünfhundert Jahren stand die Bräutigamseiche der Überlieferung zufolge hier im Dodauer Forst. Aber das war nicht ihre einzige Besonderheit. Nachdem sie vor mehr als hundert Jahren der Dodauer Försterstochter und ihrem Liebsten Glück gebracht hatte, diente eins ihrer Astlöcher als Briefkasten für Liebespaare.

Die beiden hatten sich seit ihrer Kindheit geliebt, aber ihre Eltern wünschten sich andere Ehepartner für die Kinder. Als die beiden nicht bereit waren, einander aufzugeben, verboten die Eltern ihnen schließlich jeden Kontakt. Doch auch das konnte die Liebenden nicht trennen. Sie schrieben sich lange Briefe, die sie füreinander im Astloch des Baumes versteckten. Ihre unbeugsame Liebe stimmte die Eltern schließlich doch noch um, und die Försterstochter und ihr Liebster heirateten unter der Eiche.

Seit jenem Tag waren nicht wenige Paare ihrem Beispiel gefolgt. Doch besonders beliebt war die Eiche bei Alleinstehenden. Männer und Frauen von nah und fern schickten Briefe mit ihren Wünschen und Hoffnungen an die Eiche und hofften, dass ein anderes einsames Herz sie fand.

Inzwischen war die Bräutigamseiche weit über Eutins Grenzen hinaus bekannt und besaß sogar eine eigene Postadresse. Der altehrwürdige Baum war so populär geworden, dass der örtliche Postbote waghalsig die Leiter hinaufsteigen und Briefe mit der Adresse *Bräutigamseiche, Eutin* in das faustgroße Astloch ausliefern musste. Auf diese Weise hatte die Eiche schon manche Ehe gestiftet.

Der Sage nach hatte sie ein keltischer Fürstensohn als Dank für ein Christenmädchen gepflanzt, das ihn vor dem Tod gerettet hatte. Noch heute feierte die Eutiner Kirche zu Pfingsten einen Gottesdienst an der Eiche.

Und manche glaubten noch immer fest daran, dass ein Mädchen innerhalb der nächsten zwölf Monate heiraten würde, wenn es bei Vollmond ohne zu lachen dreimal den Baum umrundete.

Bei mir hat's jedenfalls nicht geklappt, dachte Johanna ironisch. Ganz im Gegenteil! In einer Vollmondnacht im August vor zwölf Jahren hatte sie sich aus dem Haus geschlichen. Sie hatte ihre Stute Silberschweif gesattelt und am Zügel vom Hof geführt, damit Nonna nicht vom Klappern der Hufe erwachte. Erst am Ende der Allee stieg sie in den Sattel und ritt zur Eiche.

Allein im nächtlichen Wald war es Johanna nicht schwergefallen, nicht zu lachen. Nur Silberschweifs Schnauben gab ihr ein bisschen Mut. Begleitet vom monotonen Zirpen der kleinen Waldtiere und verdächtigem Knacken im Unterholz, raste sie um den Baum, so schnell sie konnte. Kaum war sie fertig, sprang sie wieder auf den Pferderücken und verließ den Wald.

Dabei hätte sie den Zauber nicht einmal gebraucht. In zwei Tagen wollte sie sich an genau dieser Stelle verloben. Sie glaubte so fest an Jans Liebe wie daran, dass am nächsten Tag die Sonne aufging. Sie wusste selbst nicht genau, warum sie um den Baum gelaufen war. Vielleicht hatte sie auf den Segen der Götter gehofft.

Drei Tage später hatte sie Eutin verlassen.

Johanna schüttelte den Kopf, um die Erinnerung abzuschütteln. Sie fragte sich, wie viele Liebende die Eiche heute noch nutzten. War sie in Zeiten des Internets überflüssig geworden?

Ich könnte mal nachsehen, dachte sie. Sie vergewisserte sich, dass keiner in der Nähe war. Dann erklomm sie die Leiter und langte vorsichtig in das Astloch. Wie sie erwartet hatte, war es leer. Sie wollte die Hand schon zurückziehen, als ihre tastenden Finger einen Brief fanden. Sie zuckte zusammen, als hätte sie einen Stromschlag erhalten. Ihr Herz raste.

Johanna zog die Hand aus dem Astloch und ließ die Stirn an die raue Baumrinde sinken. Wie oft hatte sie hier gestanden und einen Brief von Jan aus dem Baum gezogen! Dabei hatte sie jedes Mal an die Försterstochter und ihren Liebsten gedacht. Auch deren Eltern hatten ihnen die Liebe verboten – und später dann doch ihren Segen gegeben.

Im Gegensatz zu ihnen waren Jans Eltern allerdings noch weit vom Nachgeben entfernt gewesen. Auf keinen Fall durfte ihr einziger Sohn und Erbe ein Mädchen heiraten, dessen Familie nicht nur verarmt, sondern auch in einen Skandal verwickelt war.

Das alles spielt längst keine Rolle mehr, sagte Johanna sich. Vielleicht kam sie auf andere Gedanken, wenn sie den Brief las, der in der Eiche lag. Sie steckte wieder die Hand ins Astloch und zog ihn heraus. Ein Brief ohne Umschlag. Merkwürdig, der Postbote hatte ihn jedenfalls nicht gebracht.

Sie drehte das zusammengefaltete Blatt in der Hand. Der Brief sah aus, als hätte er seit Ewigkeiten in der Eiche gelegen, nicht erst seit Tagen oder Wochen, sondern seit vielen Jahren. Das vergilbte Papier musste teuer gewesen sein. Für einen Briefbogen wog es ungewöhnlich schwer in der Hand.

Johanna steckte das Blatt in die Jackentasche, kletterte die Leiter hinunter und setzte sich auf eine der rohen Holzbänke, die man rund um die Bräutigamseiche errichtet hatte. Dann zog sie den Brief wieder aus der Tasche. Sie faltete ihn auseinander und hob die Brauen. Die altdeutsche Schrift passte zu dem altertümlich anmutenden Papier.

Die hohen, aufrechten Buchstaben sahen aus, als wären sie mit Tinte geschrieben worden. Wie waren diese alten Zeilen in die Bräutigamseiche gekommen? Vor zwölf Jahren hatte dieser Brief jedenfalls noch nicht dort gelegen. Johanna hatte das Postfach oft genug abgetastet.

Neugierig begann sie zu lesen.

Meine Liebe, mein Leben, mein Alles!

Was habe ich getan? Was habe ich nur getan?

Mit Freuden würde ich mein Leben geben, könnte ich dafür die Uhr zurückdrehen.

Nur unsere Tochter hält mich davon ab, Dir zu folgen. Die unermessliche Schuld, die Schuld, die meine Seele verbrennt, macht jede Sekunde zur Qual.

Du, meine zarte Rose … In der Welt ohne Dein Lachen herrscht ewige Nacht. Ich habe Dich geliebt, ich liebte Dich so sehr, und ich werde Dich lieben bis zu meinem letzten Atemzug. Aber ich muss noch ausharren in meiner Hölle. Tag für Tag muss ich in der Dunkelheit meiner Seele nach Kraft suchen, unserer Tochter ein guter Vater zu sein, aber ich werde ihr alles geben, was in meiner Macht steht. Es wird ihr an nichts fehlen, das schwöre ich Dir.

Ich weiß, diese Zeilen werden Dich niemals erreichen, und ich weiß, es gibt keine Vergebung für meine Schuld, nicht in dieser Welt und nicht in der Hölle, die in der nächsten auf mich wartet.

Ich suche Dich in jedem Schatten, in jeder Wolke am Himmel, doch ich weiß, ich werde Dich niemals finden.

Meine Rose, ich liebe Dich.

R.

Johanna atmete aus und merkte, dass sie die Luft angehalten hatte. Sie starrte auf das Blatt in ihrer Hand und die kühn geschwungene Schrift. Was um Himmels willen war hier passiert? Von welcher Schuld redete dieser Mann? Was hatte er getan, etwa seine Frau umgebracht?

Unsinn. Johanna grinste. Da ging wieder die Fantasie mit ihr durch. Es gab tausend Möglichkeiten. Vielleicht hatte sich einfach ein Witzbold einen Scherz erlaubt – und sie war darauf hereingefallen.

Wahrscheinlich sogar. Warum sollte so ein Brief sonst in der Bräutigamseiche liegen? Andererseits … das Papier schien wirklich alt zu sein. Sie blickte noch einmal auf den Briefbogen. Kein Datum, kein Name, nur zwei Buchstaben waren in Gold in einer Ecke eingeprägt. *R.P.*

Einen Moment lang überlegte sie, was sie mit dem Brief anfangen sollte, dann zuckte sie mit den Schultern, stieg die Leiter hinauf und legte ihn zurück in die Eiche.

Auf jeden Fall hatte der Brief sie erfolgreich von ihren Grübeleien abgelenkt. Aber jetzt wurde es Zeit, sich wieder auf die Arbeit zu konzentrieren, die heute noch vor ihr lag. Sie sah auf die Uhr. Schon fast zwölf, und sie musste noch das Haus und den Garten inspizieren, bevor sie nach Hamburg fuhr.

Johanna ging schneller. Bald verließ sie den Dodauer Forst und schlug den Weg über die Felder ein. Sie ließ ihren Blick über das endlose Grün gleiten. Nur hin und wieder wurde die Weite der Landschaft von einem Hof oder einem kleinen

Wäldchen unterbrochen. Über die Felder trug der Wind das Bellen eines Hundes heran. Ganz anders als in Hamburg.

Immer wieder ertappte Johanna sich dabei, wie ihr Schritt langsamer wurde und ihr Blick in die Ferne schweifte. Nur Vogelzwitschern und das Summen von Insekten war zu hören. Am Himmel zog ein Bussard seine Kreise über dem weiten, hügeligen Land, auf der Suche nach Beute, jederzeit bereit, herunterzustoßen.

Johanna wich einem Kuhfladen aus und spazierte weiter den Pfad entlang. Das hohe Gras am Wegesrand war getupft mit wilden Blumen, goldgelben Blütenwölkchen und ganz kleinen Blüten in der Farbe des Sommerhimmels. Nonna hätte ihre Namen gewusst.

Durch den Pullover spürte Johanna die Sonne auf der Haut, und für einen Moment glitten die letzten Jahre von ihr ab. Es war schön, wieder hier zu sein. Wie hatte sie es nur ohne dieses Land ausgehalten? Sie strich mit den Händen über das hüfthohe Gras. Plötzlich hatte sie Lust, nach Hause zu gehen, das Unkraut in den Beeten auszureißen und die Büsche und Bäume zu beschneiden.

Bevor sie entschied, was mit dem Haus geschehen sollte, brauchte sie zuerst eine fachmännische Einschätzung der Renovierungskosten, und dafür musste sie Handwerker hinzuziehen und Kostenvoranschläge einholen. Das bedeutete, sie musste noch einmal wiederkommen. Sie sah auf die Uhr. Viertel vor eins, ihr Magen fühlte sich leer an, und sie dachte sehnsüchtig an den Schinken im Kühlschrank. Vielleicht fuhr sie doch besser erst morgen zurück, dann konnte sie heute noch in aller Ruhe Handwerker heraussuchen und Termine vereinbaren.

Henning wäre enttäuscht, aber auf einen Tag kam es schließlich nicht an. In zehn Minuten war sie wieder auf dem Gut, dann würde sie ihn anrufen.

Ein Wiehern ließ sie aufschauen. Auf der Weide zu ihrer Rechten stand eine braune Holsteiner Stute. In der Sonne glänzte ihr Fell wie eine polierte Kastanie. Sie hatte den Kopf gehoben, die Ohren gespitzt und sah Johanna an. Johanna ging näher zum Koppelzaun. Die Stute ließ sie nicht aus den Augen. Als Johanna die Arme auf den Zaun stützte, kam das Pferd neugierig näher, und sie bewunderte den weiten, ausgreifenden Gang. Die Stute war groß und kräftig, hatte einen geraden Rücken und einen stolzen Kopf mit großen, sanften Augen.

„Du bist ja eine ganz Schöne“, sagte Johanna leise. „So wie du würde jetzt wahrscheinlich meine Kiara aussehen.“

Sie lachte auf, als die Stute an den Ärmeln ihrer Jacke knabberte, doch bevor sie ein Stück herausreißen konnte, gab Johanna ihr einen sanften Klaps auf die Nase. Die Stute reckte den Hals über den Zaun und stieß mit ihren Nüstern an ihr Gesicht.

Johanna lachte wieder. Dann kniff sie die Augen zusammen. Sie war nicht allein. Auf der anderen Seite der Koppel stand ein kleines braunhaariges Mädchen am Zaun und schien sie zu beobachten.

Die Stute hatte das Kind auch bemerkt. Sie wieherte, dann trabte sie über die Koppel zu dem Mädchen, das inzwischen auf den Zaun geklettert war. Zur Begrüßung legte es dem Pferd die Arme um den Hals.

Johanna ging zu den beiden hinüber. „Hallo. Das ist ein wunderschönes Pferd? Gehört es dir?“

Die Kleine legte den Kopf schief und sah Johanna durch große, runde Brillengläser an, als hätte sie ihr einen angebissenen Hotdog angeboten.

Johanna unterdrückte ein Grinsen. Der verschlossene Gesichtsausdruck passte gar nicht zu dem viel zu weiten pinkfarbenen Wollpullover, den rosa Turnschuhen und ihrer Ponyfrisur mit hochgebundenem Pferdeschwanz. „Ihr seht so aus, als würdet ihr zusammengehören.“

„Ach ja? Sind Sie ein Tourist?“

Johanna dachte einen Augenblick nach. „Ich bin für ein paar Tage zu Besuch hier“, sagte sie schließlich. „Ich heiße Johanna.“

Das Mädchen wandte sich wieder der Stute zu, und Johanna beschloss, die beiden allein zu lassen. „*Tüüs.*“ Sie grinste, als ihr das vertraute Wort entschlüpfte. Es war wirklich an der Zeit, abzureisen!

4. KAPITEL

13. April 1935, Brodersby, Schleswig-Holstein

In der Nacht erwachte Emilie. Ihr Herz raste, aber sie konnte sich nicht erinnern, was sie geweckt hatte. Mit geöffneten Augen lag sie im Bett und lauschte. Hatte Papa einen Hustenanfall? Doch alles blieb still. Zu still, ging Emilie durch den Kopf. Vielleicht lag es nur an der Dunkelheit, aber das Haus fühlte sich seltsam leer und leblos an.

Sie zog die Decke fester um den Körper, doch trotzdem zitterte sie noch vor Kälte. Schließlich gab sie auf. Sie stand auf, zog einen dicken gestrickten Pullover über das weiße Baumwollnachthemd und wollte wieder ins Bett gehen, aber plötzlich beunruhigte sie die Stille so sehr, dass sie barfuß über den Flur zum Zimmer des Vaters ging. Ganz leise drückte sie die Klinke hinunter und öffnete die Tür einen Spalt.

Sie erwartete, den Vater im Bett zu sehen. Doch er lag zusammengesunken in dem hohen Lehnsessel neben dem Fenster. Emilie schrie auf und lief zu ihm, aber er bewegte sich nicht mehr. Sein Gesicht war noch warm, das Kinn ein wenig rau von den Bartstoppeln, aber aus seinen geöffneten Augen war das Leben gewichen.

Emilie rannte hinüber zum Gutshof und hämmerte an die Tür, bis Herr Jonas verschlafen öffnete. Danach ging alles sehr schnell. Herr Jonas schickte nach dem Arzt, doch dieser konnte nur bestätigen, was Emilie längst gewusst hatte. Ihr Vater war tot.

Die Tage bis zur Trauerfeier zogen an Emilie vorbei wie ein ferner Traum. Wie kann das sein?, fragte sie sich wieder und wieder. Wie konnte ihr Vater einfach so gehen? Sie brauchte ihn doch. Herr Jonas und seine Frau hatten ihr angeboten, bei ihnen zu bleiben, aber Emilie wollte ihr Haus noch nicht verlassen. Manchmal konnte sie dort für einen winzigen Moment vergessen, dass Papa für immer fort war. Doch in den quälenden Nächten lag sie wach, starrte in die Dunkelheit und fragte sich, was aus ihr werden sollte.

Ronald blieb an ihrer Seite. Er kam jeden Tag früh aus dem Dorf und blieb bei ihr, bis es Abend wurde. Er half ihr, die Beerdigung zu arrangieren, stand neben ihr am Grab und hielt sie, als sie eine Handvoll Erde auf den Sarg des Vaters warf. Er bot ihr an, ihn auf sein Gut zu begleiten, bis sie wusste, was sie mit ihrem Leben anfangen wollte, und er kümmerte sich darum, dass ihre wenigen Habseligkeiten zusammengepackt wurden.

Als sie nach der Beisetzung in einer Kutsche noch einmal zurück zu Emilies Haus fuhren, nahm Ronald ihre Hand. „Ich hätte mir andere Umstände gewünscht, Emilie", begann er. „Aber ich denke, jetzt ist der richtige Zeitpunkt."

Emilie blickte auf ihre Hand, als würde sie einer anderen Frau gehören. Sie runzelte die Stirn. „Ich verstehe nicht …"

„Emilie … würden Sie mir die Ehre erweisen, meine Frau zu werden?"

Sie fühlte sich taub, als würde dies nicht ihr geschehen. Ihre Augen brannten von den geweinten Tränen.

Sie dachte an den Tag zurück, an dem sie mit Ronalds Namen auf den Lippen im Garten getanzt hatte. Wie lange war es her? Drei Tage? Vier? Es kam ihr vor wie eine Ewigkeit, dass sie glücklich gewesen war. Jetzt spürte sie nur noch Angst, Angst vor der Dunkelheit, vor dem nächsten Tag, vor dem Rest ihres Lebens. Der Vater fehlte ihr mehr, als sie sagen konnte, und sie wusste, dass der Schmerz nun zu ihrem Leben gehörte.

Auch wenn sie in diesem Moment keine Freude spüren konnte, linderte der Gedanke, nicht ganz allein auf der Welt zu sein, ein wenig von der Kälte in ihrem Inneren. „Ja, Ronald. Ich würde sehr gerne Ihre Frau werden."

Eutin, Mai 2015

Nicht mehr viel übrig vom Garten, dachte Johanna, als sie einige Stunden später durch das hohe, verfilzte Gras schritt.

Dornige Schlingpflanzen und wild wachsende Blumen rankten sich um die alten Bäume, und Rankendecken überwucherten die Sträucher, sodass nur noch die braunen trockenen Spitzen der Zweige herausragten. Nicht einmal ein unverbesserlicher Optimist könnte irgendeine Fläche hier als Rasen bezeichnen. Eine der alten Eichen neigte sich gefährlich und musste gefällt werden, bevor sie auf das Dach der Scheune stürzte. Hier musste gerodet und geschnitten und gehackt werden.

Landschaftsgärtner, notierte Johanna. Sie ließ den Blick über den ruinierten Rasen schweifen, über die eingefallenen Zäune und das moosige Reetdach und die halb verfallenen Wände der Scheune.

Das Haus sah kaum besser aus. Die alten Fenster waren morsch, teilweise gesprungen, die gesamte Elektrik musste erneuert werden, das Dach neu gedeckt, die Fassade gereinigt, neue Bäder eingebaut. Ein Riss in der Decke sah bedenklich aus, den musste sich ein Architekt anschauen. Johannas Liste war lang.

Aber man könnte das Gut wieder zum Leben erwecken. Geld und Arbeit waren nötig, einige Monate Zeit, und dann wäre das Anwesen umwerfend. Doch bevor sie wirklich auch nur darüber nachdenken konnte, brauchte sie eine genaue Übersicht der Kosten.

Johanna ging zurück zum Haus. Ein Besuch bei Wolf zeigte ihr, dass der Hund immer noch an seinem Platz lag. Musste er eigentlich nie raus? Vielleicht war er inzwischen ja im Garten gewesen. Während sie das Anwesen besichtigt hatte, hatte sie die Gartentür für ihn aufgelassen. Sie fürchtete sich nicht vor Einbrechern, und etwas Wertvolles zum Stehlen gab es im Haus sowieso nicht mehr.

Er reagierte nicht, als Johanna ins Zimmer kam, aber sie nahm es als gutes Zeichen, dass er wenigstens den Schinken vom Brot gefressen hatte. Es fehlte auch etwas Wasser in der Schüssel. Johanna füllte frisches ein, streichelte Wolf, dann ließ sie ihn wieder allein.

Mit Handy und Telefonbuch setzte sie sich auf die Terrasse, suchte Handwerker heraus und vereinbarte Termine. Sie sah auf die Uhr. Halb fünf. Länger konnte sie den Anruf nicht mehr hinausschieben. Wahrscheinlich rechnete Henning damit, dass sie längst auf der Autobahn war.

Sie atmete tief durch und wählte seine Nummer. Nach zweimal Klingeln hob er ab. „Henning, ich bin's."

„Liebling, wo bist du?" Er klang gut gelaunt. Vielleicht war er auch nur froh, ihre Stimme zu hören. „Wann bist du hier?"

Johanna biss die Zähne zusammen und fasste das Handy fester. „Ähm. Also, Henning … ehrlich gesagt bin ich noch gar nicht losgefahren."

„Wie? Ich dachte, du wärst längst auf dem Weg." Er hörte sich etwas weniger fröhlich an.

„Ja, das wollte ich eigentlich auch sein. Aber alles hat länger gedauert, als ich dachte."

„Bist du denn jetzt wenigstens fertig und kommst nach Hause?"

Ihre Brust zog sich zusammen. „Ich habe mir alles angesehen. Es ist schlimm, aber noch nicht ruiniert. In ein paar Monaten könnte es hier wieder aussehen wie früher."

Henning schwieg einen Moment. „Ja, und? Was genau heißt das?"

„Ich habe gerade Termine mit einigen Handwerkern vereinbart, wegen Kostenvoranschlägen."

Diesmal dauerte die Stille etwas länger. „Für wann?"

„Morgen. Ich konnte alle auf einen Tag legen. Wenn sie hören, dass es bei den Arbeiten um Gut Petersen geht, werden alle plötzlich sehr eifrig."

Henning lachte, aber es klang gezwungen. „Kein Wunder. Bei so einem Projekt wollen sie sich eine goldene Nase verdienen."

Johanna lachte. „Gut, dass sie nicht meine Kontoauszüge sehen können."

„Aber falls du ein gutes Angebot bekommst, kannst du es ja dem Käufer weitergeben."

Wieder spürte Johanna einen Stich. „Hm."

„Dann kommst du also morgen Abend nach Hause?"

„Ja. Morgen, bestimmt."

„Dann bis morgen, du fehlst mir, Liebling."

„Du fehlst mir auch. Bis morgen."

Langsam legte Johanna das Handy zurück auf den Tisch. Was wird aus Wolf, wenn ich morgen Abend abreise? ging es ihr durch den Kopf. Sie griff nach dem Telefonbuch, suchte die Nummer des Eutiner Tierheims heraus und tippte sie ein, aber bevor sich jemand meldete, unterbrach sie die Verbindung. Vor ihren Augen sah sie, wie jemand vorbeikam und den Hund mit Gewalt von Nonnas Bett wegzerrte.

Wolf ins Tierheim zu geben kam ihr plötzlich wie Verrat an der Großmutter vor. So, wie das Tier trauerte, musste Nonna den Hund sehr geliebt haben. Noch einmal lasse ich dich nicht im Stich, schwor sie sich.

Sie hätte ihrer Großmutter helfen können. Hätte und hatte nicht.

Johanna konnte es kaum ertragen, sich das einzugestehen. Sie konnte sich noch so oft sagen, dass sie von nichts gewusst hatte. Zwölf Jahre lang hatte sie ihre geliebte Großmutter nicht besucht und eine gute Stunde entfernt von ihr im Luxus gelebt, nur weil sie ihre eigenen Erinnerungen nicht ertragen konnte.

Erinnerungen an Jan. Erinnerungen an ihre Demütigung. An ihr gebrochenes Herz.

Sie versuchte, die aufsteigenden Bilder zu verdrängen. Sie

wollte sie nicht, hatte sie all die Jahre in Schach gehalten. Aber nun kamen sie zurück, mit größerer Wucht als je zuvor.

Nonnas Liebe hatte Johanna für den frühen Tod ihrer Eltern entschädigt. Schon vor dem Unfall war die Großmutter ihr näher gewesen als die Mutter. Elke Petersen verbrachte ihre Zeit lieber in mondänen Seebädern in Italien oder in Hamburg als auf dem stillen Gut in Ostholstein. Ein Kind hätte dabei nur gestört. Johanna machte sich nichts daraus, dass sie nicht viel von ihren Eltern sah. Auf Gut Petersen gab es alles, was sie brauchte.

Natürlich trauerte sie um ihre Eltern, aber Johannas Leben veränderte sich nach dem Tod der Eltern nicht sehr.

Erst viel später begriff sie, wie sehr sie sich geirrt hatte.

Sie erinnerte sich noch genau an jenen Tag auf dem Schulhof. Lisa von Starcks zwölfter Geburtstag stand bevor, und das größte Thema in der Klasse war, wer zu ihrer Feier eingeladen wurde und wer nicht.

Johanna kannte Lisas Elternhaus nur vom Vorbeifahren. Es lag ein Stück außerhalb von Eutin an einem kleinen Wäldchen. Mit den weißen Mauern und den wuchtigen Türmen zu beiden Seiten kam es Johanna wie ein Schloss vor.

Sie dachte nicht einmal an eine Geburtstagseinladung. Lisa und sie sprachen nur selten miteinander, aber das störte Johanna nicht. Sie wünschte sich gar nicht, zu der Gruppe kichernder Mädchen mit weißen und rosafarbenen Schleifen im Haar zu gehören, mit denen Lisa sich umgab.

Bis zu jenem Morgen war ihre kleine Welt in Ordnung. Bis sie an Lisas Gruppe vorbeiging und eins der Mädchen sagte: „Willst du nicht auch Johanna einladen?“

Johanna horchte überrascht auf, doch dann brachen alle in kreischendes Gelächter aus. Sie erstarrte.

„Ja, ganz bestimmt“, japste Lisa, als sie wieder Luft bekam. „Und die alte Kutzner gleich mit. Das wird eine Party! Und meine Eltern wären erst mal begeistert. Wir müssen nur das Silber wegschließen.“

Frau Kutzner kannte jeder in Eutin. Sie lebte in einer verfallenen Hütte am Dorfrand bei ihrer noch älteren Mutter. Bei Wind und Wetter machte sie sich jeden Morgen pünktlich um sieben zu Fuß auf den Weg in die Stadt. Dort lief sie den ganzen Tag lang auf dem Alten Markt auf und ab, rief laut „Jesus lebt! Das Wichtigste, das Wichtigste! Jesus lebt!" und lachte dabei selig vor sich hin.

Während Johanna versuchte zu begreifen, was sie gehört hatte, entdeckte eins der Mädchen sie. Es stieß die anderen an, und alle schwiegen abrupt.

Nur Lisa hob die Brauen. „Was stehst du denn da so rum? Hast du nichts Besseres zu tun?" Sie wedelte mit der Hand, als wollte sie eine Fliege verscheuchen.

Johanna biss sich auf die Lippen. Ihre Beine waren wie gelähmt. Nicht weinen, sagte sie sich. Alles, nur nicht weinen. Keiner sollte sie jemals weinen sehen, keiner ihr anmerken, wie verletzt sie war.

In diesem Moment fasste eine starke, warme Hand nach ihrer und zog sie fort von den kichernden Mädchen. „Hast du Lust auf eine Cola, Johanna?"

Sie sah auf, in Jans Augen, so blau wie der Himmel über dem Meer. Jan Christiansen, zwei Klassen höher, der Schwarm aller Mädchen. Sie hätte nie gedacht, dass er sie überhaupt schon einmal bemerkt hatte, geschweige denn ihren Namen kannte.

Seit jenem Tag gehörten sie zusammen.

Doch das war auch der Tag, an dem Johanna begann, den Kopf hoch zu tragen und den Rücken gerade zu halten, ganz egal, was passierte. Zum ersten Mal spürte sie, dass sie ausgestoßen war. Nonna erklärte ihr später, dass die alteingesessenen Familien der Gegend sich schon vor dem Unfall von ihrer Familie zurückgezogen hatten. Sie versuchte, Johanna zu trösten. „Alles dumme, eingebildete Snobs! Du hast mit den Fehlern deines Vaters nichts zu tun. Wer mit dir nichts zu tun haben will, ist es sowieso nicht wert."

Trotz ihrer Worte fühlte Johanna nun eine neue Einsamkeit. Aber dafür gab es Jan. Jeden Morgen trafen sie sich auf dem Schulweg. Wenn es nicht gerade in Strömen regnete, fuhren sie mit dem Rad zur Schule. Sie trafen sich am Dodauer Forst, auf halbem Weg zwischen ihren Häusern.

Jan wurde ihr nächster Vertrauter, ihr großer Bruder. Sie ritten zusammen über die Felder, schwammen im Ukleisee, und im Winter fuhren sie mit dem Bus zum Plöner See zum Eislaufen. Wie viel Jan ihr bedeutete, begriff sie erst einige Jahre später. Selbst heute, nach allem, was danach geschehen war, wusste sie nicht, wie sie die Schulzeit ohne ihn durchgestanden hätte.

Aber auch er durfte sie nicht zu sich nach Hause einladen. Sein Vater gehörte zu den reichsten Gutsherren im Umkreis, und wie Johanna nun erfuhr, waren die Petersens von dem gesellschaftlichen Verkehr ausgeschlossen, seit ihr Vater das Familienvermögen verspielt hatte.

Doch das kümmerte Jan und Johanna nicht. Sie gehörten zusammen und blieben für sich. Da war der gemeinsame Schulweg, die Pferde, und abgesehen von Jans Haus, konnten sie sich treffen, wo immer sie wollten.

Ihr erster Kuss kam Johanna vor wie das Natürlichste der Welt. Sie liebten sich, sie wollten für immer zusammenbleiben. Aber sie hatten Jans Eltern vergessen. Sobald den Christiansens klar wurde, dass Jans Freundschaft mit Johanna weitaus mehr als eine Kinderfreundschaft bedeutete, verboten sie ihm den Kontakt mit ihr. Damals war Johanna gerade siebzehn geworden.

„Keine Sorge, sie werden es sich schon noch anders überlegen“, versuchte Jan sie zu trösten. „Und wenn nicht, heiraten wir einfach so. In einem Jahr, an meinem neunzehnten Geburtstag, verloben wir uns – ob mit oder ohne ihre Zustimmung.“

Johanna und Jan fanden immer wieder Möglichkeiten, sich

zu treffen, meist am Ufer des Schwanensees. Und sie schrieben sich lange Briefe.

„Wie die Försterstochter. Und ihre Liebe hatte auch ein Happy End." Johanna fand es sehr romantisch, mit Jan über die Bräutigamseiche zu kommunizieren.

Sie hätten sich E-Mails oder SMS schreiben können, aber ihr gefiel es, auf die Leiter zur Eiche hinaufzusteigen. Es gab kaum etwas Schöneres für sie, als unter ihren tastenden Fingerspitzen endlich den Umschlag zu spüren und ihren Namen darauf zu sehen. Jedes Mal riss sie den Brief sofort auf, ungeduldig, Jans Worte auf dem Papier zu sehen.

Sie liebte es, dass sie die Briefe bei sich tragen und immer hervorholen konnte, wenn sie sich nach ihm sehnte. Dann stellte sie sich vor, wie er abends in seinem Bett gesessen und die Zeilen geschrieben hatte, sein Lächeln bei dem Gedanken an sie, seine Augen so blau.

Nur eins trübte ihr Glück: Jeder ging davon aus, dass Jan und Lisa von Starck bald heiraten würden.

Die Eltern der beiden waren sich schon längst einig geworden. Um ihre Kinder einander näherzubringen, luden die Christiansens Lisa ständig auf ihr Gut ein, und Lisa kam nur zu gern. Doch Jan schien gegen ihren Charme und ihre Schönheit immun zu sein.

Dann nahte endlich Jans neunzehnter Geburtstag. Seine Eltern hatten noch immer nicht nachgegeben, und er war nicht bereit, noch länger auf ihre Zustimmung zu warten. Jan und Johanna hatten alles geplant. In der Nacht zu seinem Geburtstag wollten sie sich unter der Bräutigamseiche treffen und die Verlobungsringe tauschen.

Am Vorabend veranstaltete einer von Jans Freunden eine Party im Jagdhaus seiner Familie. Wie üblich war Johanna nicht eingeladen. Jan wollte sie überreden, trotzdem mitzukommen. „Nein, es sind deine Freunde. Ich würde mich sowieso nur langweilen, und wenn du dich den ganzen Abend mit mir beschäftigst, brauchen wir gar nicht erst hinzugehen."

„Treffen wir uns stattdessen lieber heute Abend am See. Ich hab sowieso keine Lust auf die Party."

Johanna lachte. „Genieß den Abend mit deinen Freunden. Wer weiß, ob sie dich noch einladen, wenn wir erst mal verlobt sind. Wirklich, ich bin müde und gehe früh schlafen, und morgen treffen wir uns unter der Eiche."

Nachts um zwei hatte Johanna einen Anruf erhalten. „Johanna, Jan geht's nicht so gut. Kannst du kommen und ihn abholen?"

Sie hatte nicht nachgedacht, sondern war sofort aufs Rad gestiegen und losgefahren. Sie hätte stutzig werden sollen, als man sie freundlich begrüßte und zu einem der Schlafzimmer führte. Im Bett lagen Jan und Lisa, Arm in Arm schlafend. Die Bettdecke war zur Hälfte hinuntergerutscht und enthüllte ihre nackten Körper. Am nächsten Tag war Johanna nach Hamburg gefahren und nie mehr nach Eutin zurückgekehrt.

Seitdem hatte sie die Welt mit anderen Augen gesehen. Es hatte Jahre gedauert, bis sie ihren Schmerz überwunden hatte, und noch länger, bis sie wieder bereit war, sich auf eine Beziehung einzulassen. Doch ganz heil war ihr Herz nie wieder geworden. Das Gefühl, dass die Welt ein sicherer Ort war, war nie wieder zurückgekommen.

Als das Bild von Jan und Lisa jetzt vor ihren Augen aufstieg, ballte Johanna die Fäuste. Es tat immer noch weh. Sie hatte nie erfahren, was aus den beiden geworden war. Nonna hatte ihren Wunsch respektiert und Jans Namen nie wieder erwähnt.

Geheiratet haben sie jedenfalls nicht, dachte Johanna, als sie sich an ihre Begegnung auf der Beerdigung erinnerte. Ärgerlich schob sie den Gedanken beiseite. Sie wünschte sich, Henning wäre hier. In seinen Armen würde sie bestimmt nicht an Jan denken.

Ich denke nicht an Jan, wies sie sich zurecht, nur an seinen Betrug!

Sie seufzte, dann stand sie auf und ging zurück in die Küche. Gerade als sie den Kühlschrank öffnete, um noch ein Stück von Frau Hinrichsens Apfel-Streuselkuchen zu essen, hörte sie ein Jaulen.

Johanna nahm das Butterbrotpapier mit den letzten Scheiben vom Holsteiner Schinken und ging hinauf. Wolf hatte seinen Kopf vom Bett genommen und zwischen die Pfoten gelegt. Aus seiner Kehle stieg mit jedem Atemzug ein jämmerlicher Laut. War der Hund vielleicht krank?

Johanna hockte sich neben ihn und legte ihm die Hand auf den Kopf. Er regte sich nicht, aber er hörte auf zu winseln. Sie blieb still neben dem Hund sitzen und sah sich um. Überall hier im Raum war Nonna. Johanna roch ihr Parfum, über einer Stuhllehne lag ihre rote Strickjacke, als würde sie jeden Moment zurückkommen. Neben dem Himmelbett mit rosa geblümten Vorhängen drängten sich zwei Kleiderschränke, ein Ohrensessel aus grünem Leder und eine Frisierkommode mit einem rosa gepolsterten Stuhl davor. Ein dicker Buddha stand auf dem Schreibtisch, und auf dem Nachttisch lag eine aufgeschlagene Zeitschrift neben einer angebrochenen Tafel Schokolade.

Johanna konnte sich nicht erinnern, dass sie jemals allein in diesem Zimmer gewesen war, und sie war froh über Wolfs Nähe. Sie stand auf, ging langsam durch den Raum und betrachtete die Bilder, mit denen die Wände gepflastert waren.

Einige gerahmte Drucke zeigten Holsteiner Landschaften, endlose Himmel über Wiesen, Seen und dem Meer. Ein Konzertplakat von den Rolling Stones, die Nonna vor einer halben Ewigkeit in Hamburg live gesehen hatte. Sie hatte sogar einige der Bilder rahmen lassen, die Johanna als junges Mädchen gemalt hatte – wilde gelbe Zickzack-Linien, in denen man selbst mit viel Fantasie keine Sonne erkennen konnte, und glückliche

Strichmännchen. Dann, als sie älter wurde, hatte sie vor allem Pferde gezeichnet. Talent zum Malen war ihr nicht in die Wiege gelegt worden, aber Großmutter hatten die Bilder offensichtlich gefallen.

Ein schmaler Bücherschrank war beladen mit Romanen und Biografien, und auf der Frisierkommode mit dem ausklappbaren Spiegel stand eine Auswahl an Fotografien in Silberrahmen.

Eine zeigte ein Hochzeitsbild der Großeltern. Der Bräutigam hatte den Arm um Nonna gelegt. Sie standen vor der Eutiner Michaeliskirche, mit ihrem spitzen, hoch aufragenden Turm. Das Kinn leicht nach oben gestreckt, blickte Nonna in die Kamera. Das Haar trug sie kunstvoll aufgesteckt. Sie war fast so groß wie der Bräutigam und graziös wie eine Ballerina. Ihr frischgebackener Ehemann sah sie an, mit einem breiten Lächeln über dem ganzen Gesicht. Ihr Glück dauerte nicht lange. Drei Jahre nach der Heirat war er von einem umstürzenden Baum erschlagen worden, eine Woche nach der Geburt ihres Sohnes, Johannas Vater.

Johanna nahm das Bild in die Hand und betrachtete es genauer. Charlotte Petersen war eine umwerfend schöne Frau gewesen, mit ihren hohen Wangenknochen, den vollen, geschwungenen Lippen und den dunklen Augen mit den schweren Lidern.

Sie stellte das Foto zurück und betrachtete das alte sepiafarbene Bild daneben, auch ein Hochzeitsfoto, doch von Johannas Urgroßeltern Ronald und Emilie Petersen.

Im Gegensatz zu dem glücklichen Brautpaar standen diese beiden steif vor einer kleinen Kapelle und starrten in die Kamera. Der Bräutigam war ein auffallend attraktiver Mann, groß, schlank und dunkel, aber vom Alter her hätte er der Vater der Braut sein können. Auch wenn das Bild ein Schwarz-Weiß-Foto war, konnte man erkennen, wie bleich sie war. Ihr Gesichtsausdruck wirkte so traurig, als wäre sie auf einer Beerdigung und nicht ihrer eigenen Hochzeit. Doch Nonna hatte

Johanna erzählt, dass die Traurigkeit nichts mit ihrer Hochzeit zu tun hatte. Erst wenige Tage vorher war Emilies Vater gestorben.

Sehr viel mehr wusste Johanna nicht über die Urgroßeltern, nur so viel: Mit vierzig hatte Ronald Petersen von einer Reise ein siebzehnjähriges Mädchen als seine Ehefrau mitgebracht. Zwei oder drei Jahre später bekamen sie eine Tochter, Johannas Großmutter Charlotte. Sie blieb ihr einziges Kind. Sie war noch ein Baby, als Emilie starb. An Typhus? Johanna war sich nicht ganz sicher, vielleicht auch an einer anderen Krankheit, die man damals noch nicht heilen konnte.

Ihr Mann hatte die kleine Tochter allein großgezogen und war Zeit seines Lebens allein geblieben.

Als Kind hatte Johanna ihren Urgroßvater immer sehr romantisch gefunden. Sie hatte sich ihn wie Heathcliff vorgestellt, als düsteren Mann in seinem viel zu großen Herrenhaus. Immer wieder musste Nonna ihr von ihm erzählen. Sie sah genau vor sich, wie er auf einem schwarzen Pferd über seine Ländereien ritt, in einem langen dunklen Mantel, der ihm um die Schultern flatterte.

„Ein bisschen war er wirklich so“, hatte die Großmutter gesagt. „Ich glaube, nur mit mir hat er manchmal gelacht. Seine Pächter haben ihn verehrt. Er war kein Mann, der zu ihren Feiern ging und mit ihnen aß und trank, aber sie konnten sich immer auf ihn verlassen. Der ganze Ort ist zu seiner Beerdigung erschienen, und selbst die härtesten Männer haben geweint.“

„Du warst bestimmt auch sehr traurig.“

„Ja, sehr. Es war, als hätte er gewartet, bis ich verheiratet bin und er nicht länger auf mich aufpassen muss. Ein paar Tage nach meiner Hochzeit ist er einfach nicht wieder aufgewacht. Dabei war er ein Mann in den besten Jahren, stark wie ein Bär und kerngesund. Auch der Arzt konnte sich seinen Tod nicht erklären.“

Die meisten sterben jung in unserer Familie, ging es Johanna durch den Kopf. Fast könnte man denken, es läge ein Fluch über den Petersens. Sie schüttelte den Gedanken ab und betrachtete das nächste Bild.

Ein ovaler Rahmen enthielt ein Foto von Johanna und der Großmutter vor dem Eutiner Schloss. Arm in Arm standen sie vor den steinernen Affen, die die Schlossbrücke auf beiden Seiten bewachten, und lächelten in die Kamera. Johanna war damals zehn, also musste Nonna achtundfünfzig gewesen sein, aber sie sah mindestens zehn Jahre jünger aus.

Als Johanna das Foto betrachtete, traf sie die Erkenntnis, wie ähnlich sie sich sahen. Dieselben grünen Augen und dunklen Locken, dasselbe breite Lächeln. Kein Wunder, dass Nonna oft für meine Mutter gehalten wurde, dachte Johanna. Sie war immer stolz gewesen, so eine jugendliche und gut aussehende Großmutter zu haben.

Auf dem Nachttisch standen noch mehr Fotos, eins aufgenommen im Sommer, in dem Johanna Eutin verlassen hatte. Sie lehnte am Zaun der Pferdekoppel, den Arm um den Hals einer braunen Stute gelegt, neben ihnen stand ein sehr junges Fohlen auf staksigen Beinen. Kiara, dachte Johanna. Sie spürte, wie ihr die Tränen kamen. Mit dem Foto in der Hand setzte sie sich vor dem Bett auf den Boden.

Kiara war noch ein Fohlen gewesen, als Johanna Eutin verlassen hatte. Erst wenige Monate vorher hatte sie zwei Nächte bei der trächtigen Silberschweif im Stall geschlafen, bis es so weit war. Zusammen mit Jan und dem Tierarzt hatte sie Kiara auf die Welt geholt.

Als Nonna ihr ein Jahr später erzählte, dass sie Kiara und Silberschweif zusammen verkaufen wollte, war das der einzige Moment gewesen, in dem sie ihre Flucht bereut hatte.

Sie erstarrte, als sich der Hund neben ihr bewegte, dann legte er seinen Kopf auf ihren Schoß und seufzte tief. Johanna schloss die Augen, lehnte den Kopf an die Wand und kraulte Wolfs Ohren. „Das gefällt dir, was?“

Es gefiel ihr selbst gar nicht schlecht, stellte sie fest. Die Geste seines Vertrauens rührte sie, und der schwere, warme Kopf auf ihrem Schoß war erstaunlich tröstlich. Nach einer Weile wurde ihr langweilig, aber sie wollte Wolf nicht allein lassen. Sie sah sich um und entdeckte ein Buch auf dem Nachttisch.

Sie lächelte. Jane Austen, *Stolz und Vorurteil*. Eins von Nonnas Lieblingsbüchern. Sie hatte es so oft gelesen, sie musste jedes Wort auswendig gekannt haben.

Überrascht stellte sie fest, dass es sich um eine Ausgabe von 1912 handelte. Der schwarze Ledereinband war abgegriffen, die in Gold geprägten Buchstaben verblasst. Johanna nahm das Buch und schlug es auf. Es war ein seltsames Gefühl, ein Buch in der Hand zu halten, in dem schon ihre Großmutter und Urgroßmutter gelesen hatten.

Für meine geliebte Rose, Dein Ronald, stand in schwungvollen Buchstaben auf der ersten Seite.

Johanna lächelte bei der liebevollen Widmung, dann blätterte sie weiter und begann die ersten Sätze zu lesen, aber sie konnte sich nicht konzentrieren. Irgendetwas ließ ihr keine Ruhe. Etwas, das sie vor Kurzem gesehen hatte. Was konnte es sein? Und warum beunruhigte es sie? Sie wusste es nicht, aber das Gefühl ging nicht weg.

Johanna seufzte. Vorsichtig nahm sie Wolfs Kopf von ihren Beinen. Mit dem Buch in der Hand stand sie auf und ging langsam durchs Zimmer. Der Reihe nach betrachtete sie jedes einzelne Foto, aber ihr fiel nichts Besonderes auf. Hatte sie hier im Zimmer etwas gesehen, das diese merkwürdige Unruhe in ihr auslöste, oder schon vorher? Sie konnte sich nicht erinnern.

Schließlich zuckte sie die Schultern. Wenn es wichtig war, würde es ihr schon wieder einfallen. Sie legte das Buch zurück auf den Nachttisch und wollte das Zimmer verlassen, als sie plötzlich wusste, was es war.

Die Widmung!
Sie nahm das Buch und schlug es wieder auf.

Für meine geliebte Rose, Dein Ronald.

Sie kannte diese Schrift, und irgendwo hatte sie noch vor Kurzem *meine Rose* gelesen!

Dann wusste sie wieder, wo ihr diese kühne Schrift aufgefallen war. In dem alten Brief. In dem Brief aus der Eiche. Und der Schreiber hatte die Worte an *seine geliebte Rose* gerichtet.

Aber konnte das sein? War es möglich, dass die vor so vielen Jahren geschriebenen Zeilen irgendetwas mit ihrer Familie zu tun hatten?

Ihr Herz begann, einen Takt schneller zu schlagen. „Kommst du mit, Wolf?“, fragte sie den Hund. Als er nicht reagierte, steckte sie das Buch ein und lief die Treppe hinunter. Sie nahm sich nicht die Zeit, zu Fuß zu gehen. Mit dem Wagen fuhr sie zum Dodauer Forst und parkte am Wegesrand, dann lief sie zur Bräutigamseiche.

Hoffentlich liegt er noch dort! dachte sie, als sie die Leiter hinaufkletterte. Nach kurzem Tasten fand sie den Brief. Sie zog ihn aus dem Astloch, faltete den Bogen auseinander und verglich den Brief mit der Widmung im Buch. Eindeutig dieselbe energische Schrift.

R. Ronald. Rose. Die kühn geschwungenen Rs waren identisch. Dazu die goldenen Initialien auf dem Briefpapier. *R.P.*

Der Brief von Liebe und Schuld stammte von Ronald Petersen, ihrem Urgroßvater.

Ich bin gelähmt, zuckte es durch Johannas Kopf, als sie erwachte. Sie versuchte noch einmal erfolglos, sich zu bewegen. Ihr war, als läge ein Mehlsack auf ihren Beinen. Mühsam stützte sie sich auf einen Ellbogen und sah auf – direkt in zwei bernsteinfarbene Augen über gewaltigen weißen Zähnen.

Sie schrie gellend auf, dann wusste sie wieder, wo sie war und wer auf ihrem Bett lag. In der Nacht musste Wolf in ihr Zimmer gekommen und sich auf ihre Decke gelegt haben. Bei ihrem Schrei war der Hund vom Bett gesprungen und aus dem Zimmer gelaufen. Wahrscheinlich hat er sich mehr erschrocken als ich, dachte Johanna. Sie sprang aus dem Bett und lief barfuß in Nonnas Zimmer. Wie erwartet, lag der Hund wieder auf seinem alten Platz.

„Wolf, so war das nicht gemeint."

Er legte die spitzen Ohren an, als sie näher kam, und sah sie an.

„Komm wieder mit rüber, ja?"

Als Johanna aufstand und aus dem Zimmer ging, blieb er liegen. Aber immerhin, es war ein Anfang gewesen. Im Kühlschrank warteten nur ein Glas Marmelade und zwei Flaschen Bier auf Johanna. Da sie beides zum Frühstück nicht reizte, beschloss sie, nach Eutin zu fahren und einzukaufen.

Auf den Straßen war nicht viel los an diesem Donnerstagmorgen. Johanna lenkte ihren BMW gemächlich über die B76 in Richtung Eutin. Kleine Wäldchen wechselten sich mit Wiesen und Feldern ab, hin und wieder sah sie Bauernhöfe aus rotem Klinker, mit Reet gedeckt, und zwischendurch leuchtete immer wieder das Gelb von Rapsfeldern.

Ihre Gedanken glitten zurück zu dem beunruhigenden Liebesbrief. Nachdem sie ihn gestern aus der Eiche geholt und mit nach Hause genommen hatte, hatte sie den halben Abend über den wenigen Zeilen verbracht. Aber sie war einer Erklärung keinen Schritt näher gekommen.

Etwas Schreckliches musste damals passiert sein. Etwas, das mit dem Tod ihrer Urgroßmutter zu tun hatte. Johanna fragte sich, ob er seine Frau vielleicht mit der Krankheit angesteckt hatte, an der sie gestorben war. Aber warum sollte er glauben, dass er dafür in der Hölle landen würde? Und wie war der Brief nach all der Zeit in die Eiche gekommen?

Schließlich schob sie die Gedanken zur Seite und dachte an Wolf. Sie hatte die Gartentür für ihn aufgelassen. Bei dem Gedanken, wie sie bis heute Nachmittag eine Lösung für ihn finden sollte, brach ihr der Schweiß aus. Bevor sie ihn einschläfern ließ, würde sie versuchen, ihn in ihr Auto zu bugsieren, und mit nach Hamburg nehmen. Doch Hennings Gesicht, wenn Wolf sich neben seinem weißen Sofa schüttelte oder neben einer der kostbaren Vasen mit dem Schwanz wedelte, wollte sie sich lieber nicht vorstellen.

Als Johanna schließlich von der Weidestraße auf den Parkplatz des Einkaufszentrums fuhr, standen erst wenige Wagen vor dem Supermarkt, und kaum eine halbe Stunde später kam sie mit drei Plastiktüten beladen wieder aus dem Laden.

Sie hatte eingekauft, als würde sie noch zwei Wochen bleiben. Ein Glas saure Gurken, Tomaten, Eier, Brot, ein großes Stück Holsteiner Schinken, Käse, fünf Dosen Hundefutter … Das kam davon, hungrig einkaufen zu gehen. Während sie noch darüber nachdachte, was sie mit den ganzen Sachen anfangen sollte, fiel ihr Blick auf ein Plakat, das an der Tür der Sparkasse befestigt war.

Ein hellgelber kreisrunder Mond leuchtete vor einem flaschengrünen Himmel. Darunter tobte ein aufgewühltes Meer in unzähligen Blautönen. Die Farben zogen den Blick auf sich, und die Darstellung wirkte nicht realistisch, sondern als hätte der Künstler eine magische Welt beschworen. Johanna hätte nicht den Namen lesen müssen, der in großen Buchstaben unter dem Bild stand, um den Künstler zu erkennen.

Seit sie Friedrich Lindners Werke vor einigen Jahren in Hamburg in einer Ausstellung gesehen hatte, zählte er zu ihren Lieblingsmalern. Sie liebte seine surrealistischen Landschaftsbilder so sehr wie die ausdrucksvollen Porträts. Sie trat näher, um den Text auf dem Plakat zu lesen:

In der Zeit vom 24. Mai bis 14. Oktober 2015 widmet sich das Ostholstein-Museum Eutin in seiner Sommer-Ausstellung dem Schaffen des 1904 in Berlin geborenen Künstlers Friedrich Lindner. Präsentiert werden etwa fünfzig Werke, Leihgaben nationaler und internationaler Museen und aus Privatbesitzen.

Seine Gemälde brachten Friedrich Lindner schon früh nationale wie internationale Anerkennung ein. Einige Jahre lang galt der Maler als eines der größten Talente seiner Zeit.

In seiner Hauptschaffensperiode zwischen 1927 und 1937 zeigte er die ganze Bandbreite seiner schöpferischen Kraft und eine überschäumende Begeisterung für die neue Bild- und Formensprache der deutschen Moderne.

Das Figürliche nimmt einen hohen Stellenwert in seinem Werk ein, das in besonderem Maße von seinem persönlichen Empfinden und seiner scharfen Beobachtungsgabe sowie einer kräftigen Farbpalette geprägt ist. Lindner verzichtete konsequent auf naturgetreue oder nebensächliche Details. Wichtig war ihm, aus einer inneren Wahrnehmung heraus die Realität zu interpretieren. Das Wesentliche sollte sichtbar gemacht werden.

Friedrich Lindner gilt seit 1937 als verschollen. Es gibt Hinweise, dass er in jenem Jahr nach Australien gereist ist, doch danach verliert sich seine Spur.

Während seiner letzten bekannten Schaffensperiode hielt er sich einige Monate lang in Eutin auf und setzte in seinen zahlreichen Werken unserer Stadt ein künstlerisches Denkmal.

Sie hatte nicht gewusst, dass er sich für längere Zeit in Eutin aufgehalten hatte! Eine Ausstellung seiner gesammelten Werke war eine seltene Gelegenheit. Noch zehn Tage bis zur Eröffnung. Zu schade, sie hätte die Ausstellung gern besucht. Doch bis dahin würde sie längst nicht mehr hier sein.

Johanna sah auf ihre Armbanduhr und erschrak. In einer halben Stunde würden die ersten Handwerker eintreffen. Es war höchste Zeit, zurück zum Gut zu fahren.

Sie erkannte sich selbst kaum wieder. Normalerweise bereitete sie ihre Termine sorgfältig vor. Doch hier fühlte sie sich, als hätte sie alle Zeit der Welt. Das musste an der Landschaft liegen. Hier in Ostholstein ging die Zeit anders. Verging zwar, aber veränderte nichts. Jedenfalls kam es Johanna so vor. Als sie zurück zum Gut fuhr, war ihr, als wäre sie nie weg gewesen.

Sie schaltete den BMW einen Gang runter und bog von der Landstraße auf den kleinen Feldweg zum Gut ab. Sie nahm die Kurve etwas zu schnell und die Hinterreifen schlingerten auf dem unasphaltierten Weg. Kurz vor dem Graben am Wegesrand bekam Johanna den Wagen wieder in den Griff. Der BMW war eindeutig kein Geländefahrzeug.

Vor dem Haus stand bereits ein weißer VW-Transporter mit der Aufschrift *Wir bauen für Ihr Leben gern*. Ein großer, bulliger Mann mit sehr kurz geschorenem Haar lehnte an der Fahrertür und hob grüßend den Arm, als Johanna neben ihm parkte. Das musste dann wohl der Bauunternehmer sein.

„Entschuldigen Sie, dass Sie warten mussten." Sie reichte ihm die Hand. „Johanna Petersen."

„Peer Hansen. Moin, Frau Petersen." Er drückte kurz und fest ihre Hand. „Kein Problem, ich bin bloß zu früh dran." Ohne sich länger mit Formalitäten aufzuhalten, sah er sich um. „Sie wollen also einen Kostenvoranschlag für die Renovierung haben."

Johanna folgte seinem Blick. „Drinnen sieht es nicht besser aus. Hier muss eine Menge Arbeit reingesteckt werden."

Peer Hansen nickte. „Ich muss mir alles ansehen, bevor ich etwas Genaues sagen kann, aber eins ist jetzt schon sicher – das wird nicht billig werden, wenn Sie alles wieder auf Vordermann bringen wollen. Was haben Sie mit dem Anwesen vor? Renovieren Sie für sich selbst, oder wollen Sie verkaufen?"

„Verkaufen", sagte Johanna. „Das heißt …" Sie wusste selbst nicht, was sie hatte sagen wollen.

„Ja?"

Sie schüttelte den Kopf. „Erst einmal will ich mir einen Eindruck verschaffen, was hier alles gemacht werden muss." Sie zog den Schlüssel aus der Tasche und ging zur Tür. „Fangen wir an!"

Das war der letzte Termin gewesen! Johanna schloss die Tür hinter dem Installateur und lehnte sich an das Holz. Von den Zahlen, die die Handwerker ihr genannt hatten, schwirrte ihr der Kopf. Sie besaß nicht einmal einen Bruchteil der Summe.

Andererseits … vieles davon konnte sie auch selbst übernehmen. In den ersten Häusern, die sie renoviert hatte, hatte sie selbst die Bäder gefliest, tapeziert und Bodendielen abgeschliffen. Und für einige Arbeiten könnte sie versuchen, Wandergesellen anzuheuern.

Ein Architekt war natürlich nötig, aber Peer Hansen hatte ihr eine Adresse genannt. „Christberg. Nicht unbedingt der Billigste, aber der Beste, den Sie bekommen können."

Johanna ging in die Küche, nahm das Handy vom Tisch und wählte die Nummer, die Peer Hansen ihr aufgeschrieben hatte.

„Architekturbüro Christberg, Elena Winter am Apparat." Die weibliche Stimme klang jung und kompetent.

„Johanna Petersen, guten Tag. Ich würde gern einen Termin für einen Kostenvoranschlag vereinbaren …" Sie erklärte Elena Winter, warum sie angerufen hatte. „Ich habe mich allerdings noch nicht entschieden, ob ich verkaufen oder die Arbeiten selbst durchführen lassen werde", schloss sie.

„Das ist kein Problem. Einen Moment, ich schaue nach, wann jemand zu Ihnen kommen kann …"

„Ich hätte gern einen Termin mit dem Chef."

„Gut, kein Problem. Passt Ihnen morgen Nachmittag, fünfzehn Uhr? Sonst ginge es erst wieder Ende nächster Woche."

Nein, dachte Johanna, morgen bin ich schon in Hamburg. „Ja", hörte sie sich sagen. „Das passt."

5. KAPITEL

19. April 1935, Brodersby, Schleswig-Holstein

Die Trauung in der kleinen Kirche erlebte Emilie wie durch dichten Nebel. Vor der Kirche überreichte Ronald ihr eine einzige langstielige Rose, rot wie Blut.

„Es ist ein trauriger Beginn unseres gemeinsamen Lebens, Emilie", sagte er und sah ihr in die Augen. „Aber ich bin sicher, dass für uns viele glückliche Jahre folgen werden."

Emilie trug ein schlichtes schwarzes Kleid, sie hatte kein Hochzeitskleid gewollt, keine Blumen, keine Feier. Herr Jonas, seine Frau Agnes und die Köchin waren die einzigen Gäste.

Der Gutsbesitzer führte Emilie zum Altar. Am Eingang der Kirche blieb der ältere Mann stehen und wandte sich ihr zu. „Emilie ... bist du dir sicher, dass du das Richtige tust?"

Sie fröstelte, als eine Brise vom Meer in ihre Haare griff. „Das bin ich. Ronald ist ein wunderbarer Mensch. Ich weiß nicht, wie ich diese Zeit ohne ihn durchgestanden hätte."

Als Herr Jonas nickte, zitterte sein Doppelkinn. „Ja. Er scheint ein sehr freundlicher Mann zu sein, und ich habe mich ein wenig umgehört. Er hat einen guten Ruf. Aber ... ist es nicht zu früh, um ihn zu heiraten? Ihr kennt euch kaum, und ... er ist so viel älter als du."

„Das stört mich nicht. Bei ihm fühle ich mich sicher."

„Du weißt, dass du bei uns bleiben kannst, Emilie. Nicht in deinem alten Haus natürlich, dort wird ja der neue Verwalter einziehen. Aber auf unserem Hof ist immer ein Platz für dich."

„Das ist sehr freundlich von Ihnen, Herr Jonas, aber ich liebe Ronald."

Nach der Trauung wartete bereits die Kutsche vor der Kirche, um sie zum Gut Petersen zu bringen – ihrem neuen Zuhause.

„Ronald!“ Kaum hatte die Kutsche vor dem Gutshaus gehalten, öffnete sich die Tür, und eine junge Frau lief winkend der Kutsche entgegen. Sobald Ronald ausstieg, fiel sie ihm um den Hals. „Endlich bist du wieder da! Warum warst du so lange fort? Ich wusste schon nicht mehr, was ich ohne dich tun sollte.“

Ronald lachte leise. „Ich bin sicher, du bist sehr gut auch ohne mich zurechtgekommen, Anna Maria.“ Er löste sich aus ihrer Umarmung, wandte sich zu Emilie um und half ihr aus der Kutsche.

Sichtlich überrascht musterte die blonde Frau Emilie von oben bis unten. Sie hob die Brauen. „Ronald?“, fragte sie anstelle einer Begrüßung.

„Anna Maria, das ist Emilie, meine Frau“, stellte Ronald sie vor. „Emilie, das ist Anna Maria, meine liebe Cousine. Wir sind zusammen groß geworden. Seit dem Tod ihrer Eltern lebt sie bei uns. Wie lange ist es jetzt, Anna Maria? Fünfzehn Jahre oder länger?“

Emilie fuhr sich unsicher mit der Hand über das von der Reise zerknitterte Kleid, dann blickte sie von Ronald zu der jungen Frau. Diese war etwa zehn Jahre älter als sie. Die weizenblonden Haare fielen ihr in sorgfältig gedrehten Korkenzieherlocken um das Gesicht. Das Kleid aus blauem Leinen und weißer Spitze schmiegte sich eng an ihre weichen Rundungen. Emilie überragte sie um einen halben Kopf. Neben ihr kam sie sich ungelenk und dünn wie ein Fohlen vor.

Anna Maria lächelte, aber Emilie fror unter der Kälte ihres Blicks. „Deine Frau, Ronald? Das ist … das kommt ein wenig … überraschend.“

Ronald lachte. „Das kann ich mir vorstellen. Als ich nach Brodersby gereist bin, um ein Pferd zu kaufen, hätte ich selbst nicht erwartet, dort meine geliebte Ehefrau kennenzulernen.“ Er wurde ernst. „Unter anderen Umständen hätten wir uns mehr Zeit gelassen und eine richtige Hochzeit hier auf dem

Hof gefeiert, aber Emilies Vater ist gestorben. Sie konnte nicht länger allein in ihrem Haus bleiben, und ich wollte, dass alles seine Richtigkeit hat, bevor wir zurückkommen." Er legte einen Arm um Anna Marias Schultern, den anderen um Emilie. „Ich bin sicher, dass du Emilie bald genauso lieben wirst wie ich und ihr gute Freundinnen werdet."

Als Emilie Anna Marias steinerne Miene betrachtete, war sie sich da nicht so sicher. Mit jeder Faser spürte sie, dass die andere Frau sie als unwillkommenen Eindringling betrachtete.

So hatte sie sich die Ankunft in ihrem neuen Heim nicht ausgemalt. Nicht nur, weil Gut Petersen offenbar bereits eine Hausherrin besaß. Nach Ronalds Schilderungen hatte Emilie sich ein schmuckes Gutshaus vorgestellt, inmitten grüner Felder und mit einem üppig blühenden Bauerngarten.

Doch ausgerechnet heute war der Himmel verhangen und ließ seit dem Morgen keinen Sonnenstrahl durch die Wolkendecke. Ein Nebelteppich gab jedem Geräusch einen dumpfen Klang und tauchte die weite Landschaft vor dem Kutschfenster in düsteres Grau. In der zunehmenden Dämmerung war Emilie die Allee zum Gutshaus eher unheimlich als prächtig vorgekommen. Aber ihr fehlte die Kraft, sich Sorgen zu machen. Sie war todmüde und sehnte sich nur nach Ruhe.

Warum hatte Ronald kein Wort über seine junge, schöne Cousine verloren – und vor allem darüber, dass sie in seinem Haus lebte? Emilie wurde plötzlich klar, wie wenig sie über ihren frischgebackenen Ehemann wusste. Sie hatte einem freundlichen, fürsorglichen Mann ihr Jawort gegeben, aber als sie ihn jetzt von der Seite betrachtete, war er ihr fremd.

Doch dieser Fremde war jetzt ihr Ehemann. Von diesem Mann, den sie noch keine vier Wochen kannte, hing nun ihr ganzes Glück ab. Hatte sie einen schrecklichen Fehler begangen? Einen Moment lang hörte sie wieder die warnenden Worte von Herrn Jonas, dann schüttelte sie die unbehaglichen Gedanken ab. Sie war einfach müde und enttäuscht über Anna

Marias kalte Begrüßung, nur darum erschien ihr alles so grau und düster.

In der Diele nahm ein dralles Dienstmädchen Emilie Hut und Mantel ab. Sie knickste vor Ronald und warf Emilie einen neugierigen Blick zu, bevor sie mit der Garderobe verschwand.

Im Licht eines großen Kronleuchters musterte Anna Maria Emilie ein weiteres Mal. Sie hob eine schmale Braue. „Sie ist sehr jung", sagte sie zu Ronald, als wäre Emilie gar nicht anwesend.

Er runzelte die Stirn, als würde er plötzlich die feindselige Haltung seiner Cousine bemerken, dann legte er seiner Frau den Arm um die Schultern und drückte einen Kuss auf ihr dunkles Haar. „Das ist wohl wahr. Emilie ist wie eine Frühlingsbrise in mein Leben geweht. Ich bin sehr glücklich, Anna Maria", sagte er betont.

„Nun, du bist alt genug, um zu wissen, was du tust." Bevor Ronald etwas erwidern konnte, fuhr Anna Maria rasch fort: „Ich wünsche euch beiden viel Glück. Willkommen auf Gut Petersen, Emilie. Soll ich dir das Haus zeigen?"

Emilie lächelte. „Vielen Dank, Anna Maria, aber wenn es dir nichts ausmacht, würde ich das lieber auf morgen verschieben. Ich bin todmüde und würde mich gern zurückziehen."

Vielleicht ist sie ja gar nicht so schlimm, überlegte Emilie. Sie konnte verstehen, dass es ein Schock für sie gewesen sein musste, als Ronald sie mit seiner Ehefrau überraschte. Ronald hätte ihr von seiner Heirat schreiben sollen. Aber morgen würde Emilie ihr zeigen, dass sie nicht vorhatte, Anna Maria von ihrem angestammten Platz zu verdrängen. Und vielleicht konnten sie mit der Zeit sogar wirklich Freundinnen werden.

Eutin, Mai 2015

„Nur einen Tag noch, Schatz." Eine Stunde lang hatte Johanna immer wieder Hennings Nummer gewählt. Bevor es klingelte, hatte sie die Verbindung schnell wieder unterbrochen, bis sie endlich den Mut gefunden hatte, mit ihm zu reden.

Henning schwieg.

„Ich verstehe ja, dass du ärgerlich bist, Henning …"

„Mit ärgerlich hat das nichts zu tun. Ich komme mir verarscht vor. Warum hast du mir nicht einfach von Anfang an gesagt, dass du länger bleiben willst, anstatt mich immer wieder zu vertrösten?"

„Aber ich hatte nicht vor, länger zu bleiben. Wirklich nicht!"

„Morgen Abend ist meine Preisverleihung."

„Und bis dahin bin ich auch längst wieder da. Wenn ich direkt nach dem Termin mit dem Architekten losfahre, kann ich um sechs, spätestens halb sieben, in Hamburg sein."

„Wenn die Autobahn frei ist." Henning klang schon etwas versöhnter.

„Morgen ist Freitag, um die Uhrzeit hat sich der Berufsverkehr längst wieder aufgelöst."

„Hm", brummte Henning. „Fahr vorsichtig. Komm lieber zu spät, als über die Autobahn zu rasen."

„Mach ich."

„Bis dann, Johanna." Kein *Ich liebe dich* oder *Du fehlst mir*. Bevor sie etwas erwidern konnte, unterbrach er die Verbindung. Das hatte er noch nie vorher getan.

Johanna starrte einen Moment auf ihr Handy, bevor sie es zurück auf den Küchentisch legte. Eigentlich hatte sie sich etwas zu Mittag kochen wollen, aber jetzt war ihr der Appetit vergangen. Sie beschloss, erst einmal spazieren zu gehen.

Wolf hatte sich noch immer nicht aus Nonnas Zimmer herausbewegt. Johanna öffnete eine Dose Hundefutter, löffelte den Inhalt in eine Schüssel und brachte sie ins Schlafzimmer der Großmutter. Als sie eintrat, hob Wolf den Kopf. Seine Augen kamen ihr wacher vor als bisher.

„Ich gehe spazieren. Willst du mitkommen?", fragte Johanna und streichelte seinen großen Kopf. Er drehte sich und schob eins seiner Ohren unter ihre Hand.

„Das gefällt dir, ja?" Als sie sein Ohr kraulte, brummte er leise und hielt ganz still.

Sie erschrak, als sie über seine Flanke strich. Unter seinem dichten, zottigen Fell war er so dünn, dass man seine Rippen zählen konnte. Sie spürte einen Anflug von Liebe in ihrem Herzen, als er seinen Kopf auf ihren Oberschenkel legte und seufzte. Doch als sie schließlich aufstand und das Zimmer verließ, ließ er nur wieder den Kopf auf die Pfoten sinken.

Die Sonne stand noch hoch, als Johanna den Weg zur Pferdeweide einschlug. Der Himmel war weit und hell. Schon von Weitem sah sie die braune Stute. Den Kopf hoch erhoben, trabte sie am Koppelzaun entlang. Johanna war nicht die Einzige bei der Weide. Auf dem obersten Balken des Gatters saß das braunhaarige Mädchen. Es hielt ein Buch in der Hand und las.

Johanna lehnte sich neben ihr an das Gatter. „Moin."

„Moin", sagte das Mädchen, ohne von dem Buch aufzuschauen.

„Du kommst oft her, nicht wahr?"

„Wieso?"

„Nur so." Johanna zuckte mit den Schultern. „Ich bin allein hier und wollte wohl einfach nur mit jemandem reden. Aber wenn du nicht magst, kann ich auch wieder gehen."

Das Mädchen drehte sich zu ihr um und betrachtete sie, als würde es versuchen, sich eine Meinung über Johanna zu bilden. Das Ergebnis war offenbar positiv ausgefallen. „Ich bin Lilli."

Johanna überlegte, ob sie dem Mädchen die Hand reichen sollte, und entschied sich dagegen. „Johanna."

„Johanna?" Lilli wäre fast das Buch aus der Hand gefallen. „*Die* Johanna?" Sie starrte Johanna an, als hätte sie sich gerade von einer Raupe in einen Schmetterling verwandelt.

„Kommt drauf an, welche du meinst."
„Charlottes Enkelin natürlich!"
Charlotte? Wieso nennt sie meine Großmutter Charlotte?, dachte Johanna mit einem Anflug von Ärger. Langsam bekam sie den Eindruck, dass sie wirklich gar nichts über Nonnas Leben wusste. „Das bin ich. Johanna Petersen. Kanntest du meine Großmutter gut?"
Lilli sprang vom Gatter. „Dann gehört Kiara ja dir!"
„Kiara?" Johanna brauchte einen Moment, bis sie begriffen hatte. Sie sah zu der Stute und schüttelte den Kopf. „Willst du damit sagen, dass *das* Kiara ist? Meine Kiara?"
Lilli sah Johanna an, als wäre sie begriffsstutzig. „Ja, natürlich! Sie ist meine beste Freundin. Papa will mir ein Pony kaufen, aber ich will kein Pony, nur Kiara. Im Winter miste ich ihren Stall aus, und ich darf sie striegeln … und füttern, Äpfel frisst sie am liebsten …" Ihre Worte überschlugen sich.
Johannas Herz klopfte schneller. Sie versuchte, ihre Gedanken zu ordnen, während ganz langsam Freude in ihr aufstieg. Kiara war hier, Nonna hatte sie nicht weggegeben! „Aber … ich dachte, Nonna hätte sie vor Jahren verkauft."
Lilli zuckte die Schultern. „Nee, hat sie nicht. Da steht sie doch. Ich habe Papa gebeten, sie zu kaufen, nachdem Charlotte gestorben war." Ihr aufgeregtes Gesicht sah plötzlich traurig aus. „Aber er sagt, er muss darüber nachdenken."
Johanna musterte Lilli. „Wie alt bist du? Kannst du auch schon reiten?"
„Ich bin sieben." Lilli hob das Kinn. „Und ich *reite* nicht!"
„Warum nicht?"
„Ich finde Reiten doof. Kiara ist meine beste Freundin. Ich kann doch nicht auf ihren Rücken klettern und ihr in die Seite treten und sie an einer Trense hin und her ziehen." Lilli sah sie an. „Ich gehe oft mit ihr spazieren. Das macht ihr riesigen Spaß."
„Ach. Das ist mal … eine ungewöhnliche Sichtweise."

„Ich weiß." Lilli seufzte. „Das höre ich andauernd. Auch weil ich kein Fleisch esse. Ich will nicht, dass Tiere sterben, damit ich sie essen kann. Papa isst Fleisch, aber er schimpft nicht mit mir, ich bekomme immer etwas anderes. Papa reitet auch, aber er sagt, es ist in Ordnung, wenn ich nicht will."

„Dein Vater ist sehr verständnisvoll."

„Ja, er ist ganz, ganz toll! Der beste Papa der Welt! Er kauft mir auch alle Bücher, die ich haben will."

„Du liest wohl viel? Ich habe in deinem Alter gerade erst angefangen zu lesen."

Lilli machte ein wegwerfende Handbewegung. „Ach, ich lese schon *jahrelang*. Mama hat es mir beigebracht. Erst wollte Mama nicht, weil ich noch so klein war, sagt Papa, aber ich habe so lange gebettelt, bis sie es dann doch gemacht hat." Sie sah plötzlich traurig aus, aber dann hellte sich ihr schmales Gesichtchen wieder auf. „Verkaufst du uns Kiara, wenn du wieder wegfährst? Bitte! Sie ist meine beste Freundin auf der ganzen Welt."

Wahrscheinlich auch die einzige, dachte Johanna. In Lillis Augen lag eine Einsamkeit, die Johanna an ihre eigene Kindheit erinnerte. Sie wollte Kiara nicht verkaufen, aber sie brachte es auch nicht übers Herz, Lilli zu enttäuschen. „Ich muss zuerst darüber nachdenken. Ich habe ja gerade erst erfahren, dass ich überhaupt ein Pferd besitze. Aber *falls* ich Kiara verkaufe – was ich jetzt noch nicht weiß –, dann bekommt sie jedenfalls keiner außer dir. Einverstanden? Ich kann ja mal mit deinem Vater darüber reden. Hast du seine Telefonnummer?"

„Klar." Lilli zog ein iPhone aus der Tasche und reichte es Johanna. „Tipp deine Nummer in mein Handy, dann schicke ich dir Papas. Aber wir stehen auch im Telefonbuch. Jan heißt mein Vater. Jan Christiansen."

Johanna ließ Lillis Handy fallen. Rasch bückte sie sich danach und hoffte, dass ihr Gesicht nicht so glühend rot war, wie es sich anfühlte. Jan hatte eine Familie! Lilli war sieben Jahre alt, also seit mindestens sieben oder acht Jahren!

Johanna versuchte, langsam und gleichmäßig Luft zu holen.

„Geht's dir nicht gut?" Lilli legte den Kopf schräg und musterte sie. „Du siehst ganz komisch aus."

„Ich ... das ist die Überraschung ... wegen Kiara."

„Ja, das verstehe ich. Charlotte hat immer gesagt, eines Tages kommst du zurück, und dann freust du dich."

Johanna starrte Lilli an. Die Nachricht, dass sie Jans Tochter war, traf sie wie ein Schlag.

„Also rufst du Papa an?"

„Nein!"

Lilli zuckte zusammen. Die blauen Augen hinter den runden Gläsern wurden noch größer, und ihre Lippen zitterten.

„Ich meine, erst wenn ich in Ruhe über alles nachgedacht habe." Johanna rang sich ein Lächeln ab, während sie einfach nur weinen wollte. „Aber du kannst gern jederzeit zur Weide kommen und Kiara füttern und striegeln und mit ihr spazieren gehen", brachte sie heraus.

„Okay", sagte Lilli gedehnt. „Danke schön." Sie betrachtete Johanna noch immer etwas skeptisch, dann drehte sie sich um und lief davon, als hätte sie Angst, dass Johanna es sich noch einmal anders überlegen würde.

Eine Stunde später hob Johanna den Sattel auf Kiaras Rücken und zog den Gurt fest. Seit ihrer Flucht aus Eutin hatte sie nicht mehr auf einem Pferd gesessen, doch die Bewegungen waren ihr noch so vertraut, als wäre sie gestern zum letzten Mal geritten. Tief atmete sie den warmen Duft der Stute ein und fragte sich, wie sie so lange aufs Reiten hatte verzichten können.

Mit beiden Händen fasste sie den Kopf der Stute und legte ihr Gesicht an die weichen Nüstern. „Du gehörst mir, Kiara, du gehörst mir! Kannst du dich noch an mich erinnern?"

Das Pferd schüttelte sich mit einer Bewegung frei, warf den Kopf zurück und wieherte. „Du freust dich auch, nicht wahr?"

Als hätte sie verstanden, legte die Stute den Kopf an Johannas Schulter und schnaubte leise. Johanna schwang sich in den Sattel, und auf einen leichten Schenkeldruck trat Kiara an, vollführte eine elegante Hinterhandwendung und trabte los. Johanna lachte laut auf. Für einen Moment fielen alle Sorgen von ihr ab.

Im Stillen dankte sie ihrer Großmutter, dass sie Kiara nicht abgegeben hatte. Warum hast du mir nicht von ihr erzählt?, dachte sie.

Ganz automatisch schlug sie die Richtung zum Dodauer Forst ein und dann weiter nach Norden, immer am Waldrand entlang, sie wusste selbst nicht, warum. Am Ende des Forsts wurde sie langsamer. Die Sonne drang durch die Baumwipfel, der Wald war licht hier, der Moosboden weich.

Eine seltsame Beklommenheit überkam sie. Dieser letzte Teil des Waldes gehörte bereits zum Besitz der Christiansens. Jan lebte jetzt mit seiner Familie hier. Warum war sie hergekommen? Hatte sie ihn nicht längst vergessen?

Johanna überlegte, ob Lilli noch Geschwister hatte. Aber wieso dachte sie überhaupt darüber nach? Jans Leben ging sie nichts mehr an. Sie legte leicht den Schenkel an, und Kiara trabte weiter, an einem Feldrand entlang, zu einem kleinen Waldstück, kaum mehr als eine Handvoll Buchen. Wie oft war sie hier geritten, damals, mit Jan.

Sie näherte sich dem Gutshaus der Christiansens von der Rückseite. Durch Hecken und Büsche konnte sie die weißen Mauern sehen. Erst als der grelle Schrei eines Bussards über ihrem Kopf ertönte, wurde Johanna bewusst, was sie tat.

Sie hatte hier nichts verloren. Es war Zeit, umzukehren. Stattdessen hielt sie Kiara an und spähte hinüber zum Haus. Die Fenster zum Garten waren geöffnet. Sie glaubte, ein helles Lachen zu hören, und ihre Brust krampfte sich zusammen.

Johanna tastete nach ihrem Verlobungsring wie nach einem Rettungsanker. Sie hob die Hand, der Diamant strahlte im Sonnenlicht. Johanna bewegte die Finger und sah zu, wie die Facetten des Steins in allen Farben des Regenbogens glitzerten.

Herrgott noch mal! Sie hatte einen Verlobten, den sie von ganzem Herzen liebte und der zu Hause in Hamburg ungeduldig auf sie wartete. Und Henning war ein wunderbarer Mann, talentiert, ja sogar brillant, humorvoll und mit perfekten Umgangsformen. Sehr attraktiv, gut gekleidet und ein aufstrebender Politiker. Außerdem hatten sie die gleichen Interessen und Vorstellungen vom Leben. Sie verstanden einander.

Sie sah ihn vor sich, wie er in einem seiner Armani-Anzüge am Schreibtisch saß, in einem blütenweißen Hemd mit Seidenkrawatte. Vielleicht der silbergrauen, die sie ihm zu seinem letzten Geburtstag geschenkt hatte.

Wäre er hier, hätte sie keinen einzigen Gedanken an Jan verschwendet!

Als sie Kiara zurück auf die Weide gebracht hatte, senkte sich langsam die Sonne, und Johanna fühlte sich schon halb verhungert. Sie setzte Nudelwasser auf und briet Speck für eine Carbonarasoße an, eins der wenigen Rezepte von ihrer Großmutter, das sie noch auswendig wusste. Sie dachte kurz daran, was Henning zu geräuchertem Schweinespeck, weißen Nudeln und rohem Eigelb sagen würde, aber der Duft war zu köstlich, um länger darüber nachzudenken. In Minutenschnelle hatte sie alles aufgegessen.

Als sie aufstand, um das Geschirr abzuräumen, spürte sie jeden Muskel in ihrem Körper. Morgen würde sie vor Muskelkater kaum aus dem Bett kommen. Vielleicht half ein heißes Bad. Sie ging ins Badezimmer, drehte den Wasserhahn über der Wanne auf und wartete, bis das Wasser warm wurde. In den Leitungen in der Wand fing es an zu gurgeln und zu scheppern. Das Rohrsystem kam langsam in Schwung, und einige Minuten später hüllte sie behaglicher Dampf ein. Um neue Leitungen und eine neue Heizanlage kam sie nicht herum.

Während das Wasser einlief, ging Johanna zurück in ihr Zimmer und betrachtete den Inhalt ihrer Reisetasche. Nach dem Ausritt gehörten Jeans und Sweatshirt in die Wäsche, und mehr hatte sie für die eine Nacht nicht mitgebracht.

Johanna sah zu ihrem Kleiderschrank. Vielleicht hingen ja noch einige von ihren alten Sachen dort, die sie damals nicht mitgenommen hatte. Als sie die Tür öffnete, wehte ihr der Duft von Lavendel entgegen. Anstatt ihre Kleidung auszurangieren, hatte Nonna ihre Lavendelsäckchen überall im Schrank verteilt.

Johannas Kehle wurde eng, als sie sich vorstellte, wie ihre Großmutter all die Jahre ganz allein in diesem riesigen Haus gelebt hatte. Sie schob die Bügel auseinander und betrachtete die alten Kleider, das kurze grüne T-Shirt-Kleid, das sie an dem Abend getragen hatte, als Jan und sie beschlossen hatten, zu heiraten. Das hellrote Maxikleid, das sie gemeinsam in Plön ausgesucht hatten. Das kurze blaue mit den winzigen pinkfarbenen Blümchen, in dem sie zur Party gefahren war und ihn mit Lisa entdeckt hatte.

Mit einem Ruck schob sie die Kleider zur Seite und nahm sich aus dem Regal frische Unterwäsche und ein großes altes T-Shirt, das ihr bis zu den Knien reichte. Sie zog sich aus, ging ins Bad und prüfte die Wassertemperatur. Lauwarm. Sie stieg in die Wanne, seifte sich ab und shampoonierte großzügig die Haare ein. Rasch wurde das lauwarme Wasser kalt. Johanna stellte die Dusche an, um das Haar auszuspülen, doch aus der Leitung schoss nur ein eisiger Strahl. Zitternd wickelte Johanna sich schließlich in ein Handtuch und schlang ein zweites um die eiskalten Haare.

„Verdammt!“, rief sie laut. „Verdammt, verdammt, verdammt!“ Sie verfluchte das Rohrsystem, das Haus, sich selbst, ihre Entscheidungen, das Schicksal. Und dann kamen die Tränen.

In dieser Nacht schlief Johanna wie ein Stein, nicht mal das Gewitter draußen hielt sie wach. Als sie am nächsten Morgen erwachte, tat ihr jeder Muskel so weh, dass sie kaum aufstehen konnte. Mit Henning joggte sie jeden Morgen um halb sechs für eine Stunde an der Alster entlang, aber dabei wurden offensichtlich andere Muskeln trainiert.

Ächzend schleppte sie sich ins Bad, dann nahm sie ohne einen Blick auf die Kleider eine alte schwarze Adidas-Trainingshose aus dem Schrank, dazu ein ausgeleiertes weißes T-Shirt und Turnschuhe, die schon bessere Zeiten gesehen hatten. Aber auf keinen Fall würde sie sich heute in ihre hochhackigen Pumps zwängen.

In Hamburg hätte sie in diesem Aufzug nicht einmal allein in der Küche gefrühstückt. Sie warf einen Blick in den Spiegel. Ohne jedes Make-up kam ihr das eigene Gesicht fast fremd vor, aber es gefiel ihr gar nicht schlecht. Ihre grünen Augen schienen mehr zu leuchten, der Mund wirkte weicher, und mit den zerzausten kurzen Locken sah sie ein bisschen wie ein kleiner Junge aus. Sie schnitt sich eine Grimasse und kam sich vor, als würde sie die Schule schwänzen.

„Wolf, mir tut alles weh, ich kann jetzt nicht rauf- und runterlaufen und dir dein Fressen bringen. Wenn du Hunger hast, komm runter“, teilte sie dem Hund in Großmutters Zimmer mit, dann ging sie hinunter in die Küche und briet sich Rühreier mit einer großzügigen Portion Speck. Sie war zu hungrig, um mit dem Essen zu warten, bis der Kaffee fertig war. Zum Mittagessen gibt es nur Salat, nahm sie sich vor.

Gerade als der Kaffee blubbernd durch die Maschine lief, fuhr ein glänzend schwarzer Mercedes auf den Hof, neuestes Modell, und hielt vor der Treppe. Dem Wagen nach zu urteilen, war es keiner der Nachbarn. Ein großer Mann mittleren

Alters mit Anzug und Sonnenbrille stieg aus. Johanna hatte ihn noch nie gesehen. Hinter einem Vorhang verborgen, sah sie zu, wie er die Treppe hinaufstieg. Kurz darauf dröhnte der alte Türklopfer aus angelaufenem Messing an die schwere Eichentür.

Johanna humpelte zur Tür und öffnete einen Türflügel. „Ja bitte?“ Auf den ersten Blick sah sie, dass Anzug und Sonnenbrille des Besuchers ein kleines Vermögen gekostet hatten. Der oberste Hemdknopf war geöffnet, und der Mann trug keine Krawatte. Johanna wünschte, sie hätte heute Morgen doch ihr schwarzes Kostüm angezogen.

Er nahm die Sonnenbrille ab und steckte sie in die Jackentasche. „Mein Name ist Bernd Borgmann. Bitte entschuldigen Sie meine Dreistigkeit, einfach unangemeldet bei Ihnen anzuklingeln. Ich hoffe, ich störe nicht.“ Sein Lächeln war nicht unattraktiv.

„Wie kann ich Ihnen helfen, Herr Borgmann?“ Der Name kam ihr vage bekannt vor, aber sie konnte ihn nicht einordnen.

„Ich habe gehört, Sie wollen Gut Petersen verkaufen. Ich bin sehr daran interessiert.“

Johannas Herz setzte einen Schlag aus.

„Wenn es Ihnen jetzt nicht passt, kann ich gern ein andermal wiederkommen. Aber ich halte nichts von verpassten Gelegenheiten, und ich würde gern mit Ihnen über Ihre weiteren Pläne für das Gut sprechen, bevor mir jemand zuvorkommt.“

„Meine Großmutter ist erst vor wenigen Tagen gestorben. Ich hatte andere Dinge im Kopf, als mir Gedanken über den Hausverkauf zu machen.“ Johanna hörte ihren abweisenden Tonfall und biss sich auf die Lippen. Dieser Bernd Borgmann schien wirklich interessiert an dem Haus zu sein, und er sah aus, als könnte er es auch finanzieren. Ein Käufer, der einen guten Preis für das Haus zahlte, würde all ihre Probleme lösen. Oder nicht?

„Natürlich. Ich hätte es wissen müssen. Es ist zu früh." Bernd Borgmann neigte entschuldigend den Kopf.

„Allerdings, das ist es."

„Wir können unser Gespräch gern später fortsetzen." Er griff in seine Jackentasche, zog eine Visitenkarte heraus und reichte sie Johanna. „Ich bin wirklich sehr interessiert an Ihrem Haus. Ich suche seit Jahren nach einem derartigen Anwesen, und sie stehen nur sehr selten zum Verkauf."

In diesem Moment hörte sie neben sich ein tiefes Grollen. Bernd Borgmann erstarrte mit seiner Hand in der Luft. In seinen Augen lag Panik. Neben Johanna stand Wolf. Sein Nackenfell war gesträubt, und er knurrte.

Einen Moment lang vergaß Johanna den Besucher. Es fühlte sich wie ein kleines Wunder an, dass Wolf gekommen war, um sie zu beschützen. Sie hockte sich neben den Hund, legte die Arme um seinen Hals und streichelte ihn. „Hey Wolf, da bist du ja endlich! Alles ist in Ordnung, mein Kleiner."

Wolf leckte kurz über ihr Kinn, dann heftete er seinen bernsteinfarbenen Blick wieder auf den Fremden. Johanna erhob sich, ließ aber eine Hand auf dem Kopf des Hundes liegen, als sie Bernd Borgmanns Visitenkarte entgegennahm.

„Hahaha", lachte Bernd Borgmann volltönend, als wollte er den Moment seines Schreckens überspielen. „Ich hoffe, der kommt nicht mit dem Haus."

„Sicher nicht." In diesem Moment fiel ihr ein, woher sie seinen Namen kannte. Henning hatte ihn vor einigen Tagen erwähnt. Bernd Borgmann war Vorstandschef bei einem Hamburger Windanlagenbauer und galt als einer der Top-Manager der letzten Jahre. Wenn er sich an einem Freitagmorgen persönlich herbemühte, musste er wirklich sehr interessiert an Gut Petersen sein.

Meine Güte, Johanna, sagte sie sich, was tust du hier? Du bist Immobilienmaklerin und hergekommen, um das Haus zu verkaufen. Jetzt stand ein ernsthafter Interessent an ihrer Tür, und sie hatte nichts Besseres zu tun, als ihn anzugiften und rauszuekeln.

Aber so leicht ließ Bernd Borgmann sich offenbar nicht entmutigen. Er lächelte, als hätte sie ihn freundlich willkommen geheißen. „Bitte rufen Sie mich an, wenn Sie an einem Verkauf interessiert sind. Am Preis soll es nicht scheitern."

„Bitte entschuldigen Sie." Johanna schüttelte den Kopf. „Ich bin offenbar noch nicht ganz auf der Höhe. Ich habe mich im Prinzip schon entschieden, das Haus zu verkaufen. Ich bin nur gerade noch dabei, mir ein genaues Bild vom Anwesen zu machen. Darum kann ich noch nichts Konkretes sagen, aber nachdem Sie schon einmal hergekommen sind, können Sie sich auch gern umschauen." Sie trat zur Seite. „Bitte, kommen Sie herein."

Bernd Borgmann warf Wolf einen misstrauischen Blick zu, dann trat er ein. Wolf hielt sich dicht bei Johanna, wirkte aber ganz entspannt.

Johanna ging voraus in die Küche. „Ich habe gerade frischen Kaffee gekocht. Kann ich Ihnen eine Tasse anbieten?"

„Kaffee ist genau das, was ich jetzt brauche, danke."

Sie setzten sich an den Küchentisch. Bernd Borgmann ließ seinen Blick durch den Raum wandern. „Niemand hat versucht, hier etwas zu modernisieren. Was für eine Seltenheit."

Johanna lachte auf. „Wenn Ihnen *das* gefällt, wird Sie der Rest des Anwesens begeistern."

„Ich habe schon gesehen, dass hier eine Menge gemacht werden muss, aber das stört mich nicht, ganz im Gegenteil. So kann ich wenigstens sicher sein, dass nichts kaputt renoviert wurde. Sie können sich gar nicht vorstellen, wie viele wunderbare Häuser schon mit Glasbausteinen, Klinkern und Laminat ruiniert wurden oder wie viel Kopfsteinpflaster mit Beton zugeschüttet wurde."

„Ich bin Immobilienmaklerin. Glauben Sie mir, ich weiß es. Aber ich weiß auch, dass man für ein sanierungsbedürftiges

Anwesen nur einen Bruchteil seines Werts bekommen kann“, sagte sie ehrlich. „Darum überlege ich im Moment noch, selbst zu renovieren, bevor ich verkaufe.“

„Die Mühe können Sie sich sparen. Sollte mir der Rest des Hauses so gut gefallen wie das, was ich bis jetzt davon gesehen habe, zahle ich Ihnen den Preis, den Sie für das renovierte Haus bekommen würden.“

Johanna verschlug nicht oft etwas die Sprache, aber jetzt rührte sie einen Moment schweigend in ihrem Kaffee. „Ich gehe davon aus, dass Sie mit den Immobilienpreisen vertraut sind.“

Ein Lächeln zuckte um seinen Mund. „Das bin ich. Aber ich denke, dieses Haus könnte genau das Richtige für meine Familie und mich sein. Meine vier Kinder würden es lieben. Sie könnten ihre Pferde direkt auf dem Hof halten … gehören eigentlich auch Pferde zum Gut?“

„Nein!“ Auf keinen Fall würde sie Kiara abgeben. Johanna fragte sich, was sie mit einem Schäferhund und einer Holsteiner Stute in der Hamburger City anfangen sollte. Sie schob die Tasse zurück. „Würden Sie gern den Rest des Hauses sehen?“

„Das wäre großartig.“

„Ein sehr schöner Raum!“ Bernd Borgmann ging langsam durch das Wohnzimmer. „Wenn man die Wand zum Nachbarzimmer entfernen und zum Garten große Schiebetüren einbauen würde, wäre er perfekt. Keine große Sache, nehme ich an. Aber das kann uns alles der Architekt sagen.“ Er blieb stehen und sah Johanna an. „Das Haus ist ein Juwel. Es wäre ideal für uns. Ein paar Wände raus, neue Bäder, eine neue Küche, in einigen Räumen würde ich die Fliesen durch antike Eichendielen ersetzen …“

Johanna presste die Lippen zusammen. Was passte ihm an der Küche nicht? Vorhin hatte er noch getönt, wie sehr ihm die alte Einrichtung gefiel. Sogar eine moderne Spülmaschine hatte Nonna angeschafft, und um den sechsflammigen Gasherd würden sich Liebhaber reißen. Und erst die antiken Fliesen!

„... aus dem Küchengarten könnte man einen wunderbaren Spielplatz für die Kinder machen."

Hatte er nicht vorhin etwas über kaputt renovierte Häuser gesagt? Johanna ballte hinter ihrem Rücken die Fäuste. Er wollte wohl nur selbst derjenige sein, der alles nach seinem persönlichen Geschmack kaputt sanierte. Was bildete er sich ein, den wunderschönen Garten platt walzen zu wollen?

Sie zwang sich zu einem Lächeln und ging voraus zur Tür. „Es freut mich, dass Ihnen das Haus gefällt. Sobald ich mich endgültig entschieden habe, gebe ich Ihnen Bescheid."

Erleichtert schloss sie die Haustür hinter Bernd Borgmann. Es sollte ihr gleich sein, was ein Käufer mit dem Haus anstellte – doch das war es nicht. Bei dem Gedanken, wie ein Bagger Nonnas geliebten Garten umpflügte, zitterte sie vor Wut. Sie spürte etwas Kaltes, Nasses an der Hand. Wolf hatte seine feuchte Nase zwischen ihre Finger gesteckt.

„Du hast wohl Hunger, was?" Während sie dem Hund eine Dose öffnete und den Inhalt in seine Schüssel löffelte, versuchte sie, sich zu beruhigen. Gerade als ihr Atem wieder ruhiger ging, klingelte ihr Handy.

Henning! An ihn hatte sie heute Morgen noch gar nicht gedacht. Heute war seine Ehrung. Wenn sie nach dem Termin mit dem Architekten pünktlich loskommen wollte, musste sie langsam ihre Sachen zusammenpacken. Ihr Blick fiel auf Wolf. Den Hund würde sie erst einmal mitnehmen, bis ihr eine bessere Lösung einfiel. *Und Kiara?* Sie würde in Hamburg einen Stall für sie suchen. Bis dahin konnte Bauer Hinrichsen sie vielleicht versorgen.

Noch immer klingelte das Handy. Hastig griff Johanna nach dem Telefon. „Henning, Liebling!"

„Ich wollte nur mal hören, ob bei dir alles läuft wie geplant."

„Du meinst wegen heute Abend? Ja, natürlich! Du glaubst nicht, was gerade passiert ist! Bernd Borgmann war hier, er will mein Haus kaufen."

„Nein! *Der* Bernd Borgmann?"

„Ganz genau. Er hat es sich heute Morgen angesehen. Er ist ganz begeistert und bereit, einen guten Preis zu zahlen. Sogar ohne Renovierung."

„Dann sind ja alle Probleme gelöst. Ich kann's gar nicht glauben. Ausgerechnet Bernd Borgmann. Er steht heute Abend sogar auf der Gästeliste, Schatz. Nein, *Borgmann*! Das hätte ich nicht gedacht."

„Ja … ich auch nicht. Und …" Jetzt wäre der geeignete Moment, ihm von ihren Plänen mit dem Hund zu erzählen.

„Ja?"

„Nichts. Ich freue mich schon. Und ich habe eine Überraschung für dich."

„Ich freu mich auch auf dich." Henning lachte leise. „Ich liebe dich, Johanna. Fahr vorsichtig, Schatz, bis bald."

„Verdammt! Ich elender Feigling." Sie hatte alles nur noch schlimmer gemacht. Johanna warf das Handy auf den Küchentisch und betrachtete den Hund. Wolf saß vor seiner leeren Schüssel und sah sie erwartungsvoll an.

Mit dieser Überraschung würde sie Henning garantiert keine Freude machen.

6. KAPITEL

19. April 1936, Eutin

Die schweren Vorhänge vor den hohen Fenstern waren geschlossen und ließen nur gedämpft das Morgenlicht ins Zimmer. Emilie schlug die Augen auf, gähnte und streckte sich. Sie blieb einen Augenblick im Bett sitzen und sah sich in dem Zimmer mit den schlichten Möbeln aus Eichenholz um. Heute vor einem Jahr war sie nach Gut Petersen gekommen. Sie verzog das Gesicht, als sie an ihre Träume und Hoffnungen dachte. Wie jung und naiv sie damals gewesen war!

Sie seufzte, stand auf und ging über die dicken gewebten Teppiche zum Toilettentisch. Im Spiegel über der Waschschüssel sah sie ihr eigenes Gesicht, schmal, mit Schatten unter den Augen. Eine Wolke dunkler Haare unterstrich, wie blass sie aussah. Während sie ihr Haar bürstete und aufsteckte, wünschte sie, Ronald hätte sie geweckt, bevor er gegangen war. Wenigstens hätte sie ihm beim Frühstück Gesellschaft leisten können, bevor er sie allein ließ. Wie an jedem Tag.

Schon oft hatte sie ihm vorgeschlagen, ihm bei der Arbeit zu helfen. Von ihrem Vater hatte sie Buchführung gelernt, und sie hätte gern noch viel mehr über die Arbeiten auf dem Gut erfahren. Petersen war das größte Gut im Landkreis, ein riesiger Besitz, der auf modernste Weise bewirtschaftet wurde, die größten und besten Maschinen besaß, die fortschrittlichsten Bebauungsmethoden anwandte und erstklassiges Vieh aufzog. Emilie hätte sich mit Leidenschaft in die Verwaltung eingearbeitet.

Doch freundlich, aber deswegen nicht weniger bestimmt, bestand Ronald darauf, dass sie sich nicht überanstrengen durfte. Mit lächelnder Nachsicht lehnte er jede Hilfe ab. *Als wäre ich ein kleines, unwissendes Kind!*

Wahrscheinlich hofft er, dass ich ihm endlich einen Erben schenke, wenn ich mich nur genug ausruhe, dachte sie bitter. Aber endlose Langeweile würde ihr auch nicht helfen, schwanger zu werden.

Seit ihrer Ankunft auf Gut Petersen hatte sich nichts so entwickelt, wie sie es sich ausgemalt hatte. Manchmal wünschte sie fast, sie könnte die Uhr zurückdrehen, zu dem Moment vor der Kirche, in dem Herr Jonas sie zurückhalten wollte. Doch sie hatte geglaubt, Ronald würde ihr Gefährte bleiben, so wie er es in den Tagen nach dem Tod des Vaters gewesen war.

Sie war nicht dumm, natürlich hatte sie nicht erwartet, dass er seine Arbeit für sie vernachlässigte. Aber sie hätte ihn unterstützen können, so wie sie es auch mit ihrem Vater getan hatte. Doch anstatt ihr näherzukommen, schloss Ronald sie aus seinem Leben aus.

Emilie schämte sich für ihre Gedanken. Sie wusste, dass er sie liebte und es nur gut mit ihr meinte. Aber warum nahm er ihre Bitten nicht ernst? Interessierte ihn gar nicht, was sie fühlte? Wie einsam und unglücklich sie war? Hauptsache, er kann mit sich zufrieden sein und stolz darauf, wie gut er seine kleine Frau versorgt, dachte sie bitter.

Ihr einziger Trost war Adrienne, aber sie konnte schließlich nicht den ganzen Tag auf dem Pferderücken verbringen. Anna Maria hatte seit jenem ersten Tag Emilie gegenüber kein unfreundliches Wort mehr verloren – aber sie sagte auch sonst nicht viel zu ihr. Mit eisiger Freundlichkeit hielt sie Emilie auf Abstand. Ganz selbstverständlich kümmerte sie sich weiter um alle Arbeiten im Haus und lehnte jede Hilfe von Emilie ebenso höflich wie unnachgiebig ab.

Emilie wusste, dass sie darauf bestehen könnte, die Rolle der Hausfrau zu übernehmen, aber sie fürchtete sich vor einer Auseinandersetzung mit Ronalds Cousine. Ronald hatte ihr klar und deutlich erklärt, dass Anna Maria auf Gut Petersen ein Zuhause auf Lebenszeit besaß, und das Zusammenleben war auch so schon schlimm genug. Offene Feindschaft würde die Situation unerträglich machen.

Emilie seufzte, dann ging sie hinunter. Sie blieb in der Diele stehen, als sie hörte, wie Anna Maria und die Köchin in der Küche miteinander lachten. Bei dem Gedanken, wie die beiden bei ihrem Eintritt abrupt schweigen würden, verging ihr der Appetit.

Sie sehnte sich nach Freundschaft, nach Liebe, aber selbst nach einem Jahr fühlte sie sich noch nicht willkommen auf Gut Petersen, und sie hatte die Hoffnung aufgegeben, dass es sich jemals ändern würde. Wieder ertönte Lachen aus der Küche. Emilie beschloss, auf das Frühstück zu verzichten und direkt zur Weide zu gehen.

Draußen auf dem Hof blieb sie einen Moment stehen und sah sich um. Wie leicht wäre es, hier glücklich zu sein, ging ihr durch den Kopf. Auch wenn das Leben hier nicht ihre Hoffnungen erfüllt hatte, liebte sie das Gut von Tag zu Tag mehr.

Am besten gefiel Emilie das kleine Türmchen neben dem Eingangstor, das den Hof gegen die Straße abschirmte. Es war der älteste Teil des Gutes und schon vor Jahrhunderten erbaut worden. Eine Lindenallee führte zum Türmchen, dann kam man in den langen und breiten Hof von Gut Petersen mit seinen Stallungen und Scheunen.

Emilie blieb überrascht stehen, als sie Ronald bei den Ställen entdeckte. Er war in ein Gespräch mit einem Mann vertieft, den sie noch nie hier gesehen hatte. Der Fremde stand mit dem Rücken zu ihr, sie konnte nur seinen Hinterkopf mit kurz geschnittenen blonden Haaren sehen. Er war groß und schlank und überragte sogar Ronald noch um einige Zentimeter. Seine Kleidung sah städtisch, aber ein wenig abgetragen aus. Doch die breiten, geraden Schultern ließen ihn sogar von hinten beeindruckend wirken.

Emilie wäre gern zu den beiden Männern hinübergegangen. Es passierte so wenig auf Gut Petersen, und der Besuch eines Fremden war eine willkommene Abwechslung. Doch bestimmt redete Ronald mit ihm über Geschäfte, und ihre Anwesenheit würde nur stören. Sie zuckte mit den Achseln und wandte sich ab.

Eutin, Mai 2015

Johanna sah auf die Uhr, Viertel vor eins, genug Zeit, um vor dem Termin mit dem Architekten ihre Tasche zu packen und Nonnas Kochbücher zu suchen.

Eineinhalb Stunden später hatte sie die Bücher immer noch nicht gefunden. Sie hatte in der Küche nachgeschaut, dann im blauen Zimmer, sie war durch alle Räume gelaufen und hatte in Regalen und Schränken gesucht, selbst in der Speisekammer hinter der Küche. Falls die Hefte noch im Haus waren, blieb eigentlich nur noch der Dachboden.

Einen Moment lang fragte sie sich, wo der Hund geblieben war. Sie hatte sich schon daran gewöhnt, dass er ihr durch das Haus folgte, aber seit sie mit der Suche begonnen hatte, hatte sie ihn nicht mehr gesehen.

Johanna blickte wieder auf die Uhr. Langsam wurde die Zeit knapp, wenn sie den Architekten nicht in ihrer alten Trainingshose empfangen wollte. Sie duschte, föhnte ihr Haar, dann zog sie ihr schwarzes Chanel-Kostüm und die dunkelgraue Seidenbluse an. Das Kostüm war leicht verknittert, und wenn man genau hinschaute, konnte man auf der Bluse die Tränenspuren erkennen, aber für den Termin mit dem Architekten war es immer noch geeigneter als ihre alten Jeans oder Flatterkleider.

Sie schlüpfte in ihre Pumps, legte die einreihige kurze Perlenkette an, die Henning ihr zum letzten Geburtstag geschenkt hatte, dazu die passenden Ohrstecker. Dann trug sie Make-up auf, kämmte das Haar zurück und fixierte es mit Haarspray. Johanna betrachtete sich im Spiegel und nickte zufrieden. Jetzt sah sie wieder aus wie eine erfolgreiche Immobilienmaklerin.

Punkt drei Uhr hörte sie Motorengeräusch. Als ein dunkelblauer Geländewagen auf den Hof fuhr, ging Johanna zum Eingang und öffnete. Ihre hohen Absätze klapperten auf den Fliesen. Der Wagen hielt, die Tür ging auf. Ein Mann stieg aus und kam auf sie zu. Er war groß, hatte glattes blondes Haar, ein eckiges Kinn und eine Hautfarbe, der man ansah, dass er sich oft an der frischen Luft aufhielt. Er trug ausgebleichte Jeans und ein schwarz-rot kariertes Flanellhemd, das am Hals offen stand, und sah damit auf lässige Weise umwerfend gut aus. Als er näher kam, entdeckte Johanna die dunklen Härchen im Hemdausschnitt.

Ihre Kehle war wie zugeschnürt. Sie wusste, wie seidig sich diese Härchen anfühlten, kannte noch immer seinen Duft und das Blitzen seiner Zähne, wenn er lächelte. Den Bruchteil einer Sekunde lang lösten sich die letzten Jahre auf. Fast wäre sie ihm entgegengelaufen und hätte sich in seine Arme geworfen.

Jetzt lächelte er nicht. Seine Augen waren immer noch genauso blau, aber sie glaubte, etwas wie Vorsicht in ihnen zu erkennen, wie bei einem Menschen, dessen Leben härter gewesen war, als er erwartet hatte. Doch vielleicht lag es auch nur an ihrer Begegnung.

Die Zeit hatte es gut mit ihm gemeint. Als sie ihn zum letzten Mal gesehen hatte, war er ein Junge gewesen. Jetzt stand ein Mann vor ihr. Er war der letzte Mensch auf der Welt, den sie sehen wollte.

Er kam auf Johanna zu, neigte grüßend den Kopf und reichte ihr die Hand, als wären sie Fremde. Johanna war, als würde der Boden unter ihren Füßen schwanken, aber sie würde sich nicht die Blöße geben, nach dem Türrahmen zu greifen.

„Hallo, Johanna“, sagte Jan.

Sie drückte seine Hand. „Jan. Das ist eine Überraschung." Gegen ihren Willen spürte sie, wie ihr das Blut in die Wangen schoss. In der Hoffnung, es würde die Begegnung leichter machen, trat sie einen Schritt zurück.

„Wir haben einen Termin." Die Intensität seines Blicks hatte sich nicht verändert.

Es war ein warmer, windstiller Frühlingstag, die Luft so reglos, dass Johanna spürte, wie ihr der Schweiß auf Stirn und Oberlippe trat. „Ich hatte einen Herrn *Christberg* erwartet."

Jan zuckte mit den Schultern. „Christiansen und Bergmann. Wir haben die Firma gemeinsam gegründet."

Johanna lächelte humorlos. „Ich hätte Herrn Bergmann vorgezogen."

„Ich führe die Firma mittlerweile allein. Normalerweise übernehme ich die Besichtigung für einen Kostenvoranschlag nicht selbst. Wir haben sehr gute Leute. Aber Elena sagte, du hättest auf einem Termin mit dem Chef bestanden."

Das bereute sie jetzt bitterlich.

„Aber wenn du einen meiner Mitarbeiter vorziehst – oder einen anderen Architekten – bitte." Jan machte Anstalten, sich umzudrehen.

„Wenn du schon mal da bist, kannst du dir das Haus auch ansehen." Johanna verlagerte ihr Gewicht auf den anderen Fuß, in der Hoffnung, er würde nicht bemerken, wie verkrampft sie war.

Sie atmete tief durch. Während sie versuchte, ihren Herzschlag unter Kontrolle zu bekommen, nahm sie vollkommen willkürlich Einzelheiten an ihm wahr – einige graue Haaren an den Schläfen, seinen Duft, den sie mit geschlossenen Augen erkannt hätte, einen kleinen Riss in seinem Hemd über dem rechten Ellbogen.

Sie sah ihm an, wie unerfreulich er ihre Begegnung fand, aber ansonsten wirkte er so entspannt, dass sie sich umso mehr über ihre eigene Nervosität ärgerte.

„Darum bin ich gekommen“, sagte er knapp. „Worum genau geht es?“

Sie versuchte, sich daran zu erinnern. „Im Wohnzimmer zieht sich ein Riss quer über die gesamte Decke. Außerdem würde ich gern einige Wände durchbrechen oder entfernen.“

Jan trat einen Schritt zurück und betrachtete die Fassade, den abgestorbenen Wein, der in verfilzten Ranken von der Fassade hing, dann die verwitterten Treppenstufen. Durch Risse im Stein wucherte irgendein Kraut mit winzigen rosa Blüten. Die Fenster waren staubig und mit Schlieren überzogen, und in der Luft lag ein schwacher, aber unverkennbarer Geruch nach Abflussrohren.

„Von der alten Pracht ist wenig geblieben“, sagte Johanna, nur um etwas zu sagen.

„So ein Haus verschlingt eine Menge Zeit und Geld“, murmelte Jan.

„Du musst es ja wissen, euer Haus ist noch größer als Gut Petersen“, entfuhr es Johanna.

Jan wandte sich wieder ihr zu. Sofort wünschte sie, sie hätte den Mund gehalten. „Wir wohnen im früheren Verwalterhaus“, erklärte er. „Das Haupthaus wird an Feriengäste vermietet, manchmal auch an Hochzeitsgesellschaften oder eine Filmcrew.“

„Nonna hätte sich auch etwas Kleineres suchen sollen.“

Als Antwort zuckte Jan nur mit den Schultern. Er sah auf die Uhr. „Ich habe noch einen Anschlusstermin. Können wir anfangen?“

Wie kommt er dazu, mich zu behandeln, als wäre ich ein Stück Dreck unter seinem Schuh? dachte Johanna. Ihre Unsicherheit verwandelte sich in Wut. *Er* hatte sie betrogen, aber er führte sich auf, als wäre *sie* damals die Schuldige gewesen.

Sie hob die Hand mit dem Verlobungsring und strich ihr Haar zurück. Sie sah, dass Jans Blick auf den Diamanten geheftet war. Einen langen Moment schwiegen sie beide.

Johanna spürte ein Ziehen in der Magengrube. „Ja, sehen wir zu, dass wir fertig werden“, brachte sie schließlich heraus. „Ich muss heute noch zurück nach Hamburg fahren.“

Sie ging voran ins Haus. Immer noch fühlte sie sich etwas zittrig, und sie bemühte sich, Abstand zu Jan zu halten. Einen Moment lang standen sie nebeneinander in der großen Diele, die von dem Kamin dominiert wurde. Ein helles Rechteck zeigte, wo früher Emilies Porträt gehangen hatte. Schweigen hallte durch den Raum.

Johanna fragte sich, ob Jan auch gerade daran dachte, wie oft sie sich hier zum Abschied geküsst hatten. Sie erinnerte sich immer noch an das Gefühl, von seinen starken Armen gehalten zu werden, und an das Lachen in seiner Stimme, wenn sie ihm zur Begrüßung direkt an der Tür um den Hals gefallen war. Die Erinnerung stach wie ein scharfes Messer direkt in ihr Herz.

Als sie sich umschaute, sah sie an jeder Ecke die Zeichen des Verfalls, mehr noch als bei ihrem ersten Rundgang. Darunter konnte man noch schmerzhaft deutlich das prachtvolle Gebäude sehen, das Gut Petersen einmal gewesen war. Johanna öffnete eine der Türen und ging ihm voraus in das Wohnzimmer. Schwere Samtvorhänge verdunkelten die Fenster, und eine Staubwolke wirbelte auf, als Johanna sie zurückzog.

Abgetretene Teppiche bedeckten die aufgewölbten, knarrenden Bodendielen. Hinter den Fenstertüren lag die Terrasse, und eine verwitterte Steintreppe führte hinunter in den Park. Doch die früher gepflegten Rasenflächen standen jetzt kniehoch und waren von Unkraut und Maulwurfshügeln durchsetzt.

Johanna presste die Lippen aufeinander, als sie die leeren Plätze sah, wo früher ein Vitrinenschrank und ein zierlicher Sekretär gestanden hatten. Die verbliebenen Möbel waren mit Laken verhängt. Zahlreiche helle Quadrate und Rechtecke zeigten an, wo einmal Gemälde ihren Platz gehabt hatten.

Doch trotz allem konnte Johanna noch den ursprünglichen Charme des Zimmers spüren, so wie ein gealtertes Gesicht noch die Schönheit einer perfekten Knochenstruktur erkennen lässt.

„Die wertvollsten Stücke hat meine Großmutter offenbar verkauft“, sagte Johanna, um das Schweigen zu brechen.

Jan trat zum Kamin und spähte den Schacht hinauf, dann betrachtete er den Riss, der sich quer durch den Raum über die Decke zog. Stuckbrocken waren abgefallen, und von den kunstvoll geformten Gipsrosen war nur noch eine übrig.

„Willst du das Haus renovieren?“

„Das werde ich entscheiden, wenn ich alle Kostenvoranschläge vorliegen habe.“

Jan ging schweigend im Zimmer auf und ab. Hin und wieder nahm er Maß und notierte etwas in einem Ordner. Die Stille im Raum war so absolut, dass sie erdrückend wirkte, und in der abgestandenen, staubigen Luft fiel Johanna das Atmen schwer. „Ich habe deine Tochter kennengelernt. Lilli.“

Er nickte knapp. „Sie hat mir davon erzählt. Du sagtest vorhin, dass du heute noch nach Hamburg zurückfährst. Wer kümmert sich dann um Kiara?“

Gute Frage. „Weißt du vielleicht, wer sich bisher um sie gekümmert hat?“

„Das haben wir getan.“

Allein schon wegen seiner Tochter würde er es vermutlich auch weiterhin tun, aber Johanna brachte es nicht über sich, Jan um einen Gefallen zu bitten. Plötzlich spürte sie neben sich eine Bewegung. Sie stieß einen leisen Schrei aus, als etwas Feuchtes sie streifte. Wolf leckte einmal kurz über ihre Hand. Aus seinem Fell tropfte Wasser auf die Holzdielen. Offensichtlich hatte er ein Bad im Schwanensee genommen. Rasch schob Johanna die Bilder zur Seite, wie Jan und sie früher nackt im See geschwommen waren.

Der Hund rannte weiter auf Jan zu. „Halt, Wolf!“, brüllte

Johanna und lief ihm nach, um ihn aufzuhalten, dann sah sie, dass er sich vor Freude auf Jan gestürzt hatte.

Obwohl Wolfs Fell klatschnass war, hockte Jan sich zu dem Hund auf den Boden und umarmte ihn, während Wolf wie verrückt mit dem Schwanz wedelte. Johanna konnte den Blick nicht abwenden. Jetzt legte der Hund sich auf den Rücken und streckte alle viere in die Luft, um sich am Bauch kraulen zu lassen. Jan tat ihm lachend den Gefallen.

Zum ersten Mal sah Johanna wieder den unbekümmerten Jungen von damals vor sich. Aber sie waren beide nicht mehr dieselben wie vor zwölf Jahren. Sie waren Fremde geworden.

„Er kennt dich offensichtlich", sagte sie, um ihrer Erinnerung zu entkommen.

„Ja, natürlich. Wir haben Charlotte oft besucht. Nicht wahr, alter Junge?" Er rieb mit beiden Händen Wolfs Ohren, und der Hund brummte glücklich. Jan sah auf, doch als sich ihre Blicke begegneten, verschloss sich seine Miene sofort. Er stand auf und wischte die nassen, haarigen Hände an seiner Jeans ab.

„Der Riss in der Decke scheint sich nur durch den Putz zu ziehen", teilte er ihr mit.

„Gut, dann können wir uns ja den Rest ansehen."

Sie zeigte ihm das Haus fast eine Stunde lang. Immer wieder klopfte er die Wände ab, sah sich die Holzvertäfelungen aus der Nähe an, das mürbe Holz der Türen und Fensterrahmen. Er stocherte mit einem Stift in abblätterndem Putz, schaute hinter Vorhänge und inspizierte die Bodendielen.

Johanna beobachtete, wie sich das Hemd über seinen Schultern spannte, wenn er sich vorbeugte. Hastig wandte sie den Blick ab.

Schließlich waren sie wieder in der Diele angelangt. „Auf den ersten Blick habe ich keine gravierenden Schäden sehen können, keine Feuchtigkeit, keinen Schwamm im Holz oder Ähnliches", fasste Jan zusammen. „Falls du etwas zu tragenden Wänden wissen willst, müsste man gründlichere Messungen vornehmen. Und größere Umbauarbeiten sollten gründlich geplant und abgesegnet werden. Das Gebäude steht unter Denkmalschutz. Falls du so etwas vorhast, gebe ich dir gern die Adresse eines anderen Architekten. Unser Terminplan ist zurzeit sehr voll."

„Das ist nicht nötig. Ich werde sowieso verkaufen." Johanna stöhnte innerlich. Jedes Wort aus ihrem Mund kam ihr plötzlich gestelzt und dumm vor.

„Was hast du dann mit den Tieren vor? Ich würde dir Wolf und Kiara gern abkaufen."

Da war die Gelegenheit, nach der sie die ganze Zeit gesucht hatte!

„Nein", hörte Johanna sich zu ihrem Entsetzen sagen. „Ich nehme sie mit nach Hamburg. Für Kiara muss ich erst noch einen Stall suchen, aber dann hole ich sie nach, und Wolf kommt heute schon mit."

„Du willst die beiden in die Großstadt verpflanzen?" Fasziniert sah sie zu, wie Jans Augen dunkel wurden wie der Sturmhimmel. Er trat einen Schritt auf sie zu. „Wieso willst du ihnen das antun? Du kennst sie doch nicht einmal. Zwölf Jahre lang warst du nicht hier. Du hast keine Bindung zu ihnen, und du maßt dir an, ihnen die Heimat zu nehmen?"

Wer hat hier wem die Heimat genommen? dachte Johanna. „Du bist der Letzte, der mir etwas über Bindungen zu sagen hat!", warf sie ihm an den Kopf.

Jan trat einen Schritt zurück. Seine Wangenmuskeln traten hervor, als er die Zähne zusammenbiss. „Das ist allerdings wahr, Johanna." Er betrachtete sie mit so viel Verachtung, dass sie zusammenzuckte. Ohne ein weiteres Wort drehte er sich um und ging.

Johanna stand wie erstarrt, bis sie das Geräusch seines Wagens hörte. Sie merkte, dass Tränen über ihre Wangen liefen. Macht nichts, die Bluse ist sowieso schon ruiniert, dachte sie und ließ sich auf den Boden sinken. Eine nasse Zunge leckte über ihr Gesicht, dann winselte der Hund.

„Alles in Ordnung, Wolf", schluchzte Johanna. „Mit Jan hat das überhaupt nichts zu tun. Es ist nur, weil … ich kann Nonnas Rezepthefte einfach nicht finden. Was hältst du davon, wenn wir auf dem Dachboden nachsehen?"

Sie ging die Treppe hinauf in den ersten Stock, wo am Ende des Korridors eine schmalere Stiege auf den Dachboden führte. Als sie höher stieg, roch die Luft staubig und ein wenig feucht. Die Stufen waren verstaubt, an den Wänden hingen dicke Spinnweben. Die Tür war länger nicht geölt worden und öffnete sich quietschend.

Als Kind war Johanna nicht oft hier oben gewesen. Jetzt war sie überrascht, wie freundlich der Dachboden wirkte, auch wenn er voller Staub und Spinnweben war. Der lange, breite Raum zog sich über die gesamte Länge des Hauses. Durch die Dachgauben wirkte er luftig und geräumig.

Die Fenster in den Gauben waren blind von jahrzehntealtem Schmutz und dick mit Spinnweben verhangen. Im Laufe der Jahre hatten Hunderte von Spinnen hier ihre Netze gesponnen. In dem einfallenden Licht tanzten Staubkörnchen, als wäre die abgestandene, warme Luft zu dick, um sie auf den Boden sinken zu lassen.

Die Deckenbalken lagen bloß, und Johanna blickte hoch über sich direkt auf die Schindeln. Was für ein Potenzial! dachte sie. Ihre Gedanken überschlugen sich. Hier musste isoliert werden. Balken sandstrahlen und versiegeln. Stromleitungen und Heizung legen. Es gab genug Platz für ein großes Badezimmer. Vielleicht zusätzliche Dachfenster. Dann würde dies ein wunderschöner Wohnraum werden, ein Arbeitszimmer vielleicht.

Der Ausblick hier oben war großartig. Johanna schaute auf den Schwanensee hinunter. Klein wie Legofiguren schaukelten Enten auf dem dunklen Wasser, und ein Bussard zog auf der Suche nach Nahrung über ihnen seine Kreise. Hinter den Bäumen zur Rechten brachte gerade Bauer Hinrichsen seine Schafe auf die Weide.

Johanna drehte der Aussicht den Rücken und ließ den Blick durch den hohen Raum gleiten. Der Dachboden war nur durch Stützbalken aus Eichenholz und mehrere Kamine unterteilt, um die herum Schränke, alte Stehlampen mit staubbedeckten, vergilbten Schirmen und andere ausrangierte Möbel zusammengeschoben standen. Daneben stapelten sich Truhen, Kartons, dreibeinige Stühle, ein Grammophon und eine alte Wiege. Hatte ihr Vater in der Wiege geschlafen? Vielleicht schon die Großmutter?

In einer Ecke waren teilweise zerbrochene Dachpfannen neben Kartons aufgetürmt, deren Ränder sich von der Feuchtigkeit wellten. In einer anderen hatte jemand alte Farbeimer neben einer Leiter aufgebaut, bei der die Hälfte der Sprossen fehlte. Daneben stand eine wunderschöne Emaillebadewanne auf vier Löwenfüßen, die perfekt in Johannas Badezimmer passen würde.

Als Johanna weiter in den Raum hineinging, knarrten die alten Holzdielen unter ihren Füßen bedenklich. Sie wippte ein paarmal und stampfte auf, doch sie wirkten stabil. Während Wolf aufgeregt in allen Ecken schnupperte, ging Johanna zu einem Schrank.

Bei dem Gedanken an die Spinnen, Mäuse und vielleicht sogar Ratten, die drinnen hausen mochten, wäre sie fast wieder hinuntergegangen, aber dann griff sie nach dem Knauf und öffnete vorsichtig die Tür. Nur vollgestopfte Plastiktüten von der Altkleidersammlung und ein paar mottenzerfressene Wolldecken lagen in den Regalen.

Johannas Hoffnung sank, dass sie hier die Kochbücher finden würde. Aber inzwischen war sie neugierig geworden, was sie unter den alten Sachen sonst entdecken würde. An einer dreibeinigen Kommode lehnten einige Gemälde in geschnitzten Rahmen. Johanna schaute sie durch, aber es handelte sich nur um ein paar Ölbilder, die wahrscheinlich selbst auf dem Flohmarkt keinen Abnehmer finden würden.

Sie holte tief Luft, um sich gegen Staub und Insekten zu wappnen, und öffnete die nächste Schranktür. Ein schwacher Lavendelduft schlug ihr entgegen. Sie schrie auf, als eine fette Spinne herauskrabbelte und eilig unter einem alten Sessel verschwand. In den Fachböden waren säuberlich alte weiße Leinenlaken aufgestapelt. Johanna strich mit der Hand über den weichen Stoff. Der Duft kam aus den Lavendelsäckchen, die Nonna zwischen die Laken gesteckt hatte. Wenn sie gewirkt hatten und keine Motten im Schrank gewesen waren, war Johanna auf einen kleinen Schatz gestoßen.

Neugierig betrachtete sie die alten Kleider auf den Bügeln. An einige konnte sie sich noch erinnern, wie an die mitternachtsblaue Samtrobe, die Nonna vor vielen Jahren zu einer Silvesterfeier getragen hatte. Das cremefarbene Tüllkleid ihrer Mutter, das sie Johanna für den Abend umgeschneidert hatte, hing direkt daneben.

Sie hatten nur zu zweit gefeiert. „Aber das ist kein Grund, dass wir es uns nicht richtig schön machen", hatte Nonna erklärt. Zwei Tage lang stand sie in der Küche und kochte und backte für den Abend. Johanna hatte sogar zum ersten Mal ein eigenes Glas Wein bekommen, auch wenn nicht mehr als ein Fingerhut drin gewesen war. Zu Musik von Schallplatten aus Nonnas Jugend tanzten sie in den Jahreswechsel hinein.

Doch auch hier gab es keine Kochbücher. Schon jetzt war Johanna mit Staub bedeckt, aber sie ging zum nächsten Schrank. Wolf scharrte und bellte aufgeregt vor einem alten Sofa, wahrscheinlich roch er ein Mäusenest in den Polstern. Johanna öffnete die nächste Tür und stieß erleichtert die Luft aus, als ihr kein Ungeziefer entgegenkam. Wieder alte Kleider. In den Regalen lagen drei alte Lampen mit Kabeln, die von Mäusen angenagt worden waren, ein angeschlagenes Teeservice und eine Kiste mit uralten Weihnachtskugeln. Auf dem obersten Fachboden stand ein Schuhkarton. Johanna hob ihn herunter.

Auf den ersten Blick erkannte sie die dunkelblauen Einbände. Sie presste den Karton einen Moment an die Brust wie einen lange vermissten Freund. Sie fragte sich, warum Nonna die Rezepte hier oben verstaut hatte. Hatte sie zu guter Letzt doch die Hoffnung verloren, dass sie ihr Erbe an Johanna weitergeben konnte? Wahrscheinlich würde sie es nie mehr erfahren. Aber wenigstens hatte sie die Bücher gefunden.

Johanna wollte die Tür schon schließen, als sie hinter Samt, Tüll und Seide einen goldenen Schimmer entdeckte. Sie schob die Kleider zur Seite. Hinter ihnen lehnte ein Bild in einem breiten goldenen Rahmen an der Schrankwand.

Urgroßmutters Porträt! Nonna hatte es also nicht verkauft. Aber warum in aller Welt hatte sie es von der Wand genommen und auf dem Dachboden in einem Kleiderschrank versteckt?

Das Bild war kein Meisterwerk – auch wenn es technisch durchaus meisterhaft ausgeführt war. Es besaß nicht das Besondere, das große Kunst ausmachte, aber dennoch war es eine ordentliche Arbeit und besser als alle anderen Bilder im Haus.

Zum ersten Mal kam Johanna der Gedanke, ob Nonna vielleicht unter ersten Anzeichen von Verwirrung gelitten hatte. Ihre Großmutter hatte offensichtlich so vieles vor ihr verborgen, warum nicht auch das? Inzwischen war Johanna nicht mehr sicher, ob sie davon etwas bemerkt hätte.

Sie hockte sich vor dem Schrank auf den Boden und betrachtete das Porträt. Dem Bild nach zu urteilen, war Urgroßmutter Emilie eine schöne Frau gewesen. Allerdings handelte es sich um ein Gemälde, kein Foto, zudem eine Auftragsarbeit. Wer konnte sagen, ob der Künstler sein Modell auf Wunsch ein wenig verschönt hatte? Johanna wischte den Staub von Emilies Gesicht.

Sie war fast zu schön, um realistisch dargestellt zu sein. Johanna nickte. Ja, bestimmt hatte der Künstler seiner Fantasie ein wenig freien Lauf gelassen.

Ihre schwarzen Haare, die ausgeprägten Wangenknochen und die hohe Stirn harmonierten perfekt. Leider wirkten die mandelförmigen dunklen Augen seltsam unbelebt, genau wie der volle, herzförmige Mund.

Als Johanna länger hinschaute, glaubte sie einen schmerzlichen Zug um die Mundwinkel zu entdecken, aber vielleicht legte sie auch nur ihre eigenen Gefühle in das glatte Gesicht.

Im Gegensatz zu den meisten Familienporträts jener Zeit, sah man im Hintergrund des Bildes keine Früchtekörbe oder formellen Blumensträuße. Dieses Bild war nicht in einem sorgfältig dekorierten Salon gemalt worden, sondern in der Natur. In einem langen weißen Kleid saß Emilie auf einer Decke am Ufer des Schwanensees, hinter ihr schienen sich Schilf und blühende Wildblumen im sanften Wind zu wiegen.

Johanna bewunderte die perfekte Ausführung der Umgebung. Wirklich seltsam, dass das Bild im Ganzen so charakterlos wirkt, dachte sie noch einmal. Fast, als wäre es gewollt. Aber dann hätte der Künstler ein wirklicher Meister seines Fachs sein müssen.

Johanna stutzte. Das Bild lehnte nicht ganz an der Rückwand, dahinter war ein Spalt, als würde noch etwas anderes hinter dem Gemälde stehen. Sie kippte das Porträt nach vorn und enthüllte ein weiteres Bild. Dieses war kleiner, knapp einen Meter im Quadrat, und ungerahmt, nur Leinwand auf einen Rahmen gezogen.

Im ersten Augenblick konnte sie nicht fassen, was sie vor sich sah. Ohne jeden Zweifel zeigte auch dieses Bild Emilie, und doch war das nicht die ausdruckslose Frau auf dem Porträt.

Der Künstler hatte nur Kopf und Schultern abgebildet. Mit wilden Strichen war es ihm gelungen, der Frau eine Seele zu geben, und die klaren Farben schienen von innen heraus zu leuchten.

Auch hier fiel dem Betrachter sofort Emilies Schönheit auf, sie war schöner noch als auf dem Porträt, aber in ihrem Gesicht erkannte Johanna eine unendliche Traurigkeit, und ganz tief hinter der Sehnsucht in den dunklen Augen entdeckte sie eine Art Wildheit, oder vielleicht eher Ungezähmtheit. Die Haare züngelten wild um ihren Kopf. In dicken, verschlungenen Strähnen bildeten sie einen surrealen Hintergrund für das Gesicht und gaben dem Bild etwas Verstörendes.

Von dem Gemälde ging eine Energie aus, die Johanna fast körperlich spüren konnte. Sie streckte die Hand aus und strich sanft über die Leinwand. Die Farbe fühlte sich rau und zugleich glatt an und warm, als würde sie unter ihrer Berührung zum Leben erwachen. Unter den Fingerspitzen konnte sie die Rillen spüren, die der Pinsel hinterlassen hatte. Sie brauchte nicht auf die Signatur zu schauen, um zu wissen, wer der Künstler war.

„Friedrich Lindner“, sagte sie leise.

Wolf schien zu denken, sie hätte mit ihm gesprochen. Er kam zu ihr, stieß ihr seine feuchte Schnauze ins Gesicht und wedelte fröhlich mit dem Schwanz. Sein Fell war so voller Spinnweben, dass er aussah, als wäre er mit einem zerrissenen Spitzentuch bedeckt.

Johanna schob ihn geistesabwesend zur Seite. „Jetzt nicht, Wolf. Guck dir das an, das ist meine Urgroßmutter“, murmelte sie. „Friedrich Lindner hat meine Uroma gemalt!“

Das musste bei seinem Aufenthalt in Eutin geschehen sein. Sie fragte sich, warum Nonna ihr nie von dem Bild erzählt hatte. Hatte sie nichts davon gewusst?

Doch, das muss sie, korrigierte Johanna sich sofort. Sonst hätte sie das Porträt nicht direkt dazugestellt. Aber vielleicht war ihr nicht klar gewesen, wie außergewöhnlich das Gemälde war. Doch auch das war unwahrscheinlich. Immer mehr Fragen wirbelten durch Johannas Kopf.

Ich sollte zuerst mal nachschauen, ob das Bild eine Signatur besitzt, sagte sie sich dann vernünftig. Vielleicht ging ja nur ihre Fantasie mit ihr durch, und das Bild stammte gar nicht von Friedrich Lindner.

Sie nahm die Leinwand heraus und wedelte hustend die aufsteigende Staubwolke weg, doch sie vergaß die Signatur, als sie hinter diesem noch ein drittes Bild entdeckte. Wieder dasselbe Modell. Wieder eine andere Frau.

Diese Frau sah glücklich aus. Sie war nackt und lag auf die Seite gedreht im Bett, auf einen Ellbogen gestützt. Ein dünnes Laken bedeckte wie zufällig hingeworfen ihre Mitte. Auf ihrem Körper spielten Licht und Schatten. Die Haare wirkten wie vom Schlaf oder Liebesspiel zerzaust, und auf ihren rosigen, leicht geöffneten Lippen ruhte ein leises Lächeln.

Noch mal Friedrich Lindner!, dachte Johanna. Aber sie hätte darauf gewettet, dass Emilies Ehemann dieses Bild nicht in Auftrag gegeben hatte. Plötzlich fiel ihr wieder der Brief des Urgroßvaters ein. Hatte er etwas mit diesen Bildern zu tun?

Sie konnte nicht aufhören, den Kopf zu schütteln.

Eine Frau. Drei verschiedene Gesichter. Zwei Maler.

Wirklich? dachte sie plötzlich und griff noch einmal nach dem großen Porträt. Mit diesem Bild über dem Kamin war sie aufgewachsen, aber sie hatte noch nie auf die Signatur geschaut.

Friedrich Lindner, stand in der rechten unteren Ecke, mit dem charakteristischen schwungvollen Unterstrich.

Sie schaute auf die anderen Bilder. *Friedrich Lindner.*

7. KAPITEL

19. April 1936, Eutin

Erst zum Mittagessen kehrte Emilie von ihrem Ausritt zurück. Sie machte sich frisch und zog sich um, dann ging sie hinunter. Sie hoffte, dass Ronald zum Essen gekommen war. Emilie hasste die Tage, an denen sie allein mit Anna Maria an dem großen ovalen Tisch im Esszimmer saß. Anfangs hatte sie sich noch bemüht, ein Gesprächsthema zu finden, aber egal, was sie sagte, Anna Maria antwortete nur einsilbig, bis Emilie aufgab und schwieg.

Sie fragte sich, was Ronald sagen würde, wenn er wüsste, wie wenig von der liebreizenden Art seiner Cousine übrig blieb, wenn sie mit Emilie allein war. Ihr war schon lange klar geworden, dass Anna Maria unsterblich in Ronald verliebt war. Die beiden waren nicht blutsverwandt, und wahrscheinlich hatte Anna Maria gehofft, eines Tages Ronalds Frau zu werden – bis die Ankunft seiner neuen Frau ihre Träume zerstört hatte.

Emilie verzog ihr Gesicht, als sie an das siebzehnjährige Mädchen zurückdachte, das vor einem Jahr auf Gut Petersen angekommen war, voller naiver Fantasien von ihrem edlen Ritter, der sie vor Armut und Einsamkeit gerettet hatte.

Arm war Emilie als Frau von Ronald Petersen zwar nicht, aber glücklich machte das Geld sie auch nicht. Die luxuriösen Kleider schnürten ihr die Luft ab, die goldenen Halsketten erstickten sie. Und was die Einsamkeit betraf – erst auf Gut Petersen hatte sie echte Einsamkeit kennengelernt.

Emilie blieb an der Tür zum Esszimmer stehen, als sie Männerstimmen hörte, in die sich Anna Marias helles Lachen mischte. Niemand hatte ihr gesagt, dass sie heute Gäste erwarteten. Sie empfingen nicht oft Gäste auf Gut Petersen.

Neugierig trat sie ein. Ronald stand mit Anna Maria und einem hochgewachsenen Mann am Kamin. Sie hielten Gläser in den Händen und unterhielten sich angeregt. An den breiten Schultern und der aufrechten Haltung erkannte Emilie den blonden Mann vom Morgen wieder.

Als Ronald seine Frau bemerkte, kam er ihr entgegen und streckte die Hand nach ihr aus. „Emilie, Liebes, wir haben heute einen Gast zum Essen."

Wir. Fast hätte Emilie spöttisch das Gesicht verzogen. Als wäre *sie* die Hausherrin auf Gut Petersen. Anna Maria entschied über den Speiseplan, und seitdem sie wusste, dass Emilie grüne Bohnen hasste, waren diese zu einem festen Bestandteil der Mahlzeiten geworden. Aber sie lächelte ihren Mann an, nahm seine Hand und ging mit ihm zu dem Gast.

„Ich möchte dich mit Friedrich Lindner bekannt machen. Er wohnt für einige Wochen im alten Jägerhaus am See."

Ihr Gast neigte grüßend den Kopf.

„Oh." Emilie hob überrascht die Brauen. „Das kleine Backsteinhaus auf der anderen Seite des Sees? Ich fand immer, dass es zu schön ist, um leer zu stehen. Ronald hat gar nicht erwähnt, dass jemand dort einzieht."

Friedrich Lindner lachte, und Emilie sah, wie blau seine Augen waren. „Ich habe selbst erst heute Morgen davon erfahren."

Ronald stimmte in das Lachen ein. „So wie ich", ergänzte er.

„Ich bin vor einigen Tagen in Eutin angekommen und habe bei einem Spaziergang zufällig das Haus am See entdeckt", erklärte Friedrich Lindner. „Es sah unbewohnt aus, und als ich im Ort nachgefragt habe, habe ich erfahren, dass es ein altes Jägerhaus ist und seit Jahren schon keiner mehr darin wohnt. Man hat mir gesagt, dass es zu Gut Petersen gehört. Für meine Zwecke ist es perfekt, darum habe ich mir heute Morgen erlaubt, Ihren Gatten zu fragen, ob ich es für einige Monate mieten kann."

„Und ich habe gern Ja gesagt. Es tut dem Haus gut, wieder bewohnt zu werden."

„Ich freue mich, Sie kennenzulernen." Emilie lächelte. „Ist es zu neugierig, wenn ich frage, was *Ihre Zwecke* sind?"

„Herr Lindner ist Kunstmaler", mischte sich Anna Maria ein. Ein Hauch Ungeduld schwang in ihrer Stimme mit. „Er hat vor, hier bei uns zu arbeiten." Sie wandte sich ihrem Gast zu, legte eine Hand auf seinen Arm und sah ihn an, als erwarte sie seine Zustimmung, doch er sah noch immer Emilie an.

„Das ist *so* faszinierend!" Anna Marias Wangen waren gerötet, und ihre Augen leuchteten. „Man begegnet selten einem echten Künstler."

Emilie unterdrückte ein Lächeln. Es war nicht zu übersehen, wie angetan Anna Maria von dem Besuch war. Vielleicht wendete sie ihr Interesse endlich einem anderen Mann zu.

Wieder lachte Friedrich Lindner. Sein schmales Gesicht war glatt, nur wenn er lachte, zeigten sich Fältchen um die Augen. Im Alter stand er Emilie näher als Ronald. Man konnte ihn nicht direkt als gut aussehend bezeichnen, er war bei Weitem nicht so attraktiv wie Ronald, aber Emilie musste immer wieder sein lebhaftes Gesicht anschauen.

„Bevor Sie mich als *echten Künstler* bezeichnen, sollten Sie erst meine Bilder sehen", wehrte er Anna Marias Schmeichelei ab.

Bei jedem anderen hätte diese Bemerkung kokett wirken können, aber Friedrich Lindners Bescheidenheit kam Emilie echt vor.

„Nein, nein, auf meine Meinung kommt es nicht an!", protestierte Anna Maria. „Ronald hat mir erzählt, dass Sie im kommenden Winter eine große Ausstellung in Berlin haben werden, für die Sie hier malen wollen. Ich bin sicher, Sie besitzen großes Talent."

Der Gast zuckte die Schultern. „Talent ist nicht das Einzige, was einen erfolgreichen Künstler ausmacht", erwiderte er. „Die meisten Laien glauben, damit ließe sich alles erreichen. Aber Talent macht bei einem erfolgreichen Künstler höchstens fünf Prozent aus, die restlichen fünfundneunzig Prozent sind ein offener Geist und vor allem harte Arbeit. Und ein bisschen Glück gehört auch dazu. Es gibt unzählige großartige Talente, die hart arbeiten und es trotzdem nie zu etwas bringen."

Einen Moment lang sagte niemand etwas. „Was führt Sie ausgerechnet in unsere Gegend?", unterbrach Emilie schließlich das Schweigen.

„Die Weite der Holsteiner Landschaft ist einfach einzigartig", erklärte Friedrich Lindner. „Und das Wechselspiel von Licht und Farben ... ich kann nicht abwarten, diese Schönheit auf der Leinwand einzufangen."

Emilie hörte die Leidenschaft in seiner Stimme. Seine Begeisterung gefiel ihr. Sie erinnerte sie an die Zeit, als sie sich auf ihr gemeinsames Leben mit Ronald gefreut hatte. Als die Köchin eine dampfende Schüssel voll Rührei mit Krabben auf den Tisch stellte, setzten sie sich.

„Ich hoffe, Sie mögen Nordseekrabben", sagte Anna Maria zu ihrem Gast. „Sie sind ganz frisch, Agnes war heute Morgen schon in Scharbeutz und hat einen großen Korb direkt vom Kutter gekauft."

„Ich liebe Rührei mit Krabben." Friedrich Lindner bediente sich mit einer ordentlichen Portion.

Dazu gab es selbst gemachte Leberwurst, saure Gurken, Sülze, sahnige Butter von den eigenen Kühen und dicke Scheiben von selbst gebackenem knusprigem Bauernbrot.

Während des Essens spürte Emilie immer wieder Friedrich Lindners Blick auf sich ruhen. Seine hellen lebhaften Augen waren viel zu aufmerksam. Sie sagte wenig und bemühte sich um einen gleichmütigen, höflichen Gesichtsausdruck, aber sie hatte das Gefühl, als würde er genau verstehen, was in ihr vorging, und es ärgerte sie.

Er war ein Fremder. Was ging es ihn an, ob sie unter einer spitzen Bemerkung von Anna Maria zusammenzuckte oder den Blick auf ihren Teller senkte, wenn Ronald mit seiner Cousine über einen gemeinsamen Besuch bei einem ihrer Pächter sprach?

Sobald das Essen beendet war, verabschiedete sie sich. „Ich … ich muss nach Adrienne sehen. Heute Morgen hat sie etwas gelahmt“, schwindelte sie.

Erleichtert atmete sie auf, als sie die Tür hinter sich schloss. Hoffentlich begegnete sie Friedrich Lindner mit seinem beunruhigenden Blick so schnell nicht wieder!

Eutin, Mai 2015

Erst als es dunkel wurde, stand Johanna auf, klopfte den Staub von ihrem Kostüm und stellte die Bilder zurück in den Schrank. Fürs Erste waren sie hier oben wohl am sichersten aufgehoben.

Ihr Blick fiel auf den Karton mit den Kochbüchern. Sie klemmte ihn unter den Arm, und gefolgt von Wolf ging sie hinunter. Erst jetzt merkte sie, wie hungrig sie war. Sie musste Stunden auf dem Dachboden verbracht haben. Mir gehören drei Friedrich-Lindner-Bilder! dachte sie. Sie fühlte sich immer noch, als würde sie gleich erwachen und alles war nur ein Traum gewesen.

Johanna überlegte, was sie als Nächstes tun sollte. Wahrscheinlich irgendwelche Experten einschalten. Ihre Echtheit musste bestätigt werden. Möglicherweise waren diese Bilder bisher sogar noch unbekannt.

Sie beschloss, Friedrich Lindners Werke im Handy zu googlen. Vielleicht tauchten seine Studien von Emilie dabei auf, aber sie bezweifelte es. Als sie nach dem Handy griff, war ihr Display bedeckt mit der Anzeige neuer Nachrichten. Siebzehn entgangene Anrufe von Henning!

Oh mein Gott! Fast wäre ihr das Telefon aus der Hand gefallen. Sie hatte Hennings Ehrung vollkommen vergessen. Sie sah auf die Uhr. Viertel nach acht. Die Preisverleihung war längst in vollem Gange. Henning musste halb wahnsinnig vor Sorge sein. Oder vor Wut.

Sie wählte seine Nummer und hoffte, dass er nicht gerade auf dem Podium stand. Noch bevor das erste Klingeln vorbei war, hörte sie seine Stimme.

„Johanna! Was ist passiert? Hattest du einen Unfall?"

„Nein … mir geht's gut. Ich … du glaubst nicht, was passiert ist."

„Lass mich raten. Ein neuer Termin mit einem Handwerker? Du kommst morgen?" Seine Stimme klang deutlich kühler.

Unwillkürlich senkte sie die Stimme. „Ich habe drei Bilder von Friedrich Lindner gefunden."

„Ähm … ja? In einer Galerie in Eutin?"

„Nein. Auf dem Dachboden."

„Wo?"

„Auf dem Dachboden!", wiederholte sie lauter. „Hier auf unserem Dachboden! Das ist doch unglaublich, oder?"

„Bei euch auf dem Gut? Kunstdrucke oder was?"

„Nein, Henning, Originale! Friedrich Lindner hat drei Bilder von meiner Urgroßmutter gemalt, und aus irgendeinem Grund standen sie auf dem Dachboden in einem Kleiderschrank. Eins davon hing früher immer über dem Kamin. Aber es sieht gar nicht nach ihm aus, bis vorhin wusste ich nicht, dass es von ihm stammt. Und noch zwei andere. Eins davon ein Akt! Unglaublich, oder? Er muss sie gemalt haben, als er für ein paar Monate in Eutin war. Die Bilder sind gut. Wahnsinnig gut – zwei davon jedenfalls. Das andere … das Porträt … es ist irgendwie komisch."

Einen Moment war es still. „Johanna … warst du vielleicht eingeschlafen?"

„Meine Güte, Henning, ich hab nicht geträumt, und ich bilde mir das nicht ein", sagte sie ungeduldig. „Ich habe drei Lindner-Originalgemälde auf dem Dachboden entdeckt, mit

Signatur und allem Drum und Dran. Ich wünschte, du wärst hier und könntest sie sehen."

„Hast du schon Fotos davon gemacht? Du kannst sie mir schicken, und ich zeige sie einem Gutachter."

„Nein, habe ich noch nicht, und ich möchte im Moment auch noch keinem davon erzählen."

„Warum nicht?"

„Ich weiß noch nicht, was ich mit den Bildern vorhabe. Außerdem – das Haus hat nicht mal ein Sicherheitsschloss. Ich darf gar nicht daran denken – ich habe immer die Gartentür sperrangelweit aufgelassen, wenn ich weggegangen bin. Ich glaube zwar, wenn die Bilder fast hundert Jahre hier sicher waren, wird auch jetzt nichts passieren, aber mir ist lieber, keiner weiß davon."

„Okay …", sagte Henning gedehnt. „Aber ein guter Bekannter von mir ist Kunstsammler. Ich könnte ihn wenigstens schon mal ganz diskret fragen, was die Bilder seiner Einschätzung nach wert sind – falls sie wirklich echt sind."

Johannas Brust zog sich zusammen. Henning schien gar nicht zu begreifen, wie viel ihr die Bilder bedeuteten. „Der Wert ist mir im Moment nicht so wichtig, Henning", sagte sie. „Verstehst du nicht, auf den Bildern ist meine *Urgroßmutter*. Es ist ein unbeschreibliches Gefühl, die Bilder anzuschauen und zu wissen, dass die Frau auf dem Bild Nonnas Mutter ist. Meine eigene Uroma. Dahinter steckt eine Geschichte, es kommt mir wie ein Fenster zu meiner Familiengeschichte vor, und ich will mehr darüber wissen. Aber genug davon. Wie war deine Ehrung? Es tut mir so leid, dass ich sie verpasst habe."

„Ich habe mir entsetzliche Sorgen gemacht, dass du einen Unfall hattest. Einen schweren Unfall, weil du nicht mal anrufen konntest … ich habe den Text meiner Dankesrede vergessen und musste ihn ablesen …"

Johanna stöhnte auf. „Oh Henning, das tut mir so entsetzlich leid."

„Aber souverän wie ich bin, hat es, glaube ich, keiner gemerkt.“ Er lachte leise. „Du kommst dann also morgen?“

„Henning … ich brauche noch ein paar Tage. Ich kann hier nicht weg. Wenigstens jetzt noch nicht.“

„Ich verstehe dich wirklich nicht, Johanna! So kenne ich dich nicht, es kommt mir fast vor, als würde ich mit einer Fremden reden.“

„Bitte, Henning, versuch doch, mich zu verstehen. Nonna hat mir so viel bedeutet, und ich hätte meine Hand dafür ins Feuer gelegt, dass ich alles über sie wusste. Aber dann erfahre ich nach ihrem Tod, dass sie so dringend Geld brauchte, dass sie sogar ihre Möbel verkaufen musste, und ein paar Tage später finde ich drei Bilder auf dem Dachboden, die vermutlich ein Vermögen wert sind.“

„Denkst du nicht, dass du ein bisschen überdramatisierst, Johanna? Vielleicht hat deine Großmutter gar nichts von den Bildern gewusst. Wer weiß, wie lange sie schon dort oben im Schrank gelegen haben.“

„Das halte ich für äußerst unwahrscheinlich. Eins der drei Bilder war das Porträt, das hier über dem Kamin gehangen hat, so lange ich denken kann. Wer außer Nonna sollte es oben zu den anderen in den Schrank gestellt haben? Nein, ich bin mir sicher, dass sie selbst die Bilder versteckt hat. Wenn ich nur wüsste, warum.“

„Vielleicht … war sie ja ein bisschen verwirrt. Ich meine, in ihrem Alter …“

„Darüber habe ich auch schon nachgedacht, aber das kann nicht sein. Wir haben so oft telefoniert, und ganz gleich, was ich sonst alles nicht mitbekommen habe, *das* hätte ich bestimmt gemerkt. Nein, mit ihrem Kopf war alles in Ordnung. Es steckt irgendein Grund dahinter, und ich werde ihn herausfinden! Außerdem habe ich einen ganz seltsamen Brief von meinem Urgroßvater an seine tote Frau gefunden. Er hat irgendeine Schuld mit sich herumgeschleppt, für die er glaubte, in der Hölle zu schmoren. Irgendetwas Schreckliches muss damals passiert sein.“ Sie zögerte, bevor sie fortfuhr: „Es kommt mir vor, als würde sich plötzlich ein Loch unter meinen Füßen auftun. Ich kann mich jetzt nicht einfach umdrehen, weggehen und alles vergessen. Kannst du das wirklich nicht verstehen, Henning?“

Er seufzte. „Wenn du es so sagst, Johanna, vielleicht ein bisschen.“

Sie lachte leise, als sie die vertraute Wärme in seiner Stimme hörte. „Du bist also nicht mehr sauer? Du verstehst, warum ich noch hierbleiben muss?“

„Aber das heißt noch lange nicht, dass es mir auch gefällt. Gute Nacht, Johanna. Pass auf dich auf.“

Als Johanna am nächsten Morgen erwachte, glaubte sie, dass sie wieder in Hamburg wäre, in Hennings Villa in Harvestehude. Einen Moment lang war sie glücklich. Dann öffnete sie die Augen. Mit einem dumpfen Gefühl im Magen fiel ihr wieder ein, dass sie auf Gut Petersen war.

Sie erinnerte sich an die Gemälde, an Hennings verpasste Ehrung. Die Begegnung mit Jan. Wolf. Sobald er merkte, dass sie wach war, leckte er ihr ausgiebig die Hand und vertrieb jeden Trübsinn.

„Igitt, Wolf, hör sofort auf damit!“ Jetzt stellte er die Vorderpfoten aufs Bett und versuchte, ihre Wange zu erreichen. Johanna lachte, schob ihn energisch weg und stieg aus dem Bett. „An deiner Erziehung müssen wir noch arbeiten. Los, geh zur Seite und lass mich ins Bad.“

Gefolgt von Wolf machte Johanna sich nach dem Frühstück auf den Weg zur Weide, um Kiara für einen Ausritt zu holen. Sie hatte unzählige andere Dinge zu tun. Sie musste sich um die Gemälde kümmern, einen Gutachter finden, ein Schließfach mieten, Bernd Borgmann wegen des Verkaufs anrufen, Nonnas Sachen sortieren … Aber im Moment kam es Johanna vor, als würde ihr Leben sich unter ihren Händen auflösen wie ein Schloss aus Sand, und sie brauchte etwas Normalität, um nicht ganz den Halt zu verlieren.

Heute zog sie die Haustür sorgfältig hinter sich zu und schloss ab. Am Himmel türmten sich dunkelgraue Wolken, und die Bäume bogen sich im Wind. Später würde es regnen, aber jetzt erfreute Johanna sich an dem dramatischen Anblick. Sie wünschte sich, Henning wäre hier. Er würde großartige Fotos von der Landschaft machen.

Schon bevor sie die Weide erreicht hatte, sah sie Lilli. Ihre zitronengelbe Jacke und die rote Hose leuchteten weit. Mit einem Buch in der Hand saß sie auf ihrem Stammplatz auf dem Gatter. Johanna überlegte, umzukehren. Sie hatte nichts gegen das Mädchen, aber der Gedanke, dass es Jans Tochter war, verursachte ihr Unbehagen.

Außerdem wusste Lilli vielleicht schon von ihrem Vater, dass Johanna ihr Pferd mit nach Hamburg nehmen wollte. Johanna hatte nie viel mit Kindern zu tun gehabt, und sie fühlte sich nicht in der Lage, mit Tränen, Vorwürfen oder Bitten umzugehen. Aber Lilli hatte sie schon entdeckt und winkte ihr mit beiden Armen zu. Also wusste sie wahrscheinlich noch von nichts.

Johanna winkte zurück und ging weiter, während Wolf zu dem Mädchen rannte und es überschwänglich begrüßte. Doch nachdem er Lilli einmal gründlich abgeschleckt hatte, kam er zu Johanna zurück und hielt sich an ihrer Seite, als wüsste er, dass er nun zu ihr gehörte. So viel zu *Keine Bindung!* dachte Johanna grimmig. Sie wünschte, Jan wäre hier und könnte das sehen.

„Hi, Johanna!“, begrüßte Lilli sie, während Kiara freundlich schnaubte und an Johannas Jacke knabberte.

„Hi.“ Sie begriff nicht, wie sie die Ähnlichkeit mit Jan je hatte übersehen können. Die roten Locken musste Lilli von der Mutter geerbt haben, Jans Haare waren blond und glatt wie Spaghetti. Aber das energische Kinn und die Augen, die ihre Farbe änderten wie das Meer, stammten von Jan, ebenso wie das Grübchen im rechten Mundwinkel, wenn sie wie jetzt lachte und eine breite Zahnlücke zeigte.

Johanna holte einen Apfel aus der Tasche. Weiche, behaarte Lippen strichen über ihre Handfläche, als sie der Stute den Apfel hinhielt. Sie war froh, dass sie sich einen Moment lang von Lillis Anblick ablenken konnte. Jedes Mal, wenn sie Lilli anschaute, war ihr, als würde sie ersticken.

Johanna wusste nicht genau warum, aber Jans Züge bei einem Kind zu sehen, einem fremden Kind, schnürte ihr die Luft ab. Sie verfluchte, dass sie je zurückgekommen war, Friedrich-Lindner-Gemälde und alte Familiengeheimnisse hin oder her.

Lilli hatte den Kopf zur Seite geneigt und betrachtete sie. „Bist du sauer auf mich?"

„Was? Nein. Natürlich nicht, warum sollte ich?" Johanna wischte die Hand an ihrer Jeans ab und wandte sich wieder dem Mädchen zu. „Ich bin bloß ein ziemlicher Morgenmuffel."

„Ich auch. Am liebsten wäre mir, wenn die Schule jeden Tag zwei Stunden später anfangen würde. Schule ist sowieso langweilig."

Johanna grinste. „Genau das hab ich mir früher auch gewünscht. Aber dafür bist du heute schon früh hier."

„Wegen Kiara. Papa hat gesagt, ich soll dich nicht stören, da dachte ich, ich besuche sie am besten schon früh."

„Kommst du immer so oft hierher?"

„Klar, jeden Tag! Kiara ist meine beste Freundin, und sie ist nicht gern allein." Lilli wirkte plötzlich noch kleiner und schmaler als sonst, und ihre Augen hinter der Brille waren so grau wie die Gewitterwolken.

„Hast du Geschwister?"

„Nein. Aber das ist mir egal. Ich hab ja Kiara."

„Seid ihr schon lange Freunde?"

Lilli nickte, dass ihre Zöpfe flogen. „Schon … ewig. Jahre."

Johanna sah eine Verlorenheit in Lillis Augen, die sie selbst gut kannte. „Hast du vielleicht Lust, mit mir zum Stall zu kommen? Du kannst Kiara striegeln, wenn du magst."

„Ehrlich? Cool!"

„Das heißt", fiel Johanna etwas verspätet ein, „am besten rufst du zuerst … deine Mutter an und fragst, ob sie es erlaubt, und sagst ihr, wo du bist."

„Meine Mutter ist tot."

Johanna schlug die Hand vor den Mund. „Oh mein Gott, das wusste ich nicht."

Lilli schüttelte den Kopf. „Ist nicht schlimm. Sie ist schon ganz lange tot. Ich kann mich inzwischen gar nicht mehr richtig an sie erinnern, nur dass sie immer so gut gerochen hat."

„Das tut mir so leid, Lilli", sagte Johanna leise.

„Früher konnte ich an Mama denken, dann war es fast, als wäre sie noch bei mir. Aber ich vergesse sie immer mehr, ich kann mich nicht mehr an ihre Stimme erinnern, oder daran, wie es war, wenn sie mich im Arm gehalten hat." Lillis Stimme zitterte.

„Kannst du dich denn noch daran erinnern, dass du glücklich warst, wenn sie bei dir war?"

„Das war schön. Das weiß ich noch."

„Siehst du. Ich glaube, es ist nicht wichtig, dass man sich an Einzelheiten erinnern kann, viel wichtiger ist es, dass du dich an ihre Liebe erinnerst."

Lilli dachte einen Moment nach, dann erhellte sich ihr Gesicht. „Das kann ich. Papa sagt, Mama ist im Himmel, und Charlotte ist jetzt bei ihr. Aber ich denke nicht, dass ich an den Himmel glaube. Glaubst du an den Himmel?"

Johanna zuckte mit den Schultern. Sie hatte einmal an den Himmel geglaubt, aber das war lange vorbei, und sie hatte das

Gefühl, dass sie Lilli ihre desillusionierte Sichtweise von Gott und der Welt besser nicht darlegen sollte. „Ich weiß es auch nicht“, wich sie aus. „Kanntest du meine Großmutter denn gut?“

„Ja klar! Papa und ich haben sie oft besucht, und sie hat immer Kekse gebacken oder was für uns gekocht. Sie konnte die allerleckersten Zitronenkekse machen!“

Johanna lächelte. Das passte zu ihrer Großmutter. Sie hatte es geliebt, für andere Menschen zu kochen.

„Sie hat auch auf mich aufgepasst, wenn Papa unterwegs war“, fuhr Lilli fort. „Und Papa hat oft irgendwelche Sachen von ihr bekommen.“

Johannas Lächeln verschwand. „Sachen?“, fragte sie gedehnt. Das wurde ja immer schöner!

„Ja, Möbel und alte Bücher und so’n Zeug.“ Sie warf Johanna einen Blick zu. „Aber er hat es ihr nicht weggenommen, falls du das denkst. Er hat ihr immer Geld dafür gegeben. Viel Geld, glaube ich. Jedenfalls hat sie immer gesagt, es wäre viel zu viel.“

Johanna schluckte. Offenbar hatte Jan besser für Nonna gesorgt als sie selbst.

„Hast du Kinder?“

Johanna schüttelte den Kopf. Ihr fiel das Atmen schwer. „Nein.“

„Warum nicht? Magst du keine, oder hast du keinen Mann?“

„Ich werde bald heiraten, und dann bekomme ich hoffentlich auch Kinder.“ Ihr war, als würde sie über jemand anderen sprechen.

Zum Glück fragte Lilli nicht weiter. Sie hatte wohl genug geredet. Jetzt wollte sie nur noch eins: „Darf ich Kiara striegeln?“

„Was hältst du davon, wenn du zu Hause anrufst und deinen Vater fragst, während ich ihr das Halfter umlege?“

Als Johanna mit der Stute zurückkam, saß Lilli zusammengesunken wie ein Häufchen Elend auf dem Gatter. „Ich darf nicht!“ Ihre Augen glänzten, und die Lippen zitterten.

„Oh. Warum nicht?“

„Papa sagt, ich soll nach Hause kommen.“

„Schade, aber vielleicht ein andermal, Lilli.“ Offensichtlich wollte Jan keinen Kontakt zwischen Lilli und ihr. Der Gedanke verletzte sie. „Dann *tüüs*, Lilli. Bis bald.“

Drei Stunden später hatte Johanna ihren Ausritt beendet, Kiara gestriegelt, gefüttert und zurück auf die Weide gebracht. Nach einer langen lauwarmen Dusche kochte sie sich einen Kaffee und ließ sich erschöpft, aber glücklich auf das Küchensofa fallen. Sie war mit Reitgerten, Sätteln und Trensen aufgewachsen, mit dem würzigen Geruch von Leder und Hufsalbe. Es gab nichts Tröstlicheres als einen schönen Ausritt. Sie fragte sich, wie sie das je hatte vergessen können.

Wolf hatte Kiara und Johanna während der ersten Kilometer laut bellend umkreist, dann passte er sich dem Tempo der Stute an, als hätte er noch nie etwas anderes getan. Der Vormittag hatte ihm offenbar genauso viel Freude gemacht wie ihr. Zurück zu Hause, leerte er lautstark eine große Schüssel Wasser. Seitdem lag er zusammengerollt auf einem Kissen vor dem Sofa und öffnete nur jedes Mal ein Auge, wenn Johanna sich dem Kühlschrank näherte.

Sie lehnte den Kopf zurück und sah aus dem Fenster. Noch leuchtete der Himmel so blau wie eine Kuppel aus Glas, aber im Laufe des Tages würde es garantiert ein Gewitter geben. Sie hatte lange genug hier gelebt, um zu spüren, wann sich ein Unwetter zusammenbraute. Während sie an ihrem heißen Kaffee nippte, recherchierte sie im Internetbrowser ihres Smartphones nach Friedrich Lindner.

Online gab es nicht viel Neues über ihn. Abgesehen von seinem überragenden Talent, war sein Leben eher unspektakulär verlaufen. Seine bekanntesten Bilder entstanden zwischen 1927 und 1937, er hatte nie geheiratet, weder Affären noch andere Skandale waren bekannt. Nach 1937 war kein neues Werk von ihm mehr aufgetaucht.

Vor seinem Verschwinden hatte er eine längere Zeit in Eutin verbracht. Danach war er nach Berlin zurückgekehrt. Aufzeichnungen zufolge hatte er einige Monate später ein Schiffsticket nach Australien gekauft, danach verlor sich seine Spur. Es existierten verschiedene Theorien über sein Verschwinden, manche nahmen an, er habe ein Verbrechen begangen und sei danach untergetaucht. Andere vermuteten, er sei auf dem neuen Kontinent Opfer eines Verbrechens oder Unfalls geworden oder einer Krankheit erlegen. Doch bis heute war nichts davon belegt.

Johanna seufzte, schaltete das Handy aus und legte es auf den Küchentisch. Ihr Blick fiel auf Bernd Borgmanns Visitenkarte, die seit seinem Besuch neben der Butterdose auf dem Tisch lag. Sie überlegte, ob sie ihn anrufen und einen Termin vereinbaren sollte. Nachdem sie von Anfang an vorgehabt hatte, zu verkaufen, konnte sie es auch ebenso gut hinter sich bringen. Sie wollte doch verkaufen, oder nicht?

Johanna sah sich in der Küche um und stellte sich vor, wie es hier nach Borgmanns Renovierung aussehen würde. Es gefiel ihr nicht. Überhaupt gefiel ihr die Vorstellung nicht, dass ein Fremder hier ein und aus gehen würde.

Leisten könnte ich mir die Renovierung jetzt, ging es ihr durch den Kopf. Sie wusste nicht, was Lindners Bilder wert waren, aber es müsste ausreichen, um das Haus wieder herzurichten. Doch auch der Gedanke, die Bilder zu verkaufen, gefiel ihr nicht. Sie schnitt sich selbst eine Grimasse. So unentschlossen kannte sie sich nicht. Aber dies waren auch ungewöhnliche Zeiten.

Mindestens fünfzigtausend könnte ich bekommen, wenn ich den BMW verkaufe, überlegte sie. Im Stall hatte sie unter einer Plane Nonnas Land Rover entdeckt. Hier auf dem Land war der alte Geländewagen sowieso praktischer als der kleine Sportwagen.

Sie seufzte und beschloss, erst einmal ins Ostholstein-Museum zu fahren. Dort würde man vielleicht mehr über Friedrich Lindners Zeit in Eutin wissen.

Das Ostholstein-Museum befand sich in dem ehemaligen Marstall des Eutiner Schlosses. Das flache, lang gestreckte Gebäude mit den weißen Mauern fügte sich elegant in den Schlosspark ein.

Johanna stellte ihren Wagen auf dem Parkplatz ab und ging über den Schlossplatz zum Museum. Ein Blick auf das Schild an der Tür zeigte ihr, dass geöffnet war. Als sie eintrat, ertönte eine leise Glocke. Das Innere war zu einem weitläufigen Ausstellungsraum ausgebaut, der mit seinem Dielenboden geschickt an den Stil der Außenfassade angepasst war. Durch die hohen bogenförmigen Sprossenfenster flutete hell das Tageslicht in den Raum.

Eine junge Frau mit schulterlangem braunem Haar saß hinter dem Empfangstresen. Ihr schmales Gesicht war blass, als litte sie unter Blutarmut. „Guten Tag. Eine Karte für die Dauerausstellung?“

„Danke, nein. Ich bin nicht wegen der Dauerausstellung gekommen.“

„Oh.“ Die junge Frau wirkte ehrlich betrübt. „Eine Sonderausstellung findet zurzeit nicht statt. Aber ein Besuch des Museums lohnt sich trotzdem. Wussten Sie, dass der Komponist Carl Maria von Weber in Eutin geboren wurde? Um 1800 war Eutin ein kulturelles Zentrum, zum Beispiel hat der Maler Johann Heinrich Wilhelm Tischbein einige Jahre hier gelebt. Außerdem können Sie bei uns einige ausgesprochen beeindruckende Darstellungen des sagenumwobenen Ukleisees und des Kellersees finden …“

„Das glaube ich Ihnen“, unterbrach Johanna. Sie warf einen Blick auf das Namensschild am Revers der Museumsangestellten. „Frau Jacobi. Ich bin in der Tat wegen eines Künstlers gekommen, der sich damals einige Zeit in Eutin aufgehalten hat: Friedrich Lindner.“

Vera Jacobi nahm ihre runde Metallbrille ab. „Da sind Sie leider ein paar Tage zu früh dran. Die Sonderausstellung beginnt erst am 24.“

„Ich weiß. Ich suche auch nur nach Informationen über den Maler. Ich hatte gehofft, dass mir hier vielleicht jemand mehr über ihn erzählen kann.“

Vera Jacobi lächelte erfreut. „Da haben Sie Glück. Ehrlich gesagt bin ich bei uns so etwas wie die Lindner-Expertin“, erklärte sie sichtlich stolz. Ihre Wangen röteten sich sanft. Sie streckte den Rücken durch und schob eine Haarsträhne hinter das Ohr. „Was wollen Sie denn wissen?“

„Ich interessiere mich vor allem für Lindners Zeit in Eutin.“

„Ah ja! Aus der Zeit stammen einige seiner besten Werke. Wir zeigen mehrere davon in unserer Ausstellung, *Die große Flut* zum Beispiel.“

„Wissen Sie, wie lange Lindner in Eutin war, und ob er vielleicht auch Auftragsarbeiten ausgeführt hat?“

„Friedrich Lindner war von Mai bis September 1936 hier. 1937 hat man das letzte Mal etwas von ihm gehört. Aber sein Verschwinden hat garantiert nichts mit Eutin zu tun. Nach seiner Zeit bei uns hat er noch ein knappes Jahr wieder in Berlin gelebt.“ Sie lehnte sich über den Tresen näher zu Johanna. „Ich persönlich glaube ja, dass er nach Australien gefahren und dort verunglückt ist“, raunte sie, als würde sie Johanna ein Geheimnis anvertrauen. „Ich meine, er war *so* talentiert. Er hätte garantiert auch auf dem fremden Kontinent weitergemalt, und früher oder später wäre eins seiner Werke aufgetaucht. Glauben Sie nicht? So ein Künstler kann doch gar nicht anders.“

Johanna nickte und versuchte, ihre Ungeduld nicht zu zeigen. „Das denke ich auch. Aber mir geht es mehr um seine Zeit in Eutin als darum, dass er untergetaucht ist. Wo hat er in Eutin gewohnt? Mit wem hatte er hier Kontakt? Für wen hat er gemalt?“

„Hm, also wo er gewohnt hat, kann ich Ihnen sagen: in einem alten Jägerhäuschen am Schwanensee. Aber das ist schon vor langer Zeit abgebrannt. Es hat einem Eutiner Gutsherrn gehört.“

„Ronald Petersen!“

In Vera Jacobis Augen flackerte Interesse auf. „Sie haben Ihre Hausaufgaben schon gemacht.“

„Hm.“ Johanna lächelte unverbindlich. „Wissen Sie, ob Lindner auch Bilder im Auftrag von Ronald Petersen gemalt hat?“

„Nicht, dass ich wüsste. Aber warum fragen Sie?“ Ihre Augen wurden schmal. „Sind Sie vielleicht Journalistin?“

Johanna zögerte einen Moment, dann entschied sie, die Wahrheit zu sagen – oder wenigstens einen Teil davon. „Ronald Petersen war mein Urgroßvater, und ich habe einige Hinweise gefunden, dass Lindner meine Urgroßeltern persönlich kannte. Bis vor Kurzem wusste ich nicht einmal, dass er sich überhaupt in Eutin aufgehalten hat. Aber jetzt möchte ich einfach mehr über seine Verknüpfung mit unserer Familie erfahren.“

„Und wie kommen Sie darauf, dass er Auftragsarbeiten ausgeführt hat?“

Dumm war Vera Jacobi nicht. Johanna zuckte mit den Schultern. „Nur ein Gedanke. Viele Künstler haben sich damit über Wasser gehalten.“

„Das stimmt. Aber mir ist nicht bekannt, dass Lindner überhaupt jemals Auftragsarbeiten ausgeführt hat. Und über seine Kontakte in Eutin gibt es auch keine Aufzeichnungen.“

„Schade.“ Johanna überlegte gerade, ob sie etwas von den

Bildern erzählen sollte, als Vera Jacobi vorschlug: „Warum versuchen Sie es nicht mal im Altenheim?“

„Altenheim?“

„Drüben im Seniorenzentrum *Am Mühlenberg* in der Peterstraße. Ich hab grad nachgerechnet. Es ist 79 Jahre her, dass Friedrich Lindner hier war. Mit viel Glück finden Sie dort jemanden, der sich noch an ihn erinnern kann.“

Darauf hätte sie auch allein kommen können! „Eine großartige Idee.“

„Am besten gehen Sie einfach zu Fuß zur Peterstraße. Der Parkplatz am Bahnhof ist wegen Bauarbeiten das ganze Jahr gesperrt.“

„Nur noch eine Frage … wissen Sie, was Lindners Bilder etwa wert sind?“

Wieder flackerte Neugier in Vera Jacobis Augen auf, aber sie fragte nicht weiter. „Eine Menge“, sagte sie nur. „Ein Max Ernst ist letztlich für 16 Millionen weggegangen, ein Kandinsky für 23, und die Seerosen von Monet für 43.“

Ihre letzten Worte gingen in dem Rauschen in Johannas Kopf unter. „43? *Millionen?* Aber … Lindner ist längst nicht so bekannt.“

Vera Jacobi zuckte mit den Schultern. „Dafür gibt es weniger von Lindners Werken. Er ist sicher kein Monet oder Kandinsky und wird kaum solche Rekordsummen erzielen, aber der Kunstmarkt ist unberechenbar, und Sammler lieben Exklusivität.“

Johanna versuchte sich zu erinnern, ob sie wirklich den Vorder- und den Hintereingang abgeschlossen hatte, und hoffte, dass Wolf ein guter Wachhund war. „Vielen Dank für Ihre Hilfe“, brachte sie heraus. Auf jeden Fall würde sie Vera Jacobi als einer der Ersten von den Bildern erzählen – wenn sie so weit war.

„Gern geschehen. Und viel Glück im Seniorenheim!“

Vorbei an Fachwerkhäusern und Gründerzeitvillen schlenderte Johanna durch die Stolbergstraße Richtung Markt. Touristen mit Smartphones drängten sich auf dem Kopfsteinpflaster und schossen ihre Selfies vor dem Hintergrund der historischen Bürgerhäuser.

An der Stumpfen Ecke bog sie zum Markt ab. Bei den sommerlichen Temperaturen waren die Tische vor den Lokalen auf dem Marktplatz bis auf den letzten Platz besetzt. Doch gerade als Johanna am Kultur Café Klausberger vorbeiging, stand ein junges chinesisches Paar mit Kameras um den Hals auf und ging. Johanna ergatterte die Plätze kurz vor einer älteren Dame mit einem kläffenden Spitz auf dem Arm.

Johanna deutete auf die beiden freien Stühle an ihrem Tisch. „Hier ist noch frei, ich bin allein", bot sie an.

Die Frau kniff nur die Lippen zusammen und schüttelte den Kopf. „Das ist Purzel zu eng!"

Dann nicht. Johanna zuckte die Schultern und griff nach der Karte. Am meisten reizte sie der selbst gebackene Blaubeerkuchen, aber mit einem Gedanken an Henning bestellte sie eine Gazpacho und ein Wasser. Sie tunkte den Löffel in das kleine Glas mit kalter Gemüsesuppe und überlegte, ob sie den Blaubeerkuchen vielleicht zum Nachtisch bestellen sollte, als sie ihren Namen hörte.

„Hi, Johanna!" Lillis Pferdeschwanz hüpfte, als sie durch die Tische zu ihr lief. „Papa, Papa, komm her! Hier sind noch zwei Plätze!" Sie drehte sich um und winkte ihrem Vater mit beiden Armen zu, dann ließ sie sich auf einen Stuhl plumpsen und legte ein Buch vor sich auf den Tisch. „Jetzt kannst du endlich Papa kennenlernen."

Ja, großartig, dachte Johanna. Sie schob das Glas mit der Gazpacho zurück. Der Appetit auf die Suppe war ihr endgültig vergangen. „Ich wollte gerade gehen."

„Dein Glas ist doch noch ganz voll." Lilli zog die Nase kraus. „Was ist das? Tomatensaft?"

„Kalte Gemüsesuppe."

„Igitt!"

Ein Schatten fiel über den Tisch. Johanna hob den Blick zu Jan und sah schnell wieder weg, als er ihr kurz und ohne zu lächeln zunickte.

„Lilli, was soll das? Wir müssen einkaufen."

„Ach Papa, ich habe so *schrecklichen* Durst! Kann ich einen Apfelsaft? Bitte! Papa, das ist Johanna."

„Hallo, Johanna." Er machte keine Anstalten, Platz zu nehmen.

„Hallo, Jan. Du kannst dich ruhig setzen. Ich wollte sowieso gerade gehen." Johanna nahm einen Zehn-Euro-Schein aus dem Portemonnaie und steckte ihn unter die Klammer auf dem Teller mit der Rechnung.

Lilli sah ein paarmal zwischen ihnen hin und her. „Kennt ihr beide euch?"

„Nicht wirklich. Wir sind zusammen zur Schule gegangen", sagte Jan.

Irgendwo in ihrem Magen tat etwas weh. Sie stand auf.

„Och nee, bleib doch, Johanna, ein paar Minuten noch. Oder könnt ihr euch nicht leiden?" Lilli musterte Johanna und ihren Vater mit schmalen Augen.

„Ach was!", wehrte Johanna ab.

„Wieso sollten wir uns nicht leiden können?" Jan setzte sich. „Ja, bleib doch noch kurz, Johanna."

„Würde ich gerne, aber ich muss wirklich los. Aber vielleicht ein andermal, ja? Ihr seid jederzeit willkommen, und ich habe Johanna schon gesagt, dass sie Kiara besuchen und mit ihr spazieren gehen kann, wann sie will … also, das heißt, wann es dir passt natürlich, Jan." Sie biss sich auf die Lippen, als sie ihr unsicheres Gestotter hörte. „Ja, dann … bis bald!"

Sie war froh über die vielen Menschen auf dem Marktplatz, sodass sie rasch in der Menge untertauchen konnte.

Wir sind zusammen zur Schule gegangen.

Und wir wollten heiraten, und du hast mein Herz gebrochen.

Aber das alles war viele Jahre her. Ein halbes Leben. Es bedeutete nichts mehr.

8. KAPITEL

20. April 1936, Eutin

Emilie lehnte sich an den Koppelzaun und beobachtete die Pferde. Adrienne stand mitten auf der Weide und blickte sie mit ihren großen, glänzenden Augen an, den schmalen Kopf mit der weißen Blesse hoch erhoben. Zwei Einjährige sprangen um sie herum, um sie zum Spiel aufzufordern. Aber Adrienne beachtete sie nicht. Emilie interessierte sie mehr. Langsam kam sie heran.

Als die Stute bei ihr war, fasste Emilie mit beiden Händen den Kopf der Stute und legte ihr Gesicht an ihre Nüstern. „Du liebst mich, Adrienne, nicht wahr?"

Nachdem sie ihrer Stute eine Möhre gegeben hatte, führte Emilie sie zum Stall und sattelte sie, dann ritt sie zum Dodauer Forst. Emilie war eine ruhige Reiterin, so wie Adrienne ein achtsames Pferd war. Die Stute passte auf, wohin sie trat, hatte schöne, weiche Bewegungen, einen gestreckten Galopp, und sie war niemals ungehorsam, ein leises Wort, nur ein Laut, und sie fiel in Schritt.

Emilie ritt gern allein im Gelände, dabei konnte sie in Ruhe ihren Gedanken nachhängen. Sie fand ihren Frieden, und manchmal vergaß sie sogar, wie unglücklich sie war. Sie hätte sich gewünscht, dass Ronald sie begleiten würde, wenigstens hin und wieder. Aber er ritt stets allein aus. Frühmorgens, bevor sein langer Arbeitstag begann, ging er und sattelte seinen weißen Hengst.

In den ersten Wochen auf Gut Petersen war Emilie im Morgengrauen aufgestanden, um ihm Gesellschaft zu leisten, doch Ronald nahm sich nie mehr die Zeit, im Schritt neben ihr zu reiten, um mit ihr über Gott und die Welt zu plaudern, so wie sie es damals in Brodersby auf ihren gemeinsamen Ausritten getan hatten.

Mit donnernden Hufen und wehender Mähne galoppierte sein Hengst jetzt über die Felder und Wiesen. Adrienne hielt mühelos mit dem Schimmel mit, aber Emilie mochte diese wilden Ausritte nicht besonders. Manchmal fragte sie sich, ob Ronald vielleicht nur vor ihr davonritt.

Eines Tages hatte sie ihren ganzen Mut zusammengenommen. Als sie ihre Pferde nach einem dieser Ausritte zurück in den Stall führten, hatte sie die Hand auf Ronalds Arm gelegt. „Bereust du, dass du mich geheiratet hast?“, hatte sie ihn gefragt.

Ronald starrte sie an. „Wie kannst du so etwas fragen, mein Herz? In meinem ganzen Leben war ich nie so glücklich wie mit dir.“

Mit dieser Antwort hatte sie nicht gerechnet. „Aber … wir verbringen kaum Zeit miteinander. Tagsüber bist du unterwegs, bei den Mahlzeiten sind wir nie allein … und nachts schlafen wir oft in getrennten Zimmern.“ Bei den letzten Worten war ihr das Blut in die Wangen gestiegen, doch sie fuhr mutig fort: „Ich stehe im Morgengrauen auf, damit wir zusammen ausreiten können, aber auch dabei reden wir nicht mehr miteinander.“

Ronald seufzte. „Emilie, wir sind doch jeden Tag zusammen, und nachts … ich arbeite oft bis spät in die Nacht und will dich dann nicht stören.“

„Aber du würdest mich nicht stören, Ronald. Und ich wünsche mir nichts mehr, als dir bei der Arbeit zu helfen. Wir könnten doch gemeinsam …“

„Emilie, bitte! Darüber haben wir doch schon geredet.“

„Ja, aber ich will nicht wie eine zerbrechliche Puppe behandelt werden!“ Sie stampfte mit dem Fuß auf. „Ich kann arbeiten, ich *will* arbeiten, Ronald. Ich kann nicht den ganzen Tag unnütz herumsitzen.“

„Und ich möchte einfach nicht, dass du dich zu sehr anstrengst, mein Herz. Wenn ich Hilfe brauche, gibt es genug

Leute, die dafür zuständig sind. Deine Aufgaben liegen im Haus. Oder fahr in die Stadt, wenn du dich langweilst, und kauf dir etwas Schönes. Und vielleicht wird ja schon bald unser größter Wunsch erfüllt, dann fühlst du dich nicht länger unnütz." Er lächelte sie liebevoll an, zog sie in die Arme und erstickte jeden weiteren Protest mit einem langen Kuss. Seit diesem Tag hatte Emilie ihn nie wieder auf seinen morgendlichen Ausritten begleitet.

Sie vergaß ihre Erinnerungen, als sie den Wald verließ. Einen Augenblick lang hielt sie die Stute an und kniff die Augen vor dem hellen Licht zusammen.

So weit das Auge reichte, erhoben sich vor ihr mit Raps bedeckte sanfte Hügel wie goldene Wogen. Emilie war, als würden die leuchtenden Blüten das Sonnenlicht widerspiegeln. Langsam ritt sie den schmalen Grasweg am Waldrand entlang bis hinunter zum Schwanensee.

Adrienne war den Weg zum Jägerhaus schon so oft gegangen, dass Emilie auf dem Pferderücken ungestört ihren Gedanken nachhängen konnte. Das kleine Backsteinhaus schmiegte sich an das schilfbewachsene Ufer. Mit seinem tief heruntergezogenen Reetdach und den Butzenscheiben wirkte es hübsch wie ein Puppenhaus. Oft setzte Emilie sich davor auf die Bank und aß Brot und Käse, das sie sich mitgebracht hatte.

Erst als sie heute vor dem Jägerhäuschen stand, fiel ihr der neue Mieter wieder ein. Ihr erster Impuls war, Adrienne zu wenden und so schnell sie konnte zurückzureiten. Doch dann siegte ihre Neugier. Einen Moment lang beobachtete sie das kleine Haus.

Nichts rührte sich. Emilie grinste. Wahrscheinlich war Herr Lindner unterwegs in der weiten Holsteinischen Landschaft, um das Licht einzufangen. Sie stieg ab, schlang Adriennes Zügel um einen Zaunpfahl und ging näher an das Haus heran. Neugierig spähte sie durch eins der Fenster ins Wohnzimmer. Niemand war zu sehen, nur eine Staffelei mit einer Leinwand stand vor dem gegenüberliegenden Fenster.

Emilie kniff die Augen zusammen, um besser sehen zu können. Das Porträt einer dunkelhaarigen Frau, mehr konnte sie durch die Butzenscheiben nicht erkennen. Unwiderstehlich angezogen, ging sie zur Tür und klopfte. Niemand öffnete. Emilie drückte die Klinke herunter. Fast wie von selbst glitt die Tür auf, und sie trat ein.

„Hallo, Herr Lindner?", rief sie in die Stille. „Sind Sie zu Hause?"

Alles blieb ruhig, nur irgendwo tickte eine Uhr. Langsam ging sie ins Wohnzimmer. Das Bild auf der Staffelei zog sie an wie ein Magnet. Emilie stockte der Atem. Sie starrte auf das schwarze Haar, die dunklen Augen, die vollen kirschroten Lippen. Ein langer, schlanker Hals erhob sich über nackten Schultern.

Sie streckte die Hand aus und berührte mit einer Fingerspitze die Farbe. Sie war noch feucht. Womit hatte er das Bild gemalt? Es schien aus sich heraus zu leuchten. Je näher sie an die Leinwand trat, desto mehr löste sich das Gesicht der Frau in einzelne Striche auf. Emilie trat einen Schritt zurück.

Die dunklen Haare der Frau standen in dicken Strähnen wild um ihren Kopf. An dem Motiv gab es nichts Ungewöhnliches. Doch der Gesichtsausdruck der Frau war verstörend intim. Ihre Lippen waren geöffnet, als warte sie auf den Kuss eines Liebhabers. Gleichzeitig wirkte sie verloren. In ihren Augen lag eine Einsamkeit, die Emilie die Luft abschnürte. Zugleich drückte ihre Miene tiefe Sehnsucht aus, ein unerfülltes Verlangen.

Emilie starrte in ihr eigenes Gesicht.

Sie rang um Fassung. Ihr war, als wäre jemand in den intimsten Winkel ihres Lebens eingedrungen und hätte sich ihrer Seele bemächtigt.

Nein, das war ja lächerlich! Die Frau auf dem Bild war nicht sie. Sie besaß nur zufällig eine vage Ähnlichkeit mit ihr.

Unzählige Frauen hatten dunkle Augen und schwarze Haare. Außerdem hatte er sie gestern Abend zum ersten Mal gesehen. Wann hätte er das Bild malen sollen? Nein, es konnte sich nur um ein Modell handeln oder um eine Fantasie des Malers.

Das Bild war ganz anders als alle anderen Bilder, die Emilie bisher gesehen hatte. Ihre Züge waren fast holzschnittartig stilisiert, die Farben klar und leuchtend. Der Maler hatte offenbar gar nicht versucht, sein Modell sachlich und wirklichkeitsgetreu abzubilden. Emilie kam es vor, als wäre es ihm einzig und allein darum gegangen, die Gefühle der Frau darzustellen.

Und in diesen Gefühlen erkannte sie sich. Sie fühlte sich erkannt, so wie gestern unter Friedrich Lindners Blicken, die zu viel sahen.

„Frau Petersen."

Sie fuhr herum, als sie ihren Namen hörte, dabei stieß sie eine Vase von einer Kommode. Friedrich Lindner fing sie auf, bevor sie zu Boden fallen konnte, und stellte sie zurück.

Er bewegte sich geschmeidig und flink, wie man es bei einem so hochgewachsenen Mann nie vermuten würde. Emilie hatte noch nie einen Menschen erlebt, der so wach und lebendig aussah. Sein helles Haar war vom Wind zerzaust und ließ ihn noch jünger aussehen. Doch seine Augen wirkten wissend. „Gefällt Ihnen meine jüngste Arbeit?"

Emilie vergaß, dass sie sich entschuldigen sollte, weil sie in sein Haus eingedrungen war. „Bin ich die Frau auf dem Bild?", stieß sie aus.

Er neigte leicht den Kopf. „Erkennen Sie sich?"

Heftiger Zorn stieg in ihr auf. „Lassen Sie diese dummen Spielchen!", rief sie empört. Ihre Stimme hallte durch das stille Haus.

Sie stellte fest, dass sie sich schämte, vor Friedrich Lindner, aber vor allem vor sich selbst. Sie wollte nichts mit dieser sehnsüchtigen, einsamen Frau auf dem Bild gemeinsam haben, ein Teil von ihr verachtete die Schwäche, mit der sie in ihrem Elend verharrte – als würde sie untätig in einem goldenen Käfig sitzen und auf Rettung warten. Das Gefühl der Scham vergrößerte ihren Ärger nur noch.

Friedrich Lindner sah sie viel zu intensiv an. „Ich male, was ich sehe – was ich fühle. Wenn mich etwas berührt, will ich es einfangen, und ich versuche, mit meinen Bildern der Wahrheit so nah wie möglich zu kommen."

„Zu nah!", entfuhr es Emilie. Unter seinem eindringlichen Blick vergaß sie ihren Ärger. „Die Frau auf dem Bild bin also wirklich ich?"

Er neigte zustimmend den Kopf. „Es tut mir leid, wenn ich Ihnen mit dem Bild zu nahe getreten bin."

„Ich …" Emilie schüttelte den Kopf und suchte nach Worten. „Mir ist, als hätten Sie meine privatesten Gefühle in diesem Bild festgehalten. Gefühle, die ich keinem Menschen zeigen möchte, und die ich erst recht nicht jedem beliebigen Betrachter des Bildes zur Schau stellen möchte."

Der Maler nickte. „Ich hoffe, Sie glauben mir, dass ich nicht vorhatte, dieses Bild in der Öffentlichkeit auszustellen."

Sondern? fragte sich Emilie. Hatte er es nur für sich selbst gemalt? Bei dem Gedanken stieg ihr das Blut in die Wangen.

„Es war anmaßend von mir, Sie ohne Ihre Zustimmung zu malen. Dazu hatte ich kein Recht. Aber ich konnte nicht anders. Ich habe die ganze Nacht daran gearbeitet." Er sah sie an. „Bitte erlauben Sie mir, Ihnen das Bild zu schenken. Dann können Sie selbst entscheiden, wem Sie es zeigen möchten. Oder vernichten Sie es, wenn es Ihnen gar nicht gefällt."

Bei seinem Lachen flatterte ein eigenartiges Gefühl in Emilies Magengegend auf. „Ich kann es nicht mitnehmen. Die Farbe ist noch feucht", murmelte sie.

„Dann kommen Sie in einigen Tagen wieder, wenn sie trocken ist. Ich verspreche Ihnen, dass ich das Bild niemandem zeigen werde. Nicht, dass ich hier viel Besuch bekommen würde." Wieder lachte er, und Emilie sah auf seine Lippen.

„Danke", sagte sie knapp und wandte sich zur Tür.

„Ich hoffe, Sie können mir verzeihen", sagte Friedrich Lindner noch einmal. Er klang, als wäre es ihm wichtig.

„Es ist ja kein Schaden entstanden", erwiderte Emilie. Aber sie war sich nicht ganz sicher, ob das wirklich stimmte.

Eutin, Mai 2015

Die Mauern des Seniorenheims leuchteten schneeweiß im Sonnenschein. Ohne das Schild neben dem Eingang hätte man das lang gestreckte, zweistöckige Gebäude mit dem roten Dach für einen hübsch gepflegten Wohnblock halten können.

Ein schwacher Geruch nach süßem Parfum und Kaffee lag über der weitläufigen Eingangshalle, als Johanna eintrat. An den Wänden hingen Kunstwerke, in denen getrocknete Pflanzen und Blumen mit gezeichneten Elementen recht abenteuerlich vereint worden waren. Johanna durchquerte das Foyer und betrat durch eine große Glastür die gut besuchte Cafeteria. Der Raum in sonnigem Orange besaß einen Wintergarten und war offensichtlich zur Kaffeezeit ein beliebter Treffpunkt bei den Bewohnern. Jeder Tisch war besetzt, und über den meist grauen und weißen Köpfen hing gedämpftes Stimmengewirr.

Johanna blieb einen Augenblick in der Tür stehen und versuchte einzuschätzen, welche der Gruppen am kontaktfreudigsten wirkte. Bevor sie sich entschieden hatte, winkte eine Frau mit sportlichem Kurzhaarschnitt Johanna an ihren Tisch, an dem sie zusammen mit zwei anderen Senioren saß. Sie mochte um die achtzig sein, aber ihre schlanke Figur ließ sie jünger erscheinen.

„Suchen Sie jemanden, junge Frau?", fragte der zur Rundlichkeit neigende Mann an ihrem Tisch. Mit seinem dunkelblauen Seemannspullover, dem weißen Backenbart, der an seiner Kinnlinie entlanglief, und einer Schifferkappe sah er wie ein Kapitän aus einem alten Spielfilm aus.

Neugierig musterten die drei Johanna. Sie setzte sich zu ihnen an den Tisch. „Mein Name ist Johanna Petersen …"

Der Kapitän hob die Brauen. „Von *den* Petersens … vom Gut?", unterbrach er sie.

Johanna nickte. „Ronald Petersen war mein Urgroßvater."

Der ältere Mann reichte Johanna die Hand und deutete eine Verbeugung an. „Gestatten, Henrik Rasmussen. Ich würde gern für Sie aufstehen, aber leider bin ich an den Rollstuhl gefesselt." Mit seiner altersfleckigen Hand wies er auf die Dame mit dem Kurzhaarschnitt: „Darf ich vorstellen, Maria Jansen, und dies ist Amalie Feddersen", stellte er die Dritte am Tisch vor, eine üppige Frau mit einem schulterlangen Pagenkopf. Johanna fragte sich, ob die blauschwarz glänzenden Haare echt oder eine Perücke waren.

„Sehr erfreut." Sie lächelte in die Runde.

„Was verschafft uns die Ehre Ihres Besuchs?", fragte Maria Jansen. Ihr fein geschnittenes Gesicht mit der pergamentartigen Haut blieb vollkommen reglos, doch ihre Augen funkelten.

Johanna vermutete, dass es hier nicht allzu viel Abwechslung gab. „Ich versuche, mehr über meine Familiengeschichte herauszufinden, und dachte, hier gibt es vielleicht jemanden, der sich noch an die Zeit meines Urgroßvaters erinnern kann."

„Ich war damals ja noch gar nicht geboren", erklärte Amalie Feddersen. Sie klimperte mit ihren langen falschen Wimpern.

Henrik Rasmussen lachte schallend. „Du meinst wohl, dein Gedächtnis lässt dich im Stich."

Maria Jansen klopfte ihm mit ihrer Kuchengabel auf die Hand. „Wie uncharmant, Henrik!" Sie beugte sich mit verschwörerischer Miene zu Johanna über den Tisch. „Was genau möchten Sie denn wissen?"

Johanna zuckte mit den Schultern. „So viel wie möglich. Zum Beispiel über die Zeit, als Friedrich Lindner im Jägerhäuschen gewohnt hat."

Die drei sahen sich an und schüttelten die Köpfe.

Johanna dachte an den Brief ihres Urgroßvaters. „Oder … ist damals vielleicht etwas Ungewöhnliches passiert?"

„Die Frau ist gestorben. Damals muss ich etwa sieben gewesen sein, das war in dem Jahr, als ich eingeschult wurde", überlegte Henrik Rasmussen. Die beiden Frauen nickten.

„Der Gutsherr war am Boden zerstört", ergänzte Amalie Feddersen. „Irgendeine Krankheit, oder nicht?"

„Typhus", sagte Henrik Rasmussen.

„Ich meine Scharlach", widersprach Maria Jansen.

Der Kapitän nickte. „Ja, so was jedenfalls."

„Und gab es sonst noch etwas Ungewöhnliches?"

„Denken Sie an etwas Bestimmtes?", fragte Maria Jansen neugierig.

Johanna zuckte die Schultern. „Meine Großmutter hat mir immer erzählt, dass ihr Vater sehr schweigsam und zurückgezogen war. Ich dachte, vielleicht hat es einen Grund dafür gegeben."

„Abgesehen davon, dass die Liebe seines Lebens blutjung gestorben ist und ihn mit einem Baby allein zurückgelassen hat?" Amalie Feddersen schüttelte die lackschwarzen Haare. Eine Perücke, entschied Johanna.

„Ja, das war lange Gesprächsthema im Ort", ergänzte der Kapitän. „Es gab doch auch noch eine … Cousine oder so was im Haus?"

„Ja, Cousine, glaube ich. Sie war hoffnungslos in Ronald Petersen verliebt, aber auch nach dem Tod seiner Frau wollte er sie nicht", sagte Amalie Feddersen. „Irgendwann muss sie dann wohl aufgegeben haben, jedenfalls ist sie eines Tages aus

Eutin weggegangen. Ein Fluch liegt auf dem Haus, haben manche gesagt", flüsterte sie. „Ich hab immer eine Gänsehaut bekommen, wenn ich am Gut vorbeigegangen bin."

„Ha! Dafür, dass du damals noch gar nicht geboren warst, weißt du aber verdammt gut Bescheid", stellte Henrik Rasmussen fest. „Geben Sie nichts auf das Geschwätz, Fräulein Petersen. Unsere Amalie macht sich nur wichtig."

„So eine Frechheit!" Amalies Wangen röteten sich unter dem porzellanfarbenen Make-up. „Darüber wurde nun mal *jahrelang* geredet! Und je intelligenter der Mensch, desto besser ist sein Frühzeitgedächtnis!"

Rasmussen öffnete den Mund, aber bevor er etwas sagen konnte, klopfte Maria Jansen ihm wieder auf die Hand und zwinkerte ihm zu. „Schade, dass Tilda nichts mehr erzählen kann", sagte sie langsam.

Amalie macht eine kreisende Bewegung mit dem Zeigefinger neben ihrer Schläfe. „Dement", erklärte sie mitleidlos.

Johanna horchte auf. „Vielleicht könnte ich versuchen, mit ihr zu reden."

Amalie schüttelte den Kopf. „Hat keinen Sinn, Tilda kennt nicht mal mehr ihren Namen."

„Aber was ist mit Störtebeker?", fragte Maria Jansen gedehnt.

Johanna erwartete spöttische Bemerkungen, aber die anderen nickten nur anerkennend. „Ja, wenn damals etwas auf dem Gut passiert ist, dann weiß Störtebeker es auch!"

Der Kapitän schlug sich an die Stirn. „Claas Störtebeker! Ganz genau! Warum hab ich nicht gleich an ihn gedacht?"

Einen Moment lang fürchtete Johanna, dass ihr nun alle drei entglitten waren. Claas Störtebeker war ein Pirat gewesen und seit mehr als 600 Jahren tot.

„Eigentlich heißt er Jens Claasen, aber er konnte immer einen guten Schluck vertragen, darum nennt ihn jeder nur Störtebeker", erklärte der Kapitän. „Er war Fischer, wie schon sein

Vater und sein Urgroßvater. Störtebeker ist ein paar Jahre älter als wir, aber immer noch fitter im Kopf als die meisten von uns." Sein Blick streifte Amalie.

„Wo kann ich Herrn … Störtebeker finden?"

„Er hat ein Häuschen am Plöner See", erklärte Maria. „Fragen Sie einfach nach ihm, er ist da bekannt wie ein bunter Hund."

Der auffrischende Ostwind trug kühle Seeluft heran. Johanna atmete tief durch, als sie das Heim verließ, und sah den Wolken nach, die über den Himmel zogen und ständig ihre Formen veränderten. Dazwischen war ein klares, tiefes Blau zu erkennen. Auf den ersten Blick sah es nach einem perfekten Frühlingstag aus, doch immer wieder mischte sich helles Grau in das Weiß, und in der Ferne kamen bereits erste tiefdunkle Wolken heran.

Johanna lächelte. Sie liebte diese Jahreszeit, auch wenn es zwischendurch immer wieder graue, regnerische Tage gab und man hier selbst bei Sonnenschein noch einen Pullover brauchte. Es war der stetig spürbare Wind, der es in der Holsteinischen Schweiz immer ein wenig kühler erscheinen ließ, als es tatsächlich war.

Doch im Gegensatz zu Hamburg brachte der Wind hier den Duft des Meeres mit sich. Wie konnte ich jemals woanders leben? ging es Johanna durch den Kopf. Sie holte noch einmal tief Luft, dann ging sie zügig zurück zu ihrem Wagen, um noch vor dem Regen zu Hause zu sein.

Sobald Johanna die Haustür öffnete, drückte Wolf sich schwanzwedelnd gegen ihre Beine. „Ja, ich freue mich auch, dich zu sehen, Wolf."

Zur Begrüßung kraulte sie ihn hinter den Ohren. Als sie sich wieder aufrichtete, frischte ein kräftiger Wind auf und griff in ihr Haar. Die Luft, die er mit sich brachte, roch wunderbar salzig.

Johanna hob den Arm und deutete zur Tür. „Los, Wolf, lauf, aber komm schnell zurück, bevor der Sturm losbricht."

Als hätte er sie verstanden, lief der Hund los und verschwand zwischen den Sträuchern. Johanna räumte die Lebensmittel, die sie auf dem Heimweg eingekauft hatte, in den Kühlschrank, dann öffnete sie die Gartentür und sah zum Himmel. Langsam, aber unaufhaltsam wälzte sich die mächtige lila Wolkenwand heran. Die Blätter der Bäume zitterten im Wind. Das Unwetter stand kurz bevor.

Sie warf einen Blick auf die Uhr. Heute wurde es also nichts mehr mit einem Besuch bei Störtebeker. Bei dem Wetter war es besser, im Haus zu bleiben und früh ins Bett zu gehen. Nach den letzten Nächten, in denen sie immer wieder aus einem leichten Schlaf aufgeschreckt war, konnte sie eine lange Nacht gut gebrauchen.

Unruhig hielt sie nach Wolf Ausschau. Die Sonne war inzwischen verschwunden. Der Wind war stärker geworden, rüttelte an den Fenstern und peitschte dünne Zweige gegen die Scheiben. Über die Felder wurden Fetzen von Glockengeläut herangeweht. In diesem Augenblick brach das Gewitter los, dicke Tropfen klatschten auf den Boden und spritzten bis in die Küche hinein. Wie ein riesiger grauer Vorhang hing der Regen über der Landschaft.

Johanna spitzte die Lippen und pfiff. Sie brachte nur ein jämmerliches Krächzen zustande, doch kurz darauf stürmte ein triefend nasser Hund in die Küche. „Na endlich, das wurde auch Zeit."

Einen Moment lang dachte sie an Kiara, aber der Unterstand auf der Weide hatte schon heftigeren Stürmen standgehalten und würde die Stute auch heute vor dem Unwetter schützen.

Sie verschloss die Gartentür und rieb Wolf mit einem alten Handtuch ab. Inzwischen war es stockfinster in der Küche geworden. Als Johanna den Lichtschalter betätigte, knackte es, ein Blitz flammte auf, dann war es plötzlich dunkel im Haus.

Leise vor sich hin fluchend tastete sie sich zum Verteilerkasten in der Speisekammer. Sie nahm sich vor, direkt am Montagmorgen einen Elektriker anzurufen und die Leitungen erneuern zu lassen. In vollkommener Dunkelheit suchte sie nach der richtigen Sicherung, dann legte sie den Schalter um.

Sofort verbreitete die Lampe über dem Küchentisch ihren milchig gelben Schein. Johanna entzündete einige trockene Tannenzapfen im Kachelofen. Sobald diese hell loderten, warf sie ein paar Holzscheite aus dem Korb neben dem Ofen in die Flammen. Das würde die Küche schnell aufwärmen. Die alten Heizkörper brauchten eine halbe Ewigkeit, bis sie auch nur lauwarm wurden.

Johanna ließ sich auf das Küchensofa unter dem Fenster sinken und sah ins Feuer. Sie spürte, wie ihr die Tränen kamen, sie liefen ihre Wangen hinunter und tropften auf ihre Hände.

„Du fehlst mir, Nonna, du fehlst mir so sehr“, flüsterte sie, während der Regen an die Scheiben trommelte. „Ich weiß einfach nicht, was ich tun soll. Es tut mir so leid, dass ich all die Jahre nicht hergekommen bin. Ich wünschte, du könntest mir erzählen, was hier passiert ist.“

Sie hörte, dass Wolf leise winselte, aber sie konnte nicht aufhören zu weinen. Erst als sie etwas Weiches, Feuchtes an den Händen spürte, sah sie auf. Wolf hatte ihr ein halb zerkautes Stoffkaninchen in den Schoß gelegt. Jetzt saß er vor ihr und sah sie an.

„Das ist ja ekelig!“ Sie streichelte den Hund.

Er wedelte mit dem Schwanz.

Johanna musste lachen. Sie beugte sich vor und gab ihm einen Kuss auf den Kopf. „Ja, ich hab dich auch lieb, Wölfchen. Das ist wohl dein Lieblingstier, was?“

Offenbar zufrieden, dass die Krise vorbei war, trottete Wolf zu seiner Decke neben dem Kamin, rollte sich zusammen und seufzte tief.

Was zum Teufel war nur los mit ihr? Natürlich vermisste sie Nonna, aber woher kamen ihre Unentschlossenheit und ihr Selbstmitleid? Tu etwas, anstatt jeden Gedanken dreimal im Kopf hin und her zu wälzen! sagte sie sich.

Ihr Magen knurrte. Sie hatte Hunger! Das war bestimmt Teil des Problems – ihr Magen war leer, und das schlug ihr aufs Gemüt. Nach einem Imbiss würde sie sich bestimmt besser fühlen. Außerdem würde es ihr guttun, aktiv zu werden, anstatt nur herumzusitzen und zu grübeln. Putzen war eine gute Methode, in die Normalität zurückzukehren. Aber zum Putzen hatte sie heute Abend nicht die geringste Lust.

Kochen hat eine heilende Wirkung, hatte ihre Großmutter immer behauptet. Johanna entschied, eins der Gerichte aus ihren Rezeptbüchern zu kochen. Auf jede Kleinigkeit zu achten würde sie aufmuntern und beruhigen.

Sie nahm eins der Notizhefte und begann zu blättern. Die schwungvolle, elegante Handschrift ihrer Großmutter füllte die vergilbten Seiten. Johanna zeichnete mit der Fingerspitze die vertrauten Buchstaben nach, während sie Nonnas Ratschläge las, wie man das beste Roggenbrot und die knusprigsten Kekse backte oder eine perfekte Roulade zubereitete. Die Tinte mochte verblasst sein, aber Johanna war, als spräche die Großmutter durch ihre Worte zu ihr.

Ein Gemüseomelett? überlegte sie. Es war einfach zuzubereiten, und sie hatte alle Zutaten dafür im Kühlschrank, aber nach Eiern stand ihr nicht der Sinn. Sie blätterte weiter. Selbst gebackenes Brot und ein frischer Salat mit karamellisierten Walnüssen und Ziegenkäse als Vorspeise, danach Bandnudeln mit Steinpilzragout, entschied sie schließlich. Steinpilze hatte sie nicht im Haus, aber eine Dose Champignons tat es zur Not auch.

Sie mischte die Zutaten für den Brotteig. Während sie die zähe Masse zehn Minuten lang auf der Marmorarbeitsplatte knetete, spürte sie, wie ihre Anspannung nachließ. Sie stellte den Teig in einer Schüssel zum Gehen neben den Kamin, heizte den Backofen vor und begann mit dem Salat. Sie karamellisierte die Nüsse in einer Kupferpfanne, wusch und schnitt den Salat, dann erwärmte sie den Ziegenkäse auf Zimmertemperatur, indem sie ihn in einen Gefrierbeutel steckte und einige Minuten in heißes Wasser tauchte.

Inzwischen war der Teig aufgegangen. Vorsichtig formte Johanna ihn zu einem Laib und ließ ihn noch einmal gehen. In der Zwischenzeit hackte sie die Pilze, briet sie mit Zwiebeln und Knoblauch an und löschte alles mit einem guten Schuss Rotwein ab. Jetzt war es Zeit, das Brot in den Ofen zu schieben und das Nudelwasser aufzusetzen. Johanna schenkte sich selbst ein Glas Rotwein ein und trank einen Schluck, während sie sich an dem Duft nach Zwiebeln und Knoblauch erfreute.

Nachdem sie Tomaten und Käse kreisförmig auf einigen Blättern grünem Salat angeordnet hatte, mischte sie gehacktes Basilikum mit Olivenöl und Essig, gab eine Prise Meersalz dazu und verteilte es auf dem Salat. Gekrönt wurde das Ganze mit den Walnüssen.

Johanna seufzte zufrieden. Sie wischte die Hände an der Schürze ab und blickte in den Backofen, aus dem eine köstlich riechende Dampfwolke aufstieg. Vorsichtig wendete sie das Brot, klopfte auf die Unterseite und nickte zufrieden.

„Für mich klingt's hohl genug", teilte sie Wolf mit, der von seiner Decke aus genau zuschaute. Sie goss die Nudeln ab und vermengte sie mit dem Pilzragout.

Johanna leerte Teller und Schüsseln, ohne innezuhalten. „Ich war wohl hungriger, als ich dachte", sagte sie zu Wolf, als sie schließlich die Gabel zur Seite legte.

Sie war selbst überrascht, wie gut es ihr geschmeckt hatte. Ihre Großmutter hatte immer behauptet, Johanna hätte Talent zum Kochen, und in diesem Moment war sie geneigt, ihr zuzustimmen.

Donner krachten, während Johanna beim Schein des Feuers noch ein Glas Wein trank. Sie legte den Kopf an die Sofalehne, lauschte dem Regen, der wütend an die Fensterscheiben trommelte, und zum ersten Mal seit langer Zeit hatte sie das Gefühl, dass sie genau dort war, wo sie hingehörte.

Wütendes Hundegebell weckte sie am nächsten Morgen. „Sei ruhig, Wolf! Ich will noch schlafen." Nur ganz langsam tauchte sie aus dem Tiefschlaf auf. Sie versuchte vergeblich, sich an ihren Traum zu erinnern, aber er musste schön gewesen sein, denn sie wünschte sich wieder zurück.

Wolf hörte nicht auf zu bellen.

„Oh verdammt! Was soll das denn?" Johanna gähnte. Ohne die Augen zu öffnen, streckte sie die Hand aus, um den Hund zu beruhigen, aber er bellte und knurrte weiter. Sie öffnete ein Auge halb und sah, dass er am Fenster stand, die Vorderpfoten auf dem Fensterbrett, den Kopf hatte er zwischen den Vorhängen durchgesteckt. Irgendetwas draußen vor dem Haus schien ihn schrecklich aufzuregen.

„Jetzt halt endlich den Mund!", rief Johanna ärgerlich, dann ertönte der Türklopfer. Das hatte ihr gerade noch gefehlt. Ein Blick durch den Spalt zwischen den Vorhängen zeigte ihr einen klaren Himmel mit zarten rosa Wolken. Alle Zeichen des Unwetters waren verschwunden.

Sie zog die Decke über den Kopf. Der Türklopfer dröhnte wieder durchs Haus. Wolf schob die Schlafzimmertür mit der Nase auf und lief hinaus. Johanna setzte sich auf und rieb sich die Augen. Noch einmal klopfte es. Sie fluchte, stand auf und zog sich in aller Ruhe eine Trainingshose und ein weites Sweatshirt an. Vielleicht würde der Besucher von allein wieder gehen, wenn sie sich genügend Zeit ließ. Wieder ertönte das Klopfen, es wirkte energischer.

„Ja, ja, ich komme schon“, brummte sie. Sie stieg die Treppe hinunter, schlurfte zur Tür und öffnete.

Mit einem riesigen Strauß roter Rosen in der einen Hand und einem eleganten Rollkoffer in der anderen, stand Henning vor ihr.

9. KAPITEL

29. April 1936, Eutin

Das kann doch nicht dein Ernst sein!" Emilie stieß ihren Stuhl zurück und sprang auf. „Auf keinen Fall lasse ich mich von Friedrich Lindner malen."

Zusammen mit Anna Maria und Ronald hatte sie beim Abendbrot gesessen, als ihr Mann beim Dessert stolz seine Idee präsentierte. „Ich bitte dich, meine Liebe", sagte er jetzt in beruhigendem Tonfall. „Ich weiß ja nicht einmal, ob Herr Lindner überhaupt zustimmen würde. Er ist schließlich nicht nach Eutin gekommen, um Auftragsarbeiten auszuführen. Aber ich finde, es ist eine ausgezeichnete Gelegenheit."

„Denkst du nicht, dass es ein wenig aufdringlich wäre, Herrn Lindner darum zu bitten, deine Frau zu porträtieren? Er hat uns schließlich gesagt, dass er hier ist, um sich inspirieren zu lassen." Anna Maria warf Emilie einen Blick zu, der sagte, dass von ihrem Anblick keine Inspiration zu erwarten war. Aber in diesem Moment war Emilie einfach nur dankbar für die Unterstützung. „Da du sein Vermieter bist, kann er schlecht ablehnen", fuhr Anna Maria fort. Sie fürchtete wohl, ihr Porträt über dem Kamin im Salon würde durch Emilies ersetzt werden.

„Ich habe schon lange vor, ein Porträt von Emilie in Auftrag zu geben, und wenn Herr Lindner so gut ist, wie man sagt, wäre er dafür genau der Richtige", beharrte Ronald. „Und ich gehe eher davon aus, dass er sich über einen gut bezahlten Auftrag freuen würde. Ich werde ihn bitten, mir eine ehrliche Antwort zu geben, und wenn er Nein sagt, kann man nichts machen."

„*Ich* sage Nein", erklärte Emilie fest.

Sie wollte sich nicht von Friedrich Lindner malen lassen. Wenn Ronald unbedingt ein Porträt von ihr wollte, dann sollte er sich einen anderen Künstler suchen, einen, der nicht bis in ihre Seele schauen konnte und mit wenigen Pinselstrichen ihr Innerstes nach außen kehrte.

Ronald betrachtete sie verwundert. „Ich verstehe nicht, warum du dich so sehr dagegen sträubst."

„Weil …" Sie suchte nach einem einleuchtenden Grund. „Ich will Herrn Lindner auf keinen Fall von seinen Gemälden für die Ausstellung abhalten. Denk doch nur an all die Landschaften, die es hier zu malen gibt."

„Mein Liebling." Ronald stand auf, nahm Emilies Hand, dann rückte er ihren Stuhl für sie zurecht und wartete, bis sie sich wieder gesetzt hatte. Er küsste ihre Hand, bevor er sie losließ und zurück zu seinem Platz ging. „Ich weiß, wie bescheiden du bist, mein Herz. Aber mir ist nun mal nur das Beste gut genug für dich. Und Friedrich Lindner ist der Beste auf seinem Gebiet."

„Woher willst du das wissen?", fragte Emilie ärgerlich. „Du hattest vorher doch bestimmt noch nie von ihm gehört."

„Aber inzwischen habe ich mich erkundigt. Ich kann schließlich nicht jeden Dahergelaufenen bei uns wohnen lassen, und man hat mir gesagt, dass er ein aufstrebender Stern am Kunsthimmel sein soll. Sehr talentiert. Ich werde ihn fragen", teilte Ronald in abschließendem Tonfall mit. „Überlassen wir doch einfach ihm die Entscheidung."

Zwei Wochen später saß Emilie auf einer Decke, die Friedrich Lindner am Seeufer für sie ausgebreitet hatte. Ohne zu zögern, hatte er Ronalds Auftrag angenommen. Emilie erfuhr von Ronald von ihrer Vereinbarung. Er hatte ihre Anwesenheit bei seinem Gespräch mit dem Maler nicht für nötig gehalten. Die beiden Männer hatten auch gleich entschieden, wo das Bild gemalt werden sollte – am Seeufer, ganz romantisch, Emilie in einem weißen Kleid, mit offenen Haaren, die ihr lockig um das Gesicht fallen sollten.

Sie versuchte, sich zu weigern, aber ihr Protest hatte Ronald nur ungeduldig gemacht. Kein Wunder, wenn ich ihm den wahren Grund nicht verrate, musste Emilie insgeheim zugeben. Aber was hätte sie ihm sagen sollen?

Jetzt presste sie die Lippen zusammen und zupfte ärgerlich an ihrem Kleid herum. Sie kam sich ausstaffiert wie eine Puppe vor. „Fangen wir endlich an!“, sagte sie. „Ich will es hinter mich bringen.“

Friedrich Lindner blickte von einem Töpfchen auf, in dem er Farbe anmischte. Emilie sah, dass seine Augen die Farbe verändert hatten. Sie wirkten nicht mehr blau, sondern grau wie die Wolken, die sich am Himmel zusammenballten. Sein Gesicht spannte sich an, und sein ausdrucksvoller Mund wurde schmal. „Sie wollen nicht, dass ich Sie male“, stellte er fest.

„Das haben Sie richtig erkannt.“

„Warum sind Sie dann hier?“

„Weil mein Mann sich wünscht, dass Sie ein Porträt von mir malen.“

„Aber Sie wünschen es nicht?“

Sie schüttelte den Kopf.

Er betrachtete sie einen Augenblick. „Liegt es an mir?“, fragte er. „Wollen Sie nicht von *mir* gemalt werden?“

Das Porträt im Jägerhaus stieg vor Emilies Augen auf. Seit jenem Tag war sie nicht zurückgekommen. „Sie wissen warum.“ Sie zweifelte keine Sekunde daran, dass er begriff, wovon sie sprach.

„Ja.“ Er neigte den Kopf. „Mein Verhalten war unverzeihlich, und ich kann nur noch einmal sagen, wie leid es mir tut. Ich habe das Bild für Sie eingepackt. Wenn Sie möchten, können Sie es heute mitnehmen. Oder ich vernichte es, falls Ihnen das lieber ist.“

Seltsamerweise wollte Emilie das nicht. Sie schüttelte nur den Kopf.

„Ich versichere Ihnen, dass *dieses* Porträt keine Ähnlichkeit mit … mit dem anderen Bild haben würde. Ich würde genau das zeigen, was Ihr Mann sich wünscht, und nicht mehr: eine schöne, glückliche Frau, auf die er vor der ganzen Welt stolz sein kann."

Überrascht starrte Emilie ihn an. Wieder hatte er genau verstanden, was in ihr vorging. „Aber das ist nicht das, was Sie sehen?", fragte sie leise.

Ein Lächeln erhellte seine düstere Miene. „Ihr Mann wünscht sich ein banales Bild, aber ich sehe keine banale Frau." Er unterbrach sich, und sein Gesicht verschloss sich. „Entschuldigen Sie. Das hörte sich nicht so an, wie es gemeint war. Ich wollte Ihnen nicht schon wieder zu nahe treten."

Emilie unterdrückte ein Lächeln. Aus irgendeinem Grund freute sie sich über seine Worte. „Vielleicht sollten wir einfach mit der Arbeit anfangen."

„Heißt das, Sie sind einverstanden?"

Plötzlich war ihr Herz ganz leicht. „Ich wüsste nicht, was dagegenspricht. Ein banales Porträt!"

Eutin, Mai 2015

Henning rührte sich nicht und starrte Wolf an. Der Hund bellte nicht mehr, sondern stand leise knurrend neben Johanna.

„Frisst er mich, wenn ich reinkomme?"

Sie lachte. „Nein, er passt nur gut auf, aber sonst ist er ganz lieb."

„Ja, schon klar, er will nur spielen. Ist dieses Monstrum etwa der Hund von deiner Oma?"

Sie lachte. „Das ist er. Am Anfang fand ich ihn auch ein bisschen unheimlich, aber du brauchst wirklich keine Angst vor ihm zu haben. Komm rein und beachte ihn einfach nicht. Alles gut, Wolf", sagte sie zu dem Hund, der sich daraufhin sichtlich entspannte.

Henning wirkte nicht überzeugt, aber er kam herein. Sein vom Wind zerzaustes Haar stand im Kontrast zu dem makellosen Armani-Anzug und dem blütenweißen Hemd. Er sah atemberaubend gut aus. Wolf schnüffelte ausgiebig an seinen Lederschuhen, dann wandte er sich ab.

Johanna stellte sich auf die Zehenspitzen und küsste ihn auf den Mund, dann lehnte sie den Kopf an seine Brust und atmete tief seinen vertrauten Duft nach teurem Rasierwasser ein. „Was *tust* du hier, Henning?", murmelte sie an seinem Hemd.

Er legte die langstieligen Rosen auf einer Kommode ab und nahm Johanna in die Arme. „Kommt der Berg nicht zum Propheten, muss eben der Prophet zum Berg kommen. Oder war das andersherum? Ich habe dich vermisst, Liebling, und ich dachte mir, bevor ich den Sonntag allein zu Hause verbringe, setze ich mich einfach ins Auto und komme her. Mary hat meine Termine verschoben, und ich kann bis Mittwoch bleiben."

Er drückte seine Lippen auf ihre und gab ihr einen langen, leidenschaftlichen Kuss. Einen Moment lang war Johanna einfach nur glücklich, als wären die letzten Tage gar nicht passiert. „Warum hast du nicht angerufen und gesagt, dass du kommst?"

„Es war eine ganz spontane Entscheidung, und ich wollte dich überraschen."

„Das hast du geschafft!" Sie sah, wie er sich umschaute.

Seine Augen glitten über die leeren Rechtecke an den Wänden, die gesprungenen Fliesen und die nackte Glühbirne. „Hier wohnst du also? Wäre es nicht bequemer, in ein Hotel zu gehen?"

Er spähte durch die offene Tür in das ehemalige Esszimmer. Bis auf einen ovalen Mahagonitisch, der aussah, als würden zwanzig Leute daran Platz finden, war das Zimmer leer. An den cremefarbenen Wänden verriet ein Flickwerk aus Quadraten und Rechtecken in hellerem Ton, wo früher einmal Bilder gehangen hatten. Die verblasste Tapete blätterte von den Wänden ab, und in einer Scheibe sah Johanna einen Sprung. Durch die hohen, vorhanglosen Fenster blickte man in den verwilderten Garten.

„Ich bin gern hier, und es ist mein Zuhause."

„Zurück zu den Wurzeln, was? Na ja, auf jeden Fall ist es wildromantisch ... wenn auch mehr wild als romantisch." Erst jetzt betrachtete er sie genauer. „Du siehst ... anders aus. Hast du dich neu eingekleidet?" Er grinste.

„Sei nicht albern! Ich hatte nur Kleidung für die Beerdigung und ein Paar Jeans mitgenommen, aber mein Kleiderschrank hier ist noch voll mit meinen Sachen von früher."

„Mal was anderes. Ohne Make-up siehst du in der alten Trainingshose wie achtzehn aus."

„Danke!" Sie knuffte ihn in die Seite. „Was hältst du von einem schönen starken Kaffee?"

Henning folgte ihr in die Küche. Johanna war froh, dass sie gestern Abend aufgeräumt hatte. Er sah sich um. „Echter Landhausstil, sehr hübsch. Hast du inzwischen noch mal mit Borgmann gesprochen?"

Johanna schaltete die Kaffeemaschine ein. „Nein. Nachdem ich die Bilder gefunden habe, könnte ich mir auch leisten, das Haus selbst zu renovieren."

„Aber wozu? Du sagtest doch, Borgmann würde dir auch so einen guten Preis zahlen. Da kannst du dir die Mühe sparen."

Es wäre keine Mühe, wollte Johanna sagen, aber stattdessen füllte sie zwei Becher mit Kaffee und trug sie zum Tisch. „Hast du Hunger? Ich habe noch selbst gebackenes Brot von gestern übrig."

„*Selbst gebackenes* Brot? Wo ist meine Johanna geblieben? Ich erkenne dich kaum wieder! Ich würd's ja gern probieren, aber ich habe schon gefrühstückt." Er setzte sich an den Küchentisch. „Jetzt erzähl erst mal, was du in den letzten Tagen alles getrieben hast!“

Johanna berichtete, angefangen von dem Schock über den Zustand des Hauses bis hin zu Kiara, den Bildern und dem Altenheim. Jan erwähnte sie nicht.

„Störtebeker? Das klingt ein bisschen wie ein albernes Ratespiel“, sagte Jan, als sie schließlich endete. „Ich weiß nicht genau, was du dir davon versprichst. Hauptsache, die Bilder sind echt. Kann ich sie sehen?“

„Natürlich!“ Johanna nahm seine Hand und führte ihn durch das Haus zum Dachboden.

Immer wieder blieb Henning stehen und sah sich um. „Aus dem Haus ist was zu machen“, stellte er anerkennend fest. „Die Schränke – und die Kommoden! Und die Wandtäfelung!“ Er spähte durch eine geöffnete Tür in eins der Zimmer. „Alles Massivholz. Kein Wunder, dass Borgmann das Haus haben will. So was gibt’s wohl nicht mehr oft. Großartig … jedenfalls, wenn man das Landleben mag.“ Er lachte. „Für mich wäre das nichts. Ich hab’s ja nicht so mit Kühen und Pferden, und diese Stille macht mich auf Dauer ganz nervös. Ich bin ein Kind der Großstadt.“ Er legte den Arm um Johanna. „Du zum Glück auch.“

„Genau genommen bin ich ein Landkind“, widersprach sie lächelnd und unterdrückte einen Anflug von Ärger. Henning hatte nicht unrecht. Sie lebte seit Jahren in Hamburg und war dort sehr glücklich.

„Du bist auf dem Land aufgewachsen, aber ich glaube nicht, dass du noch einmal außerhalb einer Großstadt leben möchtest. Oder irre ich mich, Schatz?“

„Nein, natürlich nicht. Ich habe nicht den geringsten Wunsch, Hamburg zu verlassen.“ Johanna ging weiter zur Treppe. „Pass auf“, warnte sie ihn. „Hier wird die Treppe steiler.“ Sie öffnete die Dachbodentür. Sofort drängelte sich Wolf zwischen ihren Beinen durch und wedelte Staubwolken auf, als er begann, Mäuse zu jagen.

„Wow, fantastisch", kommentierte Henning, nachdem Johanna die Gemälde aus dem Schrank genommen und nebeneinander an den breiten Kamin gelehnt hatte.

Sie war froh, dass er den Zauber der Bilder sah. „Nach all den Jahren leuchten die Farben sogar hier oben im Dämmerlicht, und der Gedanke, dass die Frau meine Urgroßmutter ist …"

„Und der Gedanke, dass sie Hunderttausende wert sind – falls sie echt sind!"

Johannas Kehle wurde eng. War das wirklich das Wichtigste für ihn? Aber dann sagte sie sich, dass ihn nichts mit ihrer Urgroßmutter verband, natürlich betrachtete er die Bilder mit einer ganz anderen Haltung als sie selbst. Sie stellte sie zurück in den Schrank.

„Was hältst du davon, wenn ich die Bilder Mittwoch mit nach Hamburg nehme? Ich kann sie einem Gutachter zeigen und dann in ein Schließfach bringen."

Johanna unterdrückte ihre wachsende Ungeduld. „Das ist lieb von dir, aber ich möchte sie noch ein wenig hierbehalten, bis ich mich entschieden habe, was ich damit machen werde."

Er zuckte mit den Schultern. „Gut, es sind deine Bilder." Er wich Wolf aus, der ihn fast mit seinem staubbedeckten Fell gestreift hätte. „Hast du schon jemanden gefunden, der den Hund nimmt?"

Johanna biss sich auf die Lippen. Sie war es leid, immer nur ausweichende Antworten zu geben. Früher oder später musste sie es sowieso aussprechen. „Nein. Ehrlich gesagt habe ich auch noch gar nicht gesucht. Ich denke, ich werde ihn selbst behalten." Sie sah Henning nicht an, während sie auf seine Reaktion wartete.

„Du meinst … du willst ihn doch nicht *bei uns im Haus* halten?"

„Doch."

Henning schwieg.

„Ich habe Nonna so lange im Stich gelassen, und ich bringe es nicht übers Herz, ihren Schützling abzugeben. Das ist, als würde ich sie noch einmal verraten."

„Ja", sagte er gedehnt. „Das kann ich nachvollziehen. Aber … die Einrichtung … und der Garten … aber wenn es dir wirklich so wichtig ist, bekommen wir es schon irgendwie hin."

Ihr Herz öffnete sich für ihn. „Das ist es, Henning. Ich bin so froh, dass du mich verstehst."

Henning umfasste ihre Schultern, zog sie näher zu sich und sah ihr in die Augen. „Ich liebe dich, Johanna, ich will, dass du glücklich bist. Und wenn dieser Hund dazugehört, dann haben wir jetzt eben einen Hund."

Sie lachte und schmiegte sich in seine Arme. „Henning, ich liebe dich."

„Du hast mir gefehlt", seufzte er. „Ohne dich ist das Haus ganz leer. Was hältst du davon, wenn wir Mittwoch zusammen zurück nach Hamburg fahren? Meinst du, dass du bis dahin alles hier geregelt hast?"

„Vielleicht. Wenn du magst, können wir heute zusammen Störtebeker in Plön besuchen."

„Ja, lass uns das machen! Ach, übrigens … ich habe dir etwas mitgebracht." Henning griff in seine Jackentasche, zog eine kleine Schachtel heraus und reichte sie Johanna.

Sie klappte den Deckel zurück. Auf dunkelblauem Samt lagen zwei rechteckige platingefasste Diamant-Ohrstecker.

„Passend zu deinem Verlobungsring."

„Sie sind wunderschön, Henning. Aber … habe ich vielleicht irgendeinen Jahrestag vergessen?"

Er zuckte mit den Schultern. „Ich habe sie einfach im Fenster gesehen und dachte, wie gut sie dir stehen würden."

„Danke!" Johanna küsste ihn noch einmal, dann setzte sie die Stecker ein und drehte den Kopf hin und her. „Und? Wie stehen sie mir?"

Henning lachte. „Etwas gewöhnungsbedürftig mit der Trainingshose, aber ansonsten großartig."

Während sie Hand in Hand zurück in die Küche gingen, überlegte Johanna, wo Henning schlafen sollte. Ihr Bett war zu schmal, aber sie konnte nachher eins der Gästezimmer für ihn herrichten. Die Zimmer waren verstaubt und mussten gelüftet werden, aber sie hatte ja nicht ahnen können, dass er sie besuchte.

„Schöne Grüße von meiner Mutter", sagte Henning, als er sich wieder an den Küchentisch setzte. „Sie hat es geschafft, für den zweiten Samstag im Juli die Alsterlounge für unsere Hochzeit zu mieten. Sie haben zwar eine ellenlange Warteliste, aber du kennst ja Mutter …" In seinem Lachen klang Stolz mit.

„Was?" Johanna rechnete nach. „Das ist ja in acht Wochen!"

„Aber wir haben doch besprochen, dass wir im Sommer heiraten."

„Schon, aber das war erst mal eine Überlegung. Wir hatten noch gar nichts fest geplant. Ich hätte den Termin auch gern mit entschieden."

„Ich dachte, du freust dich." Henning hörte sich verletzt an. „Aber wenn dir der Termin nicht passt und du andere Pläne hast, kann Mutter auch wieder absagen."

„Das wollte ich damit doch gar nicht sagen. Es kommt nur so überraschend. Wir haben auch noch gar keine Gästeliste zusammengestellt."

„Keine Sorge, das hat Mutter schon alles erledigt. Du brauchst nur noch deine Freunde zu ergänzen. Ich habe auch einige Entwürfe für die Einladungen mitgebracht. Denk daran, dass ich sie dir nachher zeige, damit wir eine aussuchen. Mutter nimmt uns die ganze Arbeit ab. Wahnsinn, wie sie das alles in so kurzer Zeit managt, oder? Sie hat sogar schon einen Hochzeitsplaner ausgesucht. Ist das nicht toll?"

Sucht sie mir vielleicht auch das Kleid aus? dachte Johanna, aber sie verkniff sich die Bemerkung. Sie sah plötzlich das noble Ambiente vor sich, weiße Tischdecken, Kristall und Silber, sündhafte teure Blumengestecke, eine zwölfstöckige Hochzeitstorte, Gäste, die sie noch nie gesehen hatte, und sie spürte ein Ziehen in der Magengegend. „Ja … toll."

„Darum musst du auch unbedingt mit mir nach Hamburg zurückkommen. Wir haben noch so viel zu tun vor der Hochzeit."

Gerade hatte Johanna noch überlegt, ob sie lieber Rühreier oder Spiegeleier mit Speck zum Frühstück wollte, aber plötzlich war ihr übel. Etwas wie ein Fluchtinstinkt stieg in ihr auf – aber das war bestimmt ganz normal, wenn es ernst wurde, und wahrscheinlich kannte jede Braut dieses Lampenfieber. Immerhin war eine Heirat sehr … endgültig – zumindest für Johanna. Ein bisschen Angst, einen Fehler zu machen, war nur natürlich.

Wieso dachte sie überhaupt an einen Fehler? Henning war ein großartiger Mann, sie würden sehr glücklich miteinander sein. Sie setzte sich auf seinen Schoß, legte die Arme um seinen Hals und küsste ihn, bis jede Nervosität vergessen war.

Sie löste sich erst von ihm, als ihr Magen lautstark knurrte. „Wie wäre es jetzt mit Frühstück? Ich habe Holsteiner Schinken, Eier, Brie und Ziegenkäse."

Henning hob verwundert die Brauen. „Seit wann isst du denn Schinken?"

„Ach, ich hatte einfach Appetit darauf, und ich hatte ganz vergessen, wie lecker der Holsteiner Schinken ist! Du musst unbedingt ein Stück probieren!"

„Danke, aber ich nehme einfach ein Stück Ziegenkäse und eine Scheibe von deinem Brot. Hast du auch Tomaten und vielleicht etwas grünen Salat?" Er sah sich um. „Einen Entsafter gibt's hier wahrscheinlich nicht."

Johanna stellte alles bis auf den Schinken auf den Tisch, dann schlug sie Eier für das Omelett auf und goss sie in die gusseiserne Pfanne.

Henning runzelte die Stirn und sah Wolf zu, wie er von einem Ende der Küche zum anderen lief, sich einmal um sich selbst drehte und dann wieder zurücklief, um wieder von vorn zu beginnen. „Was *tut* er da?"

Johanna lachte schallend. „Ich habe keine Ahnung. Aber das macht er immer, wenn ich Essen zubereite. Ich glaube, das ist eine Art Freudentanz."

„Ach was."

„Ja, er frisst für sein Leben gern." Wolf hatte offensichtlich gemerkt, dass man von ihm sprach. Er lief zu Johanna, lehnte sich schwer an ihre Beine und blickte sie an. Dabei wedelte er so heftig mit dem Schwanz, dass seine ganze hintere Körperhälfte wackelte. Johanna kraulte und tätschelte ihn. „Er ist total süß, findest du nicht?"

„Hmm." Henning nahm einen Bissen von dem Brot. „Das ist wirklich köstlich, Johanna! Ich wusste gar nicht, dass du backen kannst."

„Ich kann lesen." Johanna zeigte ihm Nonnas Rezepthefte.

„Wenn alles so gut schmeckt wie das Brot, hoffe ich, du hast vor, dich einmal ganz durch die Bücher zu kochen."

Sie ließen sich Zeit mit dem Frühstück, dann duschte Johanna, zog sich eine saubere Jeans mit einer weißen Bluse an.

Gemeinsam gingen sie nach draußen, und Johanna vergewisserte sich zweimal, dass sie die Haustür gut abgeschlossen hatte.

Das Unwetter der vergangenen Nacht war weitergezogen und hatte einen wolkenlos blauen Himmel zurückgelassen. Nach dem Regen wirkte die Landschaft wie frisch gewaschen, und die Farben leuchteten.

Sie beschlossen, Hennings BMW zu nehmen, und nachdem er das Navi programmiert hatte, fuhren sie los. Mittlerweile kam Johanna der Feldweg so vertraut vor, als wäre sie nie weg gewesen. Sie ließ den Blick über die sanften Hügel schweifen und genoss den Anblick der weiten Felder. „Das ganze Land hat früher einmal meiner Familie gehört", sagte sie leise.

„Das alles?" Henning deutete mit seiner freien Hand um sich.

„Weiter, als man sehen kann. Aber mein Vater war ein miserabler Gutsherr – und ein noch schlechterer Geschäftsmann."

„Warum hast du mir eigentlich vorher noch nie deine Heimat gezeigt?"

Johanna zuckte mit den Schultern. „Ich hatte wohl einfach vergessen, wie schön es hier ist."

Als sie die Landstraße erreichten, schaltete Henning das Radio ein und tippte auf einen Knopf am Lenkrad, bis er einen Sender gefunden hatte, der Popmusik spielte.

Er warf Johanna einen Seitenblick zu. „Ich glaube, ich habe dich noch nie in Jeans und Sneakers gesehen. Steht dir gut! Und du gefällst mir sehr gut ohne Make-up."

Johanna griff sich an die Wangen. Verdammt! Sie hatte ganz vergessen, sich zu schminken. Das wäre ihr in Hamburg nie passiert.

Henning lachte. „Nein, wirklich, du brauchst das nicht. Von mir aus kannst du ruhig öfter auf Schminke verzichten." Er schaute wieder nach vorn. So gelöst sah er selten aus. Plötzlich wirkte er viel jünger und sehr fröhlich.

Überschäumende Freude erfüllte Johanna. Henning liebte sie, und dieser Besuch zeigte ihr, wie wichtig sie ihm war. Obwohl er mitten in den Vorbereitungen für seinen Wahlkampf steckte, hatte er seine Termine verschoben, nur um mit ihr zusammen zu sein. Die gemeinsamen Tage würden ihnen guttun, und sie würde das Beste aus ihrem Miniurlaub machen.

Sie legte ihm die Hand in den Nacken. „Ich bin sehr froh, dass du gekommen bist, Henning."

Die drei im Seniorenheim hatten nicht übertrieben. Störtebeker war wirklich bekannt wie ein bunter Hund – was wohl weniger mit ihm als mit seinem Haus zu tun hatte. Das uralte, aber schmucke Backsteinhäuschen stand auf einem Grundstück, das direkt bis ans Seeufer reichte. Zwischen all den noblen Villen wirkte es wie ein Fremdkörper.

Johanna blieb am Gartentor stehen und ließ ihren Blick über das Gärtchen mit den üppig blühenden Wildrosen schweifen. „Bezaubernd, nicht wahr? Dass es so etwas noch gibt."

„Ja, wirklich ein Wunder", stimmte Henning zu. „Dieser Störtebeker muss ja ein echter Sturkopf sein. Man hat ihm bestimmt schon Unsummen für das Grundstück geboten."

„Vielleicht liebt er sein Zuhause und ist nicht daran interessiert, möglichst viel Geld zu scheffeln."

Henning hob skeptisch die Brauen. „Das kann natürlich sein. Aber was für eine herrliche Villa man hier bauen könnte!"

„Warum muss man denn auf jedes schöne Grundstück eine Villa stellen?" Ihr Tonfall klang scharf. „Kann ein einfaches Häuschen nicht genauso schön sein, und hat es nicht genauso eine Berechtigung, am See zu stehen? Oder glaubst du, das ist nur ein Privileg für die Reichen?"

Überrascht schüttelte Henning den Kopf. „Nein, natürlich nicht. So hatte ich das nicht gemeint. Du kennst doch mein Wahlkampfprogramm. Ich bin absolut gegen Überbauung und die Benachteiligung von Minderverdienern."

Johanna ärgerte sich schon über ihren Ausbruch. Sie fragte sich, warum sie so reizbar war. „Entschuldige, ich wollte dich nicht anblaffen. Ich meinte eigentlich nur, dass man manche Dinge einfach so lassen sollte, wie sind."

„Willst du nicht reingehen?"

„Meinst du, wir können einfach anklingeln und ihn nach den alten Zeiten fragen?"

„Er ist bestimmt froh, wenn jemand seine alten Geschichten hören will. Und wenn nicht, kann er ja Nein sagen. Aber vielleicht müssen wir ihm nicht unbedingt sagen, wer ich bin. Nicht, dass hinterher noch Gerüchte entstehen …"

Johanna verstand nicht genau, was er befürchtete, aber sie nickte. „Gut.“ Sie schob das Gartentörchen auf und ging über die Pflastersteine zur Tür. Sie suchte vergeblich nach einem Klingelknopf. Nur eine angelaufene Messingglocke hing neben der Haustür. Zögernd bewegte sie den Klöppel hin und her, erst vorsichtig, und als sich nichts tat, etwas energischer. „Keiner da“, stellte sie enttäuscht fest.

„Klingel noch mal“, schlug Henning vor. „In seinem Alter ist er wahrscheinlich halb taub.“

„Nein, lass uns gehen. Ich komme ein andermal wieder.“

Sie waren einige Schritte gegangen, als hinter ihnen jemand rief: „Hallo!“

Johanna drehte sich um. Erstaunlich flink näherte sich ein hagerer, hochgewachsener Mann mit einer Angel in der Hand. Erst als er näher kam, konnte man ihm sein Alter ansehen. Seine Haut war tief gebräunt und zerfurcht, als hätte er die meiste Zeit seines Lebens im Freien verbracht.

„Ein alter Mann ist doch kein D-Zug“, brummte er. „Wie kann ich Ihnen helfen?“

Johanna hatte ihre sorgfältig zurechtgelegten Sätze vergessen. „Ich interessiere mich für Eutins Geschichte, und man hat mir gesagt, dass Sie am besten darüber Bescheid wissen, was damals hier passiert ist. Vielleicht können Sie mir ein bisschen von früher erzählen?“

Bei dem breiten Lächeln vertieften sich die Furchen in seinem verwitterten Gesicht. „Darauf können Sie Gift nehmen!“, erklärte er stolz. „Kommt rein, dann trinken wir einen schönen heißen Tee.“ Er ging ins Haus, lehnte die Angel an die Wand und zog seine dunkelblaue Strickjacke aus, dann streifte er die hohen grünen Gummistiefel ab, schlüpfte in ausgetretene Filzschlappen und ging voraus in die Küche.

„Setzt euch.“ Er deutete auf eine Eckbank mit bunten Kissen.

Johanna sah zu, wie er einen Wasserkessel aufsetzte und drei Becher aus dem Schrank nahm. „Kann ich Ihnen helfen?“

„Tee zu kochen schaffe ich grad noch allein", brummte er. Wenige Minuten später saßen alle vor ihren dampfenden Bechern. Störtebeker machte es sich in einem Sessel bequem, dann schüttete er sich einen großzügigen Schuss aus einer Rumflasche in seinen Tee und schob die Flasche über den Tisch zu Henning.

„Danke, dafür ist es mir noch ein bisschen zu früh."

Störtebeker zuckte mit den Schultern. „Wer nicht will, der hat schon." Er nahm einen großen Schluck aus dem Becher und begann, seine Pfeife zu stopfen.

Als niemand etwas sagte, blickte er auf und hob fragend die Brauen. Offensichtlich wartete er auf Johannas Fragen. Sie räusperte sich, während sie überlegte, wo sie anfangen sollte.

Johanna kam zu dem Schluss, dass es keinen Zweck hatte, um den heißen Brei herumzureden. „Ich interessiere mich für Gut Petersen und die Familiengeschichte." Sie überlegte, ob sie ihm sagen sollte, wer sie war, aber entschied sich dagegen. Vielleicht würde er so unbefangener über die Petersens reden.

Störtebekers Streichholz flammte auf, und er zog mehrmals an seiner Pfeife. „Wer hat Ihnen von mir erzählt?"

„Ich habe im Seniorenheim in der Peterstraße gefragt, aber dort wusste keiner etwas über die Petersens, und man hat mich zu Ihnen geschickt."

„Papperlapapp. Alle wissen etwas über die Petersens. Will bloß keiner darüber reden", sagte er, während er seinen Rauch ausblies.

Johanna blickte ihn verwundert an. „Warum nicht?"

„Hier im Norden sind wir alle ziemlich abergläubisch, aber keiner gibt es gern zu."

Johanna erinnerte sich an Amalie Feddersens Worte. „Meinen Sie die Sache mit dem Fluch, der über der Familie liegen soll?"

„Die brauchten keinen Fluch, das haben sie alles ganz allein hinbekommen."

Johanna wechselte einen Blick mit Henning. Besonders sympathisch waren die Petersens dem Alten anscheinend nicht gewesen. „Was meinen Sie?“, fragte sie vorsichtig.

„Sie waren mal die reichste Familie der gesamten Gegend, bis der Enkel vom Petersen das ganze Vermögen durchgebracht hat. Ein Glück, dass der alte Petersen das nicht mehr miterleben musste.“

„Er soll seine Tochter sehr geliebt haben.“

„Ja, sie war sein Ein und Alles. Kein Wunder, nach der Geschichte hat er sie ganz allein großgezogen.“

Johanna horchte auf. „Was meinen Sie? Was ist denn damals passiert? Hatte der Maler Friedrich Lindner etwas damit zu tun?“

Störtebeker, der bis dahin seine Geschichten freimütig zum Besten gegeben hatte, verstummte plötzlich. Etwas flackerte in seinen Augen auf. „Was wissen Sie von Lindner?“

Johanna zuckte mit den Schultern. „Man hat mir erzählt, dass der Maler einige Monate im Jägerhaus verbracht hat. Haben Sie ihn selbst kennengelernt?“

Störtebeker goss sich Rum nach und machte sich nicht die Mühe, ihn mit Tee zu verdünnen. „Ich habe damals nach der Schule für Petersen gearbeitet. Manchmal hab ich auch Holz zum Jägerhaus gebracht und Lebensmittel. Den Maler habe ich zwar gekannt, aber nur flüchtig. Er hat Bitte und Danke zu mir gesagt, mehr nicht.“ Inzwischen waren seine Wangen gerötet, Johanna konnte nicht sagen, ob vom Rum oder von den Erinnerungen.

Er machte den Eindruck, als könnte er sich ganz genau an alles erinnern, was damals passiert war, aber er schien nur ungern darüber zu reden. „Haben Sie auch Emilie Petersen gekannt?“, versuchte Johanna vorsichtig, ihn zum Weitersprechen zu ermutigen. Sie spürte, dass sie ihn nicht drängen durfte, sonst würde er sich sofort in sein Schneckenhaus zurückziehen.

Störtebeker zögerte merklich. „Jeder kannte sie“, murmelte er schließlich.

„Warum?“

Wieder ertönte Störtebekers heiseres Lachen. „Sie war jung und bildschön. Ich glaube, jeder Junge im Ort war heimlich in sie verliebt. Vielleicht sogar alle Männer.“

„Sie auch?“

Er schüttelte den Kopf, als wollte er seine Erinnerungen abwehren. „Natürlich ich auch. Aber ich habe kaum ein Wort mit ihr geredet.“

„Schade, dass sie so früh gestorben ist. Ihrem Mann muss es das Herz gebrochen haben. Sie hatte Scharlach, nicht wahr?“

Störtebeker nickte. „Ja, Scharlach!“

Johanna ließ nicht locker. „Können Sie mir etwas über Friedrich Lindner und sein Verhältnis zu den Petersens erzählen? Waren sie befreundet, oder hat Lindner für Ronald Petersen gearbeitet?“

Mit einem Mal wirkte Störtebeker misstrauisch und noch zurückhaltender. „Wieso wollen Sie das alles wissen? Was interessiert Sie so an den alten Geschichten? Ich dachte, Sie wollten etwas über Eutin wissen, stattdessen löchern Sie mich nur mit Ihren ganzen Fragen nach den Petersens!“

Johanna entschied, dass es Zeit war, ihm die ganze Wahrheit zu sagen. „Ich bin Ronald Petersens Urenkelin, und ich würde gern mehr über meine Familie herausfinden.“

Störtebekers Gesichtsausdruck war schwer zu deuten. Einen Moment lang glaubte Johanna, Mitleid zu erkennen, dann verschloss sich seine Miene, und er stand auf. „Ich bin müde“, brummte er. „In meinem Alter strengt Besuch mich an.“

Auch Henning erhob sich und sah Johanna auffordernd an. „Wir sollten uns jetzt besser verabschieden. Vielen Dank für den Tee.“

Johanna wusste, dass er recht hatte. Sie sollte aufstehen, sich bedanken und gehen. Aber sie hatte noch so viele Fragen. Die Enttäuschung schnürte ihr die Kehle zu. „Vielen Dank, dass

Sie sich die Zeit genommen haben", brachte sie mühsam hervor. Plötzlich fiel ihr der Brief aus der Eiche ein, den sie noch kurz vor der Abfahrt schnell eingesteckt hatte. Sie zog ihn aus ihrer Handtasche, legte ihn auf den Tisch und strich ihn mit der Hand glatt. „Ich bin sicher, dieser Brief stammt von meinem Urgroßvater. Damals muss irgendetwas Schreckliches passiert sein. Fällt Ihnen wirklich nichts Ungewöhnliches ein, was damals passiert ist?"

Störtebeker überflog die Zeilen. Er wurde blass und griff nach der Tischplatte. „Nichts, nichts ist damals passiert, gar nichts!", rief er aufgebracht. Johanna war sich nicht sicher, ob das Hass war in seinem Blick, Angst oder nur ein Widerschein des Rums.

„Nehmen Sie Ihren verfluchten Brief und verschwinden Sie!" Er schlurfte in seinen Filzpantoffeln zur Haustür und riss sie auf. Plötzlich wirkte er um Jahre gealtert. „Verschwinden Sie!", rief er noch einmal.

Mit zitternden Händen nahm Johanna eine Visitenkarte aus ihrer Handtasche und legte sie auf den Tisch, dann steckte sie den Brief ein.

„Nun komm endlich! Sonst ruft er noch die Polizei." Henning zog Johanna hastig hinaus. Erst als das Gartentor hinter ihnen ins Schloss gefallen war, blieben sie stehen und sahen sich um. Die Haustür war geschlossen, selbst die Vorhänge hatte Störtebeker zugezogen.

„Was war das denn?" Johanna starrte Henning an.

„Er hat wohl nicht mehr alle beisammen."

Sie schüttelte den Kopf. „Auf mich hat er sehr klar gewirkt", widersprach sie. „Es muss an dem Brief gelegen haben. Ich bin sicher, er weiß mehr, als er zugibt."

„Kannst du nicht endlich aufhören, überall Gespenster zu sehen, Johanna?", fuhr Henning sie ungeduldig an. „Das ist doch albern! Was soll denn dahinterstecken? Ich begreife einfach nicht, warum du in der Vergangenheit rumstochern musst. Egal, was damals passiert ist, es spielt heute keine Rolle mehr. Vermutest du, dass Lindner und deine Urgroßmutter ein Verhältnis hatten?“ Er hob die Hände in einer verzweifelten Geste. „Und wenn? Was soll's? Warum kannst du nicht endlich mit den alten Sachen abschließen, Borgmann das Haus verkaufen und zurück nach Hamburg kommen?“

„Wenn ich nicht in der Vergangenheit rumgestochert hätte, wie du es so schön ausdrückst, hätte ich auch nicht die Lindner-Bilder entdeckt, sondern sie Borgmann mitsamt dem ganzen Haus verkauft“, warf Johanna ihm an den Kopf.

„Ja, das wäre allerdings sehr ärgerlich gewesen“, räumte Henning ein. „Aber was hält dich jetzt noch hier?“

Das weiß ich selbst nicht genau, dachte sie. „Ich will einfach erfahren, was hinter den Bildern von meiner Urgroßmutter steckt“, sagte sie stattdessen, aber sie wusste, dass es nicht die ganze Wahrheit war.

10. KAPITEL

1. Juni 1936, Eutin

Über der Wasseroberfläche tanzten Wolken von Mücken, und das hohe, bleiche Seegras beugte sich im Wind. Der Himmel hing tief und schwer, in der Ferne grollte Donner.

Emilie zog ihr Wolltuch enger um sich. Sie hielt es mit einer Hand fest. Sie zitterte, doch nicht vor Kälte. Ihr Körper glühte. In der Nacht zuvor hatte sie ausgesprochen schlecht geschlafen. Sie war von seltsamen Träumen heimgesucht worden, Träumen, die ihr nach dem Aufwachen noch nachgehangen hatten, ohne dass sie in der Lage gewesen war, sich an ihren Inhalt zu erinnern. Sie fragte sich, ob es etwas mit dem Treffen mit Friedrich Lindner zu tun hatte. Zweimal in der Woche trafen sie sich am See, und an den Tagen, an denen sie sich nicht sahen, musste Emilie immer öfter an ihn denken.

Vier Wochen waren seit ihrer ersten Sitzung vergangen, in zwei Wochen, höchstens drei, würde ihr Porträt beendet sein. Sie mochte nicht einmal an den Tag denken. Der Gedanke, dass Friedrich Lindner wieder aus ihrem Leben verschwinden würde, verursachte ihr beinahe körperliche Schmerzen.

„Wir sollten für heute Schluss machen." Der Maler sah zum Himmel auf. „Sie sollten sich beeilen, damit Sie noch vor dem Unwetter nach Hause kommen."

Ein Schweißtropfen lief Emilies Rücken hinunter. Nach der sengenden Sonne der letzten Tage überzog das Zwielicht alles mit einem seltsamen Leuchten. Über der Landschaft lag eine unwirkliche Ruhe, die schon das Unwetter in sich trug.

Sie wollte noch nicht gehen. Sie genoss jede Sekunde mit dem Maler. Sie hatte nicht gewusst, wie sehr sie sich nach einem Menschen sehnte, mit dem sie reden konnte. Sie war ausgehungert nach ein bisschen Freundschaft und Fröhlichkeit. Zu Friedrich konnte sie sagen, was immer ihr durch den Kopf ging. Er gab ihr nie das Gefühl, etwas Unwichtiges oder Dummes zu sagen.

Ein erster Tropfen fiel kalt auf ihre Stirn. „Ich mag Unwetter."

Der Maler lachte. „Aber am schönsten sind sie, wenn man sie aus der warmen Stube beobachtet."

Ihr Herz weitete sich, als sie ihn ansah. „Im Winter vielleicht. Aber nach der Hitze der letzten Tage freue ich mich auf eine Abkühlung. Als Kind habe ich gern barfuß im Regen getanzt", sagte sie fast wie zu sich selbst. „Mein Vater hat jedes Mal mit mir geschimpft, ich würde mir eines Tages noch den Tod holen."

„Leben Ihre Eltern weit entfernt?"

„Sie sind gestorben – meine Mutter bei meiner Geburt und mein Vater vor etwas mehr als einem Jahr."

„Das tut mir leid."

Emilie wandte den Kopf ab, um ihre Tränen zu verbergen, auch wenn sie inzwischen wusste, dass sie Friedrich nicht täuschen konnte. „Wäre er noch am Leben, wäre alles anders gekommen. Aber ich war damals so jung und unerfahren …"

Friedrichs Mundwinkel zuckten. „Das hört sich an, als wären Sie inzwischen eine alte Frau. Dabei sehen Sie immer noch wie ein junges Mädchen aus. Sie können noch keine zwanzig sein."

„Achtzehn."

„Sehen Sie! Sie haben das ganze Leben noch vor sich." Er lächelte, und um seine Augen zeigten sich kleine Fältchen. „Und mit Ihrer großen Erfahrung und Lebensweisheit können Sie das Beste daraus machen."

„Ich kann nicht einmal selbst entscheiden, ob ich ein Bild von mir malen lassen will oder nicht", stieß Emilie hervor. Sie hörte selbst die Bitterkeit in ihrer Stimme. „Aber ich sollte nicht jammern.“ Sie zwang sich zu einem Lachen. „Ich besitze alles und habe wohl nur ein bisschen zu viel Langeweile.“

Friedrich Lindner lachte nicht. „Ihr Mann liebt Sie sehr, und ich bin sicher, er will nur, dass Sie glücklich sind.“

„Ja, er tut alles für mich. Alles, wovon er denkt, es würde mich glücklich machen. Aber er weiß nicht einmal, wer ich bin.“

„Haben Sie ihm das schon einmal gesagt?“

Emilie sah ihn an. Im gedämpften Licht des nahenden Unwetters kam es ihr plötzlich vor, als wären sie ganz allein auf der Welt. Sie stand auf und schüttelte ihre Röcke aus, um den Zauber zu brechen. „Mein Mann wird sich schon Sorgen um mich machen.“

„Natürlich.“ Er packte seine Sachen zusammen.

Dann brach der Regen los. Dicke Tropfen peitschten den Boden und klatschten fast schmerzhaft auf ihre Haut. Begleitet vom Krachen des Donners, der sich in immer kürzeren Abständen mit Blitzen abwechselte, rannten Friedrich und Emilie zum nahen Jägerhaus.

Im Haus holte der Maler zwei Handtücher aus einem Schrank und reichte eines Emilie, dann rieb er sich die Haare trocken. Das nasse Hemd klebte an seinem Oberkörper. Emilie stand regungslos da. Sie spürte, wie das Wasser aus ihren Haaren und Kleidern lief, aber es kümmerte sie nicht. Nur das Trommeln des Regens gegen die Scheiben war zu hören. Emilie war sich bewusst, dass sie Friedrich anstarrte, aber sie konnte den Blick nicht vom Spiel seiner Muskeln unter dem dünnen Leinen abwenden.

Sie spürte ein so wildes Verlangen, dass der Raum sich um sie drehte. Sie wollte nur zu ihm gehen, die Lippen auf die nackte Haut pressen, wo sich der oberste Hemdknopf geöffnet hatte. Sie wollte die Finger in sein nasses Haar schlingen, sich an ihn schmiegen, seine Lippen spüren, nur noch dem Schlag ihrer Herzen lauschen.

Es kostete sie so viel Mühe, sich zu beherrschen, dass ihre Knie zitterten und sie sich an einer Stuhllehne abstützen musste. Die Macht ihrer Gefühle entsetzte sie. Sie empfand brennende Scham. Niemals in ihrem ganzen Leben hatte sie etwas Ähnliches verspürt.

Wenn Ronald sie liebte, war es durchaus angenehm – auch wenn sie es vorgezogen hätte, dass er sie einfach nur in den Armen hielt. Sie genoss seine Zärtlichkeiten, aber vor allem gefiel ihr, wie sehr er sie in jenen Augenblicken zu brauchen schien. Doch was sie jetzt fühlte, traf sie vollkommen unvorbereitet, und sie war machtlos dagegen.

Als sie einen Schritt vortrat, hob Friedrich den Kopf und sah sie an. Sein Blick fühlte sich an wie eine Liebkosung. Emilie hörte einen leisen, heiseren Laut, dann begriff sie, dass sie ihn selbst ausgestoßen hatte.

In diesem Moment brach abrupt der Regen ab. Die plötzliche Stille weckte Emilie aus ihrem Rausch. Sie konnte nicht bleiben. Wenn sie nur noch eine einzige Sekunde blieb … Undenkbar! Sie war Ronalds Ehefrau.

„Nein“, murmelte sie heiser. Sie ließ das Handtuch fallen und schüttelte den Kopf. Dann drehte sie sich um und floh aus dem Haus.

Auf dem aufgeheizten Boden verdampfte sofort das Wasser, Dunstschwaden stiegen auf, und die Luft roch nach feuchter Erde. Emilie lief über den aufgeweichten Rasen, als wären Dämonen hinter ihr her.

Als hätte sie schon gewartet, öffnete Anna Maria die Tür, sobald Emilie die Treppe zum Eingang hinauflief. „Wo kommst du denn her?“ In ihrem hellblauen Baumwollkleid sah sie wie üblich makellos und adrett aus. Das Bild einer untadeligen Frau.

Emilie schob sich an ihr vorbei ins Haus. Zu ihren Füßen bildete sich eine Pfütze auf den Fliesen. „Von meiner Sitzung mit Herrn Lindner.“

Anna Maria musterte sie aus schmalen Augen langsam von oben bis unten. Dann hob sie die Brauen. „Du siehst aus, als wärst du ins Wasser gefallen."

„Falls du es nicht mitbekommen hast: Es hat geregnet."

„Herr Lindner hat also nichts mit deinem … derangierten Zustand zu tun?"

Emilie richtete sich auf und hob das Kinn. „Was willst du damit sagen? Glaubst du, dass Herr Lindner mich in den See geworfen hat?"

Anna Maria zuckte mit den Schultern. „Ich meinte nichts Bestimmtes. Wieso? Habe ich etwa einen wunden Punkt getroffen?"

Mit aller Kraft bemühte Emilie sich um eine gelassene Miene. Nicht auszudenken, wenn Anna Maria solche Andeutungen Ronald gegenüber äußern würde! Sie durfte Friedrich nicht in Schwierigkeiten bringen! „Für solche Albernheiten habe ich jetzt wirklich keine Zeit. Ich muss aus den nassen Sachen rauskommen."

Emilie ließ sie stehen und lief in ihr Schlafzimmer hinauf. Sie zitterte vor Kälte, doch zugleich fühlte sie sich, als würde sie in Flammen stehen. Ihr war, als würden Schuldgefühle und Verlangen sie zerreißen. Friedrich, dachte sie immer wieder. Ihr Körper schmerzte vor Sehnsucht, bei ihm zu sein.

Es konnte nur eine aberwitzige und vorübergehende Verwirrung sein, sagte sie sich, aber sie konnte nicht aufhören, an ihn zu denken. Wenn sie die Augen schloss, sah sie ihn wieder vor sich, in seinem nassen, halb durchsichtigen Leinenhemd. Sie stellte sich vor, wie sie es langsam Knopf für Knopf öffnete, seine Brust liebkoste, mit ihren Lippen immer tiefer wanderte …

Sie stöhnte auf und schlug die Hände vor das Gesicht. Sie musste diesen Gefühlen ein Ende bereiten! Aber wie?

Ich liebe ihn, dachte sie verzweifelt. Und sie konnte nicht das Geringste dagegen tun.

Eutin, Mai 2015

Johanna schlüpfte in eine hellgraue Leinenhose, einen dünnen weißen Kaschmirsweater und weiche Ledersandalen. Auf Hennings Anregung hatte sie in Plön neue Kleidung gekauft. „Damit du etwas Ordentliches zum Anziehen hast. Wer weiß, wann du es brauchst. Diese alten Jeans sind prima – und sehr sexy, aber damit kannst du dich nun wirklich nicht überall sehen lassen“, hatte er gesagt, und er hatte recht.

Bevor sie es wieder vergaß, legte sie sorgfältig Make-up auf und befestigte die Diamanten-Ohrstecker. Beim Blick in den Spiegel konnte sie sich kaum vorstellen, dass sie noch vor einer Woche ständig so ausgesehen hatte. Fast schon etwas aufgetakelt für ein einfaches Abendessen in Eutin, dachte sie, aber sie zuckte mit den Schultern. Henning würde es gefallen.

Er pfiff leise, als sie die Treppe hinunterkam. „Du siehst großartig aus!“, sagte er anerkennend und küsste sie vorsichtig neben die Lippen, um die Schminke nicht zu ruinieren.

Johanna betrachtete seine maßgeschneiderte Freizeithose, das hellblaue Hemd und die Lederschuhe, die er sich immer in London nähen ließ. Dazu hatte er einen weißen Pullover um die Schultern geschlungen. „Du siehst selbst nicht übel aus. Worauf hast du Appetit? Italienisch, deutsch, gutbürgerlich, nobel …?“

„Du bist hier die Einheimische, such dir etwas aus, Liebling!“

„In den letzten zwölf Jahren hat sich hier viel verändert. Aber ich habe vorhin im Internet nachgeschaut, das Uklei-Fährhaus soll eine sehr gute Küche haben, und es liegt direkt am Kellersee.“

„Hört sich perfekt an.“

Zwanzig Minuten später führte ein Kellner sie zu ihrem Tisch. Die meisten Plätze waren reserviert, aber ein Schein, den Henning ihm diskret zugesteckt hatte, hatte ihnen einen Tisch direkt am Fenster mit Blick über den See beschert.

Es musste ein sehr großzügiges Trinkgeld gewesen sein, denn trotz der anderen Gäste kam der Kellner umgehend mit der Speisekarte zurück. „Darf ich Ihnen schon etwas zu trinken bringen?"

„Ja, eine Flasche stilles Wasser. Und die Weinkarte."

„Unsere Weine finden Sie in der Speisekarte."

„Ich nehme schon mal ein Jever", sagte Johanna.

Henning starrte sie überrascht an, dann schmunzelte er. „Du bist ein echtes Original, Johanna, weißt du das? Ich nehme ein Glas Chardonnay", teilte er dem Kellner mit.

„Eine Flasche Wasser, ein Jever, ein Chardonnay. Kommt sofort." Der Kellner verschwand, um die Getränke zu holen.

Henning lächelte noch immer, als er die Karte aufschlug. „Das klingt sehr vielversprechend", lobte er. „Ich nehme den kleinen Wildkräutersalat mit Kürbis-Ingwer-Vinaigrette und als Hauptspeise den gedämpften Zander. Und du?"

„Den gemischten Vorspeisenteller und die halbe gefüllte Ente mit Holsteiner Gedrömmel, Maronen-Püree, Kirsch-Rotkohl und Kartoffelklößen."

„Klöße und Rotkohl?" Henning hob die Brauen. „Bestimmt sehr fett. Und was in aller Welt ist *Holsteiner Gedrömmel*?"

„Ich habe nicht die geringste Ahnung, aber ich bin gespannt." Johanna lachte, dann sah sie aus dem Fenster. „Es ist wirklich hübsch hier, nicht wahr? Fast, als würde man auf einem Schiff sitzen", sagte sie, als der Kellner kurz darauf ihre Bestellungen aufgenommen hatte.

Henning sah Johanna an. „Sehr hübsch." Er griff nach ihrer Hand und berührte den Verlobungsring. „Ich liebe dich, Johanna", sagte er leise.

„Ich liebe dich auch, Henning." Sie spürte, wie die Zweifel von ihr abfielen. Es gab keinen Grund, nervös zu sein, Henning und sie würden sehr glücklich miteinander werden.

„Ich habe eine Überraschung für dich, Schatz."

Johanna fasste nach den Ohrringen und lachte übermütig. „Noch eine? Du verwöhnst mich."

„Es ist kein Geschenk, aber ich denke, du wirst dich freuen. Mutter ist begeistert von der Idee ..."

Eine leise Ahnung stieg in Johanna auf, dass sie nicht ganz so begeistert sein würde.

„Du kennst ja Benno", begann Henning.

„Benno Wiegand?" Johanna war ihm vor einigen Wochen auf einer Wohltätigkeitsveranstaltung vorgestellt worden. Er war ihr als ein übergewichtiger Mann mittleren Alters in Erinnerung geblieben, der wirkte, als wollte er seine mangelnde Körpergröße durch lautes Reden und wichtiges Auftreten wettmachen.

„Genau. Wie du dich vielleicht erinnerst, ist Benno Chefredakteur bei der ‚Hamburger Rundschau'. Wir waren nach der Preisverleihung noch zusammen etwas trinken, und Benno hatte eine großartige Idee: Sie bringen einen Artikel über unsere Hochzeit."

„Okay", sagte Johanna gedehnt. „Heißt das, sie wollen in der Kirche Fotos machen?"

„Das auch. Und sie bringen noch einen Artikel darüber, wie wir uns kennengelernt haben, einige Infos über unseren Background, natürlich das eine oder andere über meine Familie, dann Fotos von der Trauung und der Party hinterher. Die Alsterlounge bietet dazu ja die perfekte Kulisse."

„Heißt das etwa, dass während der gesamten Feier ein Journalist dabei sein wird?"

„Ja, und Fotografen, aber es kommen sowieso etwa 250 Gäste, da fällt das gar nicht auf. Das wird natürlich keine Titelstory, aber ein kleiner Artikel kommt wahrscheinlich sogar auf die erste Seite, der Rest dann im Innenteil."

Johanna gefiel die Vorstellung nicht, aber es würde nicht der erste Artikel über Henning und sie sein und bestimmt auch nicht der letzte. Sie dachte daran, wie die Medien nach ihrer Verlobung ausführlich darüber berichtet hatten, dass einer der begehrtesten Junggesellen ganz Deutschlands nun vergeben war.

Damals konnte sie sich noch darüber amüsieren. Aber ihre Hochzeit hatte ein ganz persönliches Fest sein sollen, kein Medienspektakel. „Ursprünglich hatte ich mir eine kleine, ruhige Hochzeit vorgestellt und keine Wahlveranstaltung …“

„Ich weiß, mein Schatz, ich weiß. Das wäre mir doch auch am liebsten. Eine ganz entspannte Zeremonie, barfuß am Strand, Blumen in deinem Haar, vielleicht auf Hawaii, und nur unsere besten Freunde sind dabei … ein Traum! Aber ich bin nicht nur Politiker, sondern auch ein Seeger. Meine Familie ist eine der ältesten in Hamburg. Nach meinem Urgroßvater ist sogar eine Straße benannt. Das bringt gewisse Pflichten mit sich. Ich muss Kompromisse machen.“

Und ich als deine Frau auch, dachte Johanna. Das war ihr von Anfang an bewusst gewesen.

Sie stellte sich vor, wie sie an Hennings Arm Wohltätigkeitsveranstaltungen und Bälle besuchte, stets korrekt frisiert und gekleidet und mit einem herzlichen Lächeln auf den perfekt geschminkten Lippen, wie sie Partys in ihrem Haus gab, bei denen die Gäste nicht nach Sympathie, sondern nach ihrer Bedeutung für Hennings Karriere eingeladen wurden.

Sie zwang sich zu einem Lächeln. „Dann muss ich das Hochzeitskleid wohl ganz besonders sorgfältig auswählen. Ich will dir schließlich keine Schande machen“, versuchte sie zu scherzen.

„Ähm, ja … das Kleid … Mutter hat schon eine Designerin ausgewählt – Anna Stern, sie ist ganz groß im Kommen …“ Er brach ab, als er Johannas Gesichtsausdruck sah. „Aber sie hat noch kein Kleid ausgesucht“, ergänzte er hastig. „Das ist natürlich ganz allein deine Entscheidung.“

„Wie großzügig.“

Der Kellner, der Getränke und Vorspeisen brachte, unterbrach ihr Gespräch. Henning hob sein Weinglas und prostete

Johanna zu, bevor er einen Schluck trank. Einige Minuten lang aßen sie schweigend. Johanna schob die gegrillten Garnelen, das Rinder-Carpaccio und die marinierten Steinpilze auf dem Teller hin und her. Das Essen sah köstlich aus, aber sie hatte den Appetit verloren.

Sie legte die Gabel zur Seite und starrte aus dem Fenster. Im Licht der untergehenden Sonne wirkte der See dunkelgrün, fast schwarz. Über das Wasser glitt eine Schar Enten langsam zu ihrem Nachtlager am Ufer.

„Schatz, ich kann gut verstehen, wenn du einen anderen Designer wählen möchtest. Ein Brautkleid ist schließlich eine sehr persönliche Entscheidung", brach Henning das Schweigen. „Wenn du willst, rede ich mit Mutter."

Johanna schüttelte den Kopf. „Nein, nein, lass nur. Ich mag Anna Sterns Stil. Sie wird bestimmt ein traumhaftes Kleid für mich entwerfen."

Henning hob ihre Hand an seine Lippen. „Danke, Liebling. Ich kann mir vorstellen, dass es nicht einfach für dich ist, aber mit der Zeit wirst du dich dran gewöhnen. Mir kommt die Aufmerksamkeit der Presse ganz normal vor, aber ich kenne den Rummel auch schon von klein auf. Wir werden trotzdem einen wundervollen Tag haben. Hast du einen Wunsch für die Hochzeitsreise? Ich dachte an die Seychellen, aber wenn du etwas anderes möchtest … in Venedig drängen sich um die Jahreszeit zwar die Touristen, aber es ist trotzdem immer sehr romantisch. Oder vielleicht Paris?"

„Die Seychellen sind genau das Richtige, Henning." Johanna leerte mit einem großen Schluck ihr Bier und winkte dem Kellner, ihr ein neues zu bringen. „Du hattest gesagt, es soll auch einen Artikel darüber geben, wie wir uns kennengelernt haben. Wahrscheinlich hast du Benno schon alles darüber erzählt, nicht wahr?"

„Ja, das heißt … nicht ganz." Er wirkte erleichtert, als der Kellner die Hauptspeisen und das Bier brachte. Er nahm eine

Gabel von seinem Fischfilet. „Hmm, köstlich. Wie ist deine Ente?“

Johanna stocherte auf ihrem Teller herum. „Lecker. Was war das jetzt mit dem Artikel?“

„Ach, nichts.“ Henning winkte ab. „Essen wir erst mal, bevor es kalt wird. Guten Appetit!“

Johanna betrachtete die gefüllte Ente, aber sie hatte keinen Hunger mehr.

Eine Viertelstunde später schob sie ihren kaum berührten Teller zurück. Erst als der Kellner abgeräumt hatte, fiel ihr ein, dass sie nicht einmal das Holsteiner Gedrömmel gekostet hatte.

Sie kannte Henning zu gut, um sich von seinem etwas zu fröhlichen Lachen und den betont unbeschwerten Geschichten ablenken zu lassen. Ihm lag noch etwas auf der Seele, und es würde ihr nicht gefallen.

Auch Henning hatte kaum die Hälfte von seinem Zander gegessen. Der Kellner betrachtete besorgt ihre Teller. „Hat es Ihnen nicht geschmeckt?“

„Ganz im Gegenteil! Es war köstlich, aber wir hatten leider nicht so viel Hunger, wie wir gedacht hatten“, versicherte Henning. Doch auch sein besonders üppiges Trinkgeld ließ den betrübten Gesichtsausdruck des Kellners nicht ganz verschwinden.

Während der Rückfahrt erzählte Henning, dass er seine Trainingszeit beim Joggen verbessert hatte, dann schlug er vor, eine neue Sitzgruppe für das Wohnzimmer zu kaufen. Als Johanna nur einsilbig antwortete, verstummte er schließlich.

„Hast du schon mal von der Bräutigamseiche gehört?“, sagte Henning plötzlich. „Sie soll irgendwo hier in der Nähe stehen. Ich habe im Internet darüber gelesen. Es soll Paaren Glück bringen, wenn sie vor der Heirat den Stamm der Eiche berühren … oder so was in der Art. Kennst du diesen Brauch?“

Johanna sah weiter aus dem Fenster. „Ich kenne die Eiche, aber von dem Brauch habe ich noch nie gehört."

„Ist es wirklich so romantisch dort?"

„Nicht besonders, finde ich."

„Was hältst du davon, wenn wir morgen zu der Eiche gehen? Vielleicht bringt sie wirklich Glück." Er lachte. „Schaden wird es jedenfalls nicht."

Das habe ich auch mal gedacht, ging es Johanna durch den Kopf. „Ich halte nichts von diesem Aberglauben." Sie erschrak selbst über ihren schroffen Tonfall. „Glaub mir, es gibt hier viel romantischere Plätze als diese Eiche", fuhr sie sanfter fort. „Wir können zum Beispiel ans Meer fahren."

Erleichtert stieg sie aus, sobald Henning den Wagen vor ihrem Haus geparkt hatte. Wolf begrüßte sie schwanzwedelnd, legte sich aber schnell wieder auf seine Decke vor dem Kamin in der Küche, als hätte er ihre Stimmung bemerkt. Sie wusste, sie sollte Henning direkt fragen. Alles war besser als dieses angespannte Schweigen, aber sie wollte heute Abend einfach keine schlechten Nachrichten mehr hören.

„Ich beziehe dir rasch das Bett im Gästezimmer", sagte sie, sobald Henning die Haustür hinter ihnen geschlossen hatte.

„Im Gästezimmer? Quartierst du mich etwa aus, weil du sauer auf mich bist?"

„Unsinn! Mein Bett ist zu schmal für zwei."

„Und das Bett im Gästezimmer? Ist das breit genug für zwei?"

„Ein zwei Meter breites Himmelbett, das sollte reichen."

„Leistest du mir heute Nacht Gesellschaft in meinem breiten Bett, Liebling?" Er schnitt eine übertrieben flehentliche Grimasse.

Johanna musste grinsen. „Wenn du lieb bist."

Er zog sie an sich und küsste sie. Sie schloss die Augen, spürte seine Haare weich auf ihrer Haut. Tief atmete sie seinen vertrauten Duft ein, während er seine Hände unter ihren Pullover schob.

Schwer atmend löste er sich schließlich von ihr und nahm ihre Hand. „Gehen wir rauf. Ich helfe dir beim Bettenmachen, dann geht es schneller." Gemeinsam liefen sie die Treppe hinauf. Im Gästezimmer zog er geschickt den Bettbezug ab, während Johanna das Fenster öffnete, um frische Luft hereinzulassen, und frische Wäsche aus dem Schrank nahm. In wenigen Minuten lagen die Laken auf dem Bett.

Henning nahm Johanna in den Arm und hielt sie fest, während er sich auf die Matratze fallen ließ. „Vielleicht sollten wir besser die Tür schließen", murmelte er zwischen zwei Küssen. „Nicht, dass der Hund nachher denkt, ich würde über dich herfallen." Er stand auf, schob die Tür mit dem Fuß zu, dann streifte er seine Lederslipper ab. Während er zurück zum Bett kam, begann er, sein Hemd aufzuknöpfen.

Johanna wusste, sie sollte den Mund halten, aber sie schaffte es nicht. „Was ist es, das du mir nicht erzählen willst?"

Henning warf das Hemd über eine Stuhllehne und kam zurück ins Bett. Bei jeder Bewegung konnte Johanna das Spiel seiner Muskeln sehen. „Was meinst du?" Er zog sie an sich und suchte wieder ihre Lippen.

Johanna rutschte zurück ans Kopfende und setzte sich auf. „Das weißt du ganz genau."

Henning seufzte. „Kann das nicht bis morgen warten? Wir haben uns tagelang nicht gesehen. Ich habe dich entsetzlich vermisst, und ich möchte einfach nur einen schönen Abend mit dir verbringen. Ist das zu viel verlangt? Lass uns morgen reden, Johanna."

Fast hätte sie Ja gesagt. „So schlimm kann es doch nicht sein, oder?" Sie lächelte ihn an. „Natürlich muss ich als Ehefrau von Henning Seeger gewisse Pflichten erfüllen, das ist mir klar. Du stehst nun mal im Licht der Öffentlichkeit, aber ich liebe dich, und ich werde lernen, damit umzugehen."

Henning wirkte erleichtert. „Du glaubst gar nicht, wie froh du mich damit machst, Johanna. Du warst heute …“ Er schüttelte den Kopf, als würde er nach Worten suchen. „Irgendwie warst du heute so distanziert. Ich hatte schon Angst, dass du vielleicht kalte Füße bekommen hast.“

„Nein, natürlich nicht! Vielleicht liegt es daran, dass ich immer noch schrecklich traurig wegen Nonna bin. Ich kann mir ein Leben ohne sie nicht vorstellen … aber sobald ich wieder in Hamburg bin, bin ich wieder ganz die Alte.“ Sie griff nach seiner Hand und schmiegte ihre Wange hinein. „Also, heraus damit! Was gibt es so Schlimmes zu erzählen?“

„Ja … also …“ Henning holte tief Luft. „Benno will vor der Hochzeit noch ein Interview mit uns machen.“

Johanna lachte erleichtert. „Das war schon alles? Was ist denn daran so schlimm? Darauf kommt es jetzt doch auch nicht mehr an.“

„Na ja.“ Er wich ihrem Blick aus. „In dem Interview soll es mehr um dich gehen … und um das Haus.“

„Haus? Welches Haus?“

„Das Gutshaus. Ich habe im Internet einige Fotos gefunden. Es ist natürlich kein Downton Abbey, und man muss es für die Fotos ein bisschen aufhübschen, aber aus dem richtigen Blickwinkel und mit der richtigen Beleuchtung macht es richtig was her.“

Johanna schwieg, aber Henning schien es nicht zu bemerken und redete weiter. „Ich finde die Idee großartig. Das soll jetzt nicht eingebildet klingen, aber …“ Er lachte. „Ich will uns jetzt nicht mit Obama und Michelle vergleichen, aber wir sind schon ein attraktives Paar. Und die Leute werden dich lieben, wenn sie etwas mehr über uns erfahren. So schlagen wir zwei Fliegen mit einer Klappe.“

Johanna spürte einen Schmerz in der Brust. „Du meinst, wir heiraten, und gleichzeitig gewinnen wir damit Wählerstimmen.“

„Ganz genau!“

„Sie wollen mein Haus fotografieren?“

„Ja, und dazu ein paar Worte über deine Familie, ehemalige Großgrundbesitzer, du weißt schon.“

Johanna wusste.

„Und Benno sagt, du hängst die Bilder am besten so auf, dass sie auf den Fotos gut zur Geltung kommen.“

Johannas Kopf dröhnte. Sie hatte Mühe, Hennings nächsten Worten zu folgen.

„... Benno meinte, vielleicht ein Foto von dir vor dem Porträt deiner Urgroßmutter ... sehr romantisch, die Leute lieben es, wenn sie einen kleinen Einblick ins Leben der Prominenten bekommen.“

„Hast du schon zugesagt?“ Ihre Stimme klang tonlos.

„Ja, wir haben einen Termin für Mittwoch vereinbart. Das heißt, es bleiben noch ein paar Tage, das Haus vorzubereiten. Bestimmt gibt es hier Putzkolonnen oder so was, die für einen guten Preis auch kurzfristig Zeit haben.“

Johanna war so kalt, dass sie zitterte. Sie wickelte sich die Bettdecke um die Schultern. „Ich hatte dich doch gebeten, keinem von den Bildern zu erzählen.“

„Na ja, klar, aber als Benno und ich überlegt haben, wie man dich und das Haus am besten in Szene setzt, kam eins zum anderen. Mutter findet die Idee auch großartig. Sie ist übrigens der Meinung, du solltest die Bilder nicht verkaufen. Wir brauchen das Geld nicht, und echte Familienporträts sind unbezahlbar.“

„Na, wenn Mutter das meint, werde ich es natürlich auch nicht tun.“

„Wenn die Bilder erst mal in der Zeitung waren, können sie natürlich nicht mehr im Haus bleiben, das wäre zu unsicher, aber ich dachte, ich nehme sie mit nach Hamburg und stelle sie erst einmal in den Tresor.“

„Es war mir wichtig, die Bilder hier zu haben.“

„Ich weiß, Liebling, darum habe ich es dir auch nicht sofort erzählt. Ich wollte unseren Abend nicht ruinieren. Natürlich hätte ich es besser zuerst mit dir besprochen. Das war nicht richtig von mir, Schatz, aber ich kann es nicht ungeschehen machen.“ Er sah sie an wie ein zerknirschter kleiner Junge.

„Wann, sagtest du, ist der Fototermin?“

„Mittwoch.“

„*Diesen* Mittwoch?“ Ihr war, als würde ihr Inneres zu Eis erstarren. „Das heißt, du bist gar nicht spontan zu mir gekommen! Du hast dir nicht *frei*genommen! Der Besuch bei mir ist nichts anderes als Öffentlichkeitsarbeit“, stellte sie fest. „Wahrscheinlich kannst du ihn sogar von der Steuer absetzen. Aber daran hast du bestimmt schon selbst gedacht.“

„Johanna, Schatz, jetzt mach doch bitte nicht so ein Drama daraus! Ich hab ja schon gesagt, dass es mir leidtut.“

„Und normalerweise reicht das aus, zusammen mit deinem reuigen, verschmitzten Lächeln und dem Hundeblick, damit alles wieder in Ordnung ist? Tut mir leid, Henning, aber so läuft das diesmal nicht.“ Mit der Decke um die Schultern stand Johanna auf.

„Jetzt werd mal bitte nicht beleidigend, Johanna! So kenne ich dich gar nicht. Natürlich habe ich einen Fehler gemacht. Ich hätte zuerst mit dir reden sollen, und dafür habe ich mich inzwischen ja auch schon *mehrfach* entschuldigt. Aber jetzt beruhig dich doch und sei mal ehrlich: Meine Entscheidung, den Termin zu machen, war richtig, und letztendlich wärst du zum selben Schluss gekommen.“

„Es geht nicht um den Fototermin.“ Inzwischen zitterte Johanna so sehr, dass ihre Zähne klapperten. „Ich kann mich nicht auf dich verlassen. Du kommst her, sagst, du hast mich vermisst, und am Ende geht es doch wieder nur um deine Karriere. Aber am schlimmsten ist, du hast mein Vertrauen missbraucht. Du hast mir versprochen, dass du niemandem von den Bildern erzählst, und was machst du? Du sorgst dafür, dass die Bilder auf der Titelseite der ‚Hamburger Rundschau' erscheinen!"

Jetzt stand auch Henning auf. Er kam zu ihr und wollte den Arm um sie legen. „Schatz …"

„Hör mit dem verfluchten Schatz-Getue auf!"

„Johanna!" Henning zuckte zurück und sah sie entsetzt an. „Das geht jetzt aber wirklich zu weit."

„Findest du? Du lügst mich an, wie es dir passt. Hauptsache, du bekommst am Ende, was du willst. Ich weiß nicht, wie ich die ganze Zeit so blind sein konnte!"

Henning stöhnte genervt auf und fuhr sich mit den Fingern durch die Haare. „Ich kann nicht fassen, was für ein Drama du aus dieser Sache machst."

„Ich habe gewusst, dass du für deine Karriere über Leichen gehst und jede Möglichkeit ausnutzt, um dich ins beste Licht zu rücken. Aber ich hätte nie im Leben gedacht, dass es auch mich treffen würde", murmelte Johanna. „Ich habe dir vertraut."

„Über Leichen gehen? Pass auf, dass du nicht etwas sagst, was dir später leidtut, Johanna."

„Das Einzige, was mir leidtut, ist, dass ich so lange nicht gemerkt habe, wie es wirklich in deinem Herzen aussieht. Für dich sind Menschen nur etwas, das du manipulieren kannst."

„Was bildest du dir ein, Johanna? Ich muss sagen, du hast dich verändert, seitdem du hier bist, und es gefällt mir nicht. Ganz und gar nicht", rief Henning. Sein Gesicht war gerötet vor Wut. „Nur weil ich einmal einen kleinen Fehler gemacht habe, lasse ich noch lange nicht meinen ganzen Charakter von dir auseinandernehmen."

„Es geht nicht um einen kleinen Fehler. Es geht darum, dass ich dir nicht mehr vertrauen kann. Begreifst du das nicht?"

„Was soll das, Johanna? Hast du jetzt völlig den Verstand verloren?"

„Ganz im Gegenteil, Henning. Endlich sehe ich klar. Es tut mir leid, aber ich kann dich nicht heiraten. Es würde nie mit uns funktionieren." Sie nahm die Ohrstecker heraus, dann streifte sie den Verlobungsring ab.

Er öffnete den Mund und schloss ihn wieder wie ein Goldfisch, der aus dem Glas gefallen war. „Das meinst du wirklich ernst, nicht wahr?", sagte er schließlich. Er sah aus, als könnte er nicht begreifen, dass sie ihn zurückwies.

Johanna reichte ihm die Diamanten. „Ich kann nicht deine Frau werden, Henning." Als er ihre ausgestreckte Hand ignorierte, wandte sie sich um und steckte die Juwelen in seine Hemdtasche.

Seine Lippen wurden schmal. „Mutter hat mich von Anfang an vor dir gewarnt. Sie hat gesagt, du passt nicht in unsere Familie. Was bekommt man, wenn man sauberes Wasser mit schmutzigem mischt? Schmutziges Wasser, hat sie gesagt. Ich wollte nicht auf sie hören, aber offensichtlich kommst du wirklich ganz nach deinem Vater."

Plötzlich fühlte Johanna sich wieder wie damals als Kind, als man sie für ihren Vater verhöhnt hatte. Tränen stiegen in ihr auf, aber sie drängte sie zurück. Um nichts in der Welt würde sie vor Henning weinen.

„Ich weiß nicht, was ich je in dir gesehen habe. Und jetzt hast du mir auch noch die Wahl versaut. Wie soll ich bitte ausbügeln, dass ich direkt vor der Wahl meine Verlobung aufgelöst habe? Wenn du irgendwo ein schlechtes Wort über mich verlierst, verklage ich dich in Grund und Boden, bis du jedes einzelne deiner Bilder verkaufen musst."

Henning griff nach seinem Hemd, nahm die Diamanten aus der Tasche und steckte sie sorgfältig in sein Portemonnaie. „Und falls du vorhast, Borgmann über's Ohr zu hauen, vergiss es. Ich werde ihn anrufen und ihm raten, alles sorgfältig prüfen zu lassen, bevor er etwas unterzeichnet."

„Die Mühe kannst du dir sparen", brachte Johanna heraus. „Ich verkaufe nicht. Hier ist mein Zuhause. Ich gehe nicht weg."

„Dann bist du ja da, wo du hingehörst. Die Ruine passt perfekt zu dir.“ Henning zog das Hemd an und wandte sich zur Tür. Er blieb abrupt stehen, als er Wolf entdeckte, der quer vor der Tür lag. Der Hund kaute eifrig auf etwas herum und beachtete ihn nicht. „Wo kommt überhaupt das verdammte Vieh her? Ich hatte doch die Tür zugemacht.“ Henning schlüpfte in einen Schuh, der unter dem Bett lag, und sah sich suchend nach dem zweiten um. „Wo zum Teufel ist mein Schuh?“

Johanna wollte Wolf zu sich rufen, aber sie brachte kein Wort heraus.

Wolf sah Henning mit einem seltsam zufriedenen Gesichtsausdruck an, dann stand er auf und trottete zu Johanna.

Henning starrte auf den nassen Rest seines Schuhs, der vor der Tür zurückgeblieben war. „Verdammter Drecksköter! Das war ein Siebenhundert-Euro-Schuh! Jetzt habe ich wirklich die Schnauze voll.“ Mit einem Schuh am Fuß ging er aus dem Zimmer. Über die Schulter rief er zurück: „Ich lasse deine Sachen zusammenpacken. Viel ist es sowieso nicht, du hast dich ja bei mir schön ins gemachte Nest gesetzt. Du hast eine Woche Zeit, dein Zeug abzuholen, danach schmeiße ich alles auf den Müll.“

Kurz darauf hörte Johanna, wie die Tür hinter ihm ins Schloss fiel. Johannas Knie gaben nach. In ihre Decke gewickelt, sank sie zu Boden und begann zu weinen.

11. KAPITEL

10. Juni 1936, Eutin

In den nächsten Tagen mied Emilie den See. Friedrich ließ sie von einem Küchenmädchen nur ausrichten, sie sei zurzeit verhindert. Sie wusste nicht, was sie tun sollte, sie wusste nur, dass sie Friedrich um jeden Preis aus dem Weg gehen musste.

Doch heute erwartete der Maler sie schon am Gatter der Weide. Die treulose Adrienne stand bei ihm und beugte den Kopf zu ihm hinunter. Neben Friedrich Lindner lehnten zwei flache, in braunes Packpapier eingepackte Pakete am Zaun.

Emilie wollte umdrehen und flüchten, doch dann ging sie weiter. „Herr Lindner." Sie zitterte und glaubte, ihr Herz würde platzen, doch ihre Stimme klang erstaunlich ruhig. „Was bringt Sie hierher?"

„Ich wollte Sie treffen." Eine Erklärung hielt er offenbar für unnötig.

Eigentlich sollte seine Anwesenheit sie nicht überraschen. Inzwischen hatte sie oft genug erlebt, wie gut dieser Mann sie kannte. Sie bemerkte, dass die Linien um seine Augen deutlicher waren als sonst, und auf seinen Wangen zeigte sich ein dunkler Schatten, als hätte er heute Morgen auf die Rasur verzichtet. Sie fragte sich, ob er krank war oder ob er in den vergangenen Nächten genauso schlecht geschlafen hatte wie sie.

Er deutete auf die beiden Pakete. „Ich habe Ihre Bilder mitgebracht."

„Das Porträt ist schon fertig?" Sie sollte sich freuen, dass sie ihn nicht wiedersehen musste, aber plötzlich war ihr trotz des Sonnenscheins kalt.

„Was noch fehlte, konnte ich aus dem Gedächtnis ergänzen."

Bei seinen Worten stieg ihr das Blut in die Wangen.

„Wollen Sie es sich ansehen?“

Emilie zögerte, dann nickte sie. Er hob das große Paket auf und riss achtlos das Papier ab, dann drehte er es zu Emilie. „Bitte sehr.“

Emilie starrte auf die Leinwand. Sie wusste nicht, was sie erwartet hatte – aber nicht das!

Widerstreitende Gefühle erfüllten sie. Das Bild war ein Meisterwerk. Das konnte selbst sie sehen, auch wenn sie nichts von Kunst verstand. Die Farben, die Linien, der See im Hintergrund. Jedes Detail war perfekt ausgeführt. Doch die Frau auf dem Bild …

Emilie sah in ihr eigenes Gesicht, aber sie erkannte sich nicht wieder in der schönen dunkelhaarigen Frau mit dem etwas zu breiten vollen Mund und den hohen Wangenknochen. Vergeblich suchte sie nach einem Gefühl in den großen dunklen Augen. Sie sah aus wie eine leblose Puppe. War dies das Gesicht, das sie der Welt zeigte?

Friedrich beobachtete ihre Reaktion. „Sind Sie zufrieden? Ist es das, was Sie wollten?“

Emilie neigte den Kopf. „Ich bin sicher, das Bild wird meinem Mann gefallen.“

„Aber Ihnen nicht? Mir gefällt es auch nicht. Aber ich habe gemalt, was ich malen sollte.“

Emilie spürte, wie Tränen in ihr aufstiegen. Sie wusste nicht, warum sie so verletzt war. Dies war das Bild, für das Ronald ihn bezahlt hatte. Nicht mehr und nicht weniger. „Sehen Sie mich denn so?“, entfuhr es ihr.

„Ich?“ Er lachte rau auf. „Sie wissen, wie ich Sie sehe.“ Er deutete auf die schmale Rolle. „Ich könnte den Rest meines Lebens Bilder von Ihnen malen, und jedes würde eine neue Seite von Ihnen zeigen. Dieses Bild dagegen …“, er sah verächtlich zu dem Porträt, „*dieses* Bild zeigt nichts von Ihnen. So wie Sie es gewünscht hatten, oder nicht? Was gefällt Ihnen nicht daran?“

„Was mir nicht daran gefällt?“, stieß Emilie aus. „Dass Sie mich so leblos malen konnten. Dass Sie es ohne mich beendet haben. Dass wir uns nie wiedersehen werden!“ Tränen liefen über ihre Wangen.

Sie wandte sich um und wollte davonlaufen, aber er hielt ihren Arm fest. Sie wollte sich aus seinem Griff befreien, aber sie fürchtete, ihre Gefühle würden sie verschlingen, wenn sie eine Bewegung machte. Seine Hand auf ihrem Arm war ihre einzige Sicherheit.

„Nachts halten mich die Gedanken an Sie wach“, stieß Friedrich heiser hervor. „Egal, wo ich bin oder was ich tue, sehe ich Ihr Gesicht vor mir. Seit Wochen versuche ich, mir dieses Gefühl aus dem Herzen zu reißen, aber es gelingt mir nicht. Noch nie in meinem ganzen Leben habe ich für irgendjemanden etwas Ähnliches empfunden. Aber nun werde ich für immer etwas vermissen, was ich noch nicht einmal besessen habe.“ Er brach ab und ließ die Hand sinken, mit der er ihren Arm gehalten hatte. „Als wäre ich vorher ganz gewesen und hätte nun einen Teil von mir selbst verloren“, sagte er leise.

Wilde Freude erfüllte Emilie. Plötzlich kam es ihr vor, als würden selbst die Vögel vor Glück jubilieren. Ich habe keine Wahl, dachte sie. Manche Dinge geschahen, und es gab nichts, was man dagegen tun konnte. Ganz gleich, was noch passierte, sie würde für immer ohne Bedauern an diesen Augenblick zurückdenken.

Sie drehte sich zu ihm um. Seine Augen hatten die Farbe des klaren Sommerhimmels, und sie ließ sich hineinfallen.

„Geh nicht, Friedrich“, flüsterte sie.

Eine verblüffte Sekunde lang erstarrte er, als könne er nicht glauben, was sie gesagt hatte. Dann hob er ihre Hand an die Lippen und küsste ihre Handfläche. Zitternd holte Emilie Luft. Sie streckte die andere Hand aus und streichelte seine raue Wange. Sie spürte, wie er erbebte. Mit beiden Händen griff sie in sein Haar und zog seinen Kopf zu sich. Als sich ihre Lippen trafen, kam es Emilie vor, als würde sie nach Hause finden. Sie glaubte, seinen warmen Duft nach Seife, Farbe und Sommerwind schon immer zu kennen, seinen Geschmack, das Gefühl seiner Hände auf ihrem Körper.

Erst als er sich von ihr löste und mit seinen Händen ihre Tränen abwischte, merkte sie, dass sie weinte. „Emilie?"

„Alles ist gut … so schön, dass ich es kaum ertragen kann. Warum erst jetzt? Warum haben wir uns erst zu spät gefunden?"

Einen Moment lang sah er sie nur an. „Aber wir haben uns gefunden, und es gibt immer nur diesen einen Moment", sagte er dann. „Lass uns das Beste daraus machen, ohne Angst, was morgen sein wird."

Sie suchte seinen Mund. Als er sie küsste, schmeckte sie das Salz ihrer Tränen auf den Lippen. Erst der gelle Schrei eines Adlers über dem See ließ sie auseinanderfahren.

Emilie sah sich um. Ihr Atem ging schnell. „Ich sollte besser zurückgehen", murmelte sie und nahm die Gemälde auf.

Friedrich nickte. Er sah sie an, als wollte er sich ihr Bild für immer einprägen.

Nach einigen Schritten wandte sie sich noch einmal um. „Du reist nicht ab, oder?"

Die Sonne stand in seinem Rücken, und sie konnte seinen Gesichtsausdruck nicht erkennen. „Nein. Ich bleibe bei dir."

Juli 2015, Eutin

Johanna lag auf Händen und Knien und bewegte die Schleifmaschine über die Bodendielen. Vor Mund und Nase trug sie eine Feinstaubmaske, und ihr Haar hatte sie unter einem Tuch versteckt.

Wenn sie an den Streit mit Henning dachte – was sie erstaunlich selten tat –, konnte sie kaum glauben, dass seitdem erst acht Wochen vergangen waren. Seit jenem Tag hatte sie nichts mehr von ihm gehört. Halb hatte sie befürchtet, dass die Journalisten zu dem vereinbarten Termin bei ihr auftauchen würden, aber keiner war gekommen.

Eine Freundin von Johanna hatte ihre Sachen von Henning abgeholt. Er hatte alles in drei blauen Müllsäcken vor die Tür gestellt. Kurz und relativ schmerzlos, dachte Johanna und nahm sich die nächste Bodendiele vor. Sie hatte tagelang darauf gewartet, dass sie die Trennung bereuen würde – oder Henning wenigstens ein bisschen vermisste.

Stattdessen war ihr immer klarer geworden, dass sie richtig entschieden hatte. Das Unbehagen, das sie in den letzten Tagen wie ein stetes Hintergrundrauschen in ihrem Kopf begleitet hatte, war verschwunden. Aber vielleicht lag das auch mehr an der Entscheidung, in Eutin zu bleiben, als an der Trennung. Sie war hier aufgewachsen und verstand die rauen Menschen mit ihrer schroffen Art, ihren Zusammenhalt und ihre Eigenheiten. Und viel mehr noch, sie verstand das Land.

Schade nur, dass es für diese Entscheidung so eine hässliche Szene gebraucht hatte. Aber welche Trennung ist schon schön? überlegte sie. Immerhin hatte diese ihr nicht das Herz gebrochen.

Was sie vermisste, war ihre Arbeit, aber da sie in den kommenden Monaten jede freie Minute mit der Renovierung verbringen musste, hatte sie ihre laufenden Kundenprojekte einem befreundeten Immobilienmakler in Hamburg übergeben.

Wenn die gröbsten Arbeiten erst einmal abgeschlossen waren, könnte sie ihr Geschäft vielleicht nach Eutin verlegen und sich auf die Holsteinische Schweiz spezialisieren. Seit ihrer Abreise aus Hamburg hatte sie hin und wieder Anfragen von früheren Kunden erhalten, einige davon auch für Immobilien im Kreis Eutin. Es gab genug Interessenten für Objekte außerhalb der Großstadt, sie musste sich nur noch einen guten Geschäftsplan überlegen.

Durch die weit geöffneten Fenster drang von draußen der Lärm von Maschinen und Männerstimmen herein. Sie hatte sich keine Zeit gelassen, sich an die Stille zu gewöhnen. Nachdem ihre Entscheidung zu bleiben erst einmal gefallen war, hatte sie ihren BMW zu einem guten Preis an einen Händler abgegeben und Handwerker engagiert. Dazu gehörte auch ein Garten- und Landschaftsbaubetrieb. Seitdem klingelte jeden Morgen um sechs Uhr ihr Wecker, und sie arbeitete, bis die Sonne unterging.

Ohne mit der Arbeit innezuhalten, lauschte Johanna dem Konzert der Kettensägen und Häckselmaschinen. Laute Männerstimmen mischten sich mit dem Maschinenlärm.

Mittlerweile waren die Schlingpflanzen, die Dornensträucher und der größte Teil vom Unkraut verschwunden. Frische Erde war in den Beeten verteilt, der Baum, der sich gegen die Scheune geneigt hatte, war mitsamt dem Wurzelballen entfernt worden.

Ein Arbeiter fügte neue Steine in die Mauer des Küchengartens ein, während ein anderer eine neue Strebe in das Gartentörchen unter dem Rosenbogen einsetzte. Auf der frisch geschotterten Allee, von der heute auch der umgestürzte Baum geräumt worden war, fuhren Lastwagen hin und her und transportieren Gartenabfälle ab oder lieferten Baumaterial.

Wenn nichts dazwischenkommt, dauert es nur noch drei oder vier Wochen, tröstete Johanna sich. Sie hatte riesiges Glück gehabt und Handwerker gefunden, die hervorragende Arbeit zu einem fairen Preis leisteten. Sie wusste aus Erfahrung, dass dies nicht immer der Fall war. Irgendwann in den nächsten Tagen würden noch einige Wandergesellen eintreffen, um ihr im Haus zu helfen.

Wolf war begeistert über den Betrieb in Haus und Garten. Er hatte sich schnell mit den Handwerkern angefreundet. Vor allem zur Mittagszeit lief er von einem zum anderen und tat so, als hätte er seit Tagen nichts mehr zu fressen bekommen, und nicht einer konnte seinen großen Augen widerstehen.

In den vergangenen Wochen hatte Johanna die Fenster von Ranken befreit, Tapeten abgekratzt, Holz abgebeizt und Möbel hin und her geschleppt, bis ihr jeder Muskel wehtat.

Sie richtete sich auf und streckte einen Moment lang den schmerzenden Rücken durch, dann ging sie zurück an die Arbeit. Mehr als die Hälfte des Wohnzimmerfußbodens war schon abgeschliffen. Nach dem Schleifen würde sie als Nächstes die Dielen wachsen und ölen.

Langsam, aber stetig ging es voran, nur woher sie einen Architekten bekommen sollte, wusste Johanna immer noch nicht. Jan hatte ihr mehr als deutlich zu verstehen gegeben, dass er nichts mit ihr zu tun haben wollte. Und ich mit ihm erst recht nicht! dachte sie. Die Schleifmaschine jaulte auf und hieb eine Kerbe in die Bodendiele, als Johanna sie zu fest auf den Boden drückte.

Johanna schaltete die Schleifmaschine aus und wischte sich über die Stirn. Sie stutzte, als sie ein Wiehern hörte, so laut, als würde das Pferd draußen im Hof herumlaufen. Sie stand auf und ging zur Tür. Mit Kiara am Zügel stand Lilli vor der Treppe. Wolf sprang fröhlich bellend um die beiden herum.

„Johanna! Wie siehst du denn aus?“ Lilli kicherte.

Johanna fiel ein, dass sie noch die Atemschutzmaske trug, und nahm sie ab. „Hallo, Lilli.“

„Kiara und ich wollten dich besuchen. Oder stören wir?“

Johanna ging hinunter in den Hof, um sie zu begrüßen. Kiara drückte das Maul gegen ihre ausgestreckte Hand, damit Johanna ihre weichen Nüstern streichelte. „Nein, ihr stört gar nicht. Ich freue mich, dass ihr da seid.“ Überrascht stellte sie fest, dass es stimmte. „Dann hab ich mal eine Pause. Ich komme vor lauter Arbeit auch gar nicht mehr zur Weide.“

„Das macht nichts. Ich kümmere mich schon um Kiara.

Aber ich dachte, du bist vielleicht einsam und willst dich mal wieder unterhalten."

Johanna unterdrückte ein Schmunzeln. „Möchtest du einen Kakao?"

„Hast du auch Apfelsaft?"

Johanna ging zurück ins Haus und kam mit ein paar schrumpeligen Äpfeln für Kiara und einem Glas Apfelschorle zurück. Weiche, behaarte Lippen strichen über ihre Handfläche, als sie der Stute einen Apfel hinhielt.

„Ich wollte dich noch was fragen", begann Lilli. Sie balancierte auf einem Bein und zog mit der anderen Fußspitze einen Halbkreis im Kies.

„Ja?"

„Kannst du heute Abend auf mich aufpassen? Papa muss sich mit Leuten treffen und will nicht, dass ich allein bleibe. Er würde mich heute Abend zu dir bringen und nachher wieder abholen."

„Äh … hat dein Vater gesagt, dass du mich fragen sollst?" Damit hätte sie im Leben nicht gerechnet. Sie hatte eher den Eindruck gehabt, als wäre sie die letzte Person, mit der er etwas zu tun haben wollte.

„Sonst hat keiner Zeit. Ich darf zwar nicht zu Fremden, aber ihr kennt euch ja von der Schule."

Nein! schrie alles in Johanna. Sie wollte nichts mit Jan zu tun haben. Wie dreist von ihm, sie um einen Gefallen zu bitten und dann auch noch seine Tochter vorzuschicken! Wahrscheinlich traute er sich ihr selbst nicht unter die Augen.

Lilli hatte ihr offenbar die Gedanken am Gesicht abgelesen. „Aber wenn du nicht willst, macht das auch nichts."

Johanna konnte nicht ertragen, wie traurig Lillis Augen plötzlich aussahen. „Nein, ich würde sogar sehr gerne auf dich aufpassen."

Sie dachte daran, Jan anzurufen und ihn zu fragen, was er sich dabei gedacht hatte. Aber er hatte sie schließlich auch nicht persönlich angerufen, sondern seine Tochter als Boten benutzt. Bestimmt würde sie nicht als Erste den Kontakt zu ihm aufnehmen. „Wer passt denn normalerweise auf dich auf?"

„Früher immer Charlotte oder eine Babysitterin, aber die hat heute keine Zeit. Und sonst auch keiner."

Offensichtlich war sie wirklich die letzte Person, die er fragte. „Aber das Haus ist eine halbe Baustelle."

Lilli strahlte wieder. „Ach, das macht mir gar nichts!"

„Um wie viel Uhr kommst du denn?"

„Um sechs", sagte Lilli wie aus der Pistole geschossen.

„Dann können wir ja zusammen Abendbrot essen. Magst du Spaghetti?"

„Mit Tomatensoße?"

„Und Käse."

„Toll! Können wir auch einen Film gucken?"

„Im Prinzip ja, aber ich weiß nicht, was im Fernsehen kommt, und ich habe keine Kinderfilme."

„Das macht nichts, ich bringe einen mit. Kennst du *Die Eiskönigin*?"

„Nein, kenne ich nicht."

„Der ist toll, mein Lieblingsfilm. Der gefällt dir bestimmt auch." Sie griff nach Kiaras Zügeln. „Dann *tüüs*, bis später!"

Johanna sah Lilli nach, wie sie mit Kiara neben sich über den Feldweg zur Weide ging. Wolf begleitete die beiden noch ein Stück. Sie konnte immer noch nicht fassen, dass Jan ausgerechnet sie gebeten hatte, auf seine Tochter aufzupassen. Wäre es nicht ausgerechnet um Lilli gegangen, hätte sie abgelehnt, aber gegen ihren Willen hatte sie die Kleine ein bisschen ins Herz geschlossen. Auf keinen Fall wollte sie ihr wehtun.

Aber sie würde Jan heute Abend deutlich zu verstehen geben, dass er sie in Zukunft in Ruhe lassen sollte.

Um zehn vor sechs war Johanna mit allen Vorbereitungen fertig. Die Tomatensoße nach Nonnas Rezept köchelte seit einer halben Stunde auf dem Herd und verbreitete ein köstliches Aroma nach Zwiebeln und Basilikum. Der Topf mit Wasser für die Nudeln stand schon bereit, und neben der Gartentür kühlten auf einem Gitter Zitronenmuffins ab.

Johanna hielt einen Moment inne, um die Vase mit den Wiesenblumen zu bewundern, die mitten auf dem Tisch stand. Sie hatte Diele und Wohnzimmer geputzt, eine saubere Decke über das Sofa geworfen und Fernseher und DVD-Spieler aus Nonnas Schlafzimmer heruntergeholt. Zusammen mit zwei kleinen Tischen vom Dachboden sah es jetzt richtig gemütlich aus.

In ihre Nase stieg der Duft ihres Parfums. Nein, ich habe mich nicht wegen Jan besonders hübsch gemacht! sagte sie sich. Nach den Tagen in Arbeitskleidung wollte sie einfach nur auch mal wieder gepflegt aussehen. Das erklärte nicht ganz, warum sie sich zehnmal umgezogen und sorgfältig die Haare in Form geföhnt hatte, aber sollte er sich ruhig ärgern, was er sich damals hatte entgehen lassen.

Sie sah seinen Wagen schon, als er auf den Hof fuhr, aber als der Türklopfer ertönte, zählte sie bis zehn, bevor sie öffnete. Er sollte bloß nicht auf den Gedanken kommen, sie hätte hinter der Tür gestanden und ungeduldig auf ihn gewartet.

Jan trug eine ausgebleichte Jeans, Turnschuhe und ein weißes T-Shirt, das seine Augen unverschämt blau wirken ließ. Seine Haare sahen aus, als wären sie noch vom Duschen feucht. Johanna war, als würde sie ohne Fallschirm auf die Erde zurasen. Ihr Herz hämmerte wild, und die Luft wurde aus ihren Lungen gepresst.

„Hallo, Lilli, guten Abend, Jan“, sagte sie und versuchte, sich nicht anzuhören, als wäre sie gerade einen Marathon gelaufen. Sie trat zur Seite, damit die beiden hereinkommen konnten.

Aber Jan rührte sich nicht. Lilli stand neben ihm, seine Hand lag auf ihrer Schulter. Ohne ein Lächeln sah er Johanna an. „Lilli hat gesagt, dass du sie zum Abendessen eingeladen hast.“

Johanna schnappte nach Luft. Sie sah Lilli an. Das Mädchen starrte konzentriert auf seine Schuhe. Als Johanna schwieg, hob Lilli den Kopf und warf ihr unter den Wimpern einen zerknirschten Blick zu.

Johanna ließ sich die Sache einen Moment durch den Kopf gehen. Sie hatte sowieso schon gekocht, und wenn sie etwas sagte, würde höchstens die Kleine Ärger bekommen. „Äh … ja“, sagte sie und zwinkerte Lilli beruhigend zu. „Ganz genau. Ich habe Spaghetti mit Tomatensoße gekocht.“

„Ah ja. Gut.“ Jan drückte seiner Tochter einen Kuss auf das Haar. „Um acht hole ich dich wieder ab, Lilli.“

„Neun, Papa, bitte, ja? Wir wollen nach dem Essen doch *Die Eiskönigin* gucken.“ Sie hob die DVD hoch, die sie in der Hand hielt.

„Also gut, um neun, aber dann hast du auch schon Jacke und Schuhe an.“

„Versprochen.“

„Johanna, kann ich dich bitte einen Moment sprechen?“

Sie sah noch einmal zu Lilli. Als sie ihren besorgten Gesichtsausdruck sah, lächelte sie ihr aufmunternd zu, dann folgte Johanna Jan zum Auto.

„Ich möchte, dass du in Zukunft meine Tochter in Ruhe lässt“, sagte er kalt, sobald sie außer Hörweite waren. „Wenn du Langeweile hast, such dir ein anderes Spielzeug. Und solltest du über Lilli versuchen, an mich heranzukommen – das kannst du vergessen!“

Johanna schnappte nach Luft. Sie wollte ihm an den Kopf werfen, dass sie nie im Leben von sich aus auf den Gedanken gekommen wäre, ausgerechnet seine Tochter einzuladen. Das Letzte, was sie wollte, war Kontakt in irgendeiner Form mit Jan. Andererseits konnte sie Lilli nicht verraten. „Wieso hast du sie überhaupt vorbeigebracht, wenn du so gegen unseren Kontakt bist?“

„Aus irgendeinem merkwürdigen Grund hat sie offenbar einen Narren an dir gefressen. Ich kann ihr nicht ohne jede Begründung einfach den Kontakt mit dir verbieten. Sie mag dich, und ich will ihr nicht alle Illusionen nehmen. In ihrem kurzen Leben hat sie schon genug durchgemacht."

„Glaub mir, ich sehe dich auch lieber von hinten als von vorn." Johanna stieg das Blut in die Wangen, als ihr dabei das Bild von Jan in seiner engen Jeans durch den Kopf schoss. Schnell ergänzte sie: „Ich will genauso wenig mit dir zu tun haben wie du mit mir. Aber was ist denn daran so schlimm, wenn ich mit Lilli Kontakt habe? Sie ist ein bezauberndes Kind, und ich glaube, sie hat nicht viele Freunde."

Jan sah sie einen Moment schweigend an. „Das stimmt. Darum will ich auch nicht, dass sie etwas mit jemandem wie dir zu tun hat und hinterher schlimmer dasteht als zuvor. Wage es ja nicht, ihr wehzutun!"

Johanna sah ihn verständnislos an. „Wieso in aller Welt sollte ich Lilli wehtun?"

„Indem du zum Beispiel zulässt, dass sie dich gernhat und glaubt, sie könnte dir ihr Herz öffnen – und dann verschwindest du einfach wortlos wieder."

Johanna starrte Jan an. Redete er jetzt von seiner Tochter oder von sich selbst? Bevor ihr eine Entgegnung einfiel, öffnete Jan seine Wagentür. „Punkt neun hole ich meine Tochter ab. Und mach ihr ja keine falschen Hoffnungen! Du hast bestimmt genug Leute, mit denen du spielen kannst. Also lass meine Tochter in Frieden!"

Während Johanna zurück zum Haus ging, versuchte sie erfolglos zu verarbeiten, was Jan ihr an den Kopf geworfen hatte. Er tat gerade so, als hätte sie ihn damals aus heiterem Himmel sitzen lassen. Wusste er etwa nicht, dass sie ihn mit Lisa im Bett erwischt hatte?

„Johanna, darf ich einen essen?" Mit einem Muffin in der

Hand stand Lilli an der Haustür und sah ihr entgegen.

Johanna schob die Gedanken an Jan zur Seite. Darüber konnte sie später noch in Ruhe nachdenken, jetzt musste sie sich um Lilli kümmern. „Ich sollte also auf dich aufpassen, ja?“, fragte sie gedehnt.

Lilli wich ihrem Blick aus. „Das hab ich mir ausgedacht“, nuschelte sie. „Entschuldigung.“

„Das hab ich wohl schon gemerkt.“

„Bist du jetzt böse auf mich? Ich wollte dich so gern besuchen und dachte, sonst lädst du mich nie ein.“

„Nein, ich bin nicht böse auf dich. Aber das nächste Mal sagst du ehrlich, wenn du etwas möchtest, versprochen? Zu mir, und vor allem auch zu deinem Vater. Man darf nicht lügen, um etwas zu erreichen. Erst recht nicht, wenn man einen Menschen lieb hat.“

Lilli dachte einen Moment nach, dann nickte sie. „Aber so richtig gelogen habe ich nicht …“

„Schwamm drüber. Du bist hier, und ich freue mich über deinen Besuch. Jetzt wollen wir erst mal dafür sorgen, dass du etwas zu essen bekommst.“ Johanna reichte Lilli die Hand, und zusammen gingen sie in die Küche.

„Hmm, das riecht lecker.“ Lilli rannte zu dem gusseisernen Schmortopf mit der Tomatensoße, hielt den Kopf darüber und atmete genüsslich ein.

„Willst du mal probieren?“ Johanna nahm einen Löffel aus der Schublade und reichte ihn Lilli.

Das Mädchen füllte so viel Soße auf, wie gerade noch auf den Löffel passte, pustete, dann schob es sich den ganzen Löffel in den Mund. Johanna sah erstaunt zu.

„Hmm, lecker“, stellte Lilli mit vollem Mund fest. „Schmeckt genau wie bei Charlotte!“

„Die Soße habe ich auch nach ihrem Rezept gekocht.“ Johanna nahm zwei tiefe Teller aus dem Schrank.

„Ich will mithelfen. Ich kann schon den Tisch decken.“ Sie

nahm Johanna die schweren Teller ab und trug sie stolz zum Tisch. Dann holte sie Löffel und Gabeln aus der Schublade und legte sie sorgfältig neben die Teller.

Sie setzte sich schon mal, während Johanna die Spaghetti abschüttete. Mit dem dampfenden Topf kam sie zum Tisch, füllte Nudeln auf die Teller und übergoss sie mit Soße. „Reicht dir das?"

„Noch mehr", erklärte Lilli, dann löffelte sie sich großzügig frisch geriebenen Parmesan auf die Tomatensoße.

Johanna lachte. „Wie kann jemand so viel essen und dabei so dünn sein?"

Wolf hatte sich neben den Tisch gelegt. Er lag ganz still, verfolgte aber jede Bewegung der beiden.

„Nein, ich darf dir nichts geben. Das weißt du doch. Charlotte hat immer gesagt, am Tisch gibt es nichts." Johanna sah ihr an, wie stolz sie auf ihr Wissen war.

Sie überlegte, wie die Beziehung der beiden wohl ausgesehen hatte. „Hast du meine Großmutter oft besucht?", erkundigte sie sich.

Lilli nickte. Konzentriert wickelte sie Spaghetti auf die Gabel und schob sie in den Mund. Einen Moment kaute sie, dann sah sie Johanna an. „Papa hat mich oft hergebracht, wenn er arbeiten musste, damit ich ihr helfen konnte."

„Du hast ihr geholfen? Das war aber sehr lieb von dir."

Lilli zuckte mit den Schultern. „Das hat Spaß gemacht, und ich habe immer eine Belohnung bekommen."

„Was hast du denn für Nonna getan?"

„Oh, alles Mögliche! Manchmal habe ich die Terrasse vor der Küche gefegt ... oder Himbeeren gepflückt oder vertrocknete Blumen abgemacht. Und dafür gab's dann immer Kekse oder Kuchen. Und Spaghetti."

Wahrscheinlich hat Nonna auch gesehen, wie einsam die Kleine war, überlegte Johanna.

„Können wir das nicht auch so machen?" Lilli sah Johanna

an. Ihr schmales Gesicht glühte – entweder vor Aufregung oder von den heißen Nudeln. „Ich gehe mit Kiara spazieren, wenn du keine Zeit hast, und dafür kann ich bei dir essen. Oder wir könnten auch zusammen was backen. Charlotte und ich haben ganz tolle Kekse gemacht und hinterher bemalt."

Johanna dachte daran, wie unfreundlich Jan gewesen war. Sie glaubte nicht, dass er dem Plan zustimmen würde. „Das musst du deinen Vater fragen", antwortete sie ausweichend. „Mal sehen, was er dazu sagt."

Einige Minuten lang aß Lilli schweigend und starrte dabei auf ihren Teller. „Magst du meinen Papa nicht?", fragte sie dann übergangslos.

Johanna verschluckte sich an ihren Spaghetti. Sie hustete und trank etwas Wasser. „Natürlich mag ich deinen Vater", sagte sie, als sie wieder Luft bekam. So viel zur Ehrlichkeit. Aber die Wahrheit würde Lilli nur unnötig verletzen.

„Aber ihr guckt euch beide immer so an, als könntet ihr euch nicht leiden. Und ihr redet auch gar nicht richtig zusammen. Mit anderen Leuten redet Papa sonst immer viel mehr, auch mit Fremden."

Verflucht, dachte Johanna und suchte nach einer Antwort. Wieso stellte Lilli nicht Jan diese Fragen? „Es ist nicht so, dass ich deinen Papa nicht mag", begann sie. „Ich finde zum Beispiel, er ist ein ganz toller Vater. Es ist nur so … wir haben uns früher mal doll gestritten … bevor ich nach Hamburg gegangen bin."

„Hm." Johanna schien darüber nachzudenken. „Glaubst du, ihr könnt euch irgendwann mal wieder vertragen?", fragte sie schließlich.

Johanna dachte einen Augenblick nach. „Ich denke nicht, dass dein Papa und ich irgendwann gute Freunde werden", antwortete sie dann ehrlich. „Aber das hat nichts mit dir und mir zu tun, deswegen mag ich dich kein bisschen weniger."

„Hmm." Lilli war erst mal wieder ruhig.

Johanna konnte ihr ansehen, dass sie angestrengt nachdachte. Aber davon ließ Lilli sich nicht den Appetit verderben. Im Rekordtempo hatte sie ihren Teller geleert, während Johannas noch fast halb voll war.

„Möchtest du noch Nachschlag?"

„Danke, ich bin satt." Lilli rutschte auf ihrem Stuhl hin und her.

Es war so offensichtlich, dass sie es kaum noch abwarten konnte, endlich den Film zu sehen, dass Johanna schmunzeln musste. Sie legte die Gabel zur Seite. „Wollen wir jetzt den Film anschauen?"

Das Mädchen sprang auf. „Au ja!" Sie schnappte sich die DVD vom Küchentisch und rannte ins Wohnzimmer. Als wäre sie hier zu Hause, legte sie den Film in den DVD-Player ein und setzte sich mit der Fernbedienung in der Hand aufs Sofa.

Johanna holte noch eine Wolldecke aus ihrem Zimmer, dann setzte sie sich neben Lilli und breitete die Decke über beide. Wolf rollte sich zu ihren Füßen zusammen.

„Fertig?"

Johanna nickte, und Lilli schaltete den Film ein. Noch während der Vorspann lief, legte sie ihren Kopf an Johannas Schulter. Johanna bewegte sich nicht. Als ihr der Zitronenduft von Lillis Shampoo in die Nase stieg, wurde ihre Kehle vor Rührung eng über das Vertrauen, das die Kleine ihr so selbstverständlich und bedingungslos entgegenbrachte.

Nach einer Weile legte sie vorsichtig einen Arm um Lilli. Dabei spürte sie, wie schmal und zart die Kleine war. Sie fühlte sich zerbrechlich an wie ein Vogelküken. Wolf beobachtete die beiden genau, und jetzt hielt er wohl den Moment für gekommen, es sich zusammen mit ihnen gemütlich zu machen. Mit einem Satz sprang er aufs Sofa und kuschelte sich an Lillis andere Seite.

Johanna wollte ihn schon wieder vom Sofa schicken, als das Mädchen ihm den Arm um den Hals legte und lächelte. Johanna seufzte, dann entspannte sie sich und genoss den Abend zu dritt auf dem Sofa.

Um zehn vor neun stand Johanna vorsichtig auf, um Lilli nicht zu wecken. Wolf sah ihr hinterher, als sie hinausging, aber er rührte sich nicht von seinem Platz an Lillis Beinen. Johanna holte sich einen Kaffee aus der Küche. Mit dem dampfenden Becher in der Hand setzte sie sich auf die Treppe vor der Haustür und wartete auf Jan, damit Lilli nicht unsanft vom Türklopfer geweckt wurde.

Der Abend war still und mild. Nur das Sirren und Summen von Insekten erfüllte die Stille, und vom See hörte man das kehlige Quaken der Frösche. Die Luft duftete nach frisch gemähtem Gras und Rosenblüten. Johanna wedelte eine Mücke fort, die um ihr Ohr sirrte, und ließ den Blick über den Hof schweifen.

Sie gähnte und reckte sich, dann lächelte sie. All das gehörte ihr – der Garten, der See, das Haus, das war ihre neue Welt. Ein tiefes Gefühl von Glück und Freude erfüllte sie, wie eine Seifenblase, die immer größer wurde. Dann dachte sie an Jan, und die Seifenblase zerplatzte.

Sie überlegte, ob sie ihm sagen sollte, dass sie ihn mit Lisa im Bett gesehen hatte, dass sie darum gegangen war. Dass er ihr Herz gebrochen hatte und nicht das Recht besaß, ihr Vorwürfe zu machen. Aber dazu fehlte ihr die Kraft. Vielleicht ein andermal, dachte sie.

Sie hörte den Land Rover, bevor sie ihn sah. Als Jan ausstieg, stand sie auf. „Lilli schläft. Ich wollte nicht, dass sie sich erschreckt, wenn der Türklopfer durchs Haus dröhnt."

„Sie schläft?", wiederholte Jan ungläubig. „Was hast du mit ihr angestellt?"

„Nichts. Wir haben Spaghetti mit Tomatensoße und ein bisschen Kuchen gegessen und dann *Die Eiskönigin* geguckt. Irgendwann mittendrin ist Lilli eingeschlafen."

Jan schüttelte den Kopf, als könnte er es nicht fassen. „Lilli schläft nie beim Fernsehen ein. Wenn ich sie nicht ins Bett stecke, hält sie länger durch als ich. Normalerweise schläft sie überhaupt nicht gut …" Er brach ab, als wollte er Johanna nicht noch mehr Persönliches erzählen.

„Vielleicht lag es ja an Wolf. Er ist das beste Schlafmittel, das ich kenne. Wenn ich nicht schlafen kann …" Sie biss sich auf die Zunge, als ihr einfiel, mit wem sie redete. „Was ist eigentlich mit deinen Eltern?", wechselte sie das Thema. „Helfen sie dir nicht mit Lilli?"

„Sie sind vor einigen Jahren an die Côte d'Azur gezogen. Wir sehen uns nicht oft."

Überrascht sah Johanna ihn an. „Ich dachte, sie wären hier verwurzelt. Ihr Erbe, das Gut … damals gab es nichts Wichtigeres für sie."

Jan zuckte mit den Schultern. „Ihre Pläne sind nicht aufgegangen, und das haben sie mir nie so recht verziehen. Aber ich glaube, sie sind glücklich in Frankreich. Mutter ist Präsidentin vom Golfclub, und Vater hat sich eine große Jacht gekauft. Das haben sie jedenfalls auf der letzten Geburtstagskarte an Lilli geschrieben."

„Oh." Johanna dachte daran, wie sehr sie damals unter ihrer Ablehnung gelitten hatte. Sie sah Jan an, und für einen winzigen Augenblick war er ihr wieder so vertraut wie damals.

Sie wandte den Blick ab. „Das tut mir leid. Mit Großeltern in der Nähe ist es bestimmt leichter, ein Kind allein großzuziehen", sagte sie.

„Das kommt ganz auf die Großeltern an", sagte Jan und folgte ihr ins Haus. „Ich bin jedenfalls froh, dass sie in Südfrankreich leben."

In der Wohnzimmertür blieb er stehen und sah auf seine Tochter und den Hund hinunter. Auf Lillis schmalem Gesichtchen lag ein Lächeln. Einen Arm hatte sie um den Hund gelegt, sein Kopf ruhte auf ihrer Hüfte. Johanna schlich auf Zehenspitzen zum Tisch und gab Jan Lillis Brille. „Die darfst du nicht vergessen. Ich habe sie ihr abgenommen, als sie eingeschlafen ist."

Einen Moment lang betrachtete er sie mit einem Gesichtsausdruck, den Johanna nicht deuten konnte, dann ging er zum Sofa und hob seine Tochter vorsichtig auf. Sie seufzte im Halbschlaf, kuschelte sich an Jans breite Brust, dann nuschelte sie etwas Unverständliches, von dem nur „Johanna" zu verstehen war.

Sie begleitete die beiden hinaus. An der Haustür blieb Jan stehen und sah sie kurz an. „Danke", sagte er leise. Er ging, ohne eine Antwort abzuwarten.

Johanna sah dem Wagen nach, bis er zwischen den alten Buchen verschwunden war.

Der nächste Morgen begann feucht und trübe. Ein Dunstschleier hing zwischen den Bäumen und über dem See, als Johanna im Garten ihren Morgenkaffee trank. Über Nacht war dichter Nebel aufgekommen. Er ließ alle Farben verblassen, als würde ein grauer Schleier über dem Land liegen.

Die Gärtnertruppe ließ sich von dem Wetter nicht abhalten. Gegen halb acht war der Hof erfüllt von ihrem Sägen und Hämmern und blecherner Musik aus einem Radio, doch heute klang der Lärm durch den Nebel gedämpft.

Noch ein oder zwei Tage, schätzte Johanna, dann würden die Gartenarbeiten fertig sein. Was dann noch an Pflanzen und Schneiden nötig war, konnte sie selbst erledigen.

Morgen begannen Installateur, Elektriker und Fliesenleger mit ihren Arbeiten. Johanna hatte sich entschieden, die Bäder zu modernisieren und zwei neue einbauen zu lassen. Heizungen, Rohre und Leitungen mussten erneuert werden, doch die antiken Waschbecken und Fliesen wollte Johanna behalten und nur ersetzen, was nicht mehr zu retten war. Die alte Wanne vom Dachboden war schon zum Aufarbeiten abgeholt worden.

Im Kopf überschlug sie zum hundertsten Mal die Kosten. Selbst mit dem Geld, das sie für den BMW bekommen hatte, reichte ihr Erspartes kaum für die allerdringendsten Arbeiten. Aber den Rest musste sie eben nach und nach erledigen.

Natürlich besaß sie noch die Lindner-Gemälde, aber die wollte sie nur im äußersten Notfall verkaufen. Vor Beginn der Renovierungsarbeiten hatte Johanna die Bilder in ein Bankschließfach gebracht. Wenn die Arbeiten abgeschlossen waren, wollte sie eine gute Alarmanlage einbauen lassen und ihnen einen Ehrenplatz im Haus geben.

Immer wieder ging Johanna der Brief aus der Eiche durch den Kopf, und jedes Mal, wenn sie über die Gemälde nachdachte, malte sie sich eine andere Geschichte über ihre Entstehung aus. Aber die Wahrheit würde sie wohl niemals erfahren.

Nach der morgendlichen Besprechung mit dem Leiter der Gärtnertruppe holte sie Nonnas alten Land Rover aus der Scheune. Der Motor dröhnte über den Hof. Johanna grinste, als sie das schwergängige Lenkrad drehte. Mit ihrem schnittigen BMW mit Servolenkung, Klimaanlage und komfortablen Sitzen hatte der Wagen nichts gemeinsam. Aber es machte ungeheuren Spaß, ihn zu fahren.

Das türkisfarbene Gefährt mit dem weißen Dach gehörte zu Nonna, so lange Johanna denken konnte. Sie dachte daran zurück, wie sie als kleines Kind bei einem Ausflug an die Ostsee heimlich einige Eimer Sand im Auto verteilt hatte, weil sie auf der Rückfahrt unbedingt eine Sandburg bauen wollte. Noch Monate später konnte man den Sand in jeder Ritze finden. Wahrscheinlich jetzt noch, dachte sie, wenn man nur gründlich genug suchte. Ihre Großmutter hatte nie viel von einer Wagenwäsche gehalten.

Seit Jahren rostete der Land Rover in der Scheune vor sich hin. In der letzten Zeit war Nonna damit nur noch zwei- oder dreimal im Monat zum Einkaufen gefahren. Die meisten Wege erledigte sie lieber mit dem Fahrrad. „Das hält fit und jung", erklärte sie immer. In all den Jahren hatte der Wagen nie gestreikt, selbst wenn er schon mehr als 200 000 Kilometer auf dem Buckel hatte.

Ein großer Sanitärfachhandel war nur wenige Kilometer entfernt. Vorbei an schmucklosen Industriebetrieben steuerte Johanna den Land Rover über die Lübecker Landstraße und ließ die verschwimmenden Gebäude an sich vorüberziehen. Es war kaum jemand unterwegs. Offenbar traute sich niemand bei dem dichten Nebel nach draußen, und die menschenleeren Straßen verliehen der Landschaft etwas Unwirkliches.

Johanna fuhr vor sich hin und ließ ihre Gedanken treiben. So vieles war geschehen in den vergangenen Wochen. Nach dem Tod ihrer Großmutter hatten sich die Ereignisse überschlagen, und manchmal konnte Johanna noch immer nicht glauben, dass sie alle Brücken hinter sich abgerissen hatte.

Ihre Freundinnen hatten zuerst geglaubt, Johanna wollte sich einen Scherz erlauben, dann kündigten sie für den nächsten Sommer ihren Besuch an. Schade, dass keine von ihnen Talent zum Renovieren besitzt, dachte Johanna.

Als sie den McDonald's an der Ecke sah, bemerkte sie mit Schrecken, dass sie fast die Abzweigung in die Röntgenstraße verpasst hätte. Hastig trat sie auf die Bremse, was ihr ein wütendes Hupen des Hintermannes einbrachte. Verspätet setzte sie den Blinker und bog ab. Kurz darauf fuhr sie auf den Parkplatz der Sanitärausstellung.

Den größten Teil des Tages fuhr sie von einem Geschäft zum nächsten und verbrachte ihre Zeit damit, sich Toiletten, Armaturen und Fliesen anzusehen. Sie diskutierte über die Vorteile von Marmor und Beton, Naturstein und Keramik und verbrachte Stunden damit, den perfekten Duschkopf auszusuchen. Und sie war lächerlich glücklich, als sie ihn schließlich gefunden hatte.

Bei ihren Hausrenovierungen hatte sie gelernt, das Beste

auszusuchen, was sie für ihr Geld bekommen konnte, und darauf zu achten, dass es zum Haus und zur Umgebung passte. Aber bei dieser Renovierung gab es einen gravierenden Unterschied. Zwar musste sie auch hier auf ihr Budget achten, aber sie traf die Entscheidungen für ihr eigenes Zuhause, nicht um das Haus zu verkaufen. Sie wollte selbst in dem Haus leben, darum musste es diesmal perfekt werden.

In den Jahren im Immobiliengeschäft hatte sie ein gutes Auge für Potenzial, Farbe und Proportionen entwickelt. Schon die leiseste Abweichung in Farbton, Form oder Größe von Badezimmerfliesen spielte für sie eine entscheidende Rolle.

Als sie am späten Nachmittag auf ihre mittlerweile menschenleere Baustelle zurückkehrte, lachte sie vor Freude über die abgeschliffenen Bodendielen. Das war ihr eigenes Werk, als Nächstes würde sie die Tapeten abkratzen, die Wände verputzen und streichen. Vielleicht weiß, dachte sie. Vielleicht cremefarben. Und vielleicht ein mattes Grau im Wohnzimmer. Das Geräusch ihrer Füße auf den alten Holzdielen klang in ihren Ohren wie Musik.

Johanna schleppte die Muster, die sie wie Beute von einem Jagdausflug mitgebracht hatte, hinauf auf den Dachboden. Hier würde sie ihr Büro einrichten und ein neues Bad einbauen. Vielleicht konnte sie die oberste Etage auch im Sommer an Feriengäste vermieten.

Sie breitete die unterschiedlichen Fliesen aus und ließ sie auf sich wirken. Perfekt. Die schlichten hellen Platten kamen in dem Licht gut zur Geltung und würden mit der Badewanne harmonieren. Sie ließ die Muster liegen, als sie wieder hinunterging. Vor einer Entscheidung wollte sie noch einmal darüber schlafen.

Begleitet von Wolf ging sie hinaus und prüfte die Fortschritte der Gartenarbeiten. Es roch nach dem Mulch, den die Gärtner in den Beeten verteilt hatten. Rosen, Hortensien und Lavendel blühten üppig zwischen Margeriten und knallrotem

Mohn, und die gefällten Bäume waren neben der Scheune aufgestapelt.

Wie es aussah, hatten die Männer die Arbeiten abgeschlossen. Doch es gab noch jede Menge zu tun. Kurz entschlossen lief Johanna zurück ins Haus, zog sich eine Arbeitshose, ein langärmliges Hemd und feste knöchelhohe Stiefel an und ging zurück auf den Hof. In der Scheune setzte sie sich Ohrenschützer auf, nahm die Motorsäge mit hinaus und begann, die Baumstämme für Kaminholz zu zersägen.

Eine Stunde später war sie nass geschwitzt, aber sie stand vor einem beachtlichen Holzhaufen. Sie wischte sich mit dem Handrücken den Schweiß von der Stirn. Einen Moment lang wollte sie der Versuchung nachgeben, für heute Feierabend zu machen. Jetzt eine ausgiebige Dusche, dachte sie, dann ein Abend auf dem Sofa vor dem Fernseher. Sie konnte sich kaum etwas Schöneres vorstellen.

Aber die Dusche musste warten. Zuerst würde sie noch die Arbeit beenden und das Holz aufstapeln. Hinter sich hörte sie eine gedämpfte Stimme. Mit der Motorsäge im Arm drehte sie sich um. Vor ihr stand Jan und starrte sie an, als könnte er kaum seinen Augen trauen.

Sein Anblick machte Johanna bewusst, wie schmutzig und verschwitzt sie selbst war. Er trug helle Jeans und wirkte frisch geduscht. Sein weißes Hemd stand am Kragen offen, die Ärmel waren aufgerollt. Sie dagegen war bestimmt von oben bis unten mit Sägespänen bedeckt. Jan bewegte den Mund, aber sie konnte ihn nicht verstehen.

Sie nahm die Ohrenschützer ab. „Jan! Was machst du denn hier? Ist etwas mit Lilli?“ Im nächsten Moment schämte sie sich für die dumme Frage. Wieso sollte Jan zu ihr kommen, wenn etwas mit Lilli war?

„Nein, Quatsch, es geht ihr gut. Sogar sehr gut. Ich bin wegen etwas anderem gekommen … ich … also … ich möchte mich für mein Benehmen gestern Abend entschuldigen. Auch wenn ich besorgt um meine Tochter bin, hätte ich mich nicht so danebenbenehmen dürfen. Ich hab mich wie ein echter Mistkerl verhalten. Das wollte ich dir persönlich sagen."

Johanna brauchte einen Moment, um das Gehörte zu verarbeiten. Sie konnte kaum glauben, dass Jan das wirklich gesagt hatte. Aber in seiner Miene lag ehrliche Reue, er sah aus, als würde er seine Worte ernst meinen. „Das stimmt, du warst gestern nicht nett", sagte sie schließlich. „Aber wenn du das einsiehst, ist die Sache damit für mich erledigt. Und dass du dir Sorgen um Lilli machst, verstehe ich. Sie ist wirklich ein ganz besonders sensibles Kind."

Jan nickte. „Das stimmt. Seit dem Tod ihrer Mutter ist sie viel zu oft traurig. Ich versuche, was ich kann, aber ich kann ihr einfach nicht alles geben, was sie braucht. Ich weiß nicht, woran das liegt, aber immer, wenn sie dich getroffen hat, hat sie hinterher ganz leuchtende Augen und immer viel Schönes zu erzählen. Ich hätte mir zwar eine ganz andere Freundin für Lilli gewünscht … eine gleichaltrige", setzte er schnell hinzu, als wollte er Johanna nicht schon wieder vor den Kopf stoßen. „Darum … auch wenn du und ich ein Problem miteinander haben, habe ich nichts dagegen, wenn du Kontakt mit Lilli hast. Das heißt … natürlich nur, wenn du Lilli magst und auch Lust dazu hast", ergänzte er.

„Natürlich habe ich dazu Lust", erwiderte Johanna spontan. „Sehr sogar. Ich mag Lilli wirklich gern. Sie ist ein ganz besonderes Kind, und ich würde mich freuen, sie besser kennenzulernen. Der Abend gestern war wunderschön. Von mir aus können wir ihn jederzeit wiederholen."

„Ich will dir aber nichts aufbürden. Lilli ist ein Kind und noch dazu mein Kind." Er warf ihr einen raschen Blick zu. „Ich würde sehr gut verstehen, wenn dir das zu viel ist. Aber dann sag es mir bitte ehrlich und beende den Kontakt zu ihr besser jetzt als später."

„Nein, ganz und gar nicht. Ehrlich gesagt tut es mir sogar gut, mit Lilli Zeit zu verbringen. Ohne Nonna ist es sehr einsam hier, und ich bin froh über Besuch." Wieso erzählte sie ihm das? Aber irgendwie sprudelten die Worte einfach heraus. „Außerdem finde ich es toll, dass Lilli sich um Kiara kümmert. Ich habe im Moment vor lauter Arbeit gar keine Zeit mehr."

„Ja, das hat Lilli auch erzählt. Sie sagte außerdem, du verkaufst nicht und bleibst hier." Sie sah, wie sein Blick zu ihrer ringlosen Hand glitt, aber er fragte nicht weiter. „Und sie war sehr beeindruckt, dass du sämtliche Holzböden ganz allein abgeschliffen hast. Aber warum machst du die ganzen Arbeiten selbst und stellst keine Leute dafür ein?"

Johanna zuckte mit den Schultern. „Also, erstens tut mir die körperliche Arbeit gut, sie bringt mich wenigstens auf andere Gedanken." Sie biss sich auf die Lippen. Nur weil Jan und sie ein paar freundliche Worte wechselten, brauchte sie ihm nicht gleich ihr ganzes Herz auszuschütten. „Zweitens habe ich ein knappes Budget. Für die Gärtner ist schon einiges draufgegangen, dann kommen morgen Elektriker und Installateur, und von dem, was dann noch übrig ist, brauche ich den Großteil für den Architekten."

Er sah sie interessiert an. „Für wen hast du dich entschieden?"

„Ehrlich gesagt noch für keinen. Ich habe schon mit einigen gesprochen, aber der Richtige war nicht dabei. Entweder sie überschlagen sich vor originellen Ideen und wollen ihre futuristischen Entwürfe in meinem Haus verwirklich, oder sie haben überhaupt keine Fantasie." Sie sah Jan in die Augen. Es war wie ein Stromschlag.

Für den Bruchteil einer Sekunde war er ihr plötzlich wieder ganz nah. Zu nah. Eine fürchterliche, ganz und gar unpassende Welle des Verlangens überkam sie. Sie sah schnell wieder weg und zwang ihre Gedanken zurück zum Gespräch. „Alle haben ihre ganz eigenen Vorstellungen davon, was sie machen wollen und was sie nicht machen können – aber keiner hat wirklich ein Gefühl für das Haus." Sie seufzte. „Aber am Ende muss ich mich ja für einen entscheiden. Ich kann mir schließlich keinen aus Hamburg kommen lassen, jedenfalls nicht mit meinem Budget."

Jan schwieg. Er wirkte, als würde er nachdenken. Für einen langen Moment sah er zum Haus, dann wieder zu Johanna. „Ich kann selbst kaum glauben, dass ich das jetzt sage, aber ich würde den Job übernehmen. Zumindest, wenn du glaubst, dass wir unsere privaten Differenzen beiseitelegen und zusammenarbeiten können. Charlotte hat dieses Haus geliebt, und sie war mir und Lilli eine wunderbare Freundin. Ich habe in meinem Job schon oft genug gesehen, wie fantastische alte Gebäude durch Renovierungen ruiniert wurden. Das möchte ich nicht für Charlottes Hof. Das Haus hat jemanden verdient, der das Beste herausholen möchte, ohne dabei seinen ganz besonderen Charakter zu zerstören. Ich rede nicht schlecht von Kollegen, aber ich glaube, wenn du hier in der Gegend jemanden suchst, bin ich deine beste Adresse."

In Jans Gesicht erkannte Johanna ehrliche Leidenschaft für seine Arbeit. Sie suchte nach Worten, aber bevor sie antworten konnte, nickte Jan ihr zu. „Denk in Ruhe darüber nach, und ruf mich an, wenn du dich entschieden hast."

12. KAPITEL

11. Juni 1936, Eutin

Am nächsten Tag fasste Emilie entschlossen den Vorsatz, sich von Friedrich abzulenken. Vielleicht bekam sie auf diese Weise ihren Kopf wieder klar. Sie musste ihre Gefühle für ihn in den Griff bekommen, solange sie dazu noch in der Lage war.

Bei ihrem Ausritt vermied sie die Nähe des Jägerhauses, danach sortierte sie ihren Kleiderschrank und nähte einige fehlende Knöpfe an. Um sich aufzumuntern, zog sie schließlich ihr Lieblingskleid an, aus blassrosafarbener Baumwolle, bestickt mit kleinen Blümchen. Doch nichts konnte die Einsamkeit in ihrem Inneren vertreiben.

Beim Mittagessen unterhielten Ronald und Anna Maria sich wie üblich über Dinge, die das Gut betrafen, und Emilie hörte wie immer nur zu.

Doch heute quälte sie nicht das Gefühl, ausgeschlossen zu sein. Vor Sehnsucht nach Friedrich brachte sie keinen Bissen herunter. Sie war froh, als Ronald seinen Stuhl zurückschob und wieder an die Arbeit ging. Plötzlich wusste sie, dass sie nicht länger zögern wollte. Sie teilte Anna Maria mit, dass sie spazieren gehen würde, und schlug den Weg zum Jägerhaus ein.

Am Ufer des Sees stand Friedrich vor seiner Staffelei. Sein weißes Hemd war voller Farbkleckse. Auf der Leinwand erkannte Emilie eine Skizze des Schwanensees. Sie blieb einen Augenblick lang stehen und sog das Bild in sich auf wie eine Verdurstende. Ihr Herz zog sich vor Liebe zusammen.

Jetzt hatte Friedrich sie bemerkt. Er legte die Palette auf einen Hocker und drehte sich um. Sein Gesicht war ernst. Eine kleine Ewigkeit lang standen sie einfach nur da und sahen sich an. Emilie wollte zu ihm gehen, aber sie konnte sich nicht bewegen. „Ich musste dich sehen“, sagte sie schließlich. Ihre Stimme war so leise, dass der Wind sie forttrug.

Doch Friedrich hatte sie gehört. Er nickte und kam ihr entgegen. Einen Moment lang erfasste Emilie abgrundtiefe Angst. Wenn sie jetzt nicht ging, war es für immer zu spät.

Dann war er bei ihr. Sie fiel ihm um den Hals, während Schluchzer sie schüttelten. Friedrich streichelte ihr Haar, umfasste ihr Gesicht und küsste die Tränen von ihren Wangen. Ihr Körper bebte, doch unter seinen Küssen ließ ihr Zittern nach.

Sie konnte ihr Verlangen nicht länger zurückhalten, und es machte ihr nicht länger Angst. Wenn dies hier falsch war, wie sollte dann irgendetwas richtig sein?

„Du bist wirklich gekommen“, sagte Friedrich, als sie sich voneinander lösten, um Luft zu holen.

Ihre Sehnsucht nach ihm war so stark, dass sie kaum atmen konnte. „Ich weiß nicht, wie ich so lange warten konnte.“

Er nahm ihre Hand und ging mit ihr ins Haus. Die alten Dielen knarrten unter ihren Füßen, als er sie ins Schlafzimmer führte. Hand in Hand stiegen sie die schmale Treppe hinauf. Die Tür stand offen, und durch die drei kleinen Fenster sah Emilie den Schwanensee. Sein Wasser hob sich schwarz gegen den hellen Himmel ab.

Ohne ein Wort küsste Friedrich sie noch einmal, dann begann er, Knopf für Knopf ihr Kleid zu öffnen. Schließlich schob er es mit beiden Händen von ihren Schultern. Es rutschte über ihre Arme und bauschte sich auf dem Boden um ihre Füße. Mit einem Schritt stieg Emilie hinaus, Friedrich entgegen.

Als er die Hände unter ihr dünnes Unterkleid schob und ihre Haut berührte, stöhnte sie auf und schloss die Augen. Sie atmete tief seinen Duft ein, als wollte sie darin ertrinken. Es gab kein Recht, kein Unrecht mehr. Nichts anderes zählte, nur dieser Moment, nur dieser Mann, seine Lippen auf ihrer Haut.

Emilie schlug die Augen auf und wusste sofort, wo sie war. An ihrer Seite spürte sie Friedrich, warm und noch schlafend in den zerwühlten Laken. Sie konnte seinen Atem auf der Haut fühlen. Geborgen im Schutz seiner Arme, schmiegte sie sich enger an ihn. Nichts kann uns hier etwas anhaben, dachte sie.

Sie wartete darauf, dass Reue oder Schuldgefühle sie überfielen, aber sie spürte nur den brennenden Wunsch, für immer bei Friedrich zu bleiben, statt sich wie eine Diebin zu ihm zu schleichen. Fast wäre sie wieder eingeschlafen, aber der Schrei eines Fischadlers schreckte sie auf.

Sie drehte sich um und sah in Friedrichs Augen, sie waren hell und klar wie der Sommerhimmel. „Ich liebe dich", sagte er und lächelte.

Emilie war, als müsste ihr Herz vor Glück zerspringen. Sie bedeckte sein Gesicht mit Küssen. Sie wollte an nichts anderes denken, an nichts, was draußen vor diesem Zimmer war, an nichts, was nachher kommen würde. Nur dieser Augenblick zählte auf der Welt.

Sie liebten sich noch einmal, während draußen langsam die Sonne tiefer sank. Nachher lag sie in seinen Armen, und sie erzählte ihm von ihrem Vater, wie klug und verlässlich er gewesen war. Wie er sie vorbehaltlos geliebt hatte und vor allem Leid beschützen wollte. Bis zu seinem Tod hatte er ihr bedingungslose Liebe und Sicherheit gegeben.

„Ronald war da, als Papa gestorben ist, und ich dachte, ich würde bei ihm finden, was ich mit meinem Vater verloren hatte. Er hat so verständnisvoll gewirkt und so einfühlsam. Und verlässlich. Er hat sich Zeit für mich genommen und immer mit mir geredet. Und ich war damals so jung und naiv. Er war mein erster Jungmädchenschwarm. Als wir dann nach Gut Petersen zurückgekommen sind, war plötzlich alles anders. Ich weiß nicht, ob ich ihn hätte lieben können, wenn alles anders gekommen wäre. Aber dann wäre er auch ein anderer Mann gewesen, nicht wahr?", sagte sie nachdenklich. „Er liebt mich, denke ich, auf seine Art. Aber ich habe bald gemerkt, dass unsere Heirat ein entsetzlicher Fehler war." Sie hob den Kopf und sah ihn an. „Hast du schon einmal geliebt?"

Friedrich schüttelte den Kopf. „Nein. Natürlich hat es Frauen gegeben." Er zuckte mit den Schultern. „Aber ich habe sie nicht geliebt. Bis ich dich getroffen habe, hat mir auch nichts gefehlt. Ich habe hart gearbeitet, alles, was zählte, war meine Kunst. Als es dann endlich aufwärtsging und ich jetzt sogar noch die Ausstellung bekommen habe, dachte ich, mein Leben wäre perfekt, mehr könnte es für mich nicht geben. Was ist mit dir? Wolltest du keine Kinder?"

Emilie verzog ihr Gesicht. „Mit Kindern wäre vielleicht alles anders gekommen. Aber inzwischen denke ich, wir können keine Kinder bekommen."

„Ich bin sehr froh, dass es nicht anders gekommen ist", sagte Friedrich leise.

Keiner von ihnen erwähnte die Zukunft. Zu groß war ihre Angst, dass es keine gemeinsame für sie geben konnte.

September 2015, Eutin

Mit einer Tasse Kaffee in der Hand saß Johanna auf der Haustreppe und blickte über Beete, Sträucher und die gepflegten Rasenflächen. Die Scheune war frisch gestrichen, daneben stapelte sich genug Brennholz für einen ganzen Winter. Irgendwann musste sie das Reetdach erneuern lassen – vor lauter Moos sah es schon wie ein Grasdach aus – aber nicht mehr in diesem Jahr.

Seit Jans Besuch waren sieben Wochen vergangen. Noch am selben Abend hatte sie ihn angerufen und sein Angebot angenommen. Drei Tage später stellte der Bautrupp ein Gerüst am Haus auf und begann mit den Fassadenarbeiten.

Jans Hilfe war unschätzbar. Über die reinen Planungsarbeiten hinaus hatte er ihr einen Bauunternehmer und einen Schreiner vermittelt. Jeden Tag besprach er mit beiden persönlich alle anstehenden Arbeiten bis ins Detail.

Bald darauf waren die wandernden Gesellen angekommen, mit ihren schwarzen Hüten, langen Haaren und goldenen Ringen in den Ohren. Sie quartierten sich mit ihren Schlafsäcken in den leeren Zimmern ein und übernahmen Streichen, Tapezieren und das Aufarbeiten der Möbel.

Manchmal dachte Johanna, sie könnte das Hämmern nicht länger ertragen, das ewige Plärren der Radios, die lauten Männerstimmen, den Staub und Dreck in jeder Ritze und Fuge. Doch dann schaute sie sich um und sah die Fortschritte am Haus, und sofort war alles wieder gut.

Die Fassade war kaum wiederzuerkennen, und in der nächsten Woche wurden endlich die neuen Fenster eingesetzt. Nicht in ihren kühnsten Träumen hätte Johanna geglaubt, dass sie vor dem Winter so weit kommen könnte. Aber dafür war auch ihr Konto bis auf den letzten Cent geplündert. Es reichte gerade noch für die Rechnung des Schreiners. Wenigstens hoffte Johanna das.

In den vergangenen Wochen hatte sie ihre gesamte Kraft und Energie in die Renovierung gesteckt, aber jetzt wurde es höchste Zeit, auch wieder ans Geldverdienen zu denken.

Die Zusammenarbeit mit Jan hatte hervorragend funktioniert. Vielleicht sollte sie ihn fragen, ob er auch in Zukunft mit ihr kooperieren wollte. Rein geschäftlich, natürlich. Er konnte für sie und ihre Kunden als Gutachter und Sachverständiger tätig sein, wenn sie ihr Immobilienbüro nach Eutin verlegte. Nein, keine gute Idee, dachte sie. Oder doch? Sie musste sich die Sache in Ruhe durch den Kopf gehen lassen …

„Bewunderst du deine Arbeit?“ Johanna schreckte aus ihren Gedanken, als Jan sich mit einem dampfenden Kaffeebecher in der Hand neben sie setzte. „Dazu hast du auch allen Grund. Du hast geschuftet wie ein Pferd.“

Sein Lächeln erwärmte sie wie die Strahlen der Sonne, die durch die Wolken brach. „Man tut, was man kann."

„Wann reisen die Wandergesellen ab?"

„Morgen. Letzten Mittwoch sind schon drei weitergezogen. Die restlichen beiden wollen morgen Vormittag noch die Gartenmöbel streichen, und nach dem Mittagessen brechen sie dann auch auf. Nach den letzten Wochen ist es bestimmt ganz komisch, wenn es hier plötzlich wieder so still wird."

Jan lachte. „Am Wochenende kommt ja Lilli zu Besuch. Dann ist es erst mal vorbei mit der Stille."

Johanna überlegte, ob sie ihn auf eine weitere Zusammenarbeit ansprechen sollte, aber sie nickte nur.

In einvernehmlichem Schweigen saßen sie dann nebeneinander, tranken ihren Kaffee und sahen dem Schreiner zu, der ein Fenster aus seinem Rahmen löste.

Auch wenn die Wand zwischen ihnen in den vergangenen Wochen sehr viel dünner geworden war, war sie nicht ganz verschwunden. Doch ein Teil ihrer früheren Vertrautheit war geblieben. Noch immer teilten sie denselben Humor, und manchmal erschrak Johanna, wie leicht sie miteinander lachen konnten. Oft reichte ein Blick, ein Wort, und der eine wusste, was der andere dachte.

Ein paarmal überlegte Johanna, ob sie mit Jan über ihre damalige Trennung reden sollte. Aber jedes Mal entschied sie sich dagegen. Ihr Kontakt war auf die Arbeit und auf Lilli beschränkt. Auf diese Weise kamen sie gut miteinander zurecht, und Johanna hatte Angst, den zerbrechlichen Frieden zu zerstören, wenn sie den sicheren Boden verließ.

Jan schien es ebenso zu sehen. Abgesehen von Lilli, verlor er nie ein Wort über persönliche Dinge. Er fragte nichts, erzählte nichts, und sobald ein Thema aufkam, das tiefer ging, brachte er es rasch wieder zurück auf eine unverfängliche Ebene.

Und das reicht auch, dachte Johanna. Nein, eine dauerhafte Zusammenarbeit war keine gute Idee! Sie warf Jan einen Seitenblick zu. Sie bemerkte eine kleine Falte neben seinem rechten Mundwinkel, als er zusah, wie der Schreiner das Fenster aus der Öffnung hob. Schnell sah sie weg. Ihr fielen viel zu viele Dinge bei ihm auf.

Sie leerte ihre Tasse und stand auf. „Ich muss zurück an die Arbeit, ich will heute Abend noch die Schlafzimmervorhänge fertig bekommen."

Am nächsten Abend saß Johanna allein auf der Gartenbank und hörte zu, wie die Grillen ihr abendliches Konzert anstimmten. Der See glänzte dunkelgrün im Licht der untergehenden Sonne, und die Luft war so still, dass sie beinahe glaubte, das Haus hinter sich atmen zu hören. Die Blätter der Buchen leuchteten in einem fahlen Rotgold, die ersten sanken bereits zu Boden.

Johanna blinzelte in die Abendsonne und beobachtete eine Krähe, die mit weit ausholendem Flügelschlag in den Wipfeln der Bäume hinter dem See verschwand. Zum ersten Mal wurde ihr wirklich bewusst, dass sie sich mit dem Umzug auch für die Einsamkeit entschieden hatte. Bisher war durch die Renovierung immer etwas zu tun gewesen, doch jetzt hatten die Handwerker ihre Arbeiten beendet, und der Winter stand bevor, so lang und dunkel, wie er nur im Norden war.

Doch sie bereute ihren Entschluss nicht. Langweilig würde es ihr jedenfalls nicht werden. Auf dem Anwesen gab es immer genug zu tun. Bevor es kalt wurde, musste sie noch einmal Unkraut jäten, winterharte Stauden einpflanzen und den Rasen mähen, spätestens Ende des Monats die abgefallenen Blätter zusammenkehren, im Winter Schnee schaufeln und im Frühjahr neue Blumen pflanzen.

Ihr Blick glitt zu den blauen Herbstastern zwischen den Rosen. Blau wie Jans Augen, ging es ihr durch den Kopf. Von nun an würde sie ihn nur noch sehen, wenn er Lilli brachte oder abholte oder sie ihm hin und wieder zufällig in der Stadt über den Weg lief.

Umso besser! sagte sie sich und klappte ihren Computer auf. Sie hatte sich schon zu sehr an ihn gewöhnt. Viel zu leicht war ihre alte Vertrautheit zurückgekehrt. Kein Wunder, schließlich war er ihr halbes Leben lang außer Nonna der wichtigste Mensch für sie gewesen. Und ihre erste große Liebe. Genau genommen auch die einzige, ging ihr durch den Kopf, jedenfalls, wenn sie Henning nicht mitzählte.

Einen Moment lang überließ sie sich ihren bittersüßen Erinnerungen. Sie hörte wieder Jans Lachen, wenn sie Hand in Hand in den See rannten, ihr Kreischen, wenn das eisige Wasser um sie herum aufspritzte. Die Zeit mit Jan hatte sie für immer geprägt. Doch die Dinge zwischen ihnen hatten sich verändert, und sie konnten niemals wieder sein, was sie einmal gewesen waren.

Sie schüttelte die Gedanken ab und vertiefte sich in die Berichte des Gutachterausschusses für Grundstückswerte in Eutin. Um ihr Geschäft in die neue Heimat zu verlegen, musste sie sich gründlich über die regionalen Immobilienpreise informieren.

Drei Stunden später klappte Johanna müde, aber zufrieden ihr Notebook zu. Die Marktanalyse war komplett durchgearbeitet, und sie hatte die Homepage ihres Immobilienbüros auf den neuesten Stand gebracht.

Die Chancen für einen Erfolg am neuen Standort standen nicht schlecht. Ihre Eutiner Herkunft verlieh ihr die nötige Glaubwürdigkeit als Regionalmaklerin. Zudem konnte sie auf jahrelange Erfahrung, zufriedene Kunden und hochwertige Referenzobjekte verweisen. Wie schon in Hamburg, würde sie sich auch hier auf Liebhaberobjekte spezialisieren.

Der erste Schritt war getan. Für die nächsten Tage hatte Johanna bereits Termine mit möglichen Kooperationspartnern vereinbart – mit zwei privaten Bauträgern, der regionalen Sparkasse, einem unabhängigen Finanzierer und zwei Architekten. Nicht mit Jan.

Ärgerlich schüttelte sie den Gedanken an ihn ab. Ein Glück, dass ihre Zusammenarbeit beendet war. Er spukte viel zu oft in ihrem Kopf herum – natürlich nur aus alter Gewohnheit.

Johanna zuckte zusammen, als Wolf ihre Hand leckte. „Was ist los? Willst du noch spazieren gehen?", fragte sie laut. „Dann lauf! Ich komme nicht mit."

Doch Wolf stieß sie mit der Nase an, setzte sich vor sie und schaute ihr so lange in die Augen, bis sie seufzte und aufstand. „Also gut. Aber nur eine kleine Runde, bis zum See und zurück, okay?"

Inzwischen erhob sich der volle Mond über den Horizont. Sein milchiger Schein ließ alle Farben verblassen. Verträumt, aber auch geheimnisvoll schimmerte der See im Mondlicht wie flüssiges Silber. Ein leichter Nebelschleier stieg über dem Wasser auf. Mit etwas Fantasie konnte Johanna glauben, dass sie in eine Zauberwelt geraten war, die noch nie ein Mensch betreten hatte.

Wolfs ungeduldiges Bellen riss sie aus ihren Träumereien. „Ja, ja, ich komme schon."

Als sie zwanzig Minuten später zurückkehrten, hätte sie fast aufgeschrien. Jemand saß auf einem der Gartenstühle. Sie erkannte nur einen dunklen Umriss, aber der Größe nach war es ein Mann. Ohne zu zögern, raste Wolf los. Nach der ersten Schrecksekunde begriff Johanna, dass er außer sich vor Freude war. So begeistert begrüßte er nur einen Besucher.

„Jan!" Sie ließ sich neben ihm auf einen Stuhl fallen. Ihre Knie zitterten immer noch.

„Ich hoffe, ich habe dich nicht erschreckt."

„Nein, nein, gar nicht", keuchte sie. „Was machst du denn hier?"

Er stellte eine Flasche auf den Tisch, die neben seinem Stuhl gestanden hatte. „Ich war gerade einkaufen. Auf dem Weg nach Hause fiel mir ein, dass ich dir zum Abschluss der Arbeiten eine Flasche Champagner vorbeibringen könnte." Jan deutete auf Johannas Notebook auf dem Tisch. „Und ich dachte, du kannst nicht weit sein."

„Äh ... das ist sehr ... aufmerksam von dir. Ist Lilli allein zu Hause?"

„Nein. Sie ist auf einer Pyjamaparty. In den letzten Wochen ist sie viel aufgeschlossener geworden, und ich glaube, das verdankt sie in erster Linie dir."

„Ach was", wehrte Johanna ab. „Ich hab doch gar nichts getan, nur ein bisschen kochen und backen ..."

„Aber es bedeutet Lilli sehr viel."

„Das ... das freut mich." Um ihre Verlegenheit zu überspielen, griff Johanna nach der Flasche. „Sollen wir auf die gelungene Renovierung anstoßen?"

„Ich muss noch fahren. Aber ein kleiner Schluck kann wohl nicht schaden."

„Ich hole uns Gläser." In der Küche schloss Johanna die Augen und presste ihre Hände an die glühenden Wangen. Dann fiel ihr ein, dass Jan sie durch die Scheibe in der Tür beobachten konnte. Sie ließ schnell die Hände sinken, nahm zwei Sektgläser aus dem Schrank und ging zurück auf die Terrasse.

In der Ferne grollte ein Donner, und Wind war aufgekommen, aber Johanna bat Jan nicht ins Haus. Sie war froh über das Dämmerlicht im Garten. Jan füllte die Gläser und reichte ihr eins, ihre Finger berührten sich. Es war wie ein Stromschlag. Ein gefrorener Augenblick, knisternd aufgeladen.

Plötzlich stand die Zeit still. Etwas in Johanna wollte aufspringen, weinen oder einfach nur weglaufen. Doch sie war unfähig, auch nur den kleinen Finger zu bewegen. Mit zwei großen Schlucken leerte sie das Glas und stellte es zurück auf den Tisch. Jan füllte es erneut und hob seins. Erst jetzt merkte Johanna, dass sie den Champagner hinuntergestürzt hatte, ohne mit ihm anzustoßen.

Sie hob ihr Glas. „Ja, entschuldige. Worauf sollen wir anstoßen?"

Er lächelte. „Das darfst du dir aussuchen.“

„Ich weiß gar nicht, wo ich anfangen soll. Auf die gelungene Renovierung. Auf meine neue alte Heimat.“ Sie deutete auf Wolf, der seinen Kopf auf ihren Oberschenkel gelegt hatte. „Auf Wolf, den besten Gefährten der Welt.“

„Gut, trinken wir darauf. Auf den weltbesten Gefährten!“ Er stieß mit seinem Glas gegen ihres und lachte.

Beim Klang seines Lachens breitete sich Wärme in ihrem Inneren aus – aber vielleicht hatte sie auch nur den Champagner zu schnell hinuntergestürzt. Sie hob noch einmal ihr Glas. „Und auf dich, Jan. Ohne deine Hilfe hätte ich es nicht geschafft.“

„Natürlich hättest du das, und das weißt du auch.“

„Aber es hätte mich viel mehr Geld und vor allem Nerven gekostet, und ich bin sicher, es wäre nicht halb so schön geworden. Nonna wäre sehr zufrieden mit uns ... wie wir das Haus hinbekommen haben, meine ich natürlich.“

„Natürlich.“

Ihr wurde bewusst, wie nah beieinander sie saßen. Sie konnte seine Wärme spüren und versuchte, sie zu ignorieren. Unwillkürlich rutschte sie ein Stückchen zur Seite. Plötzlich veränderte sich das Licht. Dunkelheit umschloss sie wie ein schützender Kokon. Johanna sah zum Himmel. Dicke schwarze Wolken waren aufgezogen und verdeckten den Mond. „Regen zieht auf.“

„Vielleicht zieht er auch über uns hinweg.“ Er sah sie an. „Johanna ...“

„Ja?“

„Warum bist du hiergeblieben? Anfangs warst du doch fest entschlossen, zu verkaufen.“

„Ich kann es gar nicht genau sagen. Ich habe hier angefangen, über vieles nachzudenken. Ich weiß nicht, ob ich es in den letzten Jahren nur nicht zugelassen hatte oder ob ich hier die Dinge plötzlich anders gesehen habe.“ Johanna zuckte mit den

Schultern und trank noch einen Schluck Champagner. „Jedes Mal, wenn ich daran dachte, wieder nach Hamburg zurückzugehen, habe ich Bilder von meinem Leben auf Gut Petersen vor mir gesehen, von einem Spaziergang mit Wolf, Ausritten auf Kiara, abends hier auf der Terrasse zu sitzen und auf den Schwanensee zu schauen. Hier hatte ich das Gefühl, endlich am richtigen Ort zu sein. Irgendwann musste ich mir eingestehen, dass ich einfach nicht wieder nach Hamburg zurückwollte."

„Ist darum deine Verlobung in die Brüche gegangen?"

Johanna leerte ihr Glas und dachte über die Antwort nach, während Jan nachschenkte. „Henning gehörte wohl auch zu den Dingen, die ich hier anders gesehen habe", sagte sie schließlich. „Und was ist mit dir? Bist du seit dem Tod deiner Frau allein?" Sie biss sich auf die Lippen. Hatte sie das gerade wirklich gefragt?

Jan nickte. „Meine Zeit reicht kaum für Lilli und meine Arbeit."

„Erzähl mir von deiner Frau."

„Andrea? Was soll ich dir erzählen? Wir haben uns im letzten Jahr an der Uni kennengelernt und dann zusammen das Architekturbüro gegründet."

„Bergmann", murmelte Johanna.

„Ja, das war Andrea."

„Vermisst du sie noch sehr?"

Jan seufzte. „Meine Ehe war nicht so, wie du vielleicht denkst. Andrea war schön und voller Lebensfreude und Energie. Wir waren ein hervorragendes Team. Aber wir hatten beide nie geplant, ein Paar zu werden. Eines Abends haben wir länger gearbeitet, nachher noch etwas zusammen getrunken, und wir sind im Bett gelandet." Er sah Johanna nicht an. „Es war für uns beide kein Problem, und wir waren uns einig, dass es nicht noch einmal vorkommen wird. Ein paar Wochen später hat Andrea gemerkt, dass sie schwanger war. Wir haben lange geredet. Zu heiraten erschien uns beiden als das Richtige. Ich hatte Andrea sehr gern, und wir waren fest entschlossen, dass unsere Ehe funktionieren würde.“ Er machte eine Pause und fuhr sich mit der Hand über das Gesicht. „Aber es fühlte sich nie richtig an. Nie so wie mit dir. Aber eine Trennung kam nicht infrage, schon allein wegen Lilli nicht. Nach Andreas Tod war ich dann wie erschlagen von Schuldgefühlen. Es kam mir vor, als hätte ich ihr nie geben können, was sie verdient hatte.“

„Wie ist sie gestorben?“

„Bei einem Tauchunfall. Tauchen war Andreas Leidenschaft. Ich konnte dem Sport nie viel abgewinnen, aber sie ist oft zusammen mit Freunden zum Tauchen gefahren. Sie haben die halbe Welt bereist, Borneo, Australien, die Malediven, aber ausgerechnet in der Ostsee ist sie verunglückt. Nachher gab es Untersuchungen, aber man konnte nie genau herausfinden, wie das passieren konnte. Sie muss durch eine Strömung von der Gruppe abgetrieben sein und konnte nur noch tot geborgen werden.“

„Das tut mir leid“, sagte Johanna leise.

„Lilli vermisst sie sehr. Ich kann ihr nun mal die Mutter nicht ersetzen.“

„Du bist ein wunderbarer Vater. Das ist mehr, als viele Kinder haben.“

„Ja.“ Jan sah sie an. „Du hattest nicht einmal einen Vater, nur deine Großmutter.“

„Nonna war alles, was ich brauchte. Ich hab sie so geliebt, ich vermisse sie so sehr. Und ich fühle mich entsetzlich schuldig, weil ich sie hier ganz allein gelassen habe.“

„Sie hatte nie das Gefühl, dass du sie im Stich gelassen hast. Es war ganz allein ihre Entscheidung, dich nicht um Hilfe zu bitten. Aber sie wusste, dass du jederzeit für sie da gewesen wärst, wenn sie nur ein Wort gesagt hätte.“

„Woher willst du das wissen?“

„Weil sie es mir gesagt hat."

„Wirklich?"

Jan nickte. „Sie wollte ihre Selbstständigkeit nicht verlieren. Und vor allem wollte sie eure Beziehung nicht belasten. Ihr hattet ja all die Zeit über ein enges Verhältnis und habt euch oft gesehen. Nur hierher bist du eben nicht mehr gekommen."

Jetzt wäre ein guter Moment, um anzusprechen, warum sie damals gegangen war, doch Johanna wollte den Augenblick nicht verderben. „Hat sie dir auch von den Bildern erzählt?"

„Welche Bilder meinst du?"

„Die Friedrich-Lindner-Gemälde."

„Ich habe nicht die geringste Ahnung, wovon du redest."

Johanna erzählte ihm, wie sie die Bilder auf dem Dachboden gefunden hatte. „Ich wüsste zu gern, ob Nonna die Geschichte hinter den Gemälden kannte."

„Zu mir hat sie kein Wort gesagt, aber sie war keine Frau, der etwas entgangen ist. Ich bin sicher, wenn es eine Geschichte gab, hat sie davon gewusst."

„Sie hätte sich die Renovierung und noch eine Menge mehr leisten können, wenn sie auch nur eins der Bilder verkauft hätte."

„Sie wollte sie wahrscheinlich für dich erhalten. Aber seltsam, dass sie sie im Schrank versteckt hat. Ich würde ja sagen, sie wollte sie einfach gut verstecken, aber Charlotte war weder naiv noch ignorant. Wäre es ihr nur darum gegangen, hätte sie die Bilder einfach in ein Schließfach gebracht."

„Ich frage mich, ob sie es genau darum getan hat."

„Warum?

„*Damit* ich es seltsam finde. Ich konnte schon als kleines Kind keinem Geheimnis widerstehen. Vielleicht wollte sie, dass ich neugierig werde und versuche, das Geheimnis aufzudecken. Und egal, ob es ihre Absicht war oder nicht – sie hat es geschafft. Mit dem Rätsel um die Bilder hat sie mein Interesse geweckt – für das Haus, für meine Familie, die Geschichte meiner Urgroßeltern. Nonna war kein Mensch, der anderen gesagt hat, was sie tun oder lassen sollen, aber vielleicht wollte sie mir … einen kleinen Stups geben. Einen Grund, länger hierzubleiben. Das würde auch die Sache mit den Rezeptheften erklären. Ich habe mich die ganze Zeit gefragt, warum sie die Hefte auf den Dachboden gebracht hat – und zwar ausgerechnet in den Schrank, in dem auch die Bilder versteckt waren. Nonna wusste, wie sehr ich die Bücher geliebt habe. Sie muss auch gewusst haben, dass ich danach suchen würde." Johanna zuckte mit den Schultern. „Aber wahrscheinlich ist das nur eine dumme Idee."

„Das finde ich gar nicht. Es hätte zu Charlotte gepasst." Er brach ab, legte Johanna eine Hand auf den Arm und deutete mit der anderen in die Dunkelheit. „Da! Ein Glühwürmchen!"

Seine Hand auf ihrem Arm ließ jede Zelle in ihrem Körper lebendig werden. „Stimmt. Ein Glühwürmchen", flüsterte sie.

Jan schien nicht zu bemerken, welchen Effekt seine Berührung hatte. „Ich habe schon ewig keins mehr gesehen." Er strich mit der Hand über ihre Haut. „Du hast ja eine Gänsehaut, und du zitterst."

Sie entzog ihm ihren Arm. „Es ist kalt geworden", sagte sie.

„Ja, stimmt, der Wind hat aufgefrischt." Jan sah auf seine Uhr. „Oh, es ist auch schon halb zwölf. Ich sollte wohl besser gehen."

„Ja. Wahrscheinlich hast du recht."

Als er seinen Stuhl zurückschob, tauchte Wolf aus der Dunkelheit auf, setzte sich zwischen sie und legte Jan den Kopf auf den Schoß. Jan kraulte ihn noch einen Moment, dann stand er auf. Johanna sah zu ihm hoch, sein Gesicht lag im Halbschatten, und plötzlich wusste sie mit absoluter Gewissheit, dass sie ihn immer noch liebte. Obwohl sie nie wieder mit ihm zusammen sein konnte.

Sie konnte kaum glauben, dass sie hier saßen, Champagner tranken und redeten, als wären sie nie getrennt gewesen. Mit ihm zusammen zu sein fühlte sich so natürlich an, als wäre er ihre Heimat.

Wie hatte sie ihn jemals verlassen können? Wieder sah sie ihn vor sich, Lisa nackt in seinen Armen. Hätte sie ihn damals zur Rede stellen sollen? Wäre es möglich gewesen, ihre Liebe zu retten?

Ein erster Regentropfen fiel auf ihre Wange und lief über ihre Haut. „Oder hast du vielleicht noch Hunger?", entfuhr es ihr. „Ich habe noch massenhaft Essen im Kühlschrank, das ich für die Handwerker vorbereitet hatte."

Er nickte. Bevor er etwas sagen konnte, brach der Regen los. Johanna schnappte die Champagnerflasche, Jan die beiden Gläser, und sie rannten ins Haus.

Bis sie die Küche erreicht hatten, konnte Johanna fühlen, wie die Nässe durch ihren dünnen Pulli drang. Wolf drängte sich zwischen ihnen durch. Mitten in der Küche schüttelte er sich, dass die Tropfen flogen.

„Du altes Ferkel!", schimpfte Johanna.

Während sie den Tisch deckte, fachte Jan ein Feuer im Kachelofen an. Johanna steckte den Kopf in den Kühlschrank. „Alles Reste von heute und gestern, Schinken, Käse, etwas gegrilltes Hühnchen, Bohnensuppe", zählte sie auf. „Hast du Appetit auf Lasagne? Dann mache ich sie schnell warm. Oder ein Omelett mit Salat?"

„Das hört sich großartig an", sagte Jan dicht neben ihr.

Sie nahm den Kopf aus dem Kühlschrank und sah ihn an. „Was?"

„Das." Mit beiden Händen umfasste er ihr Gesicht. Seine Lippen kamen näher. Und dann, es war nur ein Hauch, küsste er sie. Ein weiterer Stromschlag, siedend heiß diesmal.

Johanna dachte nicht nach. Ihr Körper reagierte intuitiv. Sie ließ sich gegen ihn sinken und legte die Arme um seinen Hals.

Es fühlte sich unglaublich an. Im ersten Augenblick dachte sie, sie würde ohnmächtig. Sie hielt sich an ihm fest, ließ sich in seine Stärke fallen.

Zum ersten Mal seit zwölf Jahren fühlte sich alles richtig an. Sie war dort, wo sie hingehörte. So war es immer gewesen, und so würde es für immer sein. „Jan“, flüsterte sie und hob ihm die Lippen entgegen.

Jetzt küsste er sie richtig. Er schmeckte nach Champagner, duftete nach warmer Haut, nach Herbstsonne und ein bisschen nach nassem Hund. Sein anfangs so zögernder Kuss wurde leidenschaftlicher, als wollte er zwölf verlorene Jahre nachholen. Und Johanna begriff, wie lange sie sich nach ihm gesehnt hatte.

Sie spürte seine Hände auf ihrem Körper, sie wollte lachen, weinen, alles war so verwirrend und verrückt, dass sie glaubte, in einen Fiebertraum geraten zu sein.

Was dann passierte, in dieser verrückten, schlaflosen Nacht, in diesem schwebenden Zustand, der alles andere aus Johannas Kopf verbannte, konnte sie immer noch nicht begreifen, als einige Stunden später die Sonne aufging.

Ihr ganzer Körper prickelte und glühte. Jan lag neben ihr. Im Schlaf sah er genauso aus wie vor zwölf Jahren. Doch je länger sie ihn anschaute, desto deutlicher wurden die Unterschiede sichtbar. Sein Gesicht hatte die sanften Konturen der Jugend verloren. Die Wangenknochen traten stärker hervor, das Kinn war kantiger. Selbst im Schlaf bemerkte sie die Linien um seine Augen, und der Mund wirkte härter.

Doch er würde immer der Junge bleiben, in den sie sich verliebt hatte. Der Junge, der ihr Leben für immer verändert hatte. Es war ein seltsamer Augenblick, Gegenwart und Vergangenheit prallten aufeinander. Johanna neigte den Kopf zu ihm und atmete den Duft seiner Haut ein, die Wärme seines Körpers. Sie spürte das Flüstern seines Atems auf ihrer nackten Haut.

Einen Moment lang erfüllte sie ein so tiefes Glück, dass sie glaubte, ihr Herz würde platzen.

Was tue ich hier? fragte sie sich dann, zum tausendsten Mal in dieser Nacht.

Sie hatte kein Auge zugetan, sondern zugeschaut, wie sich der Himmel langsam heller färbte, von schwarz zu dunkelgrau und schließlich bleigrau. Die Wolken ließen keinen Sonnenstrahl durch. Nur das unablässige Prasseln des Regens war zu hören. Dicke Tropfen liefen an den Scheiben herunter. Irgendwann im Laufe des Morgens würde der Regen wahrscheinlich in den typischen norddeutschen Dauernieselregen übergehen. Doch das Wetter war Johanna egal, der Regen passte genau zu ihrer Stimmung.

An einem anderen Tag hätte sie sich tiefer ins Bett gekuschelt und die Wärme unter der Decke genossen. Heute starrte sie zum Himmel und fühlte nichts als Schmerz. Es kam ihr vor, als wäre nichts auf der Welt wichtiger für sie als Jan. So, wie es früher gewesen war.

Das Gefühl zerriss ihr das Herz, denn sie wusste gleichzeitig, dass sie sich unwiederbringlich voneinander entfernt hatten. Die Nacht war wunderschön gewesen, aber sie hatte nichts mit ihrem realen Leben zu tun. Auch wenn Jan ihr so vertraut war, als hätten sie sich erst gestern getrennt, war der Mann neben ihr ein Fremder geworden. Jahrelang hatte die Erinnerung Johanna verfolgt, bevor sie es geschafft hatte, sich ein neues Leben aufzubauen.

Ihr Herz sagte Ja, ihr Körper verlangte mit jeder Faser nach ihm, doch ihr Verstand warnte sie, dass sie nur fühlte, was sie in der Vergangenheit für ihn empfunden hatte.

Es hatte keinen Sinn, zurückzublicken. Ihre Gefühle für ihn waren so intensiv, dass sie Angst hatte, sie würden sie überwältigen, aber sie musste diesen süßen Wahnsinn beenden, bevor er ihr noch einmal das Herz brach. Und genau das würde auch diesmal geschehen.

Zu viel Unausgesprochenes stand zwischen ihnen. Und selbst wenn sie den Mut finden sollten, darüber zu reden, was damals passiert war – was sollte das bringen? Wie konnten sie einander jemals verzeihen, was sie sich angetan hatten?

Jan glaubte noch immer, sie hätte ihn ohne ein Wort des Abschieds verlassen. Er ahnte nicht, dass sie ihn und Lisa im Bett gesehen hatte.

Wie konnte er denken, sie wäre aus einer Laune heraus einfach für immer gegangen? Am Vorabend ihrer Verlobung! Hatte er wirklich nicht das Geringste von ihr begriffen? Nichts in der Welt hätte sie von ihm trennen können. Er war ihre große Liebe, war es schon immer gewesen.

Natürlich könnte sie ihm jetzt den Grund für ihre Abreise nennen. Aber so einfach konnte man die zwölf Jahre nicht auslöschen, in denen er nur mit Wut und Enttäuschung an sie gedacht hatte. Außerdem wollte Johanna nicht über damals reden. Sie hatte Jahre gebraucht, um über seinen Betrug hinwegzukommen. Es würde sie ganz bestimmt nicht näher zusammenbringen, die alten Verletzungen noch einmal hervorzuholen.

Nie wieder konnten sie sich mit dem Vertrauen und der Unschuld ihrer Jugend anschauen. Sie war nicht mehr das Mädchen, das er geliebt hatte, und auch er war ein erwachsener Mann mit einem Kind von einer anderen Frau, nicht der Junge von damals, ihre einzig wahre Liebe.

Nein, es hatte keinen Sinn, sich etwas vorzumachen. Damals waren sie noch halbe Kinder gewesen. Ihre Liebe eine Schwärmerei, eine wunderschöne Illusion, nicht mehr.

Sie hatten ihre Chance gehabt, sie hatten sie nicht genutzt. Selbst wenn Johanna es sich verzweifelt wünschte, konnten sie die Uhr nicht zurückdrehen. Das Gefühl, dass sie einander verraten und betrogen hatten, würde ihre Beziehung langsam, aber unausweichlich vergiften. Zu vieles hatten sie einander angetan.

Behutsam rutschte Johanna zum Rand der Matratze und stand auf. Noch einmal sah sie Jan an. Am liebsten wäre sie zu ihm gegangen und hätte ein letztes Mal seine Wange gestreichelt.

In diesem Augenblick schlug er die Augen auf. Er sah sie und lächelte. „Guten Morgen, Hanna." Er streckte die Arme nach ihr aus. „Komm zurück ins Bett."

Johanna zog ihren Pullover an. „Keine Zeit, zu viel zu tun." Sie ging zum Schrank, nahm zwei Handtücher heraus und legte sie auf die Kommode. „Hier sind Handtücher, wenn du duschen willst." Sie biss die Zähne zusammen und wandte den Blick ab, damit er nicht merkte, wie schwer ihr der kalte, unpersönliche Tonfall fiel. An der Tür sah sie noch einmal über die Schulter zurück. „Wo das Bad ist, weißt du ja." Sie konnte sehen, wie das Lächeln aus seinem Gesicht verschwand.

Eine Viertelstunde später kam Jan in die Küche. Ein dunkler Bartschatten bedeckte Wangen und Kinn, und das Haar fiel ihm feucht in die Stirn.

Johanna nahm die Kaffeekanne, füllte einen Becher für ihn und stellte ihn auf den Tisch. „Möchtest du noch etwas essen, bevor du gehst?" Sie wandte ihm den Rücken zu, öffnete den Kühlschrank und sah so lange hinein, bis er anfing zu piepsen.

Jan nahm seinen Kaffee, aber er setzte sich nicht, sondern lehnte sich mit der Hüfte an die Küchenarbeitsplatte. Er wartete, bis sie ein Paket Butter aus dem Kühlschrank genommen hatte und auf den Tisch legte. Als sie sich umdrehte, um wieder wegzugehen, griff er nach ihrem Arm und hielt sie fest. „Johanna, was ist los?"

Sie machte sich los. „Wieso? Was soll denn los sein?"

„Du bist so kalt. Letzte Nacht …"

„Was soll damit sein?" Johanna trat einen Schritt zurück. „Es war schön mit dir, ein guter Abschluss für unsere Zusammenarbeit."

Er richtete sich auf. „Ein Abschluss für unsere Zusammenarbeit?“, wiederholte er ungläubig. „Das kann doch wohl nicht dein Ernst sein.“

„Wieso? Was hast du denn gedacht?“ Sie lachte und wunderte sich, wie echt es klang.

„Ich dachte … Mein Gott, Johanna, wir sind doch nicht irgendwelche Fremden, die einen One-Night-Stand hatten!“

„Das stimmt. One-Night-Stands mit Fremden sind nicht mein Ding. Ohne unsere alte Vertrautheit wäre ich nie mit dir ins Bett gegangen. Und mehr war es nicht, Jan – alte Vertrautheit, erotische Anziehungskraft und Champagner. Lass uns die Sache nicht aufbauschen.“

„Du meinst das wirklich ernst, nicht wahr?“

„Sehr ernst. Ich bin wirklich froh, dass wir in den letzten Wochen einen Weg gefunden haben, miteinander umzugehen. Die Arbeit mit dir hat Spaß gemacht, und ich habe Lilli sehr gern. Lass uns das, was wir uns aufgebaut haben, nicht kaputt machen, nur weil wir einer alten, längst vergangenen Erinnerung hinterherhängen.“

„Wie du willst, Johanna.“ Jan stellte den Kaffeebecher auf den Tisch und nahm seine Jacke, die er gestern Abend über einen Küchenstuhl geworfen hatte. „Mach’s gut.“

„*Tüüs*, Jan. Ich warte dann nächste Woche Freitag auf Lilli, um fünf, wie immer.“

Sie blickte ihm nach, wie er ohne ein Wort des Abschieds zu seinem Wagen ging. Sie wollte ihm nachlaufen, ihm sagen, dass sie ihn liebte, wieder, immer noch, immer. Stattdessen sah sie zu, wie er in seinen Wagen stieg. In ihrem Herzen wusste sie, dass es keine neue Chance für sie geben würde. Der Regen strömte über die Scheiben und ließ Jans Silhouette verschwimmen.

Als sein Land Rover nicht mehr zu sehen war, stieg Johanna die Treppe hinauf in ihr Zimmer. Sie streifte ihre Kleidung ab, stellte das Wasser in der Dusche an und wusch Jans Geruch von ihrem Körper. Sie ließ den harten Strahl auf sich herunterprasseln, bis ihre Haut rot war. Schließlich stieg sie aus der Kabine und wickelte sich in ihren Bademantel. Sie zog das Bettzeug ab, stopfte es zusammen mit ihrer Kleidung in die Waschmaschine und schaltete sie ein.

Dann setzte sie sich an den Küchentisch und begann, Pläne für die nächsten Tage zu machen. Die Tränen, die über ihre Wangen liefen, wischte sie mit den Händen fort. Es gab viel zu tun. Sie musste Stoff kaufen und noch mehr Vorhänge nähen. Winterharte Stauden im Garten pflanzen, vor dem Winter noch einmal den Rasen mähen.

Es blieb gar keine Zeit, an Jan zu denken. Aber während sie über das Dach der Scheune nachdachte, blitzten in ihrem Kopf Bilder auf, wie sie Hand in Hand mit Jan durch die Felder lief, morgens in seinen Armen aufwachte und mit ihm und Lilli am Frühstückstisch saß.

Einen Moment lang fragte sie sich, ob sie gerade den größten Fehler ihres Lebens beging. Sie vergaß ihre Pläne und weinte, um Jan und um ihre gemeinsame Zukunft, die sie nie gekannt hatten.

„Ich liebe dich", flüsterte sie. Doch schon jetzt kam ihr die vergangene Nacht unwirklich vor wie ein Traum.

13. KAPITEL

11. Juni 1936, Eutin

Emilie betete, dass Ronald in dieser Nacht nicht zu ihr kommen würde. Doch dann hörte sie seine Schritte, und ihre Tür öffnete sich mit dem vertrauten leisen Quietschen. Sie lag ganz still, hielt die Luft an und hoffte, dass er wieder ging, wenn sie sich schlafend stellte.

„Emilie?", sagte er leise. „Schläfst du schon?"

Sie schwieg.

„Emilie?"

„Hm?", brummte sie.

Er hob einen Zipfel ihrer Decke, legte sich zu ihr und zog sie in die Arme. Emilie schluckte. Sie kniff die Augen zusammen und wünschte sich weit fort. Ronald schob seine Hände unter ihr Nachthemd und begann sie zu streicheln. Sie konnte einen Schauder nicht unterdrücken, als er ihre Brust umfasste.

„Ist dir kalt?"

„Ein bisschen."

„Gleich wird dir wärmer werden." Er schob sich über sie, liebkoste sie, wie er sie immer liebkoste, und küsste sie, wie er sie immer küsste.

Mit aller Kraft bemühte sie sich, die vertrauten Berührungen anzunehmen, aber es fühlte sich falsch an. Es kam ihr vor, als würde sie beide Männer betrügen.

„Ich liebe dich, Emilie", murmelte Ronald an ihrem Ohr.

Die Nacht war so dunkel, dass sie seine Augen nicht erkennen konnte. Sie begann rascher zu atmen und kam Ronald mit ihren Hüften entgegen. Auf diese Weise würde es schneller vorbei sein.

Mit einer traurigen, alles überschwemmenden Gewissheit wurde ihr klar, dass ihr Leben nie wieder dasselbe sein würde. Bevor sie Friedrich getroffen hatte, konnte sie sich einreden, dass es die große, alles verzehrende und erfüllende Liebe nur in den Heftromanen gab, die sie heimlich in Eutin kaufte und abends im Bett las, wenn sie allein war.

Einen Moment lang wurde ihre Kehle eng, als sie an das Buch dachte, das auf ihrem Nachttisch lag. *Stolz und Vorurteil* von Jane Austen, ihr Lieblingsbuch. Ronald war bis nach Hamburg gereist, um eine seltene Ausgabe aufzutreiben, die er ihr zu ihrem letzten Geburtstag geschenkt hatte. Doch dies war seine einzige romantische Geste nach der Hochzeit gewesen.

Dennoch konnte sie über ihr Zusammenleben nicht klagen. Ronald war sanft und freundlich zu ihr, er sorgte für sie und behandelte sie gut. Von ihrer Jungmädchenschwärmerei war zwar nicht mehr als milde Sympathie geblieben, aber mehr konnte schließlich keiner von der Ehe erwarten.

Doch jetzt wusste sie, dass die große Liebe existierte. Ohne Friedrich würde ihr Leben niemals mehr vollständig sein. Sie hatte den einen Menschen gefunden, der zu ihr gehörte. Das Schicksal hatte sich einen bitteren Scherz erlaubt, als es sie zu spät zusammengeführt hatte.

Sie schloss die Augen und wünschte sich weit fort, als Ronald aufstöhnte. Sie fühlte sich schuldig, als sie es sich eingestand, aber sie konnte nichts dagegen tun. Auch die letzte Liebe für ihren Mann war erloschen.

September 2015, Eutin

Nur ihre Arbeit hielt Johanna in den nächsten Tagen aufrecht. Morgens erwachte sie, noch bevor die Vögel ihr Konzert anstimmten. Sie nahm ihre Geschäftstermine wahr, suchte im Internet und in Zeitungen nach geeigneten Immobilien und fuhr mit ihrem Land Rover über Land und hielt Ausschau nach leeren Häusern und Scheunen.

Der Herbst war ungewöhnlich mild, sodass sie ihr Abendbrot meist noch draußen auf der Terrasse einnahm. Wenn kurz nach Sonnenuntergang dann der Chor der Frösche einsetzte, ging sie zurück ins Haus. Das Geräusch erinnerte sie zu sehr an Jan und ihre gemeinsame Nacht.

Sie verdrängte jeden Gedanken an ihn. Um sich abzulenken, konzentrierte sie sich mit aller Kraft auf einfache Arbeiten, sie schrubbte die alten Steinböden, polierte Möbel und besserte das alte Leinen aus, bis sie so müde war, dass ihr die Augen zufielen. Sie aß, sie arbeitete, sie schlief, sie machte Ausritte auf Kiara. Ein Tag nach dem anderen, sagte sie sich.

Wenn sie nachts aufwachte und nicht wieder einschlafen konnte, schrieb sie lange Briefe an Jan. Sie malte sich aus, was passieren würde, wenn sie die Briefe in die Eiche legen würde. Sah er noch hin und wieder in ihrem alten Briefkasten nach? Jeden Morgen zerriss sie alles, was sie in der Nacht geschrieben hatte.

Der Freitag kam, an dem Jan Lilli zu ihr bringen würde. An diesem Tag schaffte Johanna es nicht, sich auf ihre Arbeit zu konzentrieren. Als sie zum zehnten Mal dieselbe Seite las, ohne zu wissen, was in dem Artikel stand, klappte sie die Mappe mit der Marktanalyse zu.

Seit Tagen freute sie sich auf Lilli und ihren gemeinsamen Abend. Schon gestern hatte sie Mandelkekse gebacken, die sie zusammen mit Glasur verzieren konnten. Sogar eine kleine Videothek hatte sie mittlerweile für Lilli zusammengestellt. Zu ihrer eigenen Überraschung stellte Johanna fest, dass es hervorragende Kinderfilme gab, die auch für Erwachsene spannend waren. Es machte ihr Freude, immer neue aufzustöbern, um sie dann zusammen mit Lilli anzuschauen.

Gleichzeitig fürchtete sie sich vor dem Zusammentreffen mit Jan. Seit ihrer gemeinsamen Nacht hatte sie nichts von ihm gehört. Was auch gut ist! sagte sie sich. Wenigstens hatte er ihre

Verabredung mit Lilli nicht abgesagt.

Aber an Arbeit war heute jedenfalls nicht zu denken. Die neue Alarmanlage ist seit Tagen installiert, ich könnte die Gemälde aus dem Bankschließfach abholen und aufhängen, fiel Johanna ein.

Eine halbe Stunde später saß sie mit dem Bilderkoffer wieder im Auto. Während sie langsam über den Parkplatz fuhr, dachte sie darüber nach, wo sie die Gemälde aufhängen würde. Das Porträt kam zurück auf seinen angestammten Platz über dem Kamin. Oder würden sie besser wirken, wenn sie nebeneinanderhingen?

Ich habe noch gar keine Versicherung für die Bilder abgeschlossen! fiel Johanna siedend heiß ein. Sie bremste abrupt, was ihr ein Hupkonzert von ihrem Hintermann eintrug.

Sie lenkte den Wagen zur Seite, nahm ihr Handy aus der Tasche und suchte die Nummer der Versicherung aus dem Internetbrowser. Nach fünf Weiterleitungen und zehn Minuten in der Warteschleife hatte sie endlich den zuständigen Sachbearbeiter am Apparat und schilderte ihm die Situation.

„Telefonisch kann ich leider gar nichts machen", erklärte er ihr nach den ersten Sätzen. „Bei Versicherungssummen in dieser Höhe müssen Sie zuerst einen Termin vor Ort mit einem unserer Mitarbeiter vereinbaren. Und natürlich benötigen wir Gutachten der Bilder."

Ärgerlich biss Johanna sich auf die Lippen. Darauf hätte sie auch allein kommen können. „Ist es möglich, die Gutachten nachzureichen?"

„Nein, tut mir leid. Wir brauchen etwas Schriftliches. Was glauben Sie, mit was für Sachen unsere Kunden alles ankommen und behaupten, es wäre ein Vermögen wert? Das geht wirklich nicht gegen Sie persönlich, Frau Petersen, ich will Ihnen gar nicht unterstellen, dass Ihre Bilder nicht echt sind, aber bevor wir Gemälde in dieser Höhe versichern können, benötigen wir ein unabhängiges Gutachten."

Johanna seufzte. „Da kann man wohl nichts machen. Ich werde ein Gutachten erstellen lassen und mich dann noch einmal bei Ihnen melden."

„Wenn Sie möchten, kann ich Ihnen einige unabhängige Gutachter nennen, Frau Petersen."

„Das wäre sehr freundlich, Herr Schmitt." Sie teilte ihm ihre E-Mail-Adresse für die Kontaktdaten der Gutachter mit, dann beendete sie das Gespräch.

Und jetzt? dachte sie und sah den Bilderkoffer auf dem Beifahrersitz an. Natürlich könnte sie die Gemälde zurück in die Bank bringen, aber sie hatte sich schon darauf gefreut, sie endlich an der Wand zu bewundern.

Ihr gefiel der Gedanke nicht, dass die Bilder nach fast achtzig Jahren in einem dunklen Schrank jetzt in einem Schließfach lagen. Sie waren einfach zu schön, um weggesperrt zu werden.

Das ist es! Johanna schlug begeistert auf das Lenkrad. Wieso war ihr der Gedanke nicht schon viel früher gekommen? Sie drehte den Schlüssel im Zündschloss und fuhr los.

Kurz darauf stellte sie den Wagen auf dem Schlossparkplatz ab, nahm den Bilderkoffer vom Beifahrersitz und ging durch den Park zum Ostholstein-Museum. Seit Wochen nahm sie sich vor, die Friedrich-Lindner-Ausstellung zu besuchen, aber immer war etwas dazwischengekommen.

Die leise Glocke ertönte, als sie die Tür öffnete. Um diese Uhrzeit bevölkerten nur wenige Besucher den Ausstellungsraum. Ihre Schritte klangen dumpf auf dem Dielenboden.

Auch heute saß Vera Jacobi wieder hinter dem Empfangstresen. Das dunkle Haar hatte sie zu einem Knoten aufgesteckt, was sie zusammen mit der runden Metallbrille älter aussehen ließ.

Die junge Frau erkannte Johanna auf den ersten Blick. „Hallo, Frau Petersen. Hatten Sie letztens Glück im Seniorenheim?", erkundigte sie sich.

„Leider nicht. Ich habe zwar jemanden gefunden, der sich noch an die Zeit meiner Urgroßmutter erinnern kann, aber aus irgendeinem Grund möchte er nicht darüber reden."

„Wie schade! Aber vielleicht überlegt er es sich ja noch anders."

„Ich habe die Hoffnung auch noch nicht aufgegeben."

Vera Jacobi lächelte. „Ich habe Sie auf unserer Vernissage vermisst."

„Ich wäre so gern gekommen, aber in den letzten Wochen bin ich vor lauter Arbeit zu gar nichts mehr gekommen."

Die junge Frau nickte. „Ja, ja, die Renovierung von Gut Petersen, nicht wahr? So ein riesiges Haus herrichten zu lassen muss eine gewaltige Aufgabe sein." Die Eutiner Gerüchteküche funktionierte offenbar noch so gut wie vor zwölf Jahren. Vera Jacobi griff zu der Rolle mit den Eintrittskarten. „Ich nehme an, dass Sie heute ein Ticket für unsere Ausstellung möchten."

„Ja, gern, aber zuerst möchte ich etwas mit Ihnen besprechen. Haben Sie in der Ausstellung noch Platz für drei weitere Bilder?"

Vera Jacobi betrachtete sie, als wäre sie nicht sicher, ob Johanna noch bei Trost war. „Ähm, Frau Petersen … dies ist eine *Friedrich-Lindner*-Ausstellung", sagte sie, als würde sie zu einem Kind sprechen.

Johanna lachte. „Es handelt sich auch um drei Original-Lindner."

Die junge Frau stand von ihrem Hocker auf und schien zu überlegen, ob sie den Sicherheitsdienst rufen sollte.

„Wie Sie ja wissen, habe ich Gut Petersen von meiner Großmutter geerbt", erklärte Johanna schnell. „Die Bilder habe ich auf dem Dachboden gefunden. Sie sind signiert und zeigen alle drei meine Urgroßmutter."

„Das ist unmöglich." Vera Jacobi schüttelte den Kopf. „Über derartige Bilder gibt es keine Dokumentationen."

„Ich weiß, ich habe selbst überall nachgesehen, aber sie werden nirgendwo erwähnt."

„Sie meinen das wirklich ernst, nicht wahr?"

„Am besten sehen Sie einfach selbst." Johanna hob den Koffer auf den Tresen, öffnete ihn und nahm die drei Bilder heraus. „Meine einzige Bedingung wäre, dass ich anonym bleibe."

Während Vera Jacobi zusah, wie Johanna das Papier entfernte, in das die Bilder eingeschlagen waren, breiteten sich langsam zwei runde rote Flecke auf ihren blassen Wangen aus. Ihr Atem ging schneller, dann schlug sie die Hände vor den Mund. „Diese Farbgebung! Und die Dynamik", flüsterte sie. „Sehen Sie nur die Reduktion der Form! Meisterhaft!" Sie deutete auf das kleine Porträt. „Und alle drei Bilder sind so unterschiedlich. Eine unglaublich aussagekräftige Trilogie. Ich muss sofort meinen Chef anrufen, Dr. Ebersbach …"

„Allerdings existiert noch kein Gutachten", erklärte Johanna. „Ich weiß nicht, ob Sie sie trotzdem ausstellen möchten."

„Ausstellen möchten?" Die Stimme der jungen Frau überschlug sich fast. „Drei unentdeckte Lindner sind eine Sensation! Was glauben Sie, was das für unser kleines Museum bedeutet! Und für die Welt! Oh mein Gott! Drei unentdeckte Lindner! Ohgottohgottohgott!"

Wenigstens einer ist glücklich, dachte Johanna, als sie drei Stunden später die Haustür aufschloss. Zwei, besser gesagt. Auch Dr. Ebersbach hatte beim Anblick der Bilder kurzfristig die Fassung verloren. Sein hageres Gesicht war so rot angelaufen, dass Johanna sich gefragt hatte, ob sie besser einen Arzt rufen sollte. Dann hatte er sich die Fliege vom Hals gezerrt und immer wieder seine Brille geputzt, als wollte er sichergehen, dass er auch wirklich nichts übersah.

Dr. Ebersbach war selbst als Gutachter tätig, er würde sich um die Formalitäten kümmern. Aber bereits auf den ersten

Blick war er sicher, dass es sich um Originale handelte. Er konnte Johanna gar nicht genug danken.

Sie lächelte bei der Erinnerung, aber dann sah sie auf die Uhr in der Diele, und ihr Lächeln verging. Halb vier. In eineinhalb Stunden kam Jan und brachte Lilli. Falls er es sich inzwischen nicht anders überlegt hatte. Aber damit rechnete sie nicht. Lilli war ihm zu wichtig, als dass er sie für Johannas Fehler leiden lassen würde.

Punkt fünf Uhr fuhr Jans Wagen vor. Johanna lief zur Tür und öffnete. Sie wusste, es war sinnlos, und doch sehnte sie sich danach, Jan zu sehen. Auch wenn sie es besser wusste, hoffte sie, dass er ihr verziehen hatte. Doch nur Lilli stieg aus. Sie winkte noch einmal ins Auto hinein, dann rannte sie über den knirschenden Kies zu Johanna. Ohne auch nur zur Begrüßung zu hupen, wendete Jan und fuhr.

Johanna war, als hätte er sie geohrfeigt, aber diesmal hatte sie seine Reaktion verdient. Sie schob ihre Traurigkeit beiseite, als Lilli ihr die Arme um die Taille schlang. „Hi Johanna! Was gibt es heute zu essen?"

„Pizza mit Käse und Tomaten und Paprika. Und ich habe Kekse gebacken."

„Au ja! Und danach gucken wir einen Film?"

„Ja, ich muss nach dem Essen nur noch einen Vorhang zu Ende nähen und aufhängen, aber das dauert nicht lange."

„Hast du einen neuen Film besorgt?"

„Was denkst du denn? Kennst du *Ice Age 4*?"

„Nein, cool! Den wollte ich schon lange gucken."

Eine halbe Stunde später wischte Johanna den Küchentisch ab, hob die Nähmaschine auf den Tisch und breitete den langen Samtvorhang auf der Tischplatte aus.

„Schön!" Lilli berührte fast andächtig den lavendelfarbenen Stoff. „Daraus könnte man auch ein tolles Kleid nähen."

„Stimmt. Ein richtiges Prinzessinnenkleid. Ich habe noch genug Stoff übrig, aber ich fürchte, meine Nähkünste reichen nur für Vorhänge."

„Wo ist der Stoff?"

Johanna deutete auf einen alten Lederkoffer, in dem sie Stoffreste und Nähzubehör aufbewahrte.

„Kann ich ihn mal ansehen?"

„Ja, sicher. Aber wasch dir vorher die Hände." Konzentriert beugte Johanna sich über die Nähmaschine und versuchte, eine möglichst gerade Naht über den Stoff zu ziehen.

„Wie schön! Guck mal!" In einen Umhang aus Samt gehüllt, kam Lilli zurück an den Tisch. In beiden Händen trug sie eine goldene Blechschachtel wie einen kostbaren Schatz. „Darf ich damit spielen?"

Johanna sah kurz auf. „Mit den alten Knöpfen? Klar." Sie unterdrückte einen Fluch, als die Naht ein Stück nach links verrutschte. Aber wenn sie den Vorhang in Falten legte, würde das später kein Mensch sehen.

Am anderen Ende des Tisches sortierte Lilli ihre Schätze: Glasknöpfe in allen Farben und Formen, die im Licht der Küchenlampe blitzten und funkelten, antike eiserne Uniformknöpfe und Massen von kleinen weißen Wäscheknöpfen aus Perlmutt.

Endlich seufzte Johanna zufrieden, schaltete die Nähmaschine aus. „So, fertig. Jetzt muss ich die Vorhänge nur noch aufhängen, dann können wir den Film gucken."

Doch ausnahmsweise hatte Lilli es gar nicht eilig. Ganz versunken saß sie über der Blechschachtel. „Das ist ja süß", rief sie plötzlich laut und hielt ein handtellergroßes rosafarbenes Stoffpferd hoch.

Johanna lachte. „Das ist noch von mir. Damit hat Nonna mir früher meine Jeans geflickt."

„Was? Die kann man auf die Hose nähen?"

„Wenn sie gerissen ist, damit man die Naht nicht sieht."

Lilli blickte auf ihr Knie. „Aber das würde auch so ganz toll aussehen."

„Hmm. Ich war früher jedenfalls ganz stolz auf meine Jeans." Johanna legte den Samtvorhang zusammen.

„Brauchst du das noch?"

„Nein."

„Kann ich es haben?"

„Natürlich."

„Nähst du es mir auf die Hose?" Lilli hob ihr Knie.

„Nein, ich kann dir doch nicht einfach etwas auf die Hose nähen! Aber du kannst das Pferd mit nach Hause nehmen, deinen Papa fragen, und wenn er nichts dagegen hat, nähe ich es dir nächste Woche auf die Jeans. Einverstanden?"

Lilli schwieg einen Moment. Johanna kannte sie mittlerweile gut genug, um zu wissen, dass sie angestrengt nachdachte. „Ach bitte! Papa findet das bestimmt auch toll. Und wenn nicht, kannst du es doch nächste Woche wieder abmachen, ja? *Bitte!*" Sie hob ihr Kinn und sah in diesem Moment so sehr wie Jan aus, dass Johannas Brust eng wurde.

„Also gut", stimmte sie zu. „Ich nähe es einfach nicht ganz so fest an, dann kann man es auch gut wieder abtrennen, falls dein Vater nicht einverstanden ist."

Blitzschnell hatte Lilli ihre Jeans ausgezogen, und während Johanna das Pferd aufnähte, drehte Lilli sich vor dem Spiegel in der Diele hin und her und drapierte den Samtstoff um ihre Schultern.

„Fertig!"

„Toll!" Lilli schlüpfte in die Hose und hob das Knie mit dem Pferd so hoch, dass sie fast umgefallen wäre.

„Ich hänge jetzt noch schnell den Vorhang auf, dann können wir einen Film gucken."

„Darf ich so lange noch mit den Knöpfen spielen?"

„Klar."

Das ist der Nachteil von hohen Decken, dachte Johanna, als sie mit dem Vorhang über der Schulter auf die Ausziehleiter kletterte und hinunterblickte. Der Boden kam ihr sehr weit entfernt vor. Sie schob gerade die Vorhangringe über die Stange, als ihr Handy klingelte.

„Johanna, dein Handy klingelt. Es ist hier in deiner Tasche, soll ich sie dir bringen?"

„Nein, ich kann grad nicht. Kannst du gucken, ob es vielleicht dein Vater ist?"

„Okay … nee, hier steht *Vanessa*."

„Ach, gut, das ist nicht dringend. Ich ruf sie morgen zurück." Johanna schob die letzten Ringe auf die Stange, setzte das Endstück auf und kletterte vorsichtig wieder hinunter.

Ihr fiel auf, dass Lilli seit einigen Minuten ganz still war. Sie schob die Leiter zusammen, lehnte sie in der Diele an die Wand und ging in die Küche. Lilli saß am Tisch und starrte auf den alten Brief aus der Eiche. Als Johanna eintrat, schaute sie auf. Ihr schmales Gesicht war blass. „Woher hast du den Brief?"

Lilli musste ihn entdeckt haben, als sie das Telefon aus der Handtasche genommen hatte. „Den habe ich in der Bräutigamseiche gefunden. Das ist schon eine Weile her, ich glaube, das war direkt nachdem ich angekommen bin."

„Aber du durftest ihn nicht da rausnehmen!" Lilli wirkte ganz aufgeregt. „Man darf keine Briefe nehmen, die einem nicht gehören."

Johanna setzte sich zu ihr. „Da hast du vollkommen recht. Aber dieser Brief gehört mir."

„Der kann dir gar nicht gehören. Er ist uralt. Du musst ihn schnell wieder zurückbringen!"

„Hast du den Brief etwa gelesen? Der ist doch kaum zu entziffern."

„Er gehört dir nicht!", beharrte Lilli.

„Nein. Aber mein Urgroßvater hat ihn geschrieben. Er hieß Ronald und seine Frau – meine Urgroßmutter – Emilie."

Lilli sah nicht überzeugt aus. „Hm. Aber … hier steht nirgendwo Emilie, und die Unterschrift ist nur ein *R*. Das könnte auch was ganz anderes heißen."

„Warte einen Moment, ich zeige dir etwas." Johanna lief nach oben, holte das Buch von Nonnas Nachttisch und legte es mit der aufgeschlagenen Widmung neben den Brief auf den Küchentisch. „Hier, siehst du?" Sie tippte auf die Unterschrift, dann auf den Brief. „Ronald und R. Und schau dir das *meine Rose* an."

„Das sieht völlig gleich aus!"

„Ganz genau. Beides hat mein Urgroßvater geschrieben, und weil er nicht mehr lebt, denke ich, gehört der Brief jetzt sozusagen mir."

„Hm." Lilli zog die Stirn kraus und schwieg. „So wie das Haus", sagte sie schließlich. „Das gehörte auch mal deinem Uropa."

„Genau so."

„Ach so." Lilli wirkte, als wäre ihr ein Zentner von der Seele gefallen. „Dann wirst du nicht bestraft, wenn jemand merkt, dass du den Brief genommen hast."

„Wieso sollte mich denn jemand bestrafen?" Verwirrt schüttelte Johanna den Kopf. „Wie kommt es überhaupt, dass du den Brief lesen kannst? Die Schrift ist altdeutsch, das lernt man doch heute gar nicht mehr in der Schule."

„Ach, das war nicht so schwer." Lilli winkte ab. „Es hat eine Weile gedauert, aber als ich es erst mal raushatte, konnte ich alles verstehen. Na ja, einiges jedenfalls", setzte sie ehrlich hinzu.

„Aber du warst doch bloß ein paar Minuten mit dem Brief allein", wunderte sich Johanna. Dann kam ihr eine Idee. „Du kanntest den Brief schon, nicht wahr?"

Lilli nickte. „Ja."

„Hast du ihn etwa in die Eiche gelegt?"

Lilli nickte wieder.

„Aber *warum*?"

„Weil ich ihn doch nicht *behalten* darf!", erklärte Lilli, als könnte sie nicht begreifen, dass Johanna sie immer noch nicht verstand.

„Jetzt mal ganz von vorne, ja? Du hast den Brief also irgendwo gefunden, ja?"

„In Papas Schreibtisch."

Johanna versuchte erfolglos, sich einen Reim aus der Geschichte zu machen. „Dann gehört der Brief also eigentlich deinem Vater?"

„Nein, der Schreibtisch war doch von Charlotte. Ich hab dir doch erzählt, dass Papa manchmal Sachen von ihr gekauft hat. Und ich hab den Brief im Schreibtisch gefunden. Mit dem kann man ganz toll spielen. Er hat ganz viele Schubladen, auch welche, die nur aufgehen, wenn man irgendwo draufdrückt, auf so eine geschnitzte Rose zum Beispiel. Und in einer von den Schubladen war eben der Brief."

„Hast du ihn auch deinem Vater gezeigt?"

„Nee. Ich wollte, aber Papa hatte keine Zeit, und er hat mir dann gesagt, dass man fremde Briefe nicht behalten darf, wegen diesem ... *Briefgeheimnis*", erklärte sie Johanna. „Das heißt, man wird bestraft, wenn man fremde Briefe liest und behält. Aber das wusste ich nicht, als ich den Brief gelesen hab. Ehrlich nicht!"

Johanna legte ihr den Arm um die schmalen Schultern. „Wenn man einen Brief findet, auf dem kein Name steht, darf man ihn auch lesen", versicherte sie Lilli, auch wenn sie nicht hundertprozentig sicher war, ob das wirklich stimmte. „Bei dem Briefgeheimnis geht es vor allem darum, dass Briefe, die mit der Post geschickt werden, von niemandem geöffnet werden dürfen."

„Das heißt, ich habe gar nichts Schlimmes gemacht?"

„Nein, ganz bestimmt nicht. Aber wie bist du denn auf die Idee gekommen, den Brief zur Eiche zu bringen?"

„Ach, der Mann, der den Brief geschrieben hat, war ganz traurig. Ich dachte, er will vielleicht, dass jemand den Brief findet – irgendwer, der ihm helfen kann. Ich wollte Papa noch davon erzählen, aber dann hab ich's vergessen. Lustig, dass ausgerechnet du den Brief gefunden hast, wo Ronald Petersen doch dein Uropa ist. Weißt du denn, warum er so traurig war?"

„Nein, leider nicht. Nonna hätte es vielleicht gewusst, aber sie hat mir nie etwas davon erzählt. Ich weiß nur, dass seine Frau, Emilie, ganz jung gestorben ist. Ich denke, dass er wahrscheinlich darum so verzweifelt war. Aber das werden wir jetzt wohl nie mehr erfahren."

14. KAPITEL

29. September 1936, Eutin

Emilie setzte sich im Bett auf und schmiegte sich an Friedrichs Körper, der ihr in den vergangenen Wochen so vertraut geworden war. Draußen vor den Fenstern fielen die Blätter von den Zweigen und erinnerten sie daran, dass der Sommer dem Ende zuging – und damit ihre gemeinsame Zeit. „Ich würde so gern mit dir durch die Felder laufen oder zum Strand reiten." Sie legte den Kopf an seine Schulter. „Und ich hasse den Gedanken, dass du bald zurück nach Berlin reisen wirst."

„Ach ja?", neckte er sie. „Heißt das, du wirst mich vermissen?"

Sie knuffte ihn in die Seite. „Nein, werde ich nicht!"

Und das war die Wahrheit. Emilie vermisste den Sonnenschein, wenn es tagelang geregnet hatte, sie vermisste ihre Ausritte, wenn Adrienne lahmte, aber für das Gefühl, wenn sie sich ein Leben ohne Friedrich vorstellte, kannte sie keine Worte. Sie konnte sich den Schmerz nicht einmal vorstellen. Doch es gab keine gemeinsame Zukunft für sie. Jede Minute mit ihm war gestohlene Zeit.

Wenn sie allein war, malte sie sich Möglichkeiten aus, wie sie für immer zusammen sein konnten. Sie würde Ronald verlassen und um die Scheidung bitten – und er würde Ja sagen. Sie würden fliehen, weit weg, an einen Ort, an dem sie niemand kannte. Aber ihr war klar, dass es nur Fantasien waren. Sie besaßen nichts als diesen Augenblick. Ihre Zeit war begrenzt – und sie zerrann wie Sand zwischen ihren Fingern.

Bei dem Gedanken an eine Trennung griff kalte Angst nach ihr. Ihr Magen krampfte sich zusammen. Sie atmete tief ein und aus, um die Übelkeit in den Griff zu bekommen, doch sie spürte, wie kalter Schweiß auf ihre Haut trat, während sie versuchte, ihren rebellierenden Magen in den Griff zu bekommen.

Friedrich beugte sich vor und sah ihr ins Gesicht. „Geht es dir nicht gut, Liebling?“

Emilie brachte ein kleines Lächeln zustande. „Es ist alles in Ordnung, Friedrich. Ich muss etwas Falsches zu Mittag gegessen haben.“ In ihr stieg ein Gedanke auf, der ihren Atem stocken ließ. Ihr Herz raste, und das Schlafzimmer verschwamm vor ihren Augen.

Friedrich musterte sie aus schmalen Augen. „Du bist ja kreidebleich. Soll ich dir vielleicht einen Tee kochen?“

Emilie schnappte nach Luft. „Ja … ja, das wäre gut.“

Sie musste allein sein … musste nachdenken.

Ihr war schwindelig, und sie fühlte sich schwach, doch das lag an der plötzlichen Erkenntnis, was mit ihr los war. Fieberhaft rechnete sie nach, wann sie das letzte Mal ihre monatliche Blutung gehabt hatte.

Drei Monate war es her! Wie hatten ihr die ersten Anzeichen ihres Körpers entgehen können? Jetzt merkte sie, dass ihre Brüste voller und empfindsamer geworden waren und ihr Bauch sich zart rundete, und wenn sie darüber nachdachte, war ihr in den letzten zwei Wochen öfter übel gewesen. Aber sie war zu glücklich gewesen, um länger darüber nachzudenken.

Emilie schloss die Augen. Sie erwartete ein Baby! Rein rechnerisch konnte es auch von Ronald sein, aber ihr Körper sagte ihr mit jeder Faser, dass sie Friedrichs Baby erwartete. Außerdem hatten Ronald und sie über ein Jahr lang erfolglos versucht, ein Kind zu zeugen. Emilie hatte immer angenommen, dass mit ihr etwas nicht in Ordnung war, aber vielleicht hatte das Problem gar nicht bei ihr gelegen.

Was sollte sie jetzt tun? Am liebsten hätte sie sofort Friedrich davon erzählt. Aber sie verwarf den Gedanken. Das war unmöglich! Er durfte nichts von der Schwangerschaft ahnen, sonst würde er sie niemals verlassen. Er würde vor keinem Skandal zurückschrecken – und damit sein Leben ruinieren.

Ronald hatte Freunde und Bekannte in den höchsten Kreisen. Ein Wort von ihm, und Friedrichs Karriere war zerstört. Jetzt würde ihn das nicht kümmern, aber eines Tages würde er bereuen, was er für sie aufgegeben hatte, und er würde sie dafür hassen. Nein, sie hatte kein Recht, ihn an sich zu binden und einen Mann aus ihm zu machen, der Tag für Tag für Tag schuftete, bis seine Hände bluteten, um ein paar Mark für seine Familie zu verdienen.

Aber wie sollte sie ohne ihn weiterleben? Ihr graute bei dem Gedanken, den Rest ihres Lebens in dem freudlosen Haus zu verbringen, mit einem Mann, den sie nicht liebte, und einer Frau, die Emilie als ihre Konkurrentin hasste.

Gäbe es nur einen Ort auf dieser Welt, an dem sie mit Friedrich glücklich sein konnte! Aber das war unmöglich. Jetzt, wo sie durch ihn die Liebe kennengelernt hatte, war die Qual, ihn zu verlieren, kaum zu ertragen. Und doch konnte sie keine Sekunde ihrer gemeinsamen Zeit bereuen. Sie würde für immer davon zehren.

Sie hörte Schritte und wischte hastig mit einem Zipfel der Bettdecke die Tränen ab.

Friedrich stellte eine dampfende Tasse auf dem Nachttisch ab. „Bitte schön. Kamillentee." Er sah ihr ins Gesicht. „Geht es dir schon etwas besser?"

Sie senkte den Kopf, um seinem Blick auszuweichen. „Ja." Sie konnte die Zärtlichkeit in seiner Stimme kaum ertragen. Einmal noch, dachte sie. Einmal noch wollte sie ihn lieben, einmal noch seine Nähe spüren. Doch dann würde sie niemals mehr die Kraft finden, ihn gehen zu lassen.

Sie nippte an ihrem Tee. „Hast du schon Pläne für deine Abreise gemacht?"

„Nein." Er runzelte die Stirn. „Warum fragst du? Ich habe keine Eile, zurück nach Berlin zu fahren. Die Ausstellung findet erst im Januar statt. Das heißt, wir haben noch mindestens vier gemeinsame Monate. Und dann …" Er setzte sich zu ihr auf die Bettkante. „Hast du schon einmal darüber nachgedacht, deinen Mann zu verlassen?"

Tausende Male! Doch sie zwang sich zu einem Lachen: „Was für eine Frage! Nein, natürlich nicht."

Er zuckte zusammen, als hätte sie ihn geschlagen.

„Es war doch von Anfang an klar, dass es nicht für immer ist."

„Nein. Mir nicht." Friedrich schüttelte den Kopf. „Ich liebe dich, Emilie. Ich möchte mit dir zusammenbleiben."

„Wir hatten eine Sommerliebe, Friedrich. Wenn du erst einmal wieder in Berlin bist, hast du mich schnell vergessen. Du wirst andere Frauen kennenlernen und nicht mehr an mich denken."

„Warum sagst du so etwas? Glaubst du das wirklich?" Er umfasste ihre Schultern und sah sie an. „Weißt du nicht, was mir die letzten Wochen bedeutet haben? Jeder Tag war wertvoll, nur weil ich wusste, dass ich dich sehen werde. Mit dir zu reden, dich in den Armen zu halten … Was ich mit dir geteilt habe, habe ich noch mit niemandem geteilt."

„Denkst du, mir geht es anders?", flüsterte Emilie. Unwillkürlich legte sie eine Hand auf ihren Bauch, dann verschränkte sie rasch die Arme. Friedrich durfte nicht ahnen, dass sie sein Kind erwartete. „Ronald würde dich ruinieren. Ein Wort von ihm zu den richtigen Leuten, und niemand würde dir mehr einen Auftrag geben oder deine Bilder ausstellen."

Er schüttelte den Kopf. „Glaubst du wirklich, der Erfolg würde mir mehr bedeuten als du?"

Unter der Decke ballte Emilie die Hände zu Fäusten. Verzweifelt suchte sie nach Worten, mit denen sie ihn dazu bewegen konnte, sie zu verlassen. „Dir bedeutet dein Ruf vielleicht nichts. Vielleicht legst du wirklich keinen Wert auf Ehre. Auf Geld und Sicherheit. Aber mir ist all das nicht gleichgültig. Ich kann kein Leben im Schatten der Gesellschaft führen. Ich will nicht in einem armseligen Hinterzimmer hausen und mir Sorgen darum machen, wie viel Geld ich noch für den Rest des Monats zur Verfügung habe."

„Ich würde genug Geld für uns verdienen. Harte Arbeit macht mir nichts aus."

„Das sagst du jetzt, aber was kannst du denn außer malen? Wie wolltest du eine F…" Sie brach ab, bevor ihr das Wort *Familie* entglitt. „Womit willst du eine Frau ernähren? Die Kunst ist dein Leben. Du kannst nicht alles für mich aufgeben. Nicht heute oder morgen, aber eines Tages würdest du mich dafür hassen."

„Wie kannst du so etwas sagen, Emilie? *Du* bist mein Leben. Wenn wir zusammen sind, können wir alles erreichen."

„Mach dir nichts vor, Friedrich!" Emilie schüttelte den Kopf. Ihre Kehle brannte vor Anstrengung, die Worte herauszubringen, und ihr Herz fühlte sich an, als würde es in tausend Stücke springen. „Es war eine wundervolle Zeit mit dir", fuhr sie mit fester Stimme fort. „Wirklich eine ganz bezaubernde Sommerliebe. Aber schau doch nach draußen! Die ersten Blätter fallen von den Bäumen. Der Sommer ist vorbei. Wir müssen vernünftig sein. Wir können nicht unser gesamtes Leben für eine flüchtige Leidenschaft aufs Spiel setzen."

Friedrich ließ die Hände sinken und starrte Emilie an. Seine Augen waren dunkel und grau wie das aufgewühlte Meer. „Eine flüchtige Leidenschaft?", wiederholte er tonlos. „Das war es für dich? Und deine Liebesschwüre? Waren all deine Worte gelogen?"

Wenn er sie jetzt berührte, wäre sie verloren. Emilie lächelte mit tauben Lippen. „Nein, nein, natürlich nicht. In dem Moment habe ich jedes Wort ernst gemeint. Aber du hast doch nicht ernsthaft geglaubt, ich würde mein Leben mit Ronald dafür aufgeben?" Sie schaffte es, leise zu lachen.

Er stand auf, trat einen Schritt zurück, dann noch einen.

„Ich werde morgen abreisen." Ohne ein weiteres Wort drehte er sich um und verließ das Zimmer.

Bleib! schrie alles in Emilie. *Geh nicht! Du bist mein Leben.*

Sie schwieg.

Am nächsten Tag machte Friedrich seine Worte wahr und reiste ab. In einem kurzen Brief bedankte er sich bei Ronald Petersen für die Gastfreundschaft. Kein Wort an Emilie, aber das hatte sie auch nicht erwartet.

So ist es das Beste! sagte sie sich immer und immer wieder. Friedrich kehrte zurück nach Berlin, wo seine Karriere auf ihn wartete. Doch auch sie blieb nicht ganz allein zurück.

Sie legte die Hände schützend über ihren Bauch. Schon jetzt sehnte sie sich danach, den kleinen Körper in den Armen zu halten. Sie würde ihrem Kind alle Liebe geben, die sie in sich trug.

September 2015, Eutin

Eine Woche war vergangen, seit Johanna mit Lilli über den Brief gesprochen hatte. Da sie ihn in Nonnas Schreibtisch entdeckt hatte, gab es keinen Zweifel mehr – er stammte von Ronald Petersen.

Vielleicht lag es daran, dass sie sich mit irgendetwas von ihren ständigen Gedanken an Jan ablenken musste, aber inzwischen ließ das Geheimnis Johanna keine Ruhe mehr. Sie beschloss, noch einmal nach Plön zu fahren und Störtebeker zu besuchen. Sie dachte daran, wie sie mit Henning zusammen aufgetaucht war, in ihrer teuren Kleidung, die schon auf hundert Meter Entfernung *reiche Großstädter* schrie, und dem protzigen Wagen. Vielleicht war er ja eher bereit, mit ihr zu reden, wenn sie allein kam.

Auf dem Weg hielt sie an einem Supermarkt an, kaufte eine gute Flasche Rum und verstaute sie in der Handtasche. Sie warf noch einen Blick in den Rückspiegel. In den vergangenen Wochen war ihr Haar nachgewachsen und fiel ihr weich ins Gesicht. Ohne Make-up, Schmuck und teuren Haarschnitt sah sie gar nicht mehr wie eine typische Hamburgerin aus, erst recht nicht mit den alten Jeans und ihrer blauen Daunenjacke.

Wieder regte sich nichts im Haus, als Johanna wenig später an die Tür des kleinen Häuschens klopfte. Sie klopfte noch einmal, dann ging sie über die Steintritte im Rasen zum Seeufer hinunter. Nach wenigen Schritten entdeckte sie Störtebeker. Ohne sich um den Nieselregen zu kümmern, hockte er auf einem dreibeinigen Schemel am Ufer. Er hatte eine lange Angel ausgeworfen und saß so still, als wäre er eingeschlafen.

Doch offenbar war er hellwach. „Sie schon wieder!", sagte er, ohne sich umzudrehen, als Johanna bis auf wenige Meter herangekommen war.

„Haben Sie gesehen, dass ich an Ihrer Tür war?"

„Ich bin vielleicht alt, aber weder taub noch blind. Was wollen Sie hier?"

„Ich wollte noch mal mit Ihnen reden …"

„Haben Sie mich beim letzten Mal etwa nicht verstanden? Es gibt nichts zu reden."

„Ich weiß, dass das nicht stimmt! Sie können mir ja sagen, dass Sie nicht mit mir reden wollen, und ich kann sie nicht dazu zwingen, aber ich weiß genau, dass damals irgendetwas passiert ist."

„Ach ja, und woher wollen Sie das wissen? Waren Sie etwa dabei?"

„Wobei?"

„Sie sind mir ja eine ganz Oberschlaue." Störtebeker fluchte leise, dann holte er seine Angel ein und stand auf. Er musterte Johanna mit zusammengekniffenen Lippen. „Verdammt stur sind Sie, das hab ich schon beim ersten Mal meilenweit gegen den Wind gerochen."

„So bin ich nun mal auf die Welt gekommen. Aber Sie sind

meine letzte Hoffnung. Ich weiß einfach nicht, wen ich sonst noch fragen könnte."

„Warum können Sie die Vergangenheit nicht einfach ruhen lassen?"

„Es geht um meine Familie. Ich kann keine Ruhe finden, bevor ich nicht weiß, was es mit der Vergangenheit auf sich hat."

Er schnaubte. „Wo haben Sie denn Ihren netten Begleiter gelassen?"

„Der ist weg."

„Hm. Besser so."

Johanna griff in ihre Tasche und zog die Flasche Rum heraus. „Als kleine Entschuldigung für meine Aufdringlichkeit."

Er legte den Kopf schief und sah sie aus schmalen Augen an. „Wohl eher Bestechung."

Johanna grinste. „Wenn's hilft. Wenn nicht, können Sie sich damit wenigstens ein bisschen aufwärmen." Als eine heftige Bö ihr den Regen ins Gesicht wehte, zog sie ihre Jacke enger.

„Also, Sie geben ja sowieso keine Ruhe. Dann kommen Sie mal mit rein, sonst erfrieren Sie mir noch." Er ging voraus ins Haus.

Im Flur schälte Johanna sich aus ihrer Daunenjacke und hängte sie an einen Haken, während Störtebeker die hohen Gummistiefel im Stiefelknecht abstreifte und in seine Filzpantoffeln schlüpfte. Dann folgte sie ihm in die Küche und sah zu, wie er einen Kessel Wasser auf den Herd stellte und Tee in eine Kanne füllte.

„Setzen Sie sich", forderte er Johanna auf.

Johanna rutschte auf die Eckbank und stellte die Flasche Rum auf den Tisch. Küchendämpfe erfüllten das ganze Haus, es roch nach Fisch, Essig, Zwiebeln und Bratfett. Sie sah Störtebeker zu, wie er einen Holzdeckel von einer flachen Emailleschale nahm und den Inhalt kritisch betrachtete. Schließlich nickte er und legte den Deckel zurück.

„Ich habe grüne Heringe eingelegt", erklärte er.

Johanna lief das Wasser im Mund zusammen. Hausgemachte grüne Heringe gehörten zu ihren Lieblingsgerichten. Frische Heringe wurden paniert, gebraten und dann in einem Sud aus Essig und Kräutern eingelegt.

Störtebeker schlurfte zum Schrank, nahm zwei große Becher heraus und stellte sie auf den Tisch. Als das Wasser kochte, goss er den Tee auf, dann setzte er sich zu Johanna an den Tisch. Er nahm seine Pfeife und zupfte ein Stückchen Tabak vom Rand des Pfeifenkopfs.

„Haben Sie Kinder?", fragte er, ohne Johanna anzuschauen.

„Nein. Ich wollte heiraten, den Mann, mit dem ich beim letzten Mal hier war. Aber das hat sich zerschlagen. Haben Sie Familie?"

Störtebeker zog die Streichhölzer zu sich. „Meine Frau ist vor zehn Jahren gestorben, und unser Sohn lebt in Amerika." Er öffnete den Rum, schob eine Tasse zu Johanna und hielt die Flasche darüber. „Wenn Sie schon mal hier sind, leisten Sie einem alten Mann ein bisschen Gesellschaft."

In Störtebekers Gesicht sah sie so viel Einsamkeit, dass sie für eine Sekunde die alte Geschichte vergaß. Sie nickte und schob den Gedanken an die Rückfahrt zur Seite. „Aber nur einen ganz kleinen. Ich muss noch Auto fahren."

Er schenkte ein, dann füllte er ihre Tassen mit Tee auf und gab einige Stücke braunen Kandis hinzu. Eine Weile saßen sie in freundschaftlichem Schweigen da und tranken schluckweise ihren Tee.

Draußen war der Wind stärker geworden und rüttelte an den Fenstern, als wollte er die Stille im Raum unterstreichen. In stürmischen Böen fegte er über den See und peitschte die Zweige der Bäume. Doch das Feuer im Kamin sorgte dafür, dass es in der kleinen Küche warm und behaglich war.

Johanna zeigte auf ein altes Foto von einem kleinen weißen Kutter, das über dem gusseisernen Kaminofen hing. „Ist das Ihr Schiff?"

„Nein", sagte Störtebeker. Im schwachen Licht, das durch die Butzenscheiben fiel, wirkte er nachdenklich und traurig. „Das war der Kutter von meinem Vater. Er hat ihn verkauft. Da ist er nie drüber weggekommen, denke ich manchmal. Ein Fischer und sein Boot bleiben zusammen und stehen alle Stürme gemeinsam durch."

Wieder legte sich Schweigen über sie. Störtebeker klopfte auf seine Brusttasche, dann zog er einen Beutel mit Tabak heraus und begann, seine Pfeife zu stopfen. Die Fensterscheiben klapperten, und Johanna seufzte im Stillen.

Sie mochte Störtebeker, und unter anderen Umständen hätte sie gern am Nachmittag mit ihm beim Tee gesessen, aber sie spürte genau, dass er um das eigentliche Thema herumredete, und sie wollte sich nicht weiter mit solch belanglosem Geplauder begnügen.

„Herr … äh … Störtebeker", sagte sie und beugte sich vor. „Sie wollten mir etwas über meine Urgroßmutter erzählen, Emilie …"

Er hob eine schwielige Hand, die leicht zitterte. „Ich weiß, Mädchen, ich weiß. Und dazu komme ich auch noch." Er klemmte sich die Pfeife zwischen die Zähne, riss ein Streichholz an und hielt es über den Pfeifenkopf.

Johanna lehnte sich auf der Bank zurück und sah zu, wie er die Pfeife entzündete. Langsam breitete sich der süße Duft des Pfeifentabaks in der Küche aus. Wenn er in seinem eigenen Tempo erzählen wollte, bitte sehr, aber sie war fest entschlossen, diesmal nicht zu gehen, ohne ein weiteres Stück des Puzzles ergattert zu haben.

Schließlich nickte Störtebeker. „Ich hätte es Ihnen schon letztes Mal sagen sollen." Sein Blick ruhte auf einem Punkt hinter Johanna, als würde er dort jemanden sehen, und sie musste sich beherrschen, um sich nicht umzudrehen und nachzuschauen. „Aber Sie haben mich überrumpelt. Es ist schon lange her, dass jemand ihren Namen ausgesprochen hat. Emilie Petersen."

Die Worte schienen im Raum widerzuklingen. „Es ist 79 Jahre her, aber ich sehe heute noch vor mir, wie sie die Treppe herunterkommt, um ins Dorf zu gehen. Sie hatte einen energischen Gang, fast wie ein Kerl, nicht so ein affektiertes Getrippel wie die meisten feinen Damen früher. Doch mit dem offenen Haar, das im Wind wie eine Fahne hinter ihr herwehte, konnte keiner übersehen, wie …“ Störtebeker brach ab.

Er hatte die Augen beim Sprechen geschlossen, doch jetzt öffnete er sie wieder und schaute Johanna an. „Ihre Urgroßmutter war eine schöne Frau.“ Er legte den Kopf schief und betrachtete Johanna aus schmalen Augen. „Sie sehen ihr sehr ähnlich, hab ich beim letzten Mal in Ihren schicken Klamotten und mit der ganzen Farbe im Gesicht bloß nicht sofort gesehen.“ Er räusperte sich und fuhr fort: „Emilie benahm sich nicht wie die anderen reichen Pinkel, sie war anders. Sie war sich nicht zu schade, stehen zu bleiben und ein paar Worte mit uns zu reden, sie kannte sogar unsere Namen.“

Johanna musste sich beherrschen, um sich ihre Aufregung nicht anmerken zu lassen. Endlich redete sie mit jemandem, der Emilie persönlich gekannt hatte. Der ihr sogar sagen konnte, wie ihre Urgroßmutter ausgesehen hatte. „Sie haben sie also wirklich gekannt?“

Störtebeker paffte einige Züge lang vor sich hin, bevor er antwortete. „Na ja, was heißt schon *gekannt*? So gut, wie man ihresgleichen eben kennen konnte. Trotz allem war sie die Frau des Gutsherrn. Ich war damals dreizehn, als er sie mit nach Hause gebracht hat, fünfzehn, als sie … gestorben ist. Meine Mutter arbeitete damals im Gutshaus, und meine große Schwester war dort Küchenmädchen. Nachdem Emilie auf dem Gut angekommen ist, habe ich die beiden immer gern auf dem Hof besucht.“ Er lächelte bei der Erinnerung und zeigte dabei seine vom Tabak gebräunten Zähne. „Sie war … etwas ganz Besonderes. Das hat jeder gesagt, der sie getroffen hat.“

„War sie glücklich?“

„Na ja, kommt ganz drauf an, was Sie damit meinen." Er zuckte mit den Schultern. „Aber schön war sie! Sie hatte schwarzes Haar, so lang, es reichte ihr bis zur Taille, wenn sie es offen trug. Und sie liebte es zu reiten. Der Gutsherr hat damals auch ihr Pferd mitgebracht. Auf dem ist sie jeden Tag stundenlang durch die Gegend geritten, bei Wind und Wetter, und sie hat jeden gegrüßt, dem sie begegnet ist." Er seufzte.

Plötzlich lag in seinen Augen eine Sehnsucht, die Johanna sofort erkannte. „Sie waren in sie verliebt!"

Störtebeker lachte trocken auf. „Ganz bestimmt war ich in sie verliebt – so wie jeder Mann, dem sie begegnet ist. So war sie nun mal, anders als alle anderen. Sie war nie so stolz und eingebildet, und sie hat sich nicht an die Regeln gehalten. Wenn sie froh war, hat sie gelacht, laut und mit offenem Mund. War sie traurig, konnte das auch sofort jeder sehen, dann haben sich alle bemüht, sie wieder zum Lachen zu bringen. Na ja, vor allem wohl wir Jungs." Sein Blick glitt zu einem gerahmten Foto von einem jungen Paar in Sonntagskleidung, das neben dem Schiffsbild hing. „Später hab ich meine Agathe geheiratet, ich hab sie lieb gehabt, ganz bestimmt, und nach der Hochzeit hab ich keine andere mehr angesehen – aber Emilie hab ich nie vergessen." Er schüttelte den Kopf, als wachte er aus einem Traum auf. „Hast du Hunger, Mädchen? Wir können zum Abendbrot die Heringe essen."

Johanna schüttelte den Kopf. „Später sehr gern, aber zuerst möchte ich die ganze Geschichte hören."

„Die ganze Geschichte …", wiederholte Störtebeker, als würde er zu sich selbst sprechen. „Wer kennt die schon?"

Johanna unterdrückte ihre Ungeduld. „Was war mit Friedrich Lindner? War er auch in Emilie verliebt?"

Störtebeker schnalzte mit der Zunge. „Immer langsam mit den jungen Pferden, Mädchen. Eins nach dem anderen."

15. KAPITEL

30. Oktober 1937, Eutin

Der Herbst war in diesem Jahr lange vor seiner Zeit in die Holsteinische Schweiz gekommen. Die kalten Tage blieben grau und verregnet, doch heute schien nach langen Wochen voller Sturm und Regen endlich einmal die Sonne von einem klaren Himmel. Ringsum kündigten kahle Bäume und Felder den nahen Winter an.

Emilie atmete tief den Geruch von feuchter Erde ein, vermischt mit dem Geruch nach salziger Meeresluft, die der Wind von der Ostsee mit sich brachte. Die Sonne schien auf ihre Wangen, und als sie zügig den Kinderwagen über den Weg schob, wurde ihr das warme Wolltuch um die Schultern fast ein bisschen zu warm. Sie blieb stehen, steckte die Decke im Kinderwagen fester und küsste die rosigen Pausbäckchen ihrer kleinen Tochter. Sie lachte laut auf, als die Kleine vor Freude quietschte.

Emilie betrachtete die flaumigen blonden Haare, die unter der Mütze hervorschauten. Ihre Haut war hell, die Augen seit dem Tag ihrer Geburt vor einem halben Jahr unverändert blau. Nur manchmal wurden sie so dunkel wie das Meer. Emilie konnte nicht fassen, dass außer ihr niemand die Ähnlichkeit mit Friedrich zu bemerken schien.

Mit der kleinen Charlotte war das Glück auf Gut Petersen eingezogen. Ronald liebte seine Tochter bedingungslos. Auch Anna Maria konnte nicht genug von ihr bekommen, und ihr Gesicht wurde sanft, wenn sie Charlotte auf dem Arm hielt. Hin und wieder sprach sie jetzt freundlich mit Emilie und hatte sogar die grünen Bohnen vom Speiseplan gestrichen.

Einen Moment lang überlegte Emilie, ob sie zum Jägerhaus gehen sollte, stattdessen schlug sie den Weg zur Pferdeweide ein, um Adrienne einen Besuch abzustatten. Sie musste endlich aufhören, sich zu quälen. Seit Charlottes Geburt hatte ihr Leben sich zum Besseren gewendet. Sie tat sich nur selbst weh, wenn sie immer und immer wieder zum Jägerhaus oder zum Seeufer lief und daran dachte, wie sie hier zum letzten Mal mit Friedrich glücklich gewesen war.

Emilie wusste, dass sie den Abschied von Friedrich ohne das wachsende Leben in ihrem Bauch nicht durchgestanden hätte. Das Baby hatte ihr Ruhe und nach und nach ein wenig Heilung gebracht.

Als sie die Weide erreichte, stellte sie den Kinderwagen windgeschützt neben einem Busch ab. Emilie blickte noch einmal in den Wagen und sah, dass ihre Tochter eingeschlafen war. Während sie zum Zaun ging, zog sie eine Möhre aus der Tasche.

Adrienne hob den Kopf, als sie näher kam, und begrüßte sie mit einem lauten Wiehern, das Charlotte friedlich verschlief. Die beiden Schwarzbraunen grasten weiter, während Adrienne zum Gatter kam. Sie begrüßte Emilie mit einem sanften Stupsen gegen die Schulter, doch dann hob sie den Kopf und wieherte noch einmal.

Emilie stand ganz still. Ein Schauer überlief ihre Haut. Ihr war, als könnte sie Friedrichs Anwesenheit spüren. Sie presste beide Hände auf den Bauch.

Nein, das kann nicht sein! sagte sie sich. Ein Anflug von Sehnsucht, mehr nicht. Doch das Herz pochte hart in ihrer Brust. Langsam drehte sie sich um. Einige Schritte entfernt stand Friedrich.

Lange Zeit standen sie ganz still und sahen sich nur an. Emilie wagte es nicht, sich zu bewegen, nicht einmal zu blinzeln, zu groß war ihre Angst, dass er einfach wieder verschwinden würde wie eine Fata Morgana.

„Ich habe es nicht länger ausgehalten“, sagte er schließlich.

Er war wirklich da! Sie keuchte auf, ein halbes Schluchzen, dann lief sie auf ihn zu. Sie klammerte sich an ihn wie eine Ertrinkende. Er hielt sie, sie war gerettet.

„Du bist gekommen!“, flüsterte sie. „Nach all der Zeit.“

„Ich habe gewartet und gewartet, dass ich dich weniger vermisse“, sagte er. „Ich habe gearbeitet wie ein Wahnsinniger, um mich abzulenken, aber es ist nur mit jedem Tag schlimmer geworden. Je mehr Zeit verging, desto weniger konnte ich glauben, dass unsere Liebe für dich wirklich nur eine Affäre war. Ich musste dich einfach noch einmal sehen, Emilie.“

In diesem Augenblick wusste Emilie, dass sie diesen Mann nie wieder verlassen konnte. „Ach, Friedrich, ich liebe dich so sehr. Ich hab dich so entsetzlich vermisst.“

„Ich liebe dich auch.“ Friedrich zuckte zusammen, als plötzlich leises Weinen ertönte. Er löste sich von ihr, wandte sich um und sah den Kinderwagen neben dem Busch. Er blickte Emilie an, den Kinderwagen, dann wieder Emilie.

Sie sah die Frage in seinem Blick und nickte. „Charlotte. Meine Tochter.“ Sie ging zum Wagen, hob das Baby in seiner Decke heraus und wiegte es auf dem Arm.

„Deine Tochter?“

Sie blickte ihn an. „*Unsere* Tochter.“

„Willst du damit sagen …“ Seine Augen verdunkelten sich.

„Ja.“

Friedrich schwieg und sah nur sein Kind an. Emilie konnte den Ausdruck in seiner Miene nicht deuten. „Wusstest du es schon, als ich gegangen bin?“

Sie nickte. Plötzlich fürchtete sie, dass sie ihn verloren hatte. „Ich wollte dich nicht mit einer Frau und einem Baby belasten.“ Sie begriff selbst nicht mehr, wie sie ihm die Wahrheit hatte verschweigen können.

Seine Stimme klang fremd. „Hättest du es mir jemals gesagt, wenn ich nicht zurückgekommen wäre?“

„Nein, ich glaube nicht. Ich weiß es nicht. Kannst du mir verzeihen, Friedrich? Jetzt weiß ich, dass es falsch war, aber ich schwöre dir, ich wollte nur das Richtige tun.“

Er streckte die Hand aus und berührte zaghaft Charlottes Wange. „Mein Gott, um ein Haar hätte ich nie erfahren, dass ich ein Kind habe!"

„Es tut mir entsetzlich leid, Friedrich." Emilies Herz setzte einen Schlag aus, als Charlotte leise quietschte und seine Miene sich aufhellte. „Willst du sie halten?"

Er schüttelte den Kopf. „Nein, nein, lieber nicht! Sie ist so klein …"

„Keine Angst, sie ist nicht zerbrechlich. Du darfst sie nur nicht fallen lassen."

Friedrich nahm seine Tochter und betrachtete sie fast andächtig. „Sie ist perfekt. Ich habe noch nie etwas so Schönes gesehen." Fürsorglich zog er die Decke fester um den kleinen Körper. „Sie hat mich angelächelt. Glaubst du, sie mag mich?"

Emilie lachte. „Da bin ich mir sicher."

„Geh mit mir fort!"

Emilies Lachen verschwand. „Du weißt, dass das unmöglich ist."

„Nein. Das ist es nicht! In den letzten Monaten habe ich über alles nachgedacht. Wir gehen zusammen weg, weit weg, und wir fangen ganz neu an."

So gern hätte sie ihm geglaubt. „Wie stellst du dir das vor? Ronald kann dich ruinieren …"

„Sein Einfluss reicht vielleicht bis nach Hamburg und Berlin – aber nicht bis nach Australien." Friedrich zog etwas aus der Tasche, das auf den ersten Blick aussah wie zwei Theaterkarten. „Das sind unsere Tickets für das Schiff nach Australien!" Er sah seine Tochter an, als könnte er es immer noch nicht ganz glauben. „Ich kaufe eine dritte Fahrkarte, sobald wir in Hamburg sind."

Ihr Herz klopfte schneller. „Das ist unmöglich."

„Unmöglich ist ein Leben ohne dich." Er sah zu dem Kind auf ihrem Arm. „Ohne euch. Denkst du, ich würde euch noch einmal allein lassen?"

„Was ist mit deiner Kunst?"

Er zuckte mit den Schultern. „Was soll damit sein? Seit meiner Ausstellung habe ich mir einen Namen in der Kunstwelt gemacht, und mein Talent bleibt mir, ganz gleich, wo ich lebe. In Australien kann ich genauso gut malen wie hier. Warum sollte ich in der Neuen Welt keinen Erfolg haben? Aber selbst wenn nicht …" Er legte eine Hand an ihre Wange und sah ihr in die Augen. „Ich kann auch ohne meine Malerei leben, aber ohne dich ist kein Tag lebenswert."

Ganz langsam überzog ein Lächeln Emilies Gesicht. „Du meinst es wirklich ernst, nicht wahr? Glaubst du denn, dass es für uns eine Chance gibt?"

„Aber natürlich! Wir müssen nur beide fest daran glauben, dann kann uns nichts und niemand aufhalten."

„Wenn ich Ronald sage, dass ich ihn verlassen will, wird er mich nicht einfach gehen lassen."

„Dann sag es ihm nicht. Verlass das Haus, wenn er es nicht bemerkt. Du brauchst nichts mitzunehmen. Ich habe in den letzten Monaten mit meinen Bildern eine Menge Geld verdient, wir kaufen in Hamburg alles neu. Ich habe ein Hotelzimmer gemietet, dort können wir bis zur Abreise bleiben."

Emilie zuckte zusammen, als sie hinter sich ein Knacken hörte wie von einem trockenen Ast unter einem Fuß. Sie sah sich nervös um, entdeckte aber nichts Ungewöhnliches. „Das schlechte Gewissen macht mich wohl ein bisschen schreckhaft."

Doch als sie in sich hineinhorchte, spürte sie kein schlechtes Gewissen, kein Bedauern und keine Reue. Nur eine zaghafte Hoffnung auf ihr Glück.

Sie nickte und spürte, wie ganz langsam ein breites Lächeln über ihr Gesicht zog. „Ja. Wagen wir es!"

Friedrich legte seine Arme um sie und das Baby. „Wann?"

Emilie lachte auf. „Heute! Was hat es für einen Sinn zu warten?"

„Das hatte ich gehofft. Soll ich draußen auf dich warten?"

Emilie dachte kurz nach. „Nein. Warte im Jägerhaus auf mich. Ich gehe, wenn Ronald schläft, und komme direkt zu dir. Morgen brechen wir in aller Frühe auf und sind in Hamburg, bevor man mich vermisst."

„Ich habe kein gutes Gefühl dabei, wenn du nachts allein durch die Gegend läufst."

„Allein ist es unauffälliger." Emilie legte ihm die Hand an die Wange. „Und den Weg würde ich nach unserem Sommer auch mit verbundenen Augen finden."

Friedrich zögerte kurz, dann nickte er. „Gut. Ich warte auf dich. Bitte überleg es dir nicht noch anders."

„Niemals, mein Herz."

September 2015, Plön

„Als ich damals Emilie zum ersten Mal gesehen habe, war ich wie verhext", erzählte Störtebeker weiter. Er vermied Johannas Blick, als wäre ihm seine Geschichte peinlich. „Besser kann ich es nicht beschreiben. Ich konnte an nichts anderes mehr denken. Tag und Nacht ist Emilie mir im Kopf herumgespukt. Dauernd hab ich mich auf dem Hof herumgetrieben, auf der Suche nach einer Arbeit, die ich erledigen konnte, hab ich jedenfalls immer behauptet, aber in Wahrheit wollte ich einfach nur in ihrer Nähe sein. Ich hab nur noch an Emilie gedacht, ich konnte nicht anders." Er schaute Johanna kurz an, wandte sich dann schnell wieder ab. „Ich bin bestimmt nicht stolz drauf, aber so sind junge Burschen nun mal."

Johanna schmunzelte. „Ja, so sind sie nun mal. Und sie war ja auch nicht sehr viel älter als Sie, noch ein halbes Kind bei ihrer Heirat."

Störtebeker presste die Lippen zusammen. „So jung sollte ein Mädchen nicht heiraten, wenn Sie mich fragen. Erst recht nicht, wenn der Mann ihr Vater sein könnte. Verstehen Sie mich nicht falsch, Ronald Petersen war ein anständiger Mann." Er machte den Eindruck, als wären ihm die letzten Worte nicht ganz leicht über die Lippen gekommen. „Er hat seine Frau geliebt, und er hat immer gut für seine Pächter gesorgt. Keiner musste hungern, auch wenn der Sturm die ganze Ernte ruiniert hatte oder das Vieh verendet war. Er hat jedem geholfen, und man konnte mit allem zu ihm kommen. Aber er war einfach nicht der richtige Ehemann für Emilie. Und das sage ich jetzt nicht, weil ich rasend eifersüchtig gewesen wäre. Was ich war", setzte er hinzu und verzog das Gesicht. „Aber dieses blutjunge Mädchen ... erst viel später hab ich wirklich begriffen ..."

„Was begriffen?", fragte Johanna, als er schwieg und aus dem Fenster blickte, als würde er dort etwas ganz anderes sehen als den Regen, der an der Scheibe herunterlief.

„Sie war nicht nur jung, sie war auch sehr unerfahren. Viele haben damals gesagt, sie hätte den Gutsherrn geheiratet, weil er reich war, aber sie hatte kein einziges berechnendes Haar auf dem Kopf. Ich glaube, er hatte sie wirklich beeindruckt. Er war ja auch ein stattlicher Mann. In Eutin hätte keine Nein zu ihm gesagt. Wahrscheinlich dachte Emilie sogar, sie wäre in ihn verliebt, als sie seine Frau geworden ist. Aber als dann dieser Maler kam ..."

Johanna hielt den Atem an. „Sie meinen Friedrich Lindner?"

„Lindner. Ja." Selbst jetzt noch verdüsterte sich Störtebekers Miene bei der Erinnerung. „Jeder, der Augen im Kopf hatte, konnte es sehen. Die beiden hatte es auf den ersten Blick erwischt. Am liebsten hätte ich ihn umgebracht, diesen verdammten Pinkel aus der großen Stadt. Und trotzdem konnte ich sie nicht vergessen. Es war wie eine ... wie eine Sucht, wie ein Fieber. Immer bin ich durch die Gegend gelaufen, Tag und Nacht, in der Hoffnung, einen einzigen Blick auf Emilie zu ergattern." Mit einer abrupten Bewegung legte er seine Pfeife zur Seite. „Aber bevor ich Ihnen den Rest der Geschichte erzähle, gibt's jetzt erst mal was zu essen." Sein Tonfall duldete keinen Widerspruch.

Johanna begriff, dass er sich sammeln musste für das, was er noch zu erzählen hatte. Manche Dinge verloren nicht an Bedeutung, ganz gleich, wie viel Zeit verstrich. Und obwohl sie spürte, dass die dunklen Geheimnisse der Vergangenheit zum Greifen nah vor ihr lagen, war sie plötzlich froh über einen kleinen Aufschub. So spannend es auch war, über ihre Urgroßmutter zu hören, hatte sie das Gefühl, dass der nächste Teil der Geschichte ihr nicht gefallen würde.

Störtebeker stand auf. Türen und Schubladen knallten, als er Teller und Besteck aus dem Schrank holte und wortlos auf den Tisch stellte. Während Johanna das Geschirr verteilte, sah sie immer wieder zu dem alten Mann, wie er die grünen Heringe aus der Schale nahm, auf einer Platte verteilte und Brot von einem großen Laib säbelte.

Sein Gesichtsausdruck wirkte so gequält, dass sie ein schlechtes Gewissen verspürte. Sie wusste selbst nur zu genau, dass es Erinnerungen gab, die man besser nicht an die Oberfläche holte. Doch sie wusste auch, dass genau diese Erinnerungen sich niemals ganz verdrängen ließen.

„Greifen Sie zu", brummte Störtebeker und stellte die Heringe auf den Tisch. Das ließ Johanna sich nicht zweimal sagen. Sie schaffte drei Heringe, bevor sie seufzte und den Teller zurückschob. Erst jetzt fiel ihr ein, dass sie gerade vielleicht die halbe Wochenration des alten Mannes verspeist hatte.

Aber er sah sie nur zufrieden an. „Die schmecken, was?"

Johanna leckte sich die Lippen. „Köstlich. Ich habe noch nie bessere gegessen. Meine Großmutter hat sie früher auch immer gemacht, und sie konnte kochen wie keine Zweite. Aber Ihre Heringe sind bestimmt nicht schlechter."

„Das liegt an meiner Spezial-Kräutermischung." Er zog die Rumflasche zu sich heran und goss sich einen guten Schuss in die Tasse, dann sah er Johanna fragend an.

Sie schüttelte den Kopf. „Nein, danke, ich muss heute noch zurück nach Eutin fahren.“

Er zuckte mit den Schultern, goss sich selbst noch einen anständigen Schluck nach, dann schraubte er die Flasche wieder zu und begann, seine Pfeife zu stopfen. Johanna, die das Ritual mittlerweile schon kannte, wartete ab, bis er begann, kleine Rauchwölkchen zu paffen, und die Küche sich mit dem aromatischen Duft füllte.

Eine Weile lang saßen sie schweigend da und hingen ihren Gedanken nach. Schließlich leerte Störtebeker seinen Becher mit einem großen Schluck und begann: „In jener Nacht tobte ein furchtbares Unwetter. Aber das hat mich nicht abgehalten. Als ich gehört hab, wie meine Brüder geschnarcht haben, hab ich mich noch mal rausgeschlichen und bin zum Hof gelaufen.“ Seine Wangen färbten sich dunkel bei der Erinnerung. „Ich weiß, wie sich das anhören muss, und Sie haben recht, aber damals ... ich wollte sie einfach sehen. Ich *musste* sie sehen.“ Er schenkte sich Rum nach.

„Ich will gar nicht daran denken, was sie gesagt hätte, wenn sie auch nur geahnt hätte, dass ich ständig um ihr Fenster herumgeschlichen bin ... oder ihr gefolgt bin, wenn ich sie irgendwo auch nur von Weitem gesehen hab. Aber so weit habe ich damals gar nicht gedacht.“

Er sog so heftig an seiner Pfeife, dass eine Wolke ihn einhüllte. Johanna unterdrückte einen Hustenreiz, um ihn nur nicht zu unterbrechen. „Kein Mensch war in jener Nacht draußen. Bei dem Unwetter waren alle froh, sicher in ihren Häusern zu sitzen. Nur ich ... ich Trottel bin zum Gut gelaufen. Aber bevor ich das Gutshaus erreicht hatte, sah ich, wie eine dunkle Gestalt mit einem Bündel auf dem Arm den Weg zum See hinunterlief. Sie sah sich immer wieder um, als hätte sie Angst, verfolgt zu werden. Es war dunkel, ich konnte nicht viel sehen, aber Emilie hätte ich immer und überall erkannt. Ich kannte jede ihrer Bewegungen, und ich war mir hundertprozentig sicher, dass sie es war.

Ich habe mich gewundert, weil sie nicht aus dem Vordereingang kam, sondern hinten um das Haus herum, das heißt, sie musste die Hintertür genommen haben. Alles ging so schnell, ich bin ihr einfach gefolgt. Aber ich weiß noch, dass ich dachte, was macht sie bei dem Wetter allein draußen?

Der Regen fiel immer heftiger, inzwischen war es stockdunkel, ich konnte sie nur noch als dunklen Schatten erkennen, aber ich konnte sie doch auch nicht allein in dem Unwetter lassen. Sie lief um den See herum, ich bin ihr hinterhergestolpert, aber bei dem Sturm hat sie mich nicht gehört. Gerade als ich überlegt habe, ob ich sie rufen soll, sie fragen, was sie hier draußen macht, ob sie vielleicht Hilfe braucht, da hab ich Lichter gesehen. Wir waren in der Nähe vom alten Jägerhaus angekommen, und die Fenster waren hell erleuchtet.

Plötzlich wusste ich, was sie hier wollte. Damals, in den Monaten, als der Maler in Eutin war, haben die beiden sich immer im Jägerhaus getroffen. Petersen hat nichts davon geahnt, aber ich wusste genau Bescheid. Ich hatte gedacht, der Kerl wäre für immer abgereist, aber in dem Moment, wo ich das Licht gesehen habe, wusste ich, dass er zurückgekommen war.

Als ich sah, wie Emilie im Haus verschwunden ist, wollte ich umdrehen. Ich war nass bis auf die Haut und hab gezittert vor Kälte, und ich weiß noch, wie ich dachte, was für ein Idiot bist du doch, Jens Claasen. Geschieht dir ganz recht, wenn du dir eine Lungenentzündung holst.

Aber bevor ich zurückgehen konnte, hörte ich hinter mir Schritte. Ich blieb im Schatten der Bäume und sah, wie Ronald Petersen zum Jägerhaus lief. Er hatte mich nicht bemerkt. Ich glaube, er hätte mich auch nicht gehört, wenn ich ihn gerufen hätte. Sein Gesicht konnte ich nicht sehen, aber ich konnte mir gut vorstellen, wie er sich fühlte, wenn er wusste, dass Emilie dort im Haus war – und mit wem.

Ich wusste, ich sollte gehen. Was gingen mich die Angelegenheiten der Gutsleute an? Ich sollte zusehen, dass ich zurück ins Warme kam, bevor zu Hause jemand merkte, dass ich nicht in meinem Bett lag. Mein Vater hätte mir den Hosenboden versohlt, dass ich drei Tage nicht hätte sitzen können. Aber ich konnte nicht. Ich lief näher zur Hütte und sah ins Haus. Dort standen sie alle drei, Emilie, Ronald Petersen und Lindner. Draußen konnte ich von dem, was sie sagten, kein Wort verstehen, aber das war auch nicht nötig. Ich ahnte, was dort drinnen vor sich ging.“

16. KAPITEL

30. Oktober 1937, Eutin

Ronald saß still und lauschte in die Dunkelheit. Ihm war, als wäre er von einem Kinderschrei erwacht. Er zuckte mit den Schultern und legte sich zurück unter die dicke Daunendecke. Wahrscheinlich nur ein Tier.

Draußen vor dem Haus tobte ein Sturm, und immer wieder erhellte das Licht eines Blitzes das Zimmer. Es war ein gutes Gefühl, dass die Ernte sicher eingebracht war und das Vieh im Stall stand. Und doch hielt eine seltsame Unruhe ihn wach.

Hatte ihn vielleicht Charlottes Weinen geweckt? Aber das Baby schlief in Emilies Zimmer. Wenn etwas nicht in Ordnung wäre, hätte sie es bestimmt mitbekommen. Sie würde zu ihm kommen, wenn sie seine Hilfe brauchte. Aber wenn sie nicht aufgewacht war? Oder gestürzt?

Jetzt zogen dramatische Bilder durch seinen Kopf, und er konnte erst recht nicht mehr einschlafen. Schließlich seufzte Ronald und stand auf. Bestimmt war alles in Ordnung mit den beiden, aber er würde sicherheitshalber nachsehen, ganz leise und vorsichtig, um sie nicht zu wecken.

Er schlüpfte in seine Filzpantoffeln, zog seinen Bademantel über und schlich über den Flur. Er kannte jede knarrende Diele und vermied jeden Laut. Als Emilies Tür beim Öffnen leise quietschte, schimpfte er mit sich, weil er sie immer noch nicht geölt hatte. Er steckte den Kopf durch den Türspalt und sah ins Zimmer.

Das Bett war leer, ebenso die Wiege daneben, die sein Vater gezimmert hatte, und in der Ronald selbst schon als Baby gelegen hatte. Er riss die Tür auf und stürmte ins Zimmer. Also war doch etwas passiert! Er hatte es geahnt.

Er lief nach unten, sah hinter jeder Tür nach, aber Emilie und Charlotte waren verschwunden. Außer sich vor Angst und Sorge hämmerte Ronald an Anna Marias Tür. Sie öffnete, als hätte sie nur darauf gewartet. Ihre Haare fielen offen über den Rücken, und sie trug Kleid und Schuhe, als wäre sie noch nicht im Bett gewesen.

Doch das interessierte Ronald im Augenblick nicht. „Emilie und Charlotte sind verschwunden!“, stieß er hervor. Ein Donner grollte über das Haus hinweg, so laut, dass die Scheiben klirrten.

Als es wieder still war, sagte Anna Maria: „Sie hat dich verlassen.“

Ronald schüttelte den Kopf. „Mein Gott! Lass den Unsinn. Das ist kein Augenblick für Scherze. Ich meine es ernst, Anna Maria.“

„Ich auch.“

Erst jetzt sah er ihr ins Gesicht. „Was willst du damit sagen?“

„Ich habe den ganzen Abend darüber nachgedacht, ob ich mit dir reden soll. Ich dachte, es ist besser, wenn sie endlich weg ist.“

Ronald umfasste ihre Schultern. „Anna Maria! Jetzt rede endlich!“

„Ich habe es seit Wochen geahnt, ach was, seit Monaten! Und heute habe ich die beiden im Wald gesehen. Ich konnte hören, wie sie geplant haben, zusammen wegzulaufen.“ Sie erzählte ihm alles, was sie von Friedrich und Emilie wusste.

Als sie schwieg, war Ronald so bleich, als hätten ihre Worte ihn tödlich getroffen. „Sie wollen sich am Jägerhaus treffen?“

Anna Maria nickte. „Ja. Aber bitte, Ronald, lass sie gehen! Sie hat nie hierher gepasst“, flehte sie.

„Ich kann sie nicht gehen lassen. Sie hat meine Tochter mitgenommen.“

Ronald rannte durch die Nacht, als wären alle Dämonen der Hölle hinter ihm her. Der Regen prasselte vom Himmel und lief ihm in die Augen, doch er fand den Weg über sein Land blind. In seiner Tasche spürte er das Gewicht des Revolvers. Er wusste nicht, warum er ihn eingesteckt hatte. Er wollte nur seine Frau und seine Tochter zurück. Ein Teil von ihm glaubte Anna Marias Worte nicht einmal.

Er hätte doch gemerkt, wenn Emilie ihn nicht mehr lieben würde. Wenn sie einen anderen Mann gehabt hätte. *Einen Liebhaber*. Er war nass bis auf die Haut, aber bei dem Gedanken glühte sein Körper.

Seine süße, unschuldige Emilie! Um nichts in der Welt hätte sie ihn betrogen. Ronald lief schneller und schneller, bis die erleuchteten Fenster vom Jägerhaus in der Dunkelheit auftauchten. Ohne zu zögern, riss Ronald die Tür auf und stürmte hinein.

Mit ihrer Tochter auf dem Schoß saß Emilie im Wohnzimmer in einem Sessel. Ihre Haare waren feucht, und sie hielt eine dampfende Tasse in der Hand. Auf der Sessellehne saß Friedrich. Bei seinem Eintritt sprang der Maler auf und stellte sich vor Emilie, als wollte er sie schützen.

Einen Moment lang verharrten alle reglos. Niemand sprach, dann schrie das Baby. Ohne den Blick von Ronald zu nehmen, begann Emilie, ihre Tochter auf dem Arm zu wiegen.

Sie sah ihn an, als wäre er ein Eindringling, ein Fremder, der ihr Angst einjagte. Alles, was er hatte sagen wollen, erstickte.

„Emilie“, flüsterte er heiser. Er konnte nicht begreifen, was er sah.

„Ich komme nicht zu dir zurück.“ Ihr Blick war kalt.

Bei ihr stand der verfluchte Maler mit seinem glatten Gesicht, als wollte er sie beschützen. Vor ihm, vor Ronald. Vor ihrem eigenen Ehemann.

Anna Maria hatte die Wahrheit gesagt. Emilie hatte ihn einfach beiseitegeschoben. Wut, wie er sie nie gekannt hatte, stieg in ihm auf und hämmerte in seinem Kopf.

„Ich komme nicht zurück, Ronald“, wiederholte Emilie mit klarer Stimme.

Er konnte nicht aufhören, den Kopf zu schütteln. „Du bist meine Frau!"

„Nicht mehr. Ich werde ein neues Leben mit Friedrich beginnen."

„Wir sind verheiratet! Du bist meine Frau." Seine Stimme dröhnte in seinen Ohren, und das Baby begann wieder zu schreien.

„Ich werde mich scheiden lassen."

„Und ich werde niemals zustimmen. Aber wenn du jetzt mit mir zurückkommst, vergessen wir, was heute Nacht passiert ist. Ich verzeihe dir, und wir werden nie wieder davon sprechen."

„Ich lege keinen Wert darauf, dass du mir verzeihst. Ich komme nicht zurück. Niemals!"

Er hörte ihre Worte von weit her, als wäre er unter Wasser. Seine Wut löste sich auf, nur Leere blieb zurück. „Warum? Du hast nie ein Wort gesagt. Bis vor einer Stunde dachte ich, du wärst glücklich", brachte er heraus.

Emilie lachte bitter auf. „Glücklich? Meinst du das ernst? Wie oft habe ich dir gesagt, dass ich unglücklich bin? Wie einsam ich bin oder dass ich dir auf dem Gut helfen will, damit ich eine Aufgabe habe?"

Ronald hatte den Maler vergessen und nur noch Augen für seine Frau. „Ich dachte ... ich wollte doch nur für dich sorgen ..."

„Mit Geld und Schmuck und teuren Kleidern! Aber das habe ich nie gewollt."

„Warum hast du nicht mit mir geredet?"

„Ich habe es ja immer wieder versucht, aber du hast nicht ernst genommen, was ich gesagt habe! Du hast mich einfach wie ein dummes Kind behandelt!"

„Ab jetzt werde ich alles anders machen, das verspreche ich dir! Komm zurück, Emilie. Lass uns nach Hause gehen!"

„Ich komme nie wieder zurück. Es ist nicht mein Zuhause.

Ich liebe Friedrich." Emilie stand auf und stellte sich neben den Maler.

Zusammen mit Ronalds Tochter auf ihrem Arm sahen die drei aus wie eine Familie. Ronald ertrug den Anblick nicht. „Du kannst Charlotte nicht mitnehmen."

„Ein Kind gehört zur Mutter."

„Ich kann dich nicht zwingen, bei mir zu bleiben, aber ich lasse nicht zu, dass du mit Charlotte gehst."

„Sei doch vernünftig, Ronald. Sie ist ein Baby und braucht mich."

„Sie bleibt bei mir. Ich nehme sie mit zurück."

„Nein."

„Ich werde mich niemals scheiden lassen, Emilie. Und ich schwöre dir, dass ich deinem hübschen Liebhaber das Leben ruinieren werde. Niemand wird ihm mehr einen Auftrag geben oder seine elenden Bilder ausstellen. Willst du etwa so leben? Willst du unserer Tochter so ein Leben zumuten?"

Emilie hob das Kinn. „Wir werden nach Australien gehen", rief sie. Friedrich machte eine Geste, als wollte er sie unterbrechen, aber sie redete weiter: „Ich dachte mir, dass du unser Leben ruinieren willst, aber bis nach Australien reicht auch dein Einfluss nicht!" Sie holte tief Luft, bevor sie ruhiger fortfuhr: „Du kannst mich nicht zwingen, bei dir zu bleiben. Ich wollte dir bestimmt nicht wehtun, Ronald. Aber ich wusste doch nichts vom Leben, als ich dich geheiratet habe. Mein Vater war gerade gestorben, und ich war einsam und verzweifelt. Es tut mir furchtbar leid, aber unsere Ehe war ein Fehler, Ronald. Das musst du doch auch selbst sehen."

„Unsere Ehe war kein Fehler. Ich liebe dich, Emilie. Ich habe dich immer geliebt."

„Aber ich liebe dich nicht. Bitte mach es uns doch nicht so schwer. Du wirst eine andere Frau finden. Anna Maria … sie liebt dich schon so lange, sie passt viel besser zu dir als ich."

Erst in diesem Moment begriff er, dass sie es wirklich ernst meinte. „Ich lasse nicht zu, dass du mir Charlotte wegnimmst. Du glaubst doch nicht wirklich, dass du sie mit nach Australien nehmen kannst und ich sie nie wiedersehen werde! Sie ist genauso meine Tochter wie deine."

Er streckte die Arme nach dem Baby aus, doch Friedrich trat ihm in den Weg. Ronald stieß ihn zur Seite. „Du hast kein Recht, mir mein Kind wegzunehmen", schrie er Emilie an.

Er wollte Charlotte aus ihren Armen nehmen, doch Friedrich riss ihn zurück. Ronald wandte sich um und schlug dem anderen Mann die Faust ins Gesicht. Emilie schrie laut auf und übertönte für einen Moment das Babygeschrei. Jeder klare Gedanke war vergessen. Die Erregung machte sie blind, alle drei.

„Lass uns in Ruhe, Ronald!", schrie Emilie.

Er sah sie an und erkannte sie nicht mehr. Wo war seine süße Frau geblieben? Das unschuldige Mädchen, das er geheiratet hatte? Er hatte nicht bemerkt, dass sie erwachsen geworden war. „Gib mir mein Kind, dann lasse ich dich gehen."

„Niemals!"

Er zog den Revolver aus der Tasche und zielte auf Friedrich. Emilie schrie wieder auf, legte mit einer blitzschnellen Bewegung das Kind hinter sich auf den Sessel und stellte sich schützend davor.

„Gib mir mein Kind, oder ich bringe deinen Liebhaber um."

„Sie ist überhaupt nicht dein Kind!", rief Emilie.

Mit der Waffe in der Hand wandte Ronald sich zu ihr um. „Was? Was hast du gesagt?"

„Sie ist nicht dein Kind. Sie ist Friedrichs Tochter." Emilie bewegte sich von dem Sessel mit dem schreienden Baby fort, als wollte sie Ronalds Aufmerksamkeit von dem Kind abwenden.

In Ronalds Kopf wirbelten die Gedanken. „Das heißt ... du ... und er ... schon damals ...? Du hast mich die ganze Zeit angelogen?"

„Wir lieben uns schon lange, Ronald. Vom ersten Augenblick an, und Charlotte ist Friedrichs Tochter."

„Nein, ganz gleich, was vorher passiert ist, Charlotte ist meine Tochter!", rief Ronald Petersen. „Sie wurde als meine Tochter geboren, und ich liebe sie. Wenn du wirklich willst, dann geh. Aber Charlotte bleibt bei mir. Du kannst sie mir nicht wegnehmen."

Er ging einige Schritte auf den Sessel zu, in dem das Baby lag, aber Friedrich Lindner trat ihm in den Weg. „Sie ist meine Tochter!", rief er. „Sie haben kein Recht auf Charlotte."

„Ich habe *kein Recht* auf sie? Auf das Kind, das ich als mein eigenes großgezogen habe?" Wut löschte auch Ronalds letzten klaren Gedanken aus. „Du verfluchter Dreckskerl! Du hast meine Freundlichkeit ausgenutzt und hinter meinem Rücken meine Frau verführt!" In seinem Kopf rauschte das Blut. Er entsicherte mit einem Klacken den Revolver, hob langsam die Hand und zielte auf Friedrichs Brust.

„Nein, nein!" Emilie warf sich vor Friedrich, ein Schuss krachte.

Er hatte nicht schießen wollen.

Emilie blickte ihn an, in ihren Augen lag Erstaunen. Ihr rosafarbenes Kleid färbte sich dunkelrot.

„Oh mein Gott! Ich wollte nicht schießen." Ronald sank vor Emilie auf die Knie. Ihr Blut strömte über den Boden, es tränkte warm seine Hose. „Ich wollte euch doch nur nach Hause holen."

Ihre weit geöffneten Augen sahen ihn nicht mehr. Neben ihm fiel Friedrich auf die Knie. Er hob Emilies leblosen Körper in die Arme und presste sein Gesicht an ihres. Seine Schultern bebten. „Lass mich nicht allein!", rief er immer wieder. „Wach auf, Emilie, bitte bleib bei mir. Ich liebe dich, mein Herz, mein Alles."

Selbst noch im Tod nahm er ihm die geliebte Frau. Ronald hob den Revolver und drückte ab, bis kein Schuss mehr in der Waffe war.

Plön, September 2015

Es blieb still im Raum, als Störtebeker seine Erzählung beendet hatte. Johanna blickte hinaus in den Garten. Der Rasen vor dem Haus zog sich bis zum See hinunter. Am Ufer stand eine Trauerweide, die ihre Zweige in das Wasser tauchte. Inzwischen hatte der Wind die Regenwolken vertrieben, und im Schein der untergehenden Sonne leuchteten die Blätter der Bäume in einem dunklen Gold.

Auch Störtebeker schaute auf den See hinaus. „Ich denke immer, ich hätte sie retten können“, murmelte er. „Wäre ich hineingegangen, als er die Waffe gezogen hat ... oder hätte ich versucht, ihn vor der Hütte aufzuhalten ... wer weiß?“

„Sie waren ein fünfzehnjähriger Junge. Was hätten Sie tun sollen? Sie konnten doch keinen erwachsenen Mann entwaffnen.“

„Vielleicht ... wer kann das schon sagen? Ich hätte *irgendetwas* tun müssen, nicht einfach nur zusehen. Aber ich war wie gelähmt.“ Störtebeker fuhr sich mit der Hand über das Gesicht, als wollte er die alten Bilder fortwischen. „Und trotzdem ... Ronald Petersen war kein schlechter Kerl. Ich bin ganz sicher, er wollte sie nicht umbringen. Wäre er bei klarem Verstand gewesen, hätte er eher sich selbst getötet als seine Emilie. Er hat sich nie wieder davon erholt. Von jenem Tag an hat ihn keiner mehr lachen sehen. Es hat ihm das Herz gebrochen, und ich glaube, ohne seine Tochter hätte er nicht weitergemacht.“

Johanna schüttelte den Kopf. „Aber ... was ich nicht verstehe ... wie kam es, dass danach keiner von den Morden erfahren hat? Ich habe immer nur gehört, Emilie wäre an Scharlach oder Typhus gestorben. Wie hat er es geschafft, die Morde zu vertuschen?“

„Das kann ich Ihnen sagen.“ Störtebeker füllte seinen Becher wieder mit Rum und trank einen großen Schluck, bevor er weitersprach. „Für jede Hilfe war es zu spät, aber ich konnte nicht einfach nach Hause laufen und ins Bett gehen, als wäre nichts gewesen. Ich bin zurück in die Büsche gestolpert, dann haben meine Knie nachgegeben, und ich musste mich übergeben. Danach bin ich dort sitzen geblieben und habe vor mich hin gezittert. Ich weiß nicht, wie lange. Wahrscheinlich hatte ich einen Schock, aber ich wusste einfach nicht, was ich tun sollte. Irgendwann ist Petersen mit dem Kind gegangen. Die Schreie des Babys habe ich noch lange gehört. Noch während ich dort gehockt habe, ist er irgendwann zurückgekommen – mit meinem Vater. Sie hatten einen Karren dabei und haben Emilie und Lindner mitgenommen. Am nächsten Tag hat mir meine Mutter gesagt, dass mein Vater ganz früh mit dem Schiff hinausgefahren ist. Ich habe ihn nie gefragt, aber ich bin mir sicher, dass er Lindners Leiche im Meer versenkt hat."

„Und Emilie?"

„Der Arzt war ein guter Freund von Ronald Petersen." Störtebeker zuckte mit den Schultern. „Ich weiß nicht, ob er Petersen bewusst geholfen hat. Vielleicht hat er auch wirklich geglaubt, Emilie wäre eines natürlichen Todes gestorben, als er den Totenschein ausstellte. Das wird jetzt wohl keiner mehr erfahren. Und am nächsten Tag hat Ronald Petersen die Jägerhütte abgebrannt."

Johanna schüttelte den Kopf. „Aber wurde denn nie im Dorf darüber geredet? Hatte keiner je den Verdacht, dass etwas nicht mit rechten Dingen zugegangen ist?"

„Wenn, dann habe ich jedenfalls nie etwas davon gehört. Nein, alle haben geglaubt, Emilie wäre an Scharlach gestorben. Das hat überhaupt keiner je infrage gestellt." Störtebeker zog an seiner Pfeife. „Sie müssen sich vorstellen, wie das damals hier auf dem Land war. Ronald Petersen war der Gutsherr. Sein Wort wurde nicht angezweifelt. Und warum auch? Selbst wenn es vielleicht mal das eine oder andere Gerücht gegeben hatte, als der Maler zum ersten Mal hier gewesen war – das war doch inzwischen schon fast anderthalb Jahre her. Und mit

Charlottes Geburt war das Glück auf dem Hof eingekehrt. Sogar Anna Maria hatte anscheinend endlich ihren Frieden mit Emilie geschlossen. Warum sollte jetzt geredet werden? Und Petersen und mein Vater haben dichtgehalten. Keiner hat je erfahren, dass der Maler noch mal zurückgekommen war. Selbst als man schließlich gemerkt hatte, dass Lindner verschwunden ist, ist die Polizei hier nicht aufgetaucht, um Fragen zu stellen."

„Und Sie haben nie etwas verraten ..."

„Kein Wort. Ich weiß nicht, was ich getan hätte, wenn mein Vater ihm nicht geholfen hätte. Aber so ... nein!"

„Haben Sie nicht einmal Ihrer Frau davon erzählt?"

„Agathe?" Er schüttelte den Kopf. „Warum sollte ich sie auch noch damit belasten? Das alles war lange her und nichts, woran ich ständig gedacht habe."

„Das ist eine ganze Menge, um es so lange für sich zu behalten."

„Ich dachte, ich hätte keine andere Wahl. Jedenfalls nicht, solange mein Vater noch gelebt hat. Später habe ich einmal versucht, jemandem die Geschichte zu erzählen. Einem Pfarrer ... aber im letzten Moment fehlte mir der Mut."

Einige Minuten lang sprach niemand. „Es hat mich aufgefressen", sagte Störtebeker nach einer Weile, ohne Johanna anzusehen. Er lachte auf. „Hätte ich gewusst, dass es leichter ist, die Wahrheit zu sagen, als das Geheimnis für mich zu behalten, hätte ich schon viel eher geredet. Aber vor allem haben Sie als Petersens und Emilies Urenkelin die Wahrheit verdient. Und ganz egal, was Sie jetzt mit der Geschichte anfangen, bin ich froh, dass ich es Ihnen erzählt habe."

Johanna zuckte mit den Schultern. „Was soll ich schon damit machen? Wem würde es jetzt noch etwas Gutes bringen, die Geschehnisse jener Nacht ans Licht zu bringen?"

„Mein Vater war ein guter Mann ... nur dieses eine Mal ... Ich weiß, man kann nicht alles mit diesem *Er war nun mal der*

Gutsherr entschuldigen. Wir haben damals schließlich nicht mehr im Mittelalter gelebt – aber es gab nun mal diese ganz besondere Loyalität. Das kann man sich heute gar nicht mehr vorstellen. Er ist nie darüber hinweggekommen … mein Vater, meine ich. Einige Zeit später hat er sein Schiff verkauft, und wir sind nach Plön gezogen. Petersen hat er danach nie wieder erwähnt." Störtebeker seufzte tief. „Außerdem ist Ronald Petersen zwar wegen seiner Tat nie zur Rechenschaft gezogen worden, aber ich bin sicher, dass er mehr gelitten hat, als hätte ihn ein weltliches Gericht bestraft."

Johanna nickte langsam. „Nach allem, was ich von ihm weiß, haben Sie damit wohl recht. Ich bin froh, dass ich endlich die Wahrheit kenne. Aber ich denke, es ist am besten, den Toten nach all der Zeit ihren Frieden zu lassen."

17. KAPITEL

Auf der Rückfahrt nach Eutin nahm Johanna kaum mehr als das graue Band der Landstraße vor sich wahr. Ob sie an Seen oder Wäldern vorbeifuhr oder ob ein Fußgänger am Straßenrand entlanglief, bemerkte sie nicht. In Gedanken befand sie sich noch immer bei Emilie, Ronald und Friedrich Lindner.

Darum verpasste sie auch alle vier Abfahrten von der B76 nach Eutin und landete in Haffkrug vor dem Strandcafé. Da sie sich immer noch etwas benommen fühlte, bog sie rechts auf die Strandallee ab. In der Saison war der Parkstreifen immer hoffnungslos überfüllt, doch heute standen nur wenige Wagen hier. Johanna parkte, stieg aus und ging die wenigen Meter bis zum Ostseestrand hinunter. Die Sonne war bereits im Meer versunken, und der Tag ging langsam in die Nacht über.

Eine Handvoll Strandkörbe waren noch besetzt, und einige Pärchen in dicken Jacken bewunderten Arm in Arm das Nachglühen des Sonnenuntergangs. Der Sand war noch nass vom Regen, darum setzte Johanna sich in einen leeren Strandkorb und atmete tief die salzige Luft ein. Das leise Schwappen der Wellen beruhigte ihre aufgewühlten Gefühle. Sie sah zu, wie einige Fischkutter hinaus in die anbrechende Nacht fuhren, während sie über ihre Urgroßeltern und Friedrich Lindner nachdachte.

Was genau damals geschehen war, würde sie nie mehr erfahren, doch durch Störtebekers Erzählungen besaß sie eine Vorstellung von den tragischen Verstrickungen. Sie überlegte, wie viel ihre Großmutter von der Geschichte gekannt hatte. Genug jedenfalls, um Lindners Bilder von Emilie im Kleiderschrank zu verstecken.

Johannas Herz schmerzte vor Mitleid mit den unglücklich Liebenden. Zu ihrer Zeit hatten sie keine Chance gehabt. *Zu ihrer Zeit?* dachte sie dann und verzog das Gesicht.

Nein, es war zu einfach, der Zeit die Schuld zu geben. Vielleicht hätte Petersen Emilie freigegeben, wenn sie ihn darum gebeten hätte. Aber als er entdeckt hatte, dass seine geliebte Frau nicht nur heimlich mit ihrem Liebhaber durchbrennen wollte, sondern ihm auch noch sein Kind genommen hatte, musste für ihn eine Welt zusammengebrochen sein. Auch wenn heute keiner mehr sagen konnte, ob sie eine andere Chance gehabt hätte, hatte Emilie mit ihrer Flucht eine Kette tragischer Ereignisse in Gang gesetzt, die ihr schließlich zum Verhängnis geworden waren.

Johanna lachte bitter auf. Sie konnte ihre Urgroßmutter sehr gut verstehen. Sie selbst war ohne ein Wort weggelaufen, weil sie keine andere Lösung gesehen hatte. Und zwar nicht nur einmal.

Ich liebe Jan, wurde ihr klar. Heute genau wie damals, und daran würde sich auch nichts ändern. Dennoch war sie ein zweites Mal von ihm weggelaufen, aus Angst, dass sie noch einmal verletzt werden könnte. Sie hatte sich so viele Gründe zurechtgelegt, die dagegensprachen, ihrer Liebe noch einmal eine Chance zu geben. Aber dahinter stand nichts als pure Feigheit, gestand sie sich jetzt ein.

Es hatte eine Zeit in ihrem Leben gegeben, als sie dachte, sie wüsste genau, was Liebe bedeutete. Es war so klar und einfach gewesen: Jan und sie gehörten zusammen, sie würden heiraten, Kinder bekommen und den Rest ihres Lebens miteinander verbringen. Das große Glück hatte zum Greifen nah vor ihr gelegen. Eigentlich gar nichts Ungewöhnliches, wenn zwei Menschen einander liebten, Heirat, zwei oder drei Kinder, ein glückliches Zuhause.

Doch dann war alles ganz anders gekommen.

Aber wenn sie eins aus der Geschichte ihrer Urgroßeltern lernen konnte, dann dass die Liebe keinen Regeln folgte, sondern ihre ganz eigenen Gesetze besaß.

Und vielleicht ist Liebe genau das, dachte Johanna, als sie

auf das dunkle Meer hinausschaute: nicht weglaufen ohne ein Wort, sondern bereit sein, sich seinen Ängsten und seinem Schmerz zu stellen.

Es war später Abend, als sie über die Auffahrt auf Jans Hof fuhr. Sorgfältig beschnittene Weiden säumten die gewundene Allee.

Johannas Herz klopfte schneller, als sie das alte Gutshaus mit seinem mächtigen Walmdach erblickte. Es erschien ihr noch immer so abweisend wie früher, und sie war froh, dass sie nicht die breite steinerne Freitreppe hinaufsteigen und an dem zweiflügeligen Portal läuten musste. Das Gutshaus war groß genug, um eine ganze Armee zu beherbergen. Kein Wunder, dass Jan mit seiner Tochter in das gemütliche Verwalterhaus gezogen war.

Sie parkte den Land Rover vor dem kleinen, reetgedeckten Fachwerkhaus, das am Eingang zum Hof stand. Neben der Haustür wuchs eine Glyzinie bis hinauf zum ersten Stock, ihre dichten Ranken bildeten ein schützendes Dach über der Eingangstür. Um das Haus herum lag ein kleines, gepflegtes Gärtchen mit einem großen Vogelhaus zwischen den blühenden Stauden.

Alle Fenster waren dunkel. Vielleicht sollte sie besser morgen wiederkommen. Doch bevor der Mut sie wieder verließ, stieg Johanna aus, ging zur Tür und klopfte.

Einen Moment lang blieb alles still, dann öffnete Jan. Sein Haar war zerzaust, als wäre er gerade mit den Händen hindurchgefahren. Er trug Jeans und ein blaues T-Shirt, dessen lange Ärmel über die Ellbogen hinaufgeschoben waren. Im schwachen Licht sah er viel zu sehr aus wie der Junge von damals. Doch seine Augen wirkten müde – oder vielleicht auch nur abweisend, als er Johanna erkannte. Sie konnte es nicht genau sagen.

Oh nein! dachte sie, das war keine gute Idee gewesen. Aber jetzt war sie hier, und sie würde sagen, weshalb sie gekommen war! Sie verschränkte ihre zitternden Hände. „Ich … ich …“

Er hob die Brauen. „Ja?“

„Ich …“ Sie holte tief Luft. „Ich muss mit dir reden.“

Er machte keine Anstalten, sie hereinzubitten. „Geht es um dein Haus? Ist etwas nicht mit den Arbeiten in Ordnung?“

„Mit dem Haus hat es nichts zu tun. Es geht um uns.“

Tiefes Schweigen machte sich breit.

„Was gibt es da noch zu reden?“, fragte Jan schließlich.

„Ich …“ Johanna schloss die Augen und holte noch einmal tief Luft. „Es tut mir leid, was ich zu dir gesagt habe.“ Sie sah auf seine Hände und dachte daran, wie er sie in die Arme gezogen hatte.

„Was meinst du?“

„Du bist nicht nur eine alte Erinnerung“, murmelte sie so leise, dass ihre Worte fast im Rauschen der Blätter untergingen.

Jan trat heraus und zog die Tür leise hinter sich zu. „Lilli ist schon im Bett“, sagte er zur Erklärung. Dicht vor Johanna blieb er stehen. „Wenn ich keine Erinnerung bin – was bin ich dann?“

Irgendein Nachtvogel schrie im nahen Forst. Ein anderer antwortete ihm aus einiger Entfernung, dann war es wieder still. Am liebsten wäre Johanna einfach weggelaufen. „Störtebeker hat mir heute die Geschichte von meiner Urgroßmutter erzählt, darum bin ich gekommen“, sagte sie, als würde es alles erklären. „Ich weiß nicht, ob ich dir je verzeihen kann, dass du mich betrogen hast, und ich weiß auch nicht, ob wir vielleicht doch nur eine alte Erinnerung füreinander sind. Es fühlt sich aber nicht so an. Aber vielleicht stellen wir ja fest, dass wir uns eigentlich doch nicht wollen, wenn wir zusammen sind … und … und …“

Jan schwieg noch immer.

„… und ich weiß nicht, ob ich mich hier gerade ganz schrecklich lächerlich mache … ja, also … ich gehe dann am besten mal wieder." Johanna trat einen Schritt rückwärts. Sie biss sich auf die Lippen und versuchte, die Tränen zurückzuhalten, bis sie im Auto angekommen war.

Sie hatte sich noch nicht ganz umgedreht, als Jan ihren Arm fasste, sie zu sich zog und küsste. „Ich verstehe ja, dass du Angst hast", murmelte er, als sie sich nach einer Weile voneinander lösten. „Aber ist *betrogen* nicht ein bisschen übertrieben? Als ich Andrea kennengelernt habe, warst du schon jahrelang weg."

„Ich rede von *Lisa*!" Johanna spürte, wie Ärger in ihr aufstieg. „Denkst du etwa immer noch, ich hätte davon nichts mitbekommen?"

„Lisa? Was denn mitbekommen?"

Hätte sie ihn nicht mit eigenen Augen in Lisas Armen gesehen, könnte sie schwören, dass er nicht wusste, wovon sie redete. „Ich habe euch selbst im Bett gesehen, auf der Party, am Abend bevor wir uns verloben wollten."

Jan umfasste ihre Schultern, hielt sie ein Stück von sich weg und starrte ihr in die Augen. „Was zum Teufel redest du da? Ich hatte nie etwas mit Lisa!"

„Aber … ich habe es doch selbst gesehen! Ihr habt nackt im Bett gelegen, eng umschlungen … auf der Party … Tom hatte mich angerufen, ich sollte kommen und dich abholen, du hättest zu viel getrunken."

Jan schüttelte den Kopf. „Ich kann mich kaum noch an den Abend erinnern. Ich weiß, ich bin irgendwann eingeschlafen, noch ziemlich früh am Abend. Am nächsten Tag bin ich gegen Mittag in Andys Hütte wach geworden und direkt zu dir gefahren. Keiner war da." Jan ließ die Arme sinken. „Dann habe ich unter der Eiche alles vorbereitet. Ein paar Wochen vorher war ich nach Hamburg gefahren und hatte die Ringe gekauft. Ich hatte sie in einem Brief in der Bräutigamseiche versteckt, du solltest sie dort finden. Und ich hab so viele Teelichter angesteckt – es war ein Wunder, dass ich nicht den ganzen Wald abgefackelt habe. Ich hab bis zum nächsten Morgen unter der Eiche gewartet. Aber du bist nicht gekommen."

„Das kann nicht sein … du und Lisa … ihr habt doch …"

„Nein."

Langsam begriff Johanna, was damals passiert sein musste, aber sie wollte es nicht wahrhaben. „Aber … vielleicht warst du einfach so betrunken, dass du dich nicht mehr erinnern kannst."

„Nein. Ich hab nicht mal zwei Bier getrunken. Ich weiß noch ganz genau, wie ich mich gewundert habe, weil ich plötzlich entsetzlich müde wurde. Irgendjemand hat es wohl für eine großartige Idee gehalten, mir was ins Bier zu tun und dich dann anzurufen. Wahrscheinlich Lisa." Er zuckte mit den Schultern. „Vielleicht auch alle zusammen. Und wer weiß, vielleicht haben sogar meine Eltern dahintergesteckt. Lisa hat sich besser mit ihnen verstanden als ich, und Tabletten hatte meine Mutter weiß Gott genug. Aber letztendlich ist ganz gleich, wer die Sache angezettelt hat. Sie wollten uns auseinanderbringen, und sie haben es geschafft", setzte er leise hinzu.

„Oh mein Gott." Tränen strömten über Johannas Wangen. „All die verschenkten Jahre." Ihre Stimme brach. „Aber warum hast du mich denn nicht gesucht? Hast du wirklich geglaubt, ich hätte dich einfach so verlassen? Hast du mir überhaupt nicht vertraut?"

Er lachte bitter auf. „Nein, das habe ich wohl nicht getan."

„Das darf doch nicht wahr sein!" Johanna schluchzte. „Zu der Zeit … hätte ich mit dir geredet …"

„Hätte ich dir genug vertraut … Wäre ich dir nachgereist … Ich hätte wissen müssen, dass du mich nie einfach so verlassen würdest. Ich habe genauso viel Schuld wie du."

„Es tut mir so leid, Jan. Ich bereue entsetzlich, dass ich ohne ein Wort gegangen bin."

„Vergiss die Reue!" Jan zog sie an sich, bettete ihren Kopf an seiner Brust und strich über ihre Haare. Johanna spürte, wie schnell sein Herz schlug – genauso schnell wie ihr eigenes. „Lass uns nicht zurückschauen. Nur heute zählt, und heute sind wir zusammen."

„Aber was wird morgen sein? Wenn uns die Vergangenheit einholt. Vielleicht stellen wir fest, dass wir uns zu sehr verändert haben, und sind enttäuscht."

Jan lachte leise. Er umfasste ihre Schultern, hielt sie ein kleines Stückchen von sich ab, sodass er sie anschauen konnte. „Ich möchte nicht mit dir zusammen sein, weil ich einer alten Erinnerung hinterherhänge. Vergiss nicht, in den letzten Wochen habe ich Tag für Tag mit dir zusammengearbeitet, und ich glaube, ich habe ein ziemlich realistisches Bild von dir, Johanna. Ich weiß, wie hoch deine Ansprüche sind, an dich selbst und an andere. Ich weiß, wie ärgerlich du wirst, wenn etwas nicht genau so klappt, wie du es dir vorgestellt hast, und zwar schnell – und du bist freundlich und rücksichtsvoll, immer bereit, dein Bestes zu geben. Du kannst lachen, sogar wenn alles zusammenbricht, und mit Mut nach vorne schauen."

Er lächelte und strich ihr zärtlich eine Haarsträhne aus dem Gesicht. „Du hast Wolf ein Zuhause gegeben, und ich sehe, mit wie viel Liebe du dich um Lilli kümmerst. Du bist nicht nur jemand, den ich vor langer Zeit geliebt habe. Ich habe dich damals geliebt, und heute liebe ich dich wieder, und nichts kann das ändern."

Einen Augenblick lang wurde Johanna schwindelig von dem Ansturm ihrer Gefühle. Sie waren so intensiv, dass sie Angst davor hatte, sich ihnen zu überlassen. Dann verflog die Angst wie der Nebel im Wind, und sie wehrte sich nicht mehr gegen das, was gerade geschah – sie verliebte sich ein weiteres Mal in Jan, auf eine Weise, wie sie es noch nie getan hatte.

Ihre Augen füllten sich mit Tränen. „Du bist das Beste, was mir je passiert ist, und ich will dich nie wieder gehen lassen."

Jan hob ihr Kinn zu sich. „Das passt sehr gut, weil es mir nämlich ganz genauso geht." Er küsste sie leicht auf die Lippen.

„Ich liebe dich, Jan, und ich liebe deine wunderbare Tochter.“ Sie schenkte ihm ein zittriges Lächeln. „Glaubst du, Lilli wird einverstanden sein mit uns?“

„Machst du Witze? Es gibt nur eins, das sie sich mehr wünscht als Kiara – und das bist du. Aber bist du bereit für eine ganze Familie, auch wenn es nur eine kleine ist?“

„Ich bin für alles bereit. Du glaubst gar nicht, wie bereit.“

EPILOG

Eutin, Juli 2016

Johanna nahm die Topflappen und zog das Blech mit dem Apfelkuchen aus dem Ofen. Der Duft zog durch die Küche, als sie es zum Auskühlen auf die Arbeitsplatte stellte.

Sie sah aus dem Fenster hinaus auf den Hof. Aus den Lautsprechern, die vor der Treppe aufgebaut waren, erklang Musik. Draußen waren alle mit den Vorbereitungen für das Hoffest beschäftigt. Jan bastelte an der Musikanlage herum. Neben ihm saß Störtebeker mit seiner Pfeife in der Hand und schien ihm gute Ratschläge zu geben, während er bunte Ballons aufblies und an Bändern befestigte. Mitten im Hof war ein langer Tisch mit Klappstühlen aufgebaut, und für heute Abend war ein Lagerfeuer mit Würstchen-Grillen am Seeufer geplant.

Gefolgt von Wolf, ritt Lilli im Schritt auf Kiara über den Hof, neben ihr führte ein Mädchen in Lillis Alter eine kleine schwarze Stute am Zügel. Seit Johanna Lilli Westernreiten gezeigt hatte, konnte man sie kaum noch vom Pferderücken bekommen. Inzwischen hatte sie ihren ganz eigenen Reitstil entwickelt und ritt Kiara wie ein Indianer, ganz ohne Sattel und Trense, nur mit einer Halsschlaufe.

Zwei weitere Kinder kamen mit Pferden am Zügel aus den Ställen und folgten den beiden Mädchen zur Weide. Stolz stieg in Johanna auf, als sie ihnen nachschaute. Von ihrem Verdienst als Maklerin hatte sie drei weitere Pferde gekauft. Seit drei Monaten bot sie sehr erfolgreich Reitkurse und begleitete Ausritte an.

Im Frühjahr hatte sie eine Ausbildung zur Reittherapeutin begonnen, und sie plante, das Immobiliengeschäft im nächsten Jahr ganz aufzugeben und sich nur noch dem Pferdehof zu widmen.

Manchmal dachte sie darüber nach, wie ihr Leben ohne Emilies Geheimnis verlaufen wäre, aber sie konnte es sich nicht einmal mehr vorstellen. Seit einem halben Jahr wohnten Jan und Lilli auf Gut Petersen, und Lilli drängte die beiden immer öfter zu heiraten. Johanna war zu glücklich, um etwas an ihrem Leben zu verändern, aber irgendwann würde sie Lillis Bitten vielleicht nachgeben. Sie lächelte bei dem Gedanken an eine große Hochzeit auf dem Gut. Doch im Moment war ihr Leben perfekt, so wie es war.

Noch immer konnte Johanna kaum glauben, wohin das Schicksal sie geführt hatte, und sie war überzeugt, dass Nonna dabei die Finger im Spiel gehabt hatte. Für einen Augenblick glaubte sie, die Großmutter zu sehen, wie sie früher in ihren langen Blumenkleidern mit Johanna auf dem Arm durch die Küche getanzt war.

„Danke, Nonna“, sagte sie leise. „Für alles.“

Johanna nahm den Kuchen und ging zur Tür. Für einen Moment blieb sie stehen und nahm das Bild in sich auf. Auf dem Hof waren die Menschen versammelt, die ihr auf der Welt am meisten bedeuteten.

Sie fing Jans Blick auf und winkte ihm mit der freien Hand zu, dann trat sie hinaus in die Sonne.

– ENDE –

DANKE

Vielen Dank an die Bräutigamseiche im Dodauer Forst, die mich zu dieser Geschichte inspiriert hat. Wie schön, dass es diesen Baum gibt, der noch immer Liebenden hilft, zueinanderzufinden. Außerdem gilt mein Dank allen in Eutin, die dazu beigetragen haben, die Idee umzusetzen.

Anschrift: Bräutigamseiche, Dodauer Forst, 23701 Eutin.

Lesen Sie auch von Petra Pfänder:

Original-
ausgabe

Petra Pfänder
Unter dem
Vanillemond

Band-Nr. 25901
9,99 € (D)
ISBN: 978-3-95649-270-9
eBook: 978-3-95649-520-5
304 Seiten

Ein geheimnisvoller Liebesbrief, ein altes Foto, ein lang gehütetes Familiengeheimnis … Nach dem Tod ihres Vaters steht Annabel Hansen vor einer schweren Entscheidung: Was soll mit der Vanilleplantage geschehen, die ihr Vater auf Madagaskar betrieben hat? Nur widerwillig macht die junge Hamburgerin sich auf den Weg ins ferne Afrika und wird sofort gefangen genommen von der exotischen Schönheit der Insel: Von der tropischen Landschaft, den fremden Gerüchen, der Farbe des Indischen Ozeans. Plötzlich versteht sie, was ihren Vater immer wieder hierher gezogen hat. Doch als sie in seinen Unterlagen einen zärtlichen Liebesbrief und das Foto einer schönen Fremden findet, ahnt sie, dass die Insel noch mehr Geheimnisse birgt. Geheimnisse, die ihr bisheriges Leben in einem völlig anderen Licht erscheinen lassen …

Band-Nr. 25943
9,99 € (D)
ISBN: 978-3-95649-584-7
eBook: 978-3-95649-900-5
352 Seiten

Danielle Stevens
Das Haus über
den Klippen

Voller Hoffnung auf Antworten macht sich Vicky Tancredi auf den Weg nach Neuseeland – zu ihrem Vater. In diesem Land der Gegensätze voll grüner Hügel und dichten Urwalds will sie endlich herausfinden, warum er vor 19 Jahren seine Familie verlassen hat und nie zurückgekehrt ist. Aber dort, in dem Haus über den Klippen erwartet Vicky eine erschütternde Nachricht. Als sie kurz darauf Notizen findet, die auf ein altes Geheimnis hindeuten, ist sie entschlossen, dieses zu lüften und in Neuseeland zu bleiben. In dem gutaussehenden James, dem Nachbarn ihres Vaters, findet sie einen Vertrauten. Doch was hat es zu bedeuten, dass die Geschichte seiner Familie untrennbar mit den Geheimnissen ihrer Vergangenheit verwoben scheint?

Band-Nr. 25858
9,99 € (D)
ISBN: 978-3-95649-208-2
eBook: 978-3-95649-464-2
400 Seiten

Linda Belago
Insel der blauen Lagunen

Eine ergreifende historische Familiensaga vor dem farbenfrohen und exotischen Hintergrund Curaçaos! Curaçao 1850: Das Leben auf der blühenden tropischen Insel steht für Lijanne de Wind unter keinem guten Stern. Ihr Ehemann stirbt kurz nach der Hochzeit, und die junge Frau muss die gemeinsame Zuckerrohrplantage allein bewirtschaften. Zudem machen Lijanne die Intrigen der Großgrundbesitzerin Arletta DeJong zu schaffen. Woher kommt bloß deren Hass? Als Lijanne den Forscher Marinus kennenlernt, scheint sich alles zum Guten zu wenden. Doch ihre Rivalin hütet ein düsteres Geheimnis über Lijannes Herkunft, das ihre Liebe auf eine harte Probe stellt. Plötzlich ist nicht nur ihre Zukunft, sondern auch die der Plantage in ernster Gefahr. Ist Lijannes Versuch, das Erbe ihres Mannes zu bewahren, zum Scheitern verurteilt?